国家哲学社会科学基金重大招标项目
中山大学"985工程"三期建设项目
广东省"211工程"三期重点学科建设项目

丛书主编
吴承学 彭玉平

中国古代文体学研究丛书

戚世隽 著
Zhongguo Gudai Juben Xingtai Lungao

中国古代剧本形态论稿

北京大学出版社
PEKING UNIVERSITY PRESS

图书在版编目(CIP)数据

中国古代剧本形态论稿/戚世隽著. —北京:北京大学出版社,2013.9
(中国古代文体学研究丛书)
ISBN 978-7-301-23275-0

Ⅰ.①中… Ⅱ.①戚… Ⅲ.①古代戏曲-剧本-创作方法-研究-中国 Ⅳ.①I207.37

中国版本图书馆 CIP 数据核字(2013)第 228368 号

书　　　名：中国古代剧本形态论稿
著作责任者：戚世隽　著
责 任 编 辑：徐　迈
标 准 书 号：ISBN 978-7-301-23275-0/I·2680
出 版 发 行：北京大学出版社
地　　　址：北京市海淀区成府路 205 号　100871
网　　　址：http://www.pup.cn
电　　　话：邮购部 62752015　发行部 62750672　编辑部 62752022
　　　　　　出版部 62754962
电 子 信 箱：pkuwsz@126.com
印　刷　者：北京大学印刷厂
经　销　者：新华书店
　　　　　　965 毫米×1300 毫米　16 开本　18 印张　253 千字
　　　　　　2013 年 9 月第 1 版　2013 年 9 月第 1 次印刷
定　　　价：45.00 元

未经许可,不得以任何方式复制或抄袭本书之部分或全部内容。
版权所有,侵权必究
举报电话：010-62752024　电子信箱：fd@pup.pku.edu.cn

总　　序

在中国著名的综合性大学中,中国古代文学这个传统学科都堪称历史悠久、积淀深厚。中山大学的古代文学学科也不例外——她的历史与孙中山先生所创立的中山大学(初名广东大学)同样悠久。鲁迅、郭沫若、陈中凡、方孝岳、容庚、商承祚、詹安泰、董每戡、王起等名字让我们回忆起来充满着自豪感。

然而,对后人来说,学科辉煌的历史与丰富的遗产同时也是压力。我们站在前人的肩膀上,固然占了"便宜",但也像是站在海拔极高之处,每一步攀升都异常艰难。仰望前辈,如何既继承学术传统又有所发展,是我们一直思考的问题。

当今,"独创"二字已经成为各个社会阶层的流行语。不过,各个领域不同,不同学科有异:有些贵在创造发明,有些偏重发掘发现。有些可能是"独创",有些则只能是"独特"。对于人文学者来说,我们似乎很难以创造发明自诩;形态上的"新"与"旧"也难以用来判断学术价值的高下。所谓"创新",未必意味着对于传统的抛弃。按照清代学者纪昀评点《文心雕龙》的说法,在历代文坛上,"新声"可能成为"滥调","旧式"也可能成为"新声"。新与旧不是绝对的,是会互相转化的。在传统断裂的时代,挖掘与发现传统文化资源,也是颇有价值的事。

在中国文学批评史中,文体学就是传统的学术资源。"以文体为先"是中国古代文学批评与文学创作的传统与原则。中国文体学成熟相当早,《文心雕龙》在文体学方面已经相当精深而自有体系,此后的文体学可谓久盛不衰。但近代以来,西学东渐,中国文体学日益式微,甚至被人所淡忘。从20世纪80年代起,在新的学术观念推动下,文体学研究成为古代文学研究的新视角之一。近年来，文体学研究更是越来越受到中国文学学术界的重视，成为一个极具研究价值的前沿学术领域和备受关注的学术热点。

尊重古代文学的历史事实，回到文体的历史语境，将文学观念和理论建筑在具体文学史实之上，以中国"文章学"的观念来"发现"、诠释和演绎中国文学自己的历史，尽可能消解自新文化运动以来套用西方文学分类法研究中国传统文学造成的流弊——这是近年来中国文学研究源于自身需要与反思所形成的重要发展趋势，也是中国文体学兴盛的背景。这一兴盛具有丰富的学术史意义，它标志着古代文学学术界的两个回归：一个是对中国本土文学理论传统的回归；一个是对古代文学本体的回归。

回归本土与本体，并不意味着满足于回归到"旧式"那里去。我们强调回归到中国文化与文学的原始语境与内在脉络，同时又不能也不可能排除现代意识。西哲曾云："人不可能两次踏进同一条河流。"虽然，中国文体学之复兴，为"古人之旧式，转属新声"，但可以肯定的是，这种作为"新声"的"旧式"已经完全不可能与古代的文体学相同。我们要站在21世纪的学术高度来研究中国文体学，回到中国文体的历史语境，但又不仅仅是要回到刘勰等古人的理论，同时必须具有当代的学术意识，反映出当代的学术眼光、学术水平与境界。

作为国家级重点学科，中山大学古代文学学科必须有自己鲜明的特色，有受到学界认可的学科方向。中国古代文体学研究就是近年来我们凝聚力量、重点建设的研究方向。经过多年的努力，它已经成为本学科影响最大的方向之一。同仁们在古代文体学研究方面成果丰硕，除了发表了大量论文之外，还撰写了不少专著，同时，也承担了一系列国家级和省部级科研项目，尤其是国家社科基金重大项目"中国古代文体学发展史"，为了及时反映这些研究成果，我们组织出版这套"中国古代文体学研究"丛书。

本丛书是开放与持续的。作者除了中山大学古代文学学科的教师，还有其他高校教师与学界同仁。所收成果以中国文体学研究为重点，兼及相关领域的研究。我们希望能不断地吸收中国文体学研究成果到本丛书中来，共同推进中国古代文体学研究的发展。

吴承学
2010 年 12 月于康乐园郁文堂

目 录

绪 论 (1)

第一章 古代剧本文体形态概述 (15)
- 第一节 "剧本"概念的形成 (15)
- 第二节 剧本体制 (23)

第二章 何为"剧本" (48)
- 第一节 《公莫舞》性质的再认识 (48)
- 第二节 敦煌写卷中"剧本"资料检讨 (63)
- 第三节 唐代"剧本"考辨 (79)

第三章 唱本、小说与剧本 (95)
- 第一节 诗赞体讲唱中的文体与乐体 (95)
- 第二节 从诗赞体讲唱到诗赞体戏剧 (108)
- 第三节 邓志谟"争奇"系列作品的文体研究
  ——兼论古代戏剧与小说的文体分野 (123)
- 附:明应王殿元代戏剧壁画新探 (138)

第四章 从案头到场上
- 第一节 元杂剧中的程式化用语"看有甚么人来" (154)
- 第二节 "折"的演变
  ——从元刊杂剧到明杂剧 (166)
- 第三节 明代文人杂剧
  ——专为案头阅读而设的剧本 (178)

第四节　折子戏演出本的创作方式
　　　　——以《缀白裘》为例　　　　　　　　　　（201）
第五章　剧本、版本与表演　　　　　　　　　　　　（220）
　　第一节　剧本与表演场合
　　　　——以关羽称谓的变化为考察中心　　　　　（220）
　　第二节　版本形态与表演形态
　　　　——以《拜月亭》为例　　　　　　　　　　（236）
　　第三节　一剧之本与表演中心　　　　　　　　　（255）
结　语　　　　　　　　　　　　　　　　　　　　　（273）
参考文献　　　　　　　　　　　　　　　　　　　　（276）
后　记　　　　　　　　　　　　　　　　　　　　　（281）

绪 论

剧本,按《汉语大词典》的解释:"戏剧作品,由人物的对话(或唱词)和舞台指示组成,是戏剧艺术创作的基础。"①对剧本的研究,是20世纪以来中国古代戏剧研究的一个重要课题。

戏剧艺术,被视为作家的一度创作——剧本,与演员的二度创作——演出,相结合的产物。戏剧从本质上说,是一种表演艺术,没有剧本也完全可以。但另一方面,从中国古代戏剧的发展历程来看,剧本创作的兴盛促成了戏剧的成熟,提高了戏剧的品位和地位,使其获得了文人与统治阶层的普遍认同。因此,剧本的创作,在我国的戏剧发展史上占有重要地位。而对剧本的认识,也随着近百年的戏剧研究史不断发生着变化。

一

对剧本文献的收集,是20世纪的戏曲文献资料收集的一个重要内容。超越传统的版本赏玩,从明确的学术研究的角度收集剧本文献,学科意识的初步形成,正是从20世纪初开始的②。

20世纪初的戏曲文献收藏,秉承明清以来赵琦美、臧晋叔、毛晋等藏书家的做法,致力于珍本秘籍的搜罗与刊行。如1918年,董康将《盛明杂剧》初集印行,又分别于1925年和1941年印行了《盛明杂剧》二集、三集,这些都成为研究明清戏剧的珍贵资料。1917年,刘世珩的《暖红室汇刻传奇》亦开始编刊。1918年,商务印书馆影印出版了《元曲选》。1929

---

① 《汉语大词典》第2册,汉语大词典出版社1988年版,第747页。
② 苗怀明《二十世纪戏曲文献学述略》(中华书局2005年版),对20世纪剧本文献有详尽的梳理与分析,此处参考苗著的研究成果。

年,江苏省立图书馆影印出版了《元明杂剧》。1924年,上海中国书店影印日本覆刻本《元刻古今杂剧》(即《元刊杂剧三十种》)。1928年,吴梅编辑的《奢摩他室曲丛》(初集、二集)也开始在上海商务印书馆出版。这些早期剧本文献的印行,为戏剧研究提供了极大便利。

1930年代以后,剧本资料的印行更呈现出繁荣局面。如永乐大典戏文三种发现不久,北平古今小品书籍刊行会就将其印行了(1931年),北平戏曲流通会也影印了《南曲九宫正始》(1936年),郑振铎编辑的《长乐郑氏汇印传奇第一集》(1934年)、《清人杂剧初集》(1931年)、《清人杂剧二集》(1934年),卢前编辑的《饮虹簃所刻曲》(1935年)、《元人杂剧全集》(1935年),叶圣陶、徐调孚校订《六十种曲》(1935年)等等。明代藏书家赵琦美收藏的一批元明杂剧珍本,也在郑振铎坚持不懈地寻访下得以重见天日,并经王季烈校订,于1941年由商务印书馆以《孤本元明杂剧》为名排印出版。这些剧本资料的整理出版,使过去不易得的剧本进入研究者的视野,一些重要的戏剧研究成果,正是在这些剧本资料的基础上形成的。

建国以后,由于"戏改"工作的要求,对各剧种传统剧目的挖掘、整理和改编得到了戏剧界的特别重视,大量传统剧目也得以整理出版。1956年的全国剧目工作会议后,大量民间戏曲剧本被收集,并得到整理。如1954年在山西发现的6种青阳腔剧本、1958年发现的明嘉靖抄本《琵琶记》、1967年出土的明成化本《白兔记》、1975年在潮州发现的明宣德抄本《刘希必金钗记》,赵景深、刘念兹、陈历明等都曾先后撰文加以介绍。京剧整理出版的剧目剧本最多。如《京剧汇编》,由北京市戏曲研究所编、北京出版社1957年开始出版,到1964年共出版106集,收录作品400多种。中国戏曲研究院、京剧丛刊编辑委员会编的《京剧丛刊》50集共收录京剧剧目160种。京剧之外,尚有其他地方戏的大型戏曲剧本总集,如上海文艺出版社1959—1963年出版的《传统剧目汇编》,华东戏曲研究院编辑、新文艺出版社1955年6月至9月陆续出版的《华东戏曲剧种介绍》(1—5集)等。从1958年起,《中国地方戏曲集成》先后出版北京、上海、湖北、江苏、浙江、广东、安徽、山东、江西、山西、内蒙古和东北三省等卷，共包括121个地方剧种的368个剧目，722万字，至1963年停止出版。这些都为近代地方戏剧本的研究打下了基础。

传统戏剧剧本的整理出版也取得了辉煌成果。郑振铎主持的《古本戏曲丛刊》的陆续出版，无数学者从中受益。《元曲选》和《六十种曲》1955年经北京文学古籍刊行社影印后，1958年中华书局又予重新排印。1955年、1957年中华书局两次重印了新中国成立前汪协如校订的《缀白裘》，中国戏剧出版社则在1957年、1958年先后影印过《孤本元明杂剧》、《元明杂剧》、《盛明杂剧》、《杂剧三集》等。傅惜华编《水浒戏曲集》（古典文学出版社1957年版）、隋树森编《元曲选外编》（中华书局1959年版）等相继出版。关汉卿、李开先、汤显祖等著名戏曲家的戏曲作品以及《西厢记》、《浣纱记》、《鸣凤记》、《精忠记》等著名传奇亦在此期得到整理出版。尚有剧本辑佚的工作，如钱南扬《宋元戏文辑佚》（古典文学出版社1956年版）、赵景深《元人杂剧钩沉》（古典文学出版社1956年版）。剧本目录方面，则有傅惜华编著的《元代杂剧全目》（作家出版社1957年版）、《明代杂剧全目》（人民文学出版社1958年版）、《明代传奇全目》（人民文学出版社1959年版）、徐调孚《现存元人杂剧书录》（上海文艺出版社1955年版）、北婴（杜颖陶）《曲海总目提要补编》（人民文学出版社1955年版）。1980年代以来，戏剧研究出现了一个热闹繁荣的局面，陆续出版的《中国戏曲志》涉及剧种394个、剧目5318个。除此之外，一些地方文化部门也将自己调查得来的戏剧资料整理出版，如山西省文化局戏剧工作研究室编《山西地方戏曲汇编》（山西人民出版社1981年版）、山东省戏曲研究室编《山东地方戏曲剧种史料汇编》（山东人民出版社1983年版）、湖南省戏曲研究所编《湖南地方剧种志》（一、二）（湖南文艺出版社1988、1989年版）等。然而，编写《中国戏曲志》省、市分卷时的调研成果，大多仅是内部发行，以至许多原始的音像资料乃至剧本资料，并未能公之于世。

1980年代以来，随着海内外学术交流渠道的日渐畅通，流失到海外的《风月锦囊》等重要戏曲文献渐被国内学者所知。1983年,广东人民出版社影印的《明代潮州戏文五种》除收入嘉靖抄本《琵琶记》、宣德抄本《刘希必金钗记》外,还将牛津大学所藏嘉靖刻本《荔镜记》、奥地利维也纳国家图书馆所藏万历刻本《荔枝记》、日本东京大学东洋文化研究所藏万历刻本《金花女》等也收入。1983年,中国社会科学院文学研究所编印《古本戏曲丛刊》第五辑时,特意将日本神田喜一郎所藏《断发记》传奇、香港大学罗忼烈所藏《凌云记》以及法国巴黎国家图书馆所藏《环翠山房十五种曲》中有关李玉、朱素臣等清初名家的剧作收入。

对传统剧本文献的校注与整理,也是80世代以来的一个重大收获,如钱南扬的《永乐大典戏文三种校注》(中华书局1979年版)、《元本琵琶记校注》(上海古籍出版社1980年版)、徐沁君的《新校元刊杂剧三十种》(中华书局1980年版)、宁希元《元刊杂剧三十种新校》(兰州大学出版社1988年版)等。剧本目录方面,则有庄一拂《古典戏曲存目汇考》(上海古籍出版社1982年版)、邵曾祺《元明北杂剧总目考略》(中州古籍出版社1985年版)。

台湾地区一直注重对古代剧本的研究。王秋桂主编的《善本戏曲丛刊》六辑,自80年代先后出版,受到两岸学界的好评。他主持的另一套大型戏曲文献资料集《民俗曲艺丛书》,从1993年起陆续由施合郑民俗文化基金会出版,其中有许多珍贵的民间傩戏、目连戏剧本或科仪本,均为民间第一手资料。

1990年代的一项重要的剧本文献整理成果,是王季思主编的《全元戏曲》,由人民文学出版社从1989年至1998年全部出齐。此外,还有首都图书馆编《明清抄本孤本戏曲丛刊》(线装书局1996年版)、李修生主编的《古本戏曲剧目提要》(文化艺术出版社1997年版)等。

由于特殊的历史文化原因,还有不少珍贵的剧本资料收藏在国外各公私图书馆。历史上就曾有不少学者前往日本、欧美访书,其中不乏戏曲文献,如董康、傅芸子、傅惜华、王古鲁、郑振铎、王重民等人,皆曾著录各自的访求资料。如王古鲁编著的《明代徽调戏曲散出辑佚》(古典文学出版社1956年版)一书所据曲选皆系日本访书所得。但流存海外的剧本文献,得以完整出版的还是很少。这种情况,近几年有所改观。如《海外孤本晚明戏剧选集三种》(上海古籍出版社1993年版)所收三种明代戏曲选集,使我们看到了一批佚剧的单出,系俄罗斯汉学家李福清于丹麦哥本哈根皇家图书馆和奥地利维也纳国家图书馆发现。《明刊闽南戏曲弦管选本三种》(中国戏剧出版社1995年版)所收明代三种戏曲选集,也是英国学者龙彼得于60年代在英国剑桥大学图书馆和德国萨克森州立图书馆发现的。孙崇涛、黄仕忠《风月锦囊笺校》(中华书局2000年版),是刻于明代的一本戏剧和散曲合集,在我国失传已久,但在西班牙保存着它的一种重刊本。自伯希和1929年首先发现这一刊本后,20世纪以来虽屡有学者记录或述及,但该刊本完整呈现在学者面前,还是第一次。2006年,黄仕忠、金文京主编的《日本所藏稀见中国戏曲文献丛刊》(第一辑)由广西师范大学出版社出版,编者精选日本内阁文库、东京大学、东洋文化研究所等处稀藏中国戏曲珍本,其价值不言而喻。

21世纪以来,有关剧本资料的搜集与整理,仍在不停地进行。近代的名家戏曲庋藏,向有郑振铎的西谛藏书、马廉不登大雅堂藏曲、绥中吴晓铃藏曲、梅兰芳缀玉轩藏曲、程砚秋玉霜簃藏曲、齐如山藏曲等。2003年,北京大学图书馆与首都图书馆编辑出版了《不登大雅文库藏珍本戏曲丛刊》,全书以影印的方式收录了英年早逝的通俗文学收藏家马廉(1893—1935)所藏珍本戏曲64种。吴书荫等人所编的《绥中吴氏藏抄本稿本戏曲丛刊》(学苑出版社2004年版)、《全清戏曲》(学苑出版社2005年版)、《郑振铎藏古吴莲勺庐抄本戏曲百种》(国家图书馆出版社2009年版)等都注意保存作品原貌,便于研究。吴晓铃藏本包括了大量的"总讲""串关"等舞台演出脚本。戏曲史家傅惜华的戏曲收藏,不少是一般藏书家所忽视的梨园抄本。据相关统计,现藏于中国艺术研究院戏曲研究所的傅惜华藏书有27423册[①]。2010年,学苑出版社出版的《傅惜

[①] 参见李悦、万素《中国艺术研究院戏曲研究所大事记》(1976—2000),《戏曲研究》第62辑。

华藏古本戏曲珍本丛刊》(全145册),收录傅氏藏书中稀见者三百余种予以影印出版。清代内廷演剧也一直是学界颇为关心的学术课题,但剧本难得。1936年故宫博物院文献馆曾辑集排印《昇平署月令承应戏十六种》,今也已甚为难得。不过,2000年以来,海南出版社陆续编印了《故宫珍本丛刊》,其660至696册为戏曲部分,收录大量南府和昇平署的剧本,影印了包括昆弋承应戏、昆腔单出戏、昆弋本戏、乱弹单出戏、乱弹本戏、秦腔的剧本及曲谱,而中华书局2011年出版的《中国国家图书馆藏清宫昇平署档案集成》,除各类演剧档案外,还有大量昇平署所存剧本资料。齐如山也藏曲甚富,而且除杂剧传奇外,尚有不少是梆子皮黄戏的本子,他的收藏一部分归中国艺术研究院戏曲研究所,一部分藏于哈佛燕京图书馆。现在哈佛燕京图书馆所藏70余种中国戏曲、小说已由国家图书馆出版社整理、撰写提要,以《哈佛燕京图书馆藏齐如山小说戏曲文献汇刊》影印出版了。

民间花部剧本的研究,越来越得到戏曲史家的重视。福建、浙江、山西等民间剧种丰富的省份,都很重视这些宝贵资料,形成一批有益的研究成果。民间花部剧本的收集整理,当然也构成这一工作的基石。如福建五大剧种之一的莆仙戏,被称为宋元南戏的活化石。据刘念兹1960年的调查,传统剧目有5千多个、8千多本,其中与宋元南戏有关的剧目就有《王魁》、《蔡伯喈》、《张协状元》等,这些剧目的发现为南戏研究提供了丰富资料[①]。除莆仙戏外,梨园戏、四平戏、傀儡戏等,都有不少剧目剧本资料留存。对这些地方戏的研究,可以解决以往主要基于传统戏曲文献研究所带来的问题。

---

① 参见刘念兹《福建古典戏曲调查报告》,《南戏新证》,中华书局1986年版,第326—327页。

二

王国维说:"古来新学问起,大都由于新发现。"①20世纪戏剧研究的不少重大问题,都是随着剧本资料的问世而引发的。

作为20世纪戏曲研究的开山祖师,王国维的戏曲研究上承传统乾嘉学派,从版本目录学着手,对戏曲文献作了系统的搜罗考证。虽然王国维《宋元戏曲考》中涉及剧本问题不多,但他的有关论断,却在相当长的时间内影响了后来的戏剧研究。"后代之戏剧,必合言语、动作、歌唱,以演一故事,而后戏剧之意义始全。故真戏剧必与戏曲相表里。"②虽是说的"戏剧"的概念,却影响了后世人们对剧本文体的判断。"唐代仅有歌舞剧及滑稽剧,至宋金二代而始有纯粹演故事之剧;故虽谓真正之戏剧,起于宋代,无不可也。然宋金演剧之结构,虽略如上,而其本则无一存。故当日已有代言体之戏曲否,已不可知。而论真正之戏,不能不从元杂剧始也。"③强调代言体的重要性及将有无剧本视为戏剧是否成熟的标志,都引发了后世的反思与讨论。"然元剧最佳之处,不在其思想结构,而在其文章"④之说,也左右了人们对中国古代剧本的艺术价值判断。

在王国维的影响下,一批学者从文献资料入手,探索我国戏剧发生与发展的轨迹。而这种探索,大部分又是从剧本入手的。如钱南扬的《宋元南戏百一录》(1934年)、赵景深的《宋元戏文本事》(1934年),陆侃如、冯沅君的《南戏拾遗》(1936年),孙楷第的《述也是园藏古今杂剧》(1940年),冯沅君的《孤本元明杂剧抄本题记》(1944年),都是对古代剧作家及剧本资料的整理。可以说,用文献考证的方法研讨中国古代剧本,是这一时期戏剧研究的主要格局,有关杂剧、南戏等的形态与演出等问题,也

---

① 1925年7月27日,王国维应清华学校学生会邀请,作了《最近二三十年中中国新发见之学问》的演讲(方壮猷记录),经作者改定后刊于《清华周刊》(第350期,1925年9月)、《学衡》(第2卷第45期,1925年9月)等杂志。
② 王国维:《王国维戏曲论文集》,中国戏剧出版社1957年版,第36页。
③ 同上。
④ 同上。

在一步一步地往前推进。由于以有无剧本作为戏剧形成的标志,戏剧形成于宋元说也渐渐成为当时戏剧研究界的主流学说。

由于戏剧观念的不同,也有学者对王国维所持的剧本观念提出质疑,其中最尖锐者,当属任半塘的《唐戏弄》。《唐戏弄》虽然研究的是唐代戏剧,却有不同于王国维的戏剧观与剧本观,它不再局限于对剧目做本事、体裁、演出的考证,而代之对唐代戏剧环境的综合考察,最终提出了"无剧本,不等于无戏剧"的鲜明主张向王国维提出挑战①。

新中国成立以来,由于学科建制的原因,戏剧分属大学中文系及艺术院校。戏剧研究也形成了不同的研究格局,艺术院校注重场上表演研究,剧本的研究以大学中文系为主。而对剧本的研究,又主要是文学的研究,注重作品的思想道德评价和现实意义,虽然取得了不少重要成果,但对剧本艺术形式的分析,也未能和诗文小说艺术形式,甚而和话剧、西方戏剧的分析形成本质的不同。1956年中国戏剧家学会发起的《琵琶记》研讨会、1958年纪念关汉卿戏剧创作700年等重要学术活动,都体现了这一特点。按洛地的说法:"我们的'戏剧文学研究'所做的是哪些方面呢?是,至少主要是:对一个个具体的剧作(文字本)、对一个个具体的(署名)作家,充其量是对一代一派署名作家的一批剧作文字本,包括其中的一个个的字,作'纯文学性'的研究,即:介绍内容、考证源流、评议褒贬。对戏剧文学的研究仅止于此,是不够的;甚至可以说尚未进入'戏剧文学'研究的正题。"②但也有部分学者超出了传统戏剧文学研究的框框,注重剧体的特殊性。如戴不凡的《论崔莺莺》,认为"曲虽小技,亦复有曲之体"(黄周星《制曲枝语》)。因此注重从场上演出的角度比较《西厢记》不同版本中莺莺形象的优势,这就超出了传统剧本版本研究仅仅比勘字句异同的做法,显示了剧本的独特文体特征。他还讨论了剧中的莺红二人对话:"仿佛是莺红两人公开讨论爱情的曲白,终于发现,它们都是适合于戏

---

① 参见任半塘《唐戏弄》,上海古籍出版社1984年版,第67页。
② 洛地:《中国传统戏剧研究中缺憾一二三》,《戏史辨》第2辑,中国戏剧出版社2001年版,第16页。

剧的——戏曲舞台的特有形式的。这些容易使人误为莺红对谈心事的地方,有的是双关语,有的是独白、背躬、旁白以及对台下观众的打趣语;曲词有的是向对方唱的(但不失分寸),有的是独唱,也可以朝着观众唱。"①这种即使讨论剧本,也时刻放在舞台背景之下的做法,还是值得深思与发扬的。

实际上,学界也一直有学者注意结合场上来谈剧本。陈多《白兔记和由它引起的一些思考》②、《畸形发展的明代传奇——三种明刊〈白兔记〉的比较研究》③、《说"剧本,剧本,一剧之本"》④、《戏史何以需要辨》⑤等文章,提出了剧本创作的价值和审美标准应以表演和演出为依归的观念。黄天骥《长生殿的意境》⑥、《闹热的牡丹亭——论明代传奇的"俗"和"杂"》⑦等文都是在揭示中国古代剧本所独有的美学标准和创作特征,突破了传统剧本研究思想和艺术二分法的研究路数。

1980年代以来,对古代剧本的研究,以《元曲选》最为集中。臧晋叔刊刻的《元曲选》,是明代万历以后流传最广、影响最大的元杂剧选集,在戏曲研究领域,也长时间被学者们视为研究元代杂剧创作情况、创作特征和评价作家成就的重要依据。直到上个世纪初,随着《元刊杂剧三十种》、《脉望馆钞校本古今杂剧》、陈与郊《古名家杂剧》、黄正位《阳春奏》、息机子《杂剧选》、王骥德《古杂剧》、孟称舜《古今名剧合选》等戏曲古本的发现和《古本戏曲丛刊》的刊行,人们才开始得以见到更多的元明戏曲资料。由于《元曲选》与其他元杂剧选本之间存在较大差异,学术界对《元曲选》作为元代杂剧研究资料的可信度也产生了不同意见,尤其是部分杂剧作家作品研究,因使用版本的不同而产生了对该作品思想艺术性的不同评价。究竟臧晋叔对元杂剧进行了怎样的改定,如何解释各版

---

① 戴不凡:《论崔莺莺》,上海文艺出版社1963年版,第6页。
② 《艺术百家》1997年2期。
③ 《戏剧艺术》2001年4期。
④ 《戏剧艺术》2000年1期。
⑤ 《戏史辨》第1辑,中国戏剧出版社1999年版。
⑥ 《文学遗产》1993年3期。
⑦ 《文学遗产》2004年2期。

本之间存在的差异,它们之间有着怎样的发展关系,如何评价《元曲选》的历史价值等,都一直是戏曲研究界较为关注的问题。为了得出更加准确的结论,20世纪80年代以来,许多学者投入了细致校勘单篇杂剧的工作中,从微观的角度得出了一些结论。这方面起步较早的是台湾郑骞的《元杂剧异本比较》,作者完成了《元曲选》中除孤本以外的85种杂剧的各种刊本的校勘工作,并以《臧晋叔改订元杂剧平议》为题,谈了他对《元曲选》的看法①。此外,邓绍基相继发表了一系列的校读记,对《张生煮海》、《金线池》、《薛仁贵衣锦还乡》、《气英布》、《燕青博鱼》、《魔合罗》等杂剧进行了详细的校勘。此外查洪德、杜海军发表的《〈看钱奴〉元、明刊本的比较研究》(《河北师院学报》1991年1期)、日本学者赤松纪彦《关于元杂剧〈汗衫记〉不同版本的比较》(《河南大学学报》1989年2期)、张哲俊《悲剧形式:〈赵氏孤儿〉元明刊本的比较》(《文学遗产》2000年2期)、美国学者奚如谷《臧晋叔改写〈窦娥冤〉研究》(《文学评论》1992年2期)等文章,都为研究判断臧晋叔《元曲选》的版本特征提供了比较可靠的证据。但学术界对于《元曲选》的总体评价,似仍未跳出四百年前王骥德在《曲律》"杂论第三十九下"条中提出的"功过自不相掩"之论。概而言之,学术界集中争论和最想了解的问题就是:臧晋叔在《元曲选》中究竟对元杂剧进行了怎样的修改?元杂剧原来的形态究竟如何?

很多人将这两个问题联系在一起来思考。人们希望通过解决前一个问题,来找到后一个问题的答案。然而这个过程有许多难题,结果也令人质疑。在苦苦寻觅而得不到令人满意和信服的结论之后,我们是否应该考虑:这两个问题之间,是否存在某种直接的联系?是否通过解决前一个问题,就一定能够回答后一个问题?与此相联系的是,《元曲选》究竟是一个什么性质的选本呢?我们究竟应该以什么样的眼光来看待《元曲选》呢?这意味着,我们需要给《元曲选》界定一个概念和属性。以往的比勘工作较注重曲词与音律方面的问题,但对于杂剧的剧本体制、结构等

---

① 见台湾《编译馆馆刊》2卷2、3期,1973年9、12月;3卷2期,1974年12月;5卷1、2期,1976年6月、12月。《平议》一文见《景午丛编·从词到曲》,台湾中华书局1972年版。

其他方面则尚未展开,而元杂剧不同版本之间的异同,是否还有其他戏剧性的内涵? 也值得我们进一步探讨研究①。这方面,日本学者小松谦、金文京等人近年的研究值得重视,二人的论文《试论〈元刊杂剧三十种〉的版本性质》,指出明刊元杂剧的变化与演出变化之间存在的关系,将版本的研究与舞台的研究结合起来,对以往的研究形成了突破②。

80 年代以来的学界关于汤沈之争的讨论,也与如何看待剧本以及剧本与舞台的关系密切相关。沈璟、吕玉绳曾将《牡丹亭》改编成《同梦记》,引起汤显祖极大不满:"《牡丹亭记》要依我原本,其吕家改的,切不可从。虽是增减一二字以便俗唱,却与我原做的意趣大不同了。"(《汤显祖集》卷四十九《答宜伶罗章二》)汤沈之争由此而生。受意识形态的影响,在相当长的时间内,人们一直将汤沈之争视为封建与反封建之争。的确,沈璟剧作总体倾向保守,伦理道德色彩浓烈。但《牡丹亭》长期被各种改本困扰,不得以全璧上演,其个中原因,是否仅是思想因素造成的? 陈多曾撰文指出,《牡丹亭》改本的确改掉了其原有的"意趣",但这其中的意趣,也只能是有一定文化水准的接受者在案头欣赏的时候才能领悟的,剧场舞台的确无法表现其中的"意趣"③。这应该是抓住了问题的实质。那么,我们又如何看待剧本的文学性与舞台性? 如何处理案头"意趣"与舞台剧场的关系呢?

这一问题,在我们面临花部剧本的研究时仍然存在。新中国成立以后,地方戏剧本的搜集与整理还是得到了比较大的重视,但由于花部剧本的搜集整理难度较大,也留下很大缺憾,如在编写《中国戏曲志》时,曾对全国各地的民间剧本进行了广泛普查,据统计,1957 年 4 月之前,全国已经录了 13632 个剧本,但这些工作未持续进行下去。有些省、市、自治区的文化局将地方戏戏剧资料汇集起来,总数达 671 册,刊出传统剧本 4780

---

① 参见拙文《〈元曲选〉研究之检讨》,《中国传统文化与元代文献国际学术研讨会会议论文集》,中华书局 2009 年 3 月。

② 小松谦、金文京:《试论〈元刊杂剧三十种〉的版本性质》,黄仕忠译,《文化遗产》2008 年第 2 期。

③ 《戏史何以需要辨》,《戏史辨》第 1 辑,中国戏剧出版社 1999 年版。

种,但多为内部资料,并未公开出版。相对应的是,对花部剧本的研究,仍较为薄弱。王骥德在《曲律》中也说:"剧戏之行与不行,良有其故。庸下优人,遇文人之作,不惟不晓,亦不易入口。村俗戏本,正与其见识不相上下,又鄙猥之曲可令不识字人口授而得,故争相演习,以适从其便。"①焦循在《花部农谭》中云:"花部者,其曲文俚质……其事多忠孝节义,足以动人;其词直质,虽妇孺亦能解;其音慷慨,血气为之动荡。"②那么,如何看待这些花部剧本的价值,花部剧本是否只有表演性,而无文学性,都还需要再进一步探讨。花部剧本的创作,与传统文人创作也有着很大的不同,或凭艺人的口传心授,或是简约的梨园抄本,它们有着怎样的创作过程?我们的认识至今仍然是模糊不清的。民间戏剧的研究,由于语言、文化等原因,由地方学者进行研究更为切合实际,而在整体戏剧观的基础上所进行的地方戏研究,更益于我们了解中国戏剧史。

三

无论是剧本中心论,还是场上中心说,都无法否认在戏剧研究中剧本的重要位置。只是如何正确判断它的地位与作用,这一点,仍是我们需要努力的。

剧本为"一剧之本",而戏剧本质上是表演艺术,以演员为中心,这二者之间的关系十分复杂。我国自宋元南戏、元杂剧出现以后,到花部兴起以前,作家作品占据戏剧史的主要位置。花部兴起以后,演员开始走向中心地位。在戏剧的成熟阶段,剧本——亦即叙事文学,作为一剧之本,对戏剧发展的推动作用十分重大。可以说,戏剧的最终完善实现在场上,但文本的传播是则更为长久。剧本与演出,案头与场上的关系究竟如何,值得我们深入研究。

关于剧本,学术界仍存在一些有较大争议的问题:《公莫舞》是否为

---

① 王骥德:《曲律·杂论第三十九上》,《中国古典戏曲论著集成》(四),中国戏剧出版社1959年版,第154页。
② 焦循:《花部农谭》,《中国古典戏曲论著集成》(八),中国戏剧出版社1960年版,第225页。

剧本？九歌是否是剧本？如何看待敦煌遗书中的相关"剧本"资料？我们对中国古代戏剧的了解，主要依赖于对现存剧本的考察。王国维提出中国戏剧史形成于元代的结论，就主要是基于元代出现了代言体的剧本。剧本的有无，成为考量中国戏剧是否成熟的标志。由于学者们对剧本与戏剧的关系理解不同，对中国戏剧形成时间就产生了各种不同观点，如元代说、宋代说、唐代说、汉代说、战国说等。剧本在戏剧发生中起什么作用？什么时候才开始有剧本的创作与上演？剧本是否一定就是现存杂剧传奇的形态？剧本是否一定为代言体？诸如此类的问题，都值得深入研究。因此，对于剧本形态的研究，将有助于我们理解戏剧史上的重要理论问题，同时，对清理戏剧史的发展线索也不无裨益。

如上所述，一般意义上的"剧本"，必须要有"人物的对话（或唱词）"、"舞台指示"，而中国古代戏剧的剧本发展，从起源到成熟，却并不遵循这一般规律。不同时期、不同戏剧形态、不同表演形式、不同表演功能，都有相应的不同的剧本形态。按剧本的曲体来分，有曲牌体与诗赞体；按性质来分，有提纲本、演出脚本、演出记录本、案头本；按演出场合来分，有宫廷剧剧本、堂会戏剧本、剧场戏剧本、广场戏剧本、仪式戏剧本；从形式来讲，尚有连台本、折子戏本等诸种不同形式。通过"剧本"这一视角，也许可以重新考虑中国古代戏剧史研究中的一些既有观念，比如：剧本是否就是戏剧文学？剧本是否是一剧之本？剧本的不同版本与表演之间的关系？中国戏剧史与中国剧本史的关系？

剧本的编写，其最终指向是舞台，然而，剧本仍有能演与不能演之分。我们今天看到的传统剧目，大约是经过舞台的千锤百炼、大浪淘沙而后的沉淀。从剧本本身的内部结构来讲，一人主唱的曲体结构的元杂剧，与诗赞体结构的民间祭祀剧本、脚色制的传奇乃至近世角色制的京剧，其剧本的构造及创作要求都各不相同。而民间地方戏不需剧本，仅靠科班老先生口传身授的创作方式也自成一格。京剧演员盖叫天曾说："有的本子能当小说看，挺好，可不能演。有的本子写得非常仔细，不论上下场，角色穿什么，拿什么，几时坐，怎么走，眼睛要睁得多大，他都规定好了。演员再能干,也都成了'喜神祃儿'和'二百五',不能演,也实在挺难演。可是有的本子,看起来挺简单,没都写上,但是意思都有了,演员再一琢磨,发挥发挥,戏就更活了,就好看了。这种本子就是高,它真正能发挥演员的本事。"① 可见什么是适合舞台演出的剧本,同样是一个值得研究的课题。

以往对"剧本"有不同理解,其中一个原因,是"以今视古"的观念所造成的。以往的剧本形态研究,也主要建立在《元曲选》《六十种曲》等文人案头整理本的基础上,近年来已有不少学者注意到剧本的各种不同形态,但仍需进一步关注。我们勤力于挖掘一些散落于史籍中的剧本资料,以期展示中国古代剧本形态的一个全貌。对中国古代剧本形态的研究,是走向整体戏剧史或总体戏剧史的必由路径,也是为了纠正戏剧研究中的偏差,将以往较为忽视的民间剧本形态放在适当的位置,以新的眼光重新审视传统剧本研究,反映不同剧本形态之间的横向或纵向的联系,注意它们之间的互动与影响,以达到展示中国戏剧史全貌的目的。

---

① 盖叫天:《能演和不能演》,《盖叫天表演艺术》,浙江文艺出版社1984年版,第374页。

第一章
古代剧本文体形态概述

第一节 "剧本"概念的形成

"剧本"的概念,用于指代这一类文体:可用于戏剧表演,其文体特征具备自身的规定性。但"剧本"这一文体概念,相对于诗、文、小说,相当晚出。历史上,则有不少别种称谓用以指称"剧本",如果检视这些变化,亦可见出不同时期人们的戏剧观乃至剧本观。

一

从目前材料来看,唐人始有意于编撰剧本。任半塘在《唐戏弄》中指出唐代编剧本与撰戏曲之事实[1],但当时并没有出现"剧本"这一文体概念。《新唐书》中的《陆羽传》谓陆羽作"诙谐数千言"[2],《白孔六帖》卷六一"杂戏"条小字注中亦有"陆羽为优人,作诙谐数千言"[3],唐段安节《乐府杂录》"俳优"条述"弄参军"则作"是以陆鸿渐撰词"[4],可见陆羽所作剧本,在当时称为"诙谐数千言",或曰"词",反映了剧本只录词句及风格诙谐的特点,也反映了这一时期戏剧观的不成熟。

---

[1] 任半塘:《唐戏弄》,上海古籍出版社1984年版,第864页。
[2] 《新唐书》卷一九六,中华书局1975年版,第5611页。
[3] 《景印文渊阁四库全书》,第892册,台湾商务印书馆1986年版,第42页。
[4] 《中国古典戏曲论著集成》(一),中国戏剧出版社1959年版,第49页。

在《张协状元》中，则把剧本的创作称为"酬酢词源诨砌"①，修改剧本则为"更词源移宫换羽"②。说明剧本的创作，需要注意到词、曲、动作指示等诸要素。

在《宦门子弟错立身》中，把演戏这一艺术行为称为"传奇""杂剧"，而其案头形态则称为"掌记"，这种从形制角度对剧本的称呼，反映了当时艺人手中所拥有的剧本形态。但大部分情况下，戏剧的案头形态亦称作"杂剧""传奇"。如元代《录鬼簿》以"乐章""传奇"称之，言"前辈名公乐章传于世者"及"前辈才人有所编传奇于世者五十六人"③。明陶辅《桑榆漫志》云："玉峰丘先生者，盛代之名儒也……先生自创新意，撰传奇一本，题曰《五伦全备》。"④明清时期，亦多以"曲"来称呼剧本，如《元曲选》、《六十种曲》，说明时人对中国戏剧"曲本位"的体认。

"剧本"这一概念，从现存材料来看，始见于清代。

乾隆四十五年（1780）十一月上谕：

> 前令各省将违碍字句之书籍，实力查缴，解京销毁。现据各督抚等陆续解到者甚多。因思演戏曲本内，亦未必无违碍之处。如明季国初之事，有关本朝字句，自当一体饬查。至南宋与金朝关涉词曲，外间剧本往往有扮演过当，以至失实者，流传久远，无识之徒或至转以剧本为真，殊有关系，亦当一体饬查。此等剧本，大约聚于苏、扬等处，著令传谕伊龄阿、全德留心查察，有应删改及抽掣者，务为斟酌妥办。并将查出原本暨删改抽掣之篇，一并粘签解京呈览。但须不动声色，不可稍涉张皇。⑤

乾隆四十五年十一月二十日，伊龄阿奏折：

---

① 钱南扬：《永乐大典戏文三种校注》，中华书局1979年版，第2页。
② 同上书，第13页。
③ 《录鬼簿（外四种）》，上海古籍出版社1978年版，第6、8页。
④ 陶辅：《桑榆漫志》，《丛书集成初编》第2957册，第12页。
⑤ 《清实录》（二二）《高宗实录》（一四），中华书局1986年版，第939页。又中国第一历史档案馆编《乾隆朝上谕档》（一〇），广西师范大学出版社2008年版，第276页。

> 自南宋元明至今六百余年,流传剧本甚多……奴才钦遵谕旨……将各书坊宋元明新旧剧本详细确查。①

乾隆四十六年四月初九日,两淮盐政图明阿奏遵旨查办戏剧违碍情形,奏折云:

> 奴才图明阿跪奏,为恭录勘办剧本,进呈御览事。窃照查办戏曲,昨奴才拟请凡有关涉本朝字句,及宋金剧本,扮演失当者,皆应遵旨删改抽掣,别缮清本,同原本粘签进呈。②

乾隆四十六年四月初六日,江西巡抚郝硕奏遵旨查办戏剧情形,其奏折云:

> 臣查检弋阳县旧志,有弋阳腔之名,恐该地或有流传剧本,饬令该县留心查察。③

乾隆四十六年五月二十日闽浙总督陈辉祖奏折:

> 惟宋元以来流传剧本,在仕宦之家以及书坊市肆往往有之……④

同日,闽浙总督兼管浙江巡抚臣陈辉祖为查缴违碍书籍上奏:

> 至外间流传剧本,自应恪遵恩旨,不动声色,不涉张皇,留心查察。臣现饬各属妥详办,如剧本中查有字句违碍并扮演过当者,俱令分别查销禁止。再,江浙地方连界,而江南繁富集镇,梨园演习剧本较多,贩售传播,在所恒有。如有应禁之本,臣一并移查,彼此开会,随时办理。合并陈明。⑤

---

① 《京剧历史文献汇编》(三),凤凰出版社2011年版,第46页。
② 中国第一历史档案馆编《纂修四库全书档案》第777条,上海古籍出版社1997年版,第1328页。
③ 同上书第776条,第1326页。
④ 《京剧历史文献汇编》(三),第50页。
⑤ 中国第一历史档案馆编《纂修四库全书档案》第786条,第1351页。

乾隆四十六年五月二十九日上谕：

> 前因世俗流传曲本内，有南宋与金朝关涉或本朝新事编词曲，扮演过当，以致失实，无识之徒，或转以剧本为真。殊有关系，曾传谕该盐政等，令其留心查察，其有应行删改抽掣者，斟酌妥办。乃本日据图明阿奏查办剧本一折，办理又未免过当。剧本内如《草地》、《败金》等出，不过描写南宋之恢复及金朝退败情形，竟至扮演过当，称谓不伦，想当日必无此情理。是以谕令该盐政等留心查察，将似者一体删改抽掣。至其余曲本内无关紧要字句，原不必一例查办。今图明阿竟于两淮设局，将各种流传曲本，尽行删改进呈，未免稍涉张皇，且此等剧本，但须抄写呈览，何必又如此装潢致滋靡费……①

乾隆四十六年九月二十八日，安徽巡抚农起奏遵旨查办违碍剧本情形，奏折云：

> 臣以观玩剧本为名，陆续查取阅看，其底本均系抄录，并无坊刻……其余携带外出之剧本，俟其回籍，容臣陆续查取校核。②

但是，当时的文献也仍在使用"戏本"、"曲本"、"院本"等说法③。我们看到，前述乾隆的上谕中，并用了"曲本""剧本"的说法，而且其概念内涵是一致的。乾隆四十五年十二月初四日，全德奏折：

> 奴才前次接奉谕旨，遵查演戏曲本缘由，业经恭折复奏，随密遣家人赴苏城内外各书坊及惯卖戏曲脚本各铺，将一应曲本，无论刻本抄本概行收买……共余购得曲本，仍逐细校勘……并将已经收买及

---

① 《清实录·高宗实录》（二三）卷一一三一，中华书局1986年版，第125页。又中国第一历史档案馆编《乾隆朝上谕档》（一〇），广西师范大学出版社2008年版，第492页。
② 《纂修四库全书档案》第807条，第1399页。
③ "戏本"的称呼，直至近代仍在使用。如梁启超《劫灰梦》中说："你看从前法国路易十四的时候，那人心风俗不是和中国今日一样吗？幸亏有一个文人叫做福禄特尔的，做了许多小说戏本，竟把一国的人从睡梦中唤起来了。"见《饮冰室文集全编》卷一六，福禄特尔，今译为伏尔泰。

查勘各曲本分别开具清单。①

乾隆四十六年四月初六日江西巡抚郝硕奏遵旨查办戏剧情形，其奏折中使用"剧本"称呼外，也并用"戏本""曲本"的称呼：

> 并据附省之南昌府禀称：经传谕各戏班，将戏本内事涉明季及关系南宋金朝故事，扮演失当者，严行禁除外，所有缴到各戏本，派员查核。查江右所有高腔等班，其词曲悉皆方言俗语，俚鄙无文，大半乡愚随口演唱，任意更改……是以曲本无几，其缴到者亦系破烂不全钞本。②

乾隆四十六年四月初九日，两淮盐政图明阿奏折：

> 其余曲本有情节乖谬，恐其诳惑愚民者，亦照此办理……其余在局曲本，仍敬谨遵奉，细心勘办，随时呈缴。③

乾隆四十六年九月二十八日，安徽巡抚农起奏遵旨查办违碍剧本情形，奏折云：

> 臣查安徽省各属地居上游，与下江江苏省毗联，所演之戏大半俱属昆腔。惟怀宁县所属距省城四十里之石牌镇地方，教习戏本即名为石牌腔，曲调卑靡，节奏无序。④

除此而外，其他文献如朝鲜使者朴趾源记载乾隆八十寿辰庆典上演剧的情况：

> 八月十三日，乃皇帝万寿节，前三日后三日皆设戏。千官五更赴阙候驾，卯正入班听戏，未正罢出。戏本皆朝臣献颂诗赋若词，而演

---

① 《京剧历史文献汇编》（三），凤凰出版社 2011 年版，第 48 页。
② 《纂修四库全书档案》第 776 条，第 1326 页。
③ 同上书 776 条，第 1328 页。
④ 同上书 807 条，第 1398 页。

为戏也。①

又如嘉庆间梁章钜的《浪迹续谈》卷六"文班武班"条：

> 在兰州日，适萨湘林将军由哈密内召入关，过访，素知其精于音律，因邀同官以音觞宴之。坐定，优人呈戏本，余默写六字曰："非《思凡》即《南浦》。"握于掌中，将军果适点此两出，余曰："君何必费心，余已代为之矣。"开掌示之，合座皆笑。②

清代传奇《桃花扇》则兼用"曲本""脚本"，如第二出"传歌"亦有：

> 孩儿，杨老爷不是外人，取出曲本快快温习。

第二十五出《选优》有：

> （小生向旦介）你就在这薰风阁中，把《燕子笺》脚本，三日念会，好去入班。
>
> （旦）念会不难，只是没有脚本。
>
> （小生唤介）长侍，你把王铎抄的楷字脚本，赏与此旦。
>
> （杂取脚本付旦，跪接介）

至于仍使用"院本"概念者，如清宗室昭梿的《啸亭续录》卷一"大戏节戏"中记述：

> 乾隆初，纯皇帝以海内升平，命张文敏制诸院本进呈，以备乐部演习，凡各节令皆奏演。如屈子竞渡、子安题阁诸时，无不谱入，谓之月令承应……又谱宋政和间梁山诸盗及宋、金交兵，徽、钦北狩诸事，谓之《忠义璇图》。其词皆出日华游客之手，惟能敷衍成章，又抄袭元、明《水浒义侠》、《西川图》诸院本曲文，远不逮文敏多矣。③

---

① 《热河日记·山庄杂记》，上海书店出版社1997年版，第251页。
② 梁章钜：《浪迹丛谈续谈三谈》，中华书局1981年版，第346页。
③ 昭梿：《啸亭续录》，《续修四库全书》子部1179册，上海古籍出版社2011年版，第598页。

二

中国古代戏剧史上,长期以来没有一个综合性、囊备全体的"戏剧"概念。随着剧种、声腔等演出形态进一步丰富,一个能够囊括昆腔、梆子、乱弹等各种形态的综合性的艺术概念的出现,实属必要。因此,清以来的文献中,出现了"剧"、"戏曲"、"戏剧"的说法。

嘉庆二十年(1815),皇帝上谕:"近年蒙古渐染汉民恶习,竟有建造房屋、演戏听曲之事。"①

乾隆七年,庄亲王允禄等议奏乐部事宜,奏曰:"和声署乐章,沿袭明制,仍用戏曲,殊属非体。"②

乾隆四十六年四月初九日,两淮盐政图明阿奏奏折云:"窃照查办戏曲……"③

乾隆四十六年二月初三日,全德奏折云:"奴才遵旨查办违碍戏曲,所有陆续收买曲本三百七十六种,及勘出五十种,节经奏明在案。"④

这里所云"戏曲",当已是指当时各剧种的演剧⑤。

明人祁彪佳曾以"曲品""剧品"之别,来区分自己所品评的明传奇与明杂剧两种不同戏剧形态,"剧"还是专指杂剧。但在清代焦循笔下,则以"剧说"来给自己的戏剧理论著述命名,"剧"涵盖了所有的演剧形式。"剧"及"演剧"的说法,也屡见于文献:

---

① 《清会典事例》卷九九三"理藩院·禁令·内蒙古部落禁令"条,又见《清仁宗实录》卷三三三。
② 《纂修四库全书档案》第777条,上海古籍出版社1997年版,第1328页。
③ 同上。
④ 《京剧历史文献汇编》(三),凤凰出版社2011年版,第52页。
⑤ "戏曲"一词,《四库全书》所收宋末南丰人刘埙的《水云村诗稿》里,有"永嘉戏曲出,南丰泼少年化之"(此为胡忌首次发现,参洛地《一条极珍贵资料的发现——"戏曲"和"永嘉戏曲"的首见》,《艺术研究》第11辑及洛地《戏曲与浙江》一书),元末陶宗仪《南村辍耕录》卷二五《院本名目》有"唐有传奇,宋有戏曲、唱诨、词说",卷二七《杂剧曲名》有"稗官废而传奇作,传奇作而戏曲继。金季国初,乐府犹宋词之流,传奇犹戏曲之变,世谓之'杂剧'"。"戏曲"一词的广泛使用,还是1913年王国维《宋元戏曲考》(1915年商务印书馆出版时更名为《宋元戏曲史》)的问世。但王国维研究中国戏剧并以"戏曲"命名,是受日本学界的影响。参傅谨《"戏曲"一词是从什么时候开始有的》,《人民政协报》2011年3月18日。

> 即如俗演《渭水河》、《芦花被》等剧……今都中演剧,不扮汉寿亭侯……道光丁未某侍御巡城,禁演《滚楼》、《山歌》等剧……为之邀请铺户、娼优诸人,设筵演剧,招摇炫弄……①
>
> 民不知书,独好观剧。②
>
> 余谓禁演不得演之剧,不如定演应演之剧……即如宁波一郡,城厢内外,几于无日不演剧,游手无赖之徒,亦无日不观剧也。③
>
> 亲见伶人作剧时,蝗集梁楣甚众……噫,演剧果可御灾,亦当权宜开禁。④

在清以前的文献中,偶有"戏剧"一词的身影。"戏剧"一词,首见杜牧《西江怀古》诗:"魏帝缝囊真戏剧,苻坚投箠更荒唐"⑤,但这里的"戏剧"是诙谐可笑的意思。杜光庭传奇小说《仙传拾遗》谓张定"与父母往涟水省亲,至县,有音乐戏剧,众皆观之,定独不往"⑥,与"音乐"并举,应指演出。嘉庆四年五月上谕:

> 民间扮演戏剧,原以借谋生计,地方官偶遇年节,雇觅外间戏班演唱,原所不禁。若署内自养戏班,则习俗攸关,奢靡妄费,并恐启旷废公事之渐。⑦

嘉庆十二年及十八年上谕:

> 给事中严烺奏现在霡雨未沾,请于斋戒期内,饬令大小臣工,凡遇喜庆等事,暂停演戏。并请敕下五城御史晓示各戏园,毋许演唱戏剧一折。向例,斋戒期内,原俱禁止演剧……著五城御史豫行晓谕居民人等,凡遇斋戒日期,并祈雨斋戒及祭日,所有戏园概不准演唱戏

---

① 周寿昌:《思益堂日札》卷九,《续修四库全书》子部第1161册,第446页。
② 王弘:《山志》卷四"传奇"条,中华书局2012年版,第108页。
③ 徐时栋:《烟屿楼笔记》卷四,《续修四库全书》子部第1162册,第629页。
④ 王端履:《重论文斋笔录》卷一,《续修四库全书》子部第1262册,第513页
⑤ 《全唐诗》卷五二二,中华书局1960年版,第5964页。
⑥ 《太平广记》卷七四道术四"张定"条,中华书局1961年版,第465页。
⑦ 《清仁宗实录》(三)卷二四八,第357页。

剧,以昭肃敬。

  外城地面开设戏园,本无例禁。但演唱淫词艳曲,及好勇斗很(狠)戏剧,于人心风俗,大有关系。①

可知"戏剧"的概念,在清代已出现,但并未广泛使用。直至近代外国戏剧进入中国,剧作家与戏剧理论家普遍使用"戏剧"这一概念,与传统中国旧戏(戏曲)形成区别,而戏剧创作的脚本,也开始习用"剧本"这一称呼了。

第二节　剧本体制

  剧本是包括唱词、对话、舞台提示,可用于表演的文学本子,这一定义更多的是从案头文学的角度来说的,而在实际的表演原境中,剧本却呈现出多种样态。既有形成文字的本子,如我们熟悉的《元刊杂剧三十种》、《元曲选》等,也有并未形成文字、只在艺人群体口耳传承的,没有物质形态的"剧本",不妨称为"无本之本"。由于戏剧是场上艺术,所谓"艺在人身",因此是否有剧本,以及剧本的完整与否,对于艺人来讲,并不妨碍演戏。这一类形式,已有学者从非物质文化遗产传承的角度,进行了深入研究②。而今日留存下来"物质"形态的古代剧本,大致说来可以分为以下诸种形式:按曲体分,有曲牌体与诗赞体;按性质分,有提纲本、案头本;按表演场合分,则有宫廷演出剧本、堂会演出剧本、仪式演出剧本;从形式来讲,尚有连台本、折子戏本等诸种不同形式。以下,就对上述诸种剧本的文体形态作些大略介绍。

一　从曲体来分

  现存的古代剧本,基本以曲牌体与诗赞体两种曲体形式构成。

---

① 《清会典事例》卷一三九"都察院·五城九·戏馆"条,中华书局1991年版,第425—426页。
② 如卜亚丽《中国影戏剧本形态叙论》(中山大学2007年博士论文)运用田野调查材料,对这种艺人口传心授的方式进行了具体的研究。

戏剧角色扮演的本质,剧本不一定要引曲入戏,汉唐之际不少的科白戏,就是无曲之戏。但这类科白戏短小即兴的性质,并没有以后来"剧本"的形式留存下来。

引曲入戏,所引之曲皆为当时流行的俗乐歌诗。如《公莫舞》中剔除了动作指示后的歌词;唐戏《钵头》扮作上山寻父尸者,所唱之"曲八叠";《踏谣娘》所行之"歌",尚有曲尾帮和。又如唐人范摅《云溪友议》卷下"艳阳词"记载江浙民间戏班演出"陆参军"事:

> 俳优周季南、季崇及妻刘采春,自淮甸而来,善弄"陆参军",歌声彻云……元公……赠采春诗曰:"……更有恼人肠断处,选词能唱望夫歌。""望夫歌"者,即"罗唝"之曲也。采春所唱一百二十首,皆当代才子所作。其词五、六、七言,皆可和矣。词云:"不喜秦淮水,生憎江上船。载儿夫婿去,经岁又经年。"……采春一唱是曲,闺妇行莫不涟泣。①

《云溪友议》接着举引了她所唱的歌词七首,其中六首为五言,另一首七言则是贞元年间诗人于鹄的《江南曲》。以五绝、七绝入唱,是当时时俗。

南宋周密《武林旧事》所载"官本杂剧段数"280 本,其中有一部分当是承北宋而来,半数以上都配有大曲等曲调名字。按王国维统计,配以大曲的 103 个,配以法曲的 4 个,配以诸宫调的 2 个,配以宋代词调的 30 个,配以金元曲调的 9 个,再加以配以其他曲调的,配曲的剧目共有 150 多个。

北杂剧与南曲戏文传奇,皆是曲牌体。由于杂剧一人主唱的体制,一折之中,音调变换太大,演员演唱有难度,所以要以同一宫调的曲子联套。以曲牌联套的演唱方式,演述全部的戏剧情节,因此北杂剧称为"曲体结构"。北杂剧常用的五宫四调,燕南芝庵在《唱论》中描述这九个声调的声情:

---

① 范摅:《云溪友议》卷下,古典文学出版社 1957 年版,第 63—64 页。

> 仙吕调唱,清新绵邈。南吕宫唱,感叹伤悲。中吕宫唱,高下闪赚。黄钟宫唱,富贵缠绵。正宫唱,惆怅雄壮……大石调唱,风流蕴藉……双调唱,健捷激袅……商调唱,凄怆怨慕……越调唱,淘写冷笑。①

至于南曲戏文,徐渭在《南词叙录》中云:"永嘉杂剧兴,则又即村坊小曲而为之,本无宫调,亦罕节奏,徒取其畸农、市女顺口可歌而已,谚所谓'随心令'者。"然徐渭又指出:"南曲固无宫调,然曲之次第,须用声相邻为一套,其间亦有类辈,不可乱也。"②可见南曲曲牌亦以声相邻为缀合法则,这或与当时乐声体系强调统一完整不无联系。但南曲戏文非一人主唱的形式,可根据每个脚色的情况安排曲牌,仍有利于提高剧作的戏剧性。

古代戏剧的另一种曲唱体系是诗赞系。以七字或十字的词格出现,其音乐结构则是以上下对偶句为一个基本音乐单位。诗赞系进入戏剧,目前皆以万历年间的《钵中莲》传奇为起始,或再往上推到元明词话中的七字和十字格。但实际上,敦煌发现的诗赞系讲唱底本,虽不能称为剧本,但已与戏剧形成了联系,下文有详述。

二 从性质来分

1. 掌记本

《武林旧事》卷六记载,杭州街市出售诸物中有"掌记册儿"。《宦门子弟错立身》中,延寿马学习演唱杂剧要"看掌记"。山西运城西里庄1986年出土元墓杂剧壁画中,有演员在演出过程中看掌记的画面③。由于元杂剧一人主唱的性质,使得这类本子也成为主唱者(正旦或正末)的"单角本"。而它的只记唱词、简略记述科白的性质,也是它成为一种提纲本的标记。掌记本的特点,便是艺人手中所有的,并不是一个完整的本

---

① 《中国古典戏曲论著集成》(一),中国戏剧出版社1959年版,第160页。
② 《中国古典戏曲论著集成》(三),中国戏剧出版社1959年版,第240—241页。
③ 参山西省考古研究所《山西运城西里庄元代壁画墓》,《文物》1988年第4期。

子,曲词完整而宾白简略甚或全无。

从今天艺人记述剧本(即提纲本)的情况来看,掌记本"一般有两种方式:一类是'准纲'(或总稿),即除记录唱段曲词和韵白外兼记场上科白的主要顺序及少量关键宾白,余者则由艺人场上发挥;一种称为'准词',即只记唱段曲词和韵白,余者均由艺人根据口传心授之'准纲'临场发挥"①。这种方式实际上一直有效地沿袭着,如近代京剧戏班的演出本,"有些是文人墨客兴来之笔,有些是老艺人根据传统故事改编的,有的甚至无剧本,只有个提纲,即所谓'跑梁子'"②。

我们现在在流传下来的古代剧本,虽然一般均已经过后人的加工整理,不是剧作的"原生态",但仍然可以看到早期掌记本的模式,《元刊杂剧三十种》即如此。

"元刊"原为明代文士李开先旧藏,历经何煌等人,转归藏书家黄丕烈收藏,题名为《元刻古今杂剧》。民国时,书为日本人购去,后又为罗振玉所得。1914年日本京都帝国大学请陶子麟覆刻,以《覆元椠古今杂剧三十种》之名出版。

《元刊杂剧三十种》在剧本形态上的特点,除曲词完整而宾白不全外,还有多处出现了"等……了"之语。太田辰夫在《"等"考》一文中,据"等"只附主角以外的登场人物,而论定为系总括非主角者之脚色名③。洛地也提出了"元刊"没有或只有寥寥几句宾白,大量使用"等外……了"的提示语,这些正是掌记本的标志④。关于这一点,《青楼集·志》也曾说:"'杂剧'则有旦、末。旦本女人为之,名妆旦色;末本男子为之,名末泥。其余供观者,悉为之外脚。"⑤其中"供观"二字,清赵晋斋校本作"供衬",可见元杂剧末、旦为正,其余为衬的性质。

---

① 卜亚丽:《中国影戏剧本形态叙论》,中山大学2007年博士论文,第2页。
② 郭永江:《王瑶卿的舞台生涯》,《京剧谈往录续编》,北京出版社1988年版,第129页。
③ 〔日〕太田辰夫:《"等"考》,《神户外大论丛》第三十二卷第一号,1981年8月。后收入《中国语文论集·语学篇·元杂剧篇》,汲古书院1995年版。
④ 《关目为本、曲为本,掌记为本、正为本——元刊本中的"咱"、"了"及其所谓"本"》,《中华戏曲》1988年第1辑。又见《洛地文集·戏剧卷》,艺术与人文科学出版社2001年版。
⑤ 《中国古典戏曲论著集成》(二),中国戏剧出版社1959年版,第7页。

由于"元刊"的这些特点,所以长期以来,学界对"元刊"并不十分重视,仍然注重的是在版本上看似比较完善的《元曲选》及明代的其他一些元杂剧选本。除1962年郑骞《校订元刊杂剧三十种》,更为深入的研究仍比较缺乏。80年代以后,人们逐渐认识到"元刊"的重要性,先后有徐沁君(1980年)、宁希元(1988年)等的新校本。日本京都大学的元曲读书会,目前也一直在进行"元刊杂剧三十种"校勘研究工作,目前已校勘了《三夺槊》、《气英布》、《西蜀梦》、《单刀会》、《贬夜郎》、《介子推》六个剧本①。

关于《元刊杂剧三十种》的刻印目的,狩野直喜在京都大学覆刻本"元刊杂剧"序中,将这些版本定性为观剧时阅读的小册子。而小松谦、金文京则认为:"元代后期在杭州上演的杂剧,以蒙古人、色目人在内的由北方南下的统治阶级为主要服务对象,故这种版本对本地人来说显然有其必要。不过,以当时的出版状况,即每一次出版的容量和成本,刊行这么些书籍,已与石版和活版诞生之后的情况相似,很难想象其目的只是提供观剧用的小册子。"因此观剧只是次要用途,"既然有马致远这样一流的散曲作家同时兼撰杂剧的人物存在,那么,人们阅读杂剧曲文的欲望也是很自然的。而元代后期的杭州,郑德辉这样擅长文人剧,又以散曲著称的作家十分活跃,一定会使这样的倾向得到进一步强化"。②

确有不少证据可以说明,曲本或话本的出版,是为了满足人们的阅读需要,但是也有边观剧边看剧本的记载。如《水浒传》二十一回宋江说"我时常见这婆娘看些曲本,颇识几字"③,张岱《陶庵梦忆》卷四"严助庙"条有"一老者坐台下对院本,一字脱落,群起噪之"④之句,可见剧本的通行。山西省繁峙县岩山寺文殊殿金大定七年(1167)壁画所绘市井酒

---

① 参见《元刊雜劇の研究》,汲古书院2006年版;《元刊雜劇の研究》(二),汲古书院2011年版。
② 〔日〕小松谦、金文京撰,黄仕忠译:《试论〈元刊杂剧三十种〉的版本性质》,《文化遗产》2008年第2期。
③ 施耐庵:《水浒传》(明容与堂刻百回本),人民文学出版社1975年版,第275页。
④ 《陶庵梦忆·西湖梦寻》,中华书局2007年版,第50页。

楼说唱图中,也有酒客边听说唱边看曲本的画面。图中楼左为一高髻女子,双手执杖,正敲击面前的平面鼓,其旁坐一男子双手击拍板,楼中部背坐一人,左手拿一本翻开的书,面侧向击鼓女子。①

当然可以有一种考虑,就是为了满足演员记诵之需。但演员多是口传的方式记诵,抄写即可,不需出版。阅读欲望的产生,仍然是这类文体得以刊行的最重要原因。由于表演与观看的不可记录性,曲本的出版,可以让喜欢戏剧的人们以另外的一种非观看而是阅读的方式来欣赏戏剧。直接以演出本(掌记本)来阅读,也反映了当时人们并没有意识到案头读物的特殊要求与特殊性质,但也因而保留了杂剧演出的一些原始形态。虽然由于演出的不可记录性,我们没有影像资料,几乎无法研究,好在这些演出的形态,还是在剧本里或多或少地留下了一些痕迹。

元刊的流布痕迹,我们从清初何煌校赵琦美抄藏曲的校语可以看出一些端倪。何煌在校赵琦美抄藏曲时,据其自记,所据有二本:一是元刊本,一是旧抄本元杂剧。如:

  雍正乙巳(三年)八月十日,用元刊本校。(抄本《单刀会》跋)

  雍正乙巳八月二六日灯下,用元刻校勘。仲子。(息机子刊本《看钱奴》跋)

  雍正己酉(七年)秋七夕后一日,元椠本校。中缺十二调,容补录。耐中。(息机子刊本《范张鸡黍》跋)

  用李中麓所藏元刊本校讫了。清常一校为杠废也。仲子。雍正乙巳八月廿一日。(新安徐氏刊本《魔合罗》跋)②

以上跋语,《单刀会》未曾署名,但孙楷第已指出:"审其字实系何煌笔。"③

据孙楷第分析,这里的"元刊""元刻"即后为罗振玉所得的"元刊杂

---

① 参见廖奔《宋元戏曲文物与民俗》,文化艺术出版社1997年版,第203页。
② 校语见《脉望馆钞校本古今杂剧》,《古本戏曲丛刊四集》,商务印书馆1958年。
③ 孙楷第:《也是园古今杂剧考》,上杂出版社1953年版,第168页。

剧三十种"。而何煌的跋语,还说明他的校本中有"旧抄本":

> 雍正三年乙巳八月十八日,用李中麓钞本校,改正数百字。此又脱曲廿二,倒曲二,悉据钞本改正补录。钞本不具全白,白之缪陋不堪,更倍于曲。无从勘正。冀世有好事通人为之依科添白。更有真知真好之客,力足致名优演唱之,亦一快事。书以俟之。小山何仲子记。(新安徐氏刊本《王粲登楼》跋)①

《王粲登楼》在今元刊本中亦存。据此条可知抄本亦李开先旧藏,但从何煌以下,并未有再言及此抄本者。从何煌跋语"钞本不具全白,白之缪陋不堪,更倍于曲"来看,其形态正与元刊相同,可见何煌所拥有的抄本或为元人抄本,或抄自元刊或元抄。而何煌此跋后还附有另八剧名目,当亦为李开先抄本:《诌梅香》、《竹叶舟》、《倩女离魂》、《汉宫秋》、《梧桐雨》、《梧桐叶》、《留鞋记》、《借尸还魂》。此八种中,《竹叶舟》、《借尸还魂》(即元刊中的《岳孔目借铁拐李还魂》)也为"元刊杂剧三十种"所有,其余六种则不见于元刊本。那么,加上前面的《王粲登楼》,则抄本一共有九种,与元刊本重复的有三种。

何煌校本毕竟还是留下来一些校语,虽皆只言片语,但也可供我们作些简单的分析。如脉望馆收《魔合罗》剧,在第一折[天下乐]与[醉中天]曲的上方书眉,何煌录曲二首和对白一句,当是对校后将缺文补齐:

> [那吒令]恨不得七里八步,那里敢十歇九住,避不得千辛万苦。意紧急,心慌速,怎敢犹豫。
> [鹊踏枝]则见近高陂,靠长途,蓦地抬头,见座林木,这的是寺字知他庙宇,略而间避雨权居。
> 这是个庙宇,且入去避雨咱。

查今存《元刊杂剧三十种》本此剧,此处完全相同。第一折[金盏儿]曲上

---

① 《脉望馆钞校本古今杂剧》,《古本戏曲丛刊四集》,商务印书馆 1958 年,下文所引脉本不再逐一标注。

方书眉,有"高山上见了"一句,也正是"元刊"中的说白,也是元本所缺。此外,如第三折[后庭花]曲、[双雁儿]上方有校语曰"元刻无此二曲",第四折两首[么]篇上方校语曰"元刻此曲在后""元刻此曲在前"以及曲词的增删添减,无不与元刻本相同。何煌跋曰:"用李中麓藏元椠本校讫了,清常一校为枉废也。"赵琦美(清常)未见元刻,所校皆为明本,而明本所出,又皆为宫廷所藏本,无怪乎无法在校勘上有所成就。而何煌以元刻校明本,自然以赵琦美的工作为"枉废"了。

又如《看钱奴买冤家债主》(也是园藏息机子本作《看财奴买冤家债主》),第一折[混江龙]曲,行间有文佚:"这等人夫不行孝道,妇不尽贤达,爷瞒心昧己,娘剜剌挑茶,儿焦波浪劣,女俐齿伶牙。笑穷民寒贱,取富汉奢华。他有的驱驾,他没的频拿。挟权处追往,倚势处口路。少一分也告状,多半钱也随衙。买官司上下,请机察钤辖。"又将"败风俗"改为"坏风俗","煞风景"改为"杀风景","异锦轻纱"改为"衣锦轻纱",皆与今《元刊杂剧三十种》相合。[天下乐]曲后,补"尊子云了,告上圣此人不可悯恤"句,也正是《元刊》中的说白。第一折[寄生草]后所增[么]曲,第二折所补[呆古朵]、[滚绣球]、[脱布衫]、[小梁州]、[么]、[三煞]、[二煞],第三折所补[后庭花]、[双雁儿]、[清歌儿]、[梧桐叶]、[村里迓鼓]、[元和令]、[上马骄]、[游四门]、[圣葫芦],第四折所补[东原乐]、[绵答絮]、[秃厮儿]、[鬼三台]、[金蕉叶]、[圣药王],都与今存"元刊"完全相合。可见,何煌手中的李开先藏元刊本,正是今存的"元刊"。

那么,元抄的情况如何呢?何煌以元抄本所校的《王粲登楼》,给我们留下了不少线索。

从何煌所录校语"驾一折了""蔡邕一折了""小儿云了""外云了""二净一折""提到门首见外了""荆王云了"等语,可见其形态与今存"元刊"完全相同。其"……了"的句法,正是舞台掌记本的特征。

何煌以元刊及元抄对校也是园藏古今杂剧的本子,其中元刊本对校者共有《魔合罗》、《范张鸡黍》、《看钱奴》、《单刀会》四剧,《陈抟高卧》、《马丹阳三度任风子》、《博望烧屯》、《汗衫记》、《疏者下船》、《赵元遇上皇》则未校(孙楷第只计《陈抟高卧》,余五种未计)。元抄本可对校者有:《诌梅香》《留鞋记》《汉宫秋》《梧桐雨》《倩女离魂》《王粲登楼》《梧桐叶》七种,但何煌只校了其中的《王粲登楼》。孙楷第指出:何煌之所以未校,还是由于"校曲之事较校四部经籍为难,以诸本曲白往往不同也","两本异其面目,则是改而非校,虽嗜校雠者亦废然而返矣"。① 此语诚为孙氏同为道中人的恳切感叹之语。

第四折的【水仙子】曲后,今存脉望馆藏陈与郊本,在一段对白后,接【雁儿落】【得胜令】两曲结束。何煌则在【水仙子】后的页眉部分,抄录了【川拨棹】【七兄弟】【梅花酒】【收江南】【鸳鸯煞】五曲后,以"散场"结束。然而在句末,又云:"一本【水仙子】下,有【殿前欢】【乔牌儿】【挂玉钩】【沽美酒】【太平令】五曲。"可见,何煌手中,除了李开先所藏元抄本,还有其他的本子,且文字有异。这种情况应该如何解释呢?

从元传奇《宦门子弟错立身》中女优王金榜第一次与延寿马见面的场景,我们可以看到"掌记"的情况:

  (生)闲话且休提,你把这时行的传奇,(旦)看掌记。(生连唱)你从头与我再温习。

  (旦白)你直待要唱曲,相公知道,不是耍处。(生)不妨,你带得掌记来,敷演一番。

可见,"掌记"也就是《武林旧事》卷六"小经纪"所说的"掌记册儿",是艺人必备的东西。从后面的"更温习几本杂剧"(【六么序】)之句来看,作为专业演员,还是需要常常温习剧本(掌记)的。因为元杂剧"以曲为剧"的形态特点,一定是需要熟习曲词才行。女优王金榜的父亲盘问延寿马:

  (末白)都不招别的,只招写掌记的。(生唱)

  【麻郎儿】我能添插更疾,一管笔如飞。真字能抄掌记,更压着玉京书会。

---

① 《也是园古今杂剧考》,第173页。

这里的"添插",钱南扬注为:"可见写掌记不但抄录,有时还要作修改。"①因为如果只是抄录,就不会有"更压着玉京书会"的自矜之语了。对剧本的修改,我们还可从《张协状元》的"《状元张叶传》,前回曾演,汝辈搬成。这番书会,要夺魁名","九山书会,近日翻腾,别是风味"之语,可知修改剧本的确是书会才人常见的事情②。

从上述分析可见,掌记本确是艺人温习备忘之本。民间艺人记述剧本,可能是一个简单的情节梗概,或脚色唱词而已。同一故事,在不同艺人笔下面目是不同的,而且常有符号,这当然有不想外传的意义在里面。这一点也是民间文学传承的普遍规律。梅维恒的《唐代变文》提到说书的情况:"艺人们传承故事(包括词句、声调、动作、表情等等)是通过口传,而不用脚本。但他们也承认有时他们故事的某些部分有文字本子,这往往是韵文部分。说书人强调诗必须熟记——一词一字都不得更改。另一方面,他们在口说的散文部分则随意得多","如果说书艺人以文字形式记下了什么,他们会非常戒备地守住它们,甚至完全否认其存在","有见识的商人转录了某一表演,将手录的本子在庙会上出售或出租"。③

只记述韵文部分的本子在实际的运用中仍然需要师傅的讲述与传授。在师傅的讲述过程中,故事的情节、人物的性格等面目逐渐清晰,但这些在剧本里是不会反映出来的。这里我们不妨推想,如果《元刊杂剧三

---

① 《宦门子弟错立身》注释56,见《永乐大典戏文三种校注》,中华书局1979年版,第251页。
② 《元刊雜劇の研究》"前言"部分指出,"元刊"本《陈抟高卧》第一折[醉中天]曲中,出现了"吴文整"这一人物,当为谥号为文正的元末大儒吴澄,虞集《故翰林学士吴公行状》(《道园学古录》卷四四)记载吴澄生于淳祐九年(1249),享年85岁,死时已是元统元年(1333)。《陈抟高卧》的作者马致远(约1250—1321至1324间)远在之前就已逝去了,因此这一部分一定是在元末改作的。参《元刊雜劇の研究》,汲古书院2006年版。
③ 〔美〕梅维恒著,杨继东、陈引驰译:《唐代变文》,中国佛教文化出版有限公司1999年版,第234—235页。现代演剧团体也证实了这一点,如陈守仁《香港粤剧研究·上卷》说:"粤剧演出方面,一台戏之演出剧目常由文武生、正印花旦演员或主会决定。两位演员必须负责提供剧本给戏班的其他成员,行内称'交戏'","有志要攀上这两个角色的演员,除努力吸收各种演出造诣之外,尚需要搜罗剧本作自己演出之用。另一方面,他们须尽量防止别人取得或复制自己的剧本。一般方法是分派极小量的剧本,并用颜色极浅的字体印刷,使别人不易复印。又或只分派完整剧本予主要演员和乐师,其他的只得到各人有份参与场次的部分"(广角镜出版社1988年版,第55、57页)。

十种》,正是当日元杂剧的演员所拿到的本子,那么"正旦"或"正末"也会有自己的"师傅"。而从元代剧作家与演员的密切关联来看,剧作家很可能就是演员的指导老师之一①。在南方戏文的表演中同样如此,书会才人编好剧本后直接参与演员的演出活动。如《张协状元》由九山书会编成,剧作开篇【满庭芳】曲所述:"《状元张协传》,前回曾演,汝辈搬成。这番书会,要夺魁名"②,即含有书会才人与艺人共同努力的意思。

2. 案头本

如果仅从字面而言,所有以文字形态呈现的剧本,似乎都可称作"案头本"。但我们这里的"案头本",主要是从剧本的形态是供案头阅读,还是场上表演的角度来划分的。

演剧成为一种重要的娱乐活动,场上欣赏具有不可复制性与不可保存性,因而有了案头阅读剧本的需要。案头阅读具备永久性、可复制、可保存等诸种优点,可满足人们不同的审美与娱乐需求。

在古代剧本中,《元曲选》和汲古阁《六十种曲》本③,都是典型的案头阅读本。《元曲选》与其他诸种明代元杂剧选本,不论是内容上还是文体上,都呈现出许多不同的特点。下文即从文体的角度,从程式化用语的修改、折的划分等来分析《元曲选》作为案头读本的文体特点。

实际上,明代传奇的繁荣也使得明代传奇的案头阅读本数量繁多。在明代文人的戏剧批评中,常有"时本""俗本"等称呼,这些便是指明代大量出版的案头阅读本。

这些案头阅读本的特点,大致有以下几种:

(1) 与当时的实际演出有密切关系。不少本子直接来源于当时的实际演出。

---

① 如关汉卿就与元代著名演员珠帘秀交情甚厚,曾有【南吕·一枝花】赞美珠帘秀的精湛演技。
② 钱南扬:《永乐大典戏文三种校注》,中华书局1979年版,第2页。
③〔日〕土屋育子《戯曲テキストの読み物化に關する考察——汲古閣本〈白兔記〉を中心として》,以《白兔记》为中心,论述了作为读物的汲古阁本的特点,可参,《日本中国学会报》第58集。又见氏著《中國戯曲テキストの研究》第三章第三节,汲古书院2013年版。

（2）多有评点，且署为当时名人如李卓吾、陈继儒等，这些未必属实，有些只是书商的出版策略而已。

（3）为适应案头阅读，有些本子还加以批注。如明集义堂刻本《重校琵琶记》中①，每出末均附有"释义"和"音释"两部分。如第二出"释义"部分，解释了诸如"宋玉""子云""九万程""菽水""幽闲""箕箒""桑榆""紫绶""金章""兔走""兰玉桂花"等词语，而"音释"部分，则为"骋""谬""健""瞬""闶""液""瓯"等字注音。又如世德堂本《新刊重订出相附释标注月亭记》，以眉批夹批的方式释音释义。如第二折眉批有："映雪，孙康家贫映雪读书。"第三折"崦嵫"一词，右有夹批"音焉兹，山倒景"，又有眉批"崦嵫，日入处"。第五折"貔貅"一语，左有"音皮休"批语，眉批又有"貔貅，猛兽。杜诗'江头花发醉貔貅'，则借言兵也"。可见，这些注释包括注音释意、解说人名地名、注释名称或典故等等。显然是为读者扫清阅读障碍而设的，也反映了这些本子作为案头阅读本的特点。

（4）大部分曲本配有插图。如金陵以汇刻曲本知名的书坊所刻传奇曲本，都配有插图，富春堂本的插图以古朴著称，继承了元末以来通俗读物的插图风格。到了唐振吾的广庆堂，就开始出现变化，插图风格趋于工丽，反映了市场喜好。这也是随着徽派版画的发展，其他各地的图书出版也随之改进。金陵派版画就在这种竞争与应激中形成了自己的金陵派风格。文林阁和后来的继志斋所刻传奇作品，成为这种风格的代表。这些插图，也大都并非对演剧实景的反映，而只是为配合阅读而已②。

除此而外，戏剧成为一种流行的娱乐方式，戏剧文体也成为一种重要的写作文体。明清之际出现了剧作家不为舞台演出、只为案头清赏而创

---

① 此本为日本蓬左文库所藏。此本首为《琵琶记序》，署"丁酉蜡日玩虎轩主人叙并书"，实为集义堂据万历二十五年（1597）玩虎轩重校翻刻，图系覆刻。此版本为孤本，日本宽永十二年（1635）种村肖推寺献本。

② 万历三十四年（1606）浣月轩刊本《蓝桥玉杵记》"凡例"中说："本传逐出绘像，以便照扮冠服。"郑振铎认为："许多剧本的插图未必便都具有这个功用，他们恐怕只是作为装饰性的美好的'插图'，以增进读者们的兴趣而已。"（郑振铎：《中国古代版画史略》，《郑振铎艺术考古文集》，文物出版社1988年，第365页）

作的本子。最为典型的,可说是明清杂剧的创作。虽然明清之际,随着南曲传奇的兴盛,杂剧的演出日渐式微,但杂剧这种文体的创作却并未随之消失。这一时期杂剧的创作也完全成为一种新兴"文体",而为一部分利用这一文体抒写性情的文人所喜爱[①]。

三 从表演场合来分

容世诚曾注意利用"表演场合"这一概念,从演出功能的角度重新考虑演出剧目、表演风格和剧场性质的交互关系。在该书序言中,他说:

> 究竟什么才是"表演场合"? 陈守仁认为表演场合是由一连串的"场合元素"构成的。它们是:(1)演出地点之环境人;(2)演出场地之物质结构;(3)演出者与观众之划分;(4)在演出进行中之其他活动;(5)观众的口味及期望;(6)观众的行为模式。在这种元素外,笔者再加上"演出目的与功能"一项,作为分析中国仪式剧场的重要考虑。[②]

容著还引用了明末陶奭龄在《小柴桑喃喃录》中的一段记述:

> 余尝欲第院本作四等。如四喜、百顺之类,颂也,有庆喜之事则演之;五伦、四德、香囊、还带等,大雅也,八义、葛衣等,小雅也,寻常家庭宴会则演之;拜月、绣襦等,风也,闲庭别馆、朋友小集或可演之。至于昙花、长生、邯郸、南柯之类,谓之逸品。在四品之外,禅林道院皆可搬演,以代道场斋醮之事[③]。

以下,我们即讨论不同表演场合剧本的不同形态:

1. 宫廷演出剧本

在中国古代演剧史上,宫廷始终是一个重要的演出场所。从宫廷演

[①] 参拙著《明代杂剧研究》,广东高等教育出版社 2001 年版。
[②] 参见容世诚《戏曲人类学初探——仪式、剧场与社群》"序言",广西师范大学出版社 2003 年版,第 4 页。文中提到的陈守仁著述,见《从即兴延长看粤剧演出风格与场合的关系》,《中国音乐学国际研讨会论文集》,山东教育出版社 1990 年版。
[③] 《小柴桑喃喃》,崇祯八年(1635)刻本,上卷,第 66 页上。

出剧本我们可以看到,演剧受制于宫廷礼仪而带来的一系列特征。因为宫廷演出的特殊环境,宫廷演出剧本有各种禁忌。小松谦曾指出,明宫廷内府本严格遵守"驾头杂剧"禁令,连一个"王"字也不敢用①。

下面我们以清代宫廷为例,略陈述之。朱家溍说:"自南府时期到升平署时期,所有上演的弋腔、昆腔戏,每出都有七种本。总本、单头本、曲谱、串头、排场、提纲。"②清宫演剧的本子,以往难以得见。近年来,随着对清代宫廷演剧研究的深入,特别是几种大型剧本丛书的出版,我们可以看到清代宫廷演剧剧本基本涵盖了中国古代剧本的各种形式,因此约略述之。

(1)总本:又名"串关"③,内容详尽,包括登场人物名、科白、曲牌、曲词的记入。又分为安殿本和库本。

A. 安殿本:经升平署专人审阅、修订、润色后再恭楷精抄,供皇帝后妃们看戏时查看的本子,包括如《古本戏曲丛刊》九集所收录的《劝善金科》、《昭代箫韶》皆如是。

《劝善金科》是一种五色套印本,五色是红、黄、绿、黑、青五色。其中红色用于科白和唱词的句读,黄色用于书名和曲牌名,绿色用于出名和曲调名,青色用于韵字和句读。还有一种四色抄本。如日本东北大学藏清宫演剧本《如是观》,曲牌黄色、唱词黑色、科白绿色、科介和句读用红色。④

齐如山在《谈四脚》一文中解释了"安殿"的意思:"宫中每逢演戏,戏台对过殿中,总要摆一张大长案,此即名曰御案,后边就是宝座。每演一

---

① 参见小松谦《〈脉望馆钞元杂剧〉考》,《日本中国学会报》第52集。又见小松谦《中国古典演剧研究》,汲冢书院2001年版。
② 见朱家溍《清代宫乱弹戏演出史料》(下),《戏曲研究》第14辑,文化艺术出版社1985年,第254页。
③ 在近代唱本剧本中,"串关"也常写作"串贯",以示该本子内容齐全,值得购买。如风陵文库中有鼓词《串贯秋胡戏妻》、《串贯绑子上殿》、《新镌梆子腔串贯裙边扫雪》等。见朱家溍《清代宫乱弹戏演出史料》(下),《戏曲研究》第14辑,文化艺术出版社1985年,第254页。
④ 〔日〕矶部祐子:《日本所藏内府抄本〈如是观〉四种剧本之研究》,《文学遗产》2012年第4期。

出戏,必须把该戏的本子,放在案上,它不名曰放,而名曰安,意思是安于殿上,故名安殿本。不但戏词的本子,安于殿上,连某脚去某人,也都详书于小册上,放在案上,倘皇帝想知道去某人的是那一个脚色？一看此小册子,便能明了。"①

安殿本是已经由昇平署审查后供帝后阅览的本子,关系极大,因为宫中演剧必须一字不差地照本宣科,否则受到皇帝责问,这也便是宫廷演剧的所谓"规矩"之一。曾在清宫祇应的艺人都提到慈禧看戏常常是对着剧本看戏,唱错一点也不行。当然皇帝皇太后也会对剧本进行改动,如齐如山提道:"《连环套》这出戏,词句中有'兵发热河'一语,西太后听了,大不舒服。因为咸丰年间,英法联军进城,咸丰避往热河,不敢回京,西后当然也在那里,听到热河二字,觉着刺耳,命改为'兵发关外'。经此一改,以后倘再念'兵发热河',那是绝对不成的。"②

B. 库本:内容同安殿本,抄写工整,用于排演。

（2）曲谱本。

此指某些剧本,标注了演唱工尺谱。如《铁旗阵》一剧,《古本戏曲丛刊》九集本所收本属于总本性质,而《故宫珍本丛刊》在"秦腔·单角本·曲谱"第三册所收的《铁旗阵》则属于曲谱本,在曲词的右侧,有相应工尺谱的记入。当然也常有总本与曲谱本合二为一的情况。

（3）排场本。

顾名思义,这是对演出的场次安排和舞台调度的记入。包括演员的场上位置、道具安排、化妆、服装等内容。

现在见到的清宫中的排场本,常以图示的方式表示舞台的排场。如《故宫珍本丛刊》（各种串头 各种排场）第二册（共二册）所收《百子呈祥》,演员以场上位置的配合,呈现出一个"年"字形状,右上角还有小字"共人十六名,此年字摆二次"③。据傅惜华《清代杂剧全目》,《百子呈

---

① 齐如山:《谈四脚》,《齐如山全集》,联经出版事业公司1979年版,第2212页。
② 同上书,第2213页。
③ 《故宫珍本丛刊》（各种串头 各种排场）第二册所收《百子呈祥》剧,第207页。

祥》是皇帝圣诞和皇后千秋时上演的剧目①,而"年"字原本就是"谷熟"的意思,这里自然是寓意了年年吉庆有余的意思。此外,清宫中还有演员以排场做出"福""禄"等字的例子(见下图)②。

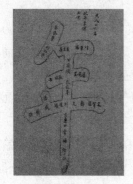
"年字"排场图

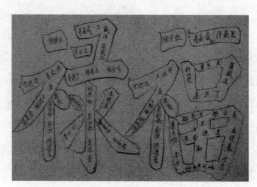
"福""禄"字排场图

我们现在看到的脉望馆钞本,附有演员表演装扮的"穿关",也可以看作是一种排场本。只不过受制于杂剧的形态特点,当时的杂剧表演规模都不是很宏大,也没有复杂的舞台布置,因此没有场次安排与舞台调度的记入。

(4) 单头(单角)本。

此即剧中人物的分角色本,包括每一角色的科白、唱词,使演出该角色的演员熟悉自己的表演内容。前述《元刊杂剧三十种》,也是一种单角本。

(5) 串头本。

这类本子,包括了演员名、出场次序、曲谱名,但无曲词科白的记入。相当于演出的大纲,可使演员对演出流程一目了然。这种串头本,对于宫中常有的大型戏曲演出来讲,自然有其重要性。

如《故宫珍本丛刊》所收串头本《(十一段)铁旗阵》开头为:

    四大将吊场下。四军士(卢恒贵、尹昇、小王喜、杨进昇)、四将

---

① 见《清代杂剧全目》,人民文学出版社1981年版,第569页。
② 参《故宫珍本丛刊》(各种串头 各种排场)第二册所收《箕畴五福》剧,第217页。

官（柴进忠、杨清玉、金得荣、王昇）、陈琳、柴幹引柴王上唱[新水令]。众白（已到演武台）。四大将下场门上。接柴王唱[驻马听]完。四大将传令完。①

（6）提纲本。

包括登场人物、演员表、出场顺序、上演时间、道具的记入。

提纲本是为了知道演剧的全体流程所作，演员表、出场顺序、舞台装置等的记录，可以帮助后勤管理人员有所准备②。据丁汝芹研究："清宫演戏前一般要先将'提纲'（角色分配的名单）交给皇上审定。日常看戏后，嘉庆帝也常传旨命总管更换他认为更合适的太监伶人或民籍伶人。至于新编演的戏，全部人选也要由皇上自己派定。"③由于皇帝作为戏剧的第一观赏者，也有皇帝看了提纲本上的演员名字不合意而换掉的情况发生。

2. 堂会演出剧本

堂会演出的传统，最早可以追溯到汉唐的宴乐百戏，至明清而发展成熟。明清官绅士人家中常置家乐戏班，蓄养家僮，作为社交应酬之用④。但堂会演出的地点，其实并不止于官绅府第，在明清笔记中，尚有许多舟船演出的记载，这自然与江南独特的地理环境有关。

张岱《陶庵梦忆》中便记载了在西湖"楼船"中乐舞、演剧待客的情景："西湖三船之楼，实包副使涵所创为之，大小三号：头号置歌筵，储歌童；次载书画；再次俟美人。涵老声妓非侍妾比，仿石季伦、宋子京家法，都令见客。靓妆走马，甖姗勃窣，穿柳过之，以为笑乐。明槛绮疏，曼讴其下；攧篝弹筝，声如莺试。客至则歌童演剧，队舞鼓吹，无不绝伦，乘兴一出，往必浃旬。"⑤张岱之父也起而效之，在七月十五日"以木排数重搭台

---

① 《故宫珍本丛刊》（各种串头 各种排场）第二册所收《（十一段）铁旗阵》剧，第1页。
② 《故宫珍本丛刊》录有各种题纲本，可参看。
③ 丁汝芹：《清代内廷演戏史话》，紫禁城出版社1999年，第174页。
④ 参李静《中国堂会演剧史》，上海古籍出版社2011年。
⑤ 《陶庵梦记》卷三"包涵所"条，中华书局2007年版，第41页。

演戏"①。

《金瓶梅》中多处描述歌舞演戏庆寿的场面。如第四十三回李瓶儿生日,筵席间李桂姐等人在席前唱了一套《寿比南山》,而请戏子唱了《王月英元夜留鞋记》;第五十八铺陈西门庆做寿,请弹唱的唱寿词、戏班演戏的场面:"先是杂耍百戏,吹打弹唱,队舞才罢,做了个笑乐院本。割切上来,献头一道汤饭……四个唱的,弹着乐器,在旁唱了一套寿词,西门庆令上席,分头递酒。下边乐工,呈上揭帖,刘、薛二内相席前,拣了《韩湘子度陈半街升仙会》杂剧……一面觥筹交错,歌舞吹弹,花攒锦簇饮酒。"②

为了使宾主尽欢,"堂会"演戏在剧本的选择上也有特别的讲究。《剧说》卷六载:

> 公宴时,选剧最难。相传有秦姓者选《琵琶记》数出,座有蔡姓者意不怿,秦急选《疯僧》一出演之,蔡意始平。岁乙卯,余在山东学幕,试完,县令送戏,幕中有林姓者选《孙膑诈疯》一出,孙姓选《林冲夜奔》一出,皆出无意,若互相诮者。主人阮公之叔阮北渚鸿解之曰:"今日演桃花扇可也。"怀宁粉墨登场,演哄丁、闹榭二出,北渚拍掌称乐,一座尽欢。③

明人朱有燉善于创作堂会筵宴之作,但他也曾说:

> 庆寿之词,于酒席中,伶人多以神仙传奇为寿,然甚有不宜用者,如《韩湘子度韩退之》、《吕洞宾岳阳楼》、《蓝采和心猿意马》等体,其中未必言词尽善也。故予制《蟠桃会》《八仙庆寿》传奇,以为庆寿佐樽之设,亦古人祝寿之意耳。④

为了合适堂会的具体场景,不得不对剧本的一言一词都小心着意。清人

---

① 《陶庵梦忆》卷八"楼船"条,第 97 页。
② 兰陵笑笑生:《金瓶梅词话》(梅节重校本),梦梅馆 1993 年印行,第 733 页。
③ 《中国古典戏曲论著集成》(八),中国戏剧出版社 1959 年版,第 208 页。
④ 朱有燉:《瑶池会八仙庆寿引》,涵芬楼印行本吴梅《奢摩他室曲从》,国家图书馆出版社 2012 年版,第 99 页。

陈维崧则说：

> 于皇曰：朋辈中惟仆与其年最拙，他且不论。一日旅社风雨中，与其年杯酒闲谈。余因及首席决不可坐，要点戏，是一苦事。余尝坐寿筵首席，见新戏有《寿春园》，名甚吉利，亟点之，不知其斩杀到底，终坐不安。其年云：亦常坐寿筵首席，见新戏有《寿荣华》，以为吉利，亟点之，不知其哭泣到底，满座不乐。①

可见选择合适的剧目，对于堂会戏具有重要意义。

《红楼梦》二十二回也有一段大家都熟知的情节，宝钗在自己的生日宴会时："贾母问宝钗爱听何戏，爱吃何物等语，宝钗深知贾母年老人，喜热闹戏文，爱吃甜烂之食，便总依贾母往日素喜者说了出来，贾母更加欢悦。""吃了饭点戏时，贾母一定先叫宝钗点，宝钗推让一遍，无法，只得点了一折《西游记》，贾母自是欢喜，然后便命凤姐点。凤姐亦知贾母喜热闹，更喜谑笑科诨，便点了一出《刘二当衣》，贾母果真更又喜欢，然后便命黛玉点……黛玉方点了一出，然后宝玉、史湘云、迎、探、惜、李纨等俱各点了，接出扮演。至上酒席时，贾母又命宝钗点，宝钗点了一出《鲁智深醉闹五台山》。"②

在近代以前，堂会演出时，女性观众不能直接露面坐在厅堂观戏，只有坐在一旁的厢房里，透过垂帘向外观剧。如果戏台搭在院子里，那么女客则可以坐在厅堂，透过帘子看戏。《金瓶梅词话》第六十三回，西门庆为李瓶儿办丧事，院子里搭棚唱戏："在大棚内放十五张桌席……点起十数支高檠大烛来，堂客便在灵前，围着围屏，放桌席往外观戏。"③

由于堂会演戏，是女性观戏的唯一方式，所以所选剧目剧本也常因而受到影响。齐如山曾回忆民国时的堂会戏："由民国二年到十七年，堂会戏异常之多，差不多每星期都有两三次。这种戏，以杨小楼、梅兰芳为

---

① 《贺新郎·自嘲用赠苏昆生韵同杜于皇赋》词序，《迦陵词》卷二七，《陈维崧集》，上海古籍出版社2010年版，第1543页。
② 曹雪芹：《红楼梦》，人民文学出版社1982年版，第302—303页。
③ 《金瓶梅词话》（梅节重校本），第830页。

最多,兰芳更远多于小楼。因为小楼之武戏带的人多,价钱较高,故有许多人家不敢演,且有大多数的太太小姐根本就不愿看武戏。堂会戏,当然妇女观众较为重要,所以小楼戏较少。"①

3. 仪式剧剧本

中国古代演剧与宗教一直有密不可分的联系,有许多剧本是直接用于祭祀、吉庆等仪式场合的。

明清宫廷剧本中,都有不少直接说明为某种仪式而作。如脉望馆钞本中有《三圣庆长生》一剧,开头有"今大明圣母启建庙宇,敕额曰延福宫……孟冬十月十四日乃万寿圣诞之辰"的说白。十月十四日出生的皇太后是成化周太后,延福宫是成化十八年(1482)落成,可见这是在成化十八年十月十四日,为周太后诞辰上演的剧作。曾永义曾推断教坊编演本杂剧的功用,可分为皇上万寿供奉之剧、太后供奉之剧、庆贺正旦之剧、庆祝元宵之剧、春日宴赏之剧、冬至宴赏之剧等②。

明内府演剧,某些作品也可能具有除煞驱邪的意义。如内府诸多关公戏中,有《关云长大破蚩尤》一剧,在山西队戏中也有《关公战蚩尤》,同样是祈求关圣帝君擒杀带来旱灾的妖魅蚩尤,使来年雨水充足、五谷丰收。虽然现在并没有足够的证据说明宫中关公戏具有仪式性质,但这种可能性并不是完全没有的。

明藩王之杂剧创作也多有此类仪式剧,如朱有燉的剧作多为节令庆赏而作。伊维德在研究朱有燉的剧作时提出,中国戏曲中经常出现"升天"场面的"度脱剧"应该和丧葬仪式有关③。

清代宫廷的演剧职能仍然不脱此套格局,而且又有了专门的名称为"月令承应戏",又称节令承应戏,从现存剧本来看,举凡元旦、立春、上

---

① 齐如山:《戏界小掌故·角儿的生活》,《齐如山全集》,联经出版事业公司1979年版,第45页。又见《京剧谈往录》三编,北京出版社1990年版,第428页。齐如山还提到女性能否外出看戏对剧目的影响:"在光绪二十六年以前,妇人尚不许听戏的时候,也不过是随便演演,自从女子准观剧以后,才热闹起来……由此以后,北平的老角来说,好角演戏,必须能叫女座,能得女子的欢迎,方有力量,倘只能叫男座,只有官客欢迎,那力量就少多了。"(同书448页)

② 参曾永义《明代杂剧概论》,学海出版社1979年版,第128页。

③ Wilt Idema, *The Dramatic Oeuvre of Chu Yu-tun* (1397—1439), Leiden: E. J. Brill, 1985, p67.

元、燕九、花朝、浴佛、端阳、七夕、中元、中秋、重阳、颁朔、冬至、腊日、祀灶、除夕等，皆有相应的剧本以供演出。而遭逢所谓丰年、喜雨、瑞雪、海晏、河清等祥瑞时候，也要相应的戏码。如《景星庆云》、《千秋海晏》、《万卉芳荣》、《祥芝进寿》、《万花争艳》、《丰绥谷宝》、《丰登击壤》等剧本，皆应这类承应而作。此外，宫内有内廷诸喜庆而演出的祥瑞喜庆之戏曰"法宫奏雅"，如册封贵妃时演《螽斯衍庆》、《天官祝福》等，帝后生日时演的"九九大庆"，皇帝万寿时演的《九如颂歌》、《百福骈臻》等。

而在民间祭祀仪式中，一般都伴有戏剧的演出。日本学者小松谦、金文京等人对《元刊杂剧三十种》研究认为：

> "元刊杂剧"大多留有古代祭祀演剧的痕迹。具体地说，《单刀会》、《楚昭公》、《贬夜郎》、《介子推》、《霍光鬼谏》、《东窗事犯》、《替杀妻》、《焚儿救母》八种，可以确认剧末都有一段一边演奏与祭祀相关的音乐，一边作仪礼演出的场面。《西蜀梦》、《赵氏孤儿》因为未录科介而难以确认，但其内容显然是来源于祭祀的。①

前述明末陶奭龄在《小柴桑喃喃录》提及"昙花、长生、邯郸、南柯之类，谓之逸品。在四品之外，禅林道院皆可搬演，以代道场斋醮之事"，可见剧本创作的原意并非是为宗教目的而作，但在后世流传的过程中，也可因剧作里的某些要素，而成为仪式性演剧时的剧本来源②。《邯郸记》的《扫花》一出，被收录于乾隆年间折子戏剧本集《缀白裘》，据近代苏昆艺人回忆："每年八月，民间举行'羊府胜会'……在神前演'扫花''仙圆''庆寿'三折戏文，叫做演'三出头'。"③

---

① 〔日〕小松谦、金文京撰，黄仕忠译：《试论〈元刊杂剧三十种〉的版本性质》，《文化遗产》2008 年第 2 期。

② 容世诚认为：汤显祖（1550—1616）的《邯郸记》适宜在"道场斋醮"的宗教场合演出，很可能也是因为《邯郸记》第三十出《合仙》有八仙引导卢生升天的场面，能够配合现场丧葬仪式的进行。容氏还指出：同一个剧目主题，在不同的场合上演，会有不同的意义。例如同样都是演"关公戏"，一次明代南京的文人雅集，山西潞城县迎神赛社和在北京山西会馆的商人联谊性质的演出，它们之间的目的意义并不一样。参见《戏曲人类学初探——仪式、剧场与社群》序言，广西师范大学出版社 2003 年版，第 8 页。

③ 《宁波昆剧老艺人回忆录》，苏州戏曲研究室 1963 年编印，第 63 页。

四 从形式来分

从形式来看,中国古代剧本有除一般的全本戏外,尚有连台本、折子戏本的不同。

1. 连台本

所谓连台本,即连日接演的整本大戏。从目前资料来看,最早的连台本戏当是宋元之际的目连戏。

现今目连戏演出的最早资料,始自北宋,据宋孟元老《东京梦华录》:"构肆乐人,自过七夕,便般目连救母杂剧,直至十五日止。"[①]到了明代,《目连救母劝善戏文》等传奇剧本相继行世,描述目连母被打入地狱,受到各种磨难、报应,目连不避艰险,遍游地狱,求佛救母的经历。戏里还要穿插如度索、翻桌、蹬罈、跳索、跳圈、窜火等杂耍表演,以及许多可以独立的民间故事短折戏,如《下山》、《哑子背疯婆》、《王婆骂鸡》、《赵花打老子》等。

到了清康熙年间,皇家曾搬演目连救母传奇。乾隆年间内廷又编演了《劝善金科》,全剧240出,10天演完。

可见,目连戏成为连台本戏,与目连节庆有直接关系,因为节庆持续数日,所以演出也要连续数日。但很明显,连续数日的演出,并不仅是目连救母的内容,而是由杂戏及民间小戏穿插其中,共同构成的。这倒也体现了中国戏剧与民俗紧密相连的文化特质。

清宫爱演连台本戏,当时清宫廷所编制的许多昆、弋大戏,如《升平宝筏》(演全部《西游记》)、《鼎峙春秋》(演全本《三国志》)、《忠义璇图》(演全本《水浒传》)等等,都是连台本戏。乾隆五十五年(1790),朝鲜陪臣柳得恭的诗集《滦阳录》中有他由热河入京写的一首题为《圆明园扮戏》的诗:"督抚分供结采钱,中堂祝寿万斯年,一旬演出《西游记》,完了

---

① 《东京梦华录(外四种)》,古典文学出版社1956年版,第49页。

《升平宝筏》筵。"①这位朝鲜使臣竟看了十天的《升平宝筏》。连台本戏在近代舞台上也颇受欢迎，如近代名角王瑶卿所在的福寿班，就"鉴于观众喜欢看连台本戏，福寿班仗着人多，阵容强，接二连三地演了好几部连台本戏。如八本《儿女英雄传》、八本《混元盒》、八本《雁门关》、十六本《德政芳》、八本《五彩舆》、六本《得意缘》、四本《四进士》……如果说王瑶卿从老一辈演员学来的优秀传统剧目为他的表演艺术奠定了扎实的基础，那么演连台本则引发了他那多方面才华的展现，那阵，王瑶卿在福寿班几乎每个月都要演一、两出台本戏，否则上座情况就会不景气"②，"连台本戏特别受欢迎，这种所谓'连台'，就是随时随处可止，明天再续下去，引得那些旗妆太太们天天要去看，以《双鸳鸯》、《红蝴蝶》为最红"③。可见近代舞台的连台本戏多为新编剧，旧剧也会经过相应的改动。像《红蝴蝶》，曾使赵桐珊（芙蓉草）蜚声沪上，剧叙赵凌茹（号红蝴蝶）的经历④，情节丰富，人物命运起伏曲折，再加上演员的生动演绎，吸引一批女性观众每天追捧也就是情理之中的事了。

2．折子戏

梅兰芳曾在《舞台生活四十年》中谈到为什么当时的舞台上有全本和选出这两种演出方式：

> 这出《宇宙锋》，从前为什么大家只唱"修本"和"金殿"两场，后来为什么我又要改演全本呢？这是演员和观众都先有了修改的需

---

① 〔朝鲜〕柳得恭：《滦阳录》卷二"圆明园扮戏"条，《辽海丛书》第一集，辽海书社1934年版，第2页。
② 郭永江：《王瑶卿的舞台生涯》，《京剧谈往录续编》，北京出版社1988年版，第129页。
③ 赵桐珊：《芙蓉草（赵桐珊）自传》，《京剧谈往录续编》，第170页。
④ 剧情如下：关东响马赵大刚掳富户之子刘进升至山勒赎。赵妹凌茹，有武勇，号红蝴蝶，慕进升才貌，暗救之，同逃下山，并嫁进升。长春县官之子，调戏赵木匠之妻被辱，诬杀木匠与赵大刚勾结，陷之入狱；红蝴蝶知而抱不平，暗至赵家，见县官之子逼迫赵妻，怒杀之。赵大刚知而火焚县衙，红蝴蝶又助官杀退赵大刚。赵再攻长春，统带马德义搬兵抵御，兵败，求助于刘进升。刘与红蝴蝶助战，马见红美，因进升误卯，拟乘势杀之。红为求免，马欲图非礼，为红所杀。赵大刚行刺，被刘进升发觉，红追之，中箭负伤败归，刘进升调护得愈。马德义之兄德仁恨红，因凶案诬红为凶手，缚囚狱中，判死刑。刘进升骂德仁亦被囚。韩聋子代红夫妇剖白。红出狱，引兵攻山，生擒赵大刚。

要,才有这种自然的演变的。大凡最初编出一个剧本,一定先要把这里面曲折的故事,铺叙得详详细细,为的是要尽量让观众看人明白。场子就不免琐碎,词儿也不免繁杂。演员在演出的时间上,不免就要发生很大的窒碍。你想,从前一个班子,每天是要演到十出上下的戏的。包括着生旦净丑等许多角色。如果每一个角色都要唱一整套故事的大戏,那么戏码就没法平均支配了。于是《武家坡》、《六月雪》、《能仁寺》……这些戏,都是从整套故事里面,择出来的比较精彩的一段。还有一种初学戏的演员们,要靠时常出台练习才能成熟。在他没有成好角以前,哪能让他一个人唱一出占十刻八刻的整本戏呢。同时观众方面对这些整套故事看久了,已经明白它的内容,当然喜欢看里面的精采部分。因此像宇宙锋这一类只唱两场,不过三刻到四刻的短戏,就这样风行开来了。

　　过了一个时期,又出现了一批新观众。他们是没有看过全本的,对整个的剧情模糊得很。我根据他们的需要,又反回头改演全本。总而言之,演员是永远离不开观众的。观众的需要,随时代而变迁。演员在戏剧上的改革,一定要配合观众的需要来做,否则就是闭门造车,出了大门就行不通了。①

可见在实际演出中,全本还是选出,有演员与观众两方面的需求。

　　关于折子戏的原因、时间、地点及艺术特点,陆萼庭《昆剧演出史稿》在"折子戏的光芒"一章中,以昆剧为出发点,探讨了折子戏这一方面的问题②。但也正因为其主要着眼点是昆剧,也有相对的局限性。后王安祈以山西《迎神赛社礼节传簿四十曲宫调》为例,指出折子戏的出现在嘉靖以前,不过《礼节传簿》以单出形式出现,更重要的原因还是作为赛社仪式,留存了宫廷供盏的形态。当然,万历年间的戏曲选出和《风月锦囊》等,则可明确"万历年间,散出选本的大量刊行证实了弋阳系声腔的

---

① 《舞台生活四十年》(第一集),平明出版社 1952 年版,第 167 页。
② 参见《昆剧演出史稿》,上海文艺出版社 1980 年版。

折子戏已甚普及,昆剧在当时虽才形成不久,但文人的日记中已有折子戏演出的资料了。至明末天启崇祯时,昆剧折子已然普遍风行,及至乾嘉之世,终得蔚为大观、大放异彩。折子戏演出的场合不受限制,文人家宴、民间赛会和宫廷大内,都有可能上演"①。

在明代曲选《尧天乐》的中段"时尚笑态"中,也有一条"看戏":

> 有演《琵琶记》者,后插戏是《荆钗记》,忽有人叹曰:戏不可不看,今日方知蔡伯喈母亲是王十朋丈母。

又:

> 有演《琵琶记》而插关公斩貂蝉(婵),乡人见之泣曰:好个孝顺媳妇,辛苦一生,临了被这红脸蛮子杀了。②

《尧天乐》为明万历间福建书林熊稔寰刻本。可见,明代万历年间演戏已常有插演的情况,而且均为插一出,如插一出《关公斩貂蝉》,以至乡人混淆了情节。这也可以作为折子戏在明代盛演的有趣材料。

上述对古代剧本的分类,只是便于研究而进行的,或有交叉之处,如宫廷演剧中也有不少是仪式剧。任何分类都有不完备之处。分类,只是进一步研究的基础。

---

① 王安祈:《再论明代折子戏》,《明代戏曲五论》,大安出版社1990年版,第46—47页。
② 王秋桂主编:《善本戏曲丛刊》,学生书局1984年版,第39—41页。

第二章
何为"剧本"

第一节 《公莫舞》性质的再认识

戏剧学界在研究古代戏剧起源时,普遍认定了戏剧的巫术源头。巫在降神时,以神的身份借巫仪与民众沟通,因而有了角色扮演的意味。在寻找戏剧起源的同时,戏剧研究者们也在积极进行剧本的找寻。这方面前辈学者已有尝试,如闻一多以观剧的态度读诗,把《楚辞·九歌》说成是"雏形的歌舞剧",为《九歌》的诗句分配了角色,设计了人物造型,作了表演提示,《九歌》被他补写成十幕歌舞剧的舞台演出本①。

不过,一直以来甚少有研究者认同闻一多的看法,所以此说呼应者寥寥。的确,在我们习惯了后来的元曲传奇后,将《九歌》这样的文体直指为"剧本",很难为人所接受。但《九歌》不能被视为舞台演出本更直接的原因,还是在于我们对《九歌》性质的判定:《九歌》不是戏剧表演记录,而是祭仪记录。1970年代,陈多、谢明《先秦古剧考略——宋元以前戏曲新探之一》②一文肯定了闻一多的意见,并进一步将《礼记·郊特牲》中的"蜡祭"也视为戏剧,以为《诗经》中的《召南·野有死麕》"可能就是蜡祭中这个节目经过文人整理加工后的演出本之一"。除此而外,《周南·关雎》、《邶风·击鼓》、《邶风·静女》、《邶风·谷风》等二十多个篇目也被

---
① 《九歌古歌舞剧悬解》、《什么是九歌》,朱自清等编《闻一多全集》(一),上海开明书店1948年版,第277页。
② 《戏剧艺术》1978年第2期。

视为是歌舞剧目。如此一来,中国古代剧本史则可从《诗经》而始了。

关于戏剧起源的问题,我们一直致力于找寻戏剧与祭祀的关系,描述其脱离祭仪的过程。而实际上,与日常生活紧密相关的歌舞小戏可能一直是在民间存在的,只是未被以剧本的方式记录而已。但是,《诗经》中的这些篇章,终是以"诗"的文体形式保存于世的,而这些"诗"得以生存的"原境"(contextual)则消失不存了①。由于表演的不可保存与不可还原性,我们无法再恢复当时的表演原境,所以我们今天也只能是作些推测而已。至少还未能有确凿的证据,来说明这些诗篇便是"剧本",虽然它们用以表演的可能性是极大的。

王国维以为"真正的戏曲,不能不从元杂剧始"②,主要就是基于在当时所能目及的剧本中,元代出现了代言体的剧本。由于学者们对剧本与戏剧形态之间的关系存在分歧,对中国戏剧的形成时间也就产生了各种不同观点,如元代说、宋代说、唐代说、汉代说、战国说等等。

无论如何,剧本的出现是戏剧形态是否成熟的重要标志,这是毋庸置疑的。在以往学者的剧本史研究中,《公莫舞》是否可定性为歌舞剧演出脚本,一直是争议较大的一个问题。

《公莫舞》,原作《巾舞歌诗》,或作《公莫巾舞歌行》。它与《铎舞歌·圣人制礼乐篇》是仅存的两篇诗、乐、舞并录的汉代歌舞资料,首见于沈约《宋书·乐志》,郭茂倩《乐府诗集》卷五四"舞曲歌辞"亦收录。然在南朝刘宋沈约之际,已因"声辞杂写"而"训诂不可复解"③。后世对它的解读也呈现出多种样貌。研究的依据,当然是《公莫舞》的原始文献,《宋书》所载如下:

---

① "原境"一词原主要用于艺术史研究:"各种各样的'原境研究'(contextual study)把艺术史家的注意力从单独艺术品转移到特定历史条件下对作品的制作、消费和认知。参巫鸿《反思东亚墓葬艺术:一个有关方法论的提案》,《艺术史研究》第10辑,中山大学出版社2008年,第4页。

② 王国维《宋元戏曲史》说:"然宋金演剧之结构,当略如上,而其本则无一存。故当日已有代言体之戏曲否,已不可知。而论真正之戏曲,不能不从元杂剧始也。"见《王国维戏曲论文集》,中国戏剧出版社1957年版,第68页。

③ 《宋书》卷二二"志第一二",中华书局1974年版,第660页。

> 吾不见公莫时吾何嬰公来嬰姥时吾哺声何为茂时为来嬰当思吾明月之上转起吾何嬰土来嬰转去吾哺声何为土转南来嬰当去吾城上羊下食草吾何嬰下来吾食草吾哺声汝何三年针缩何来嬰吾亦老吾平平门淫涕下吾何嬰何来嬰涕下吾哺声昔结吾马客来嬰吾当行吾度四州洛四海吾何嬰海何来嬰海何来嬰四海吾哺声熵西马头香来嬰吾洛道吾治五丈度汲水吾噫邪哺谁当求儿母何意零邪钱健步哺谁当吾求儿母何吾哺声三针一发交时还弩心意何零意弩心遥来嬰弩心哺声复相头巾意何零何邪相哺头巾相吾来嬰头巾母何何吾复来推排意何零相哺推相来嬰推非母何吾复车轮意何零子以邪相哺转轮吾来嬰转母何吾使君去时意何零子以邪使君去时使来嬰去时母何吾思君去时意何零子以邪思君去时思来嬰吾去时母何何吾吾①

各家版本所收,均无标点。而从研究者对《公莫舞》的解读来看,杨公骥最早明确提出《公莫舞》是歌舞剧脚本,他在1950年发表的《汉巾舞歌词句读及研究》②中指出:《公莫舞》有人物,有情节,有科白。随后他又发表了《西汉歌舞剧巾舞〈公莫舞〉的句读和研究》一文,该文虽作了不少增删修订,但最终结论并未更改③。杨公骥认定《公莫舞》为歌舞剧脚本的依据,主要是他从中分离出了子与母这两个角色,全篇也成了子与母两人的对话。所以杨公骥认为:"这歌舞的内容仍是很简单的。不过,值得特别注意的是:它已经有了简单的故事情节,有了两个人物(母与子),已具备早期歌舞剧(二人转、三人转)的样式。如从发展过程来看,汉代《公姥舞》一类的歌舞剧乃是我国戏曲的前身。"

后来的一些学者也认同杨公骥的结论,如赵逵夫《我国最早的歌舞剧〈公莫舞〉演出脚本研究》④也同样认为原文中存在角色,只不过与杨氏认为全篇为子母对话不同,赵氏认为全篇反映出公(父)、姥(母)、儿三个人

---

① 《宋书》卷二二"志第一二",第635—636页。
② 《光明日报》1950年7月19日。
③ 《中华文史论丛》1986年第1辑。
④ 《中华文史论丛》1989年第1辑。

物,并因而进一步明确提出原文全篇皆为代言体。他说:"我国在两千多年前的西汉时代就产生了有情节、有角色、有唱词、有表演的三场歌舞剧,这是以前所万万没有想到的。""以前能见到的我国最早的戏剧脚本是南宋时代的。《公莫舞》演出脚本的考定和恢复,就使这个时间提前了一千多年。""以前一般认为我国真正意义上的戏剧产生于南宋时代。三场歌舞剧《公莫舞》的形式、规模及所达到的艺术水平,都将使我们对我国北宋以前的戏剧作新的认识、估价,进行新的探讨。"后如张宏洪《〈公莫舞〉研究述评》①、姚小鸥《〈公莫舞〉与王国维中国戏剧成因外来说》②,也都认为《公莫舞》是产生于西汉时期的歌舞剧。

当然也有学者持不同的看法,如叶桂桐就对杨、赵二人的观点提出质疑。他在《汉〈巾舞歌诗〉试解》③中指出"母"不当为母亲解,而当为声辞,"母"即"毋"字;"子"亦不可解为"儿子",亦为声辞无疑。叶氏还认为,此诗主题不是表现母子别离之情,而是表现妻子送丈夫上路时的情景。叶氏将子、母均释为声辞的推断,更合乎语境与语言习惯,当从。

不难看出,杨公骥与赵逵夫等人认为《公莫舞》当为歌舞剧脚本的核心理由,是离析出了不同的角色,赵逵夫则更进一步旗帜鲜明地指出它的代言体性质。与之不同的是,叶桂桐否认了"子"与"母"的角色性质,并进一步提出:"《巾舞歌诗》的体制是一女子持巾的单人歌舞,并非歌舞剧。"不过,叶文的某些论断,又有些含糊,如认为《公莫舞》"当为一女子持巾舞蹈,表演夫妇离别之状,抒写妻子思念丈夫之情",并非表演故事的舞剧,"当然,表演故事,亦未必就是歌舞剧"。④ 也许在叶先生看来,是否有两个以上的人物,是否表演故事,才是判断它是歌舞剧脚本的依据。他后来发表的《论〈公莫舞〉的人物、主题与体制》⑤一文,对以往的看法作了一些修订,认为《公莫舞》中有一男一女两个人物,男子就是歌词中的

---

① 《文学遗产》1990 年第 4 期。
② 《文艺研究》1998 年第 6 期。
③ 《文史》第 39 辑,中华书局 1994 年版。
④ 《论〈公莫舞〉非歌舞剧演出脚本》,《文艺研究》1999 年第 6 期。
⑤ 《沈阳师范大学学报》2005 年第 6 期。

"客",其身份为"使君",女子很可能是一位舞女歌妓。《公莫舞》的主题是男子要出行三年,女子为之送行,歌舞表现了二人难舍难分、两情依依的送别情状。但是,文章最后的结论仍是"《公莫舞》虽然由两个人物表演,但其体制仍然是歌舞,而不是歌舞剧"。

叶桂桐认为在表演形态上,存在女子和使君两个角色。我们认为这一说法可从,以此思路对《公莫舞》文本进行解读,最为通达无碍。但叶桂桐的最后结论,即《公莫舞》的体制"仍然是歌舞,而不是歌舞剧",笔者则有些不同的看法。

一

《公莫舞》难以释读,是由于"声辞杂写,不复可辨",歌辞、复唱、和声、动作指示混杂,更由于时间的久远,意义莫辨,然而经过前贤时彦的研究和辨析,对它的解读已有了重要的进展。

叶桂桐在较晚的文章中,认为原文存在女子与使君这两个角色,因此去除复唱、和声与动作指示,将原文分配为:

客:不见公姥。当思明月之土。
女:城上羊,下食草。汝何三年针缩,吾亦老。平门淫涕下。
客:昔结吾马,客当行。度四州,洛四海。西马头香,洛道五丈,度汲水。
女:谁当求儿?谁当求儿?三针一发,并还弩心。
使君去!使君去!
思君去!思君去!

我们认为,在表演时,虽存在女子与使君两个角色,但歌词是由"女子"一人来演唱的。文中的"公莫(姥)",不当解为"爹娘",而当作偏义词"公"来解[1],即指文中的"使君"。这是女子对"公(莫)"(即"客"、"使君")的一段离别之辞,《公莫舞》当表现的是一个女子在与"使君"告别时

---

[1] 偏义词是古代汉语中的常见用法,如《孔雀东南飞》中"公姥"偏义为"姥"。

的场景。

至于"使君",叶桂桐认为:"他既不可能是杨公骥所认定的要去经商的儿子,也不可能是赵逵夫所认为的要被征兵的儿子。他是一位有身份、有地位的中上层人物。"①但"使君"究竟是什么身份,叶文未作更多的解释。

"使君"这一称呼,见于汉代以来的历史文献中,用于称呼刺史②。然而,既不是行商,也不是兵役,作为一名官员,为何仍要"度四州,洛四海"地远行呢?

刺史制度,是汉代中央政府对地方政府所实行的一种较为完备、系统的监察制度,从汉惠帝始设。《唐六典》卷一三"御史台侍御史"条原注记曰:"惠帝三年,相国奏遣御史监三辅不法事,有:辞讼者,盗贼者,铸伪钱者,狱不直者,繇赋不平者,吏不廉者,吏苛刻者,逾侈及弩力十石以上者,非所当服者,凡九条。监者每二岁一更,常十一月奏事,三月还监焉。"③此处的"御史",其职能已相当于后来的刺史,而且我们也注意到,其人选是两年一换的。

武帝时为加强对地方控制,把全国划分为十三州部,设十三刺史,每州为一个监察区,设置刺史一人,刺史官级低于郡守,但其代表中央,监察所在州部的郡国。《汉书》卷六《武帝纪》载:"(元封五年)初置刺史部十三州。"师古曰:"《汉旧仪》云:初分十三州,假刺史印绶,有常治所。常以秋分行部,御史为驾四封乘传。到所部,郡国各遣一吏迎之界上,所察六条。"④设置刺史的范围是十三个州,分别是冀州、青州、兖州、徐州、扬州、荆州、豫州、益州、凉州、幽州、并州、交趾、朔方。

---

① 《论〈公莫舞〉的人物、主题与体制》,《沈阳师范大学学报》2005 年第 6 期。
② 关于"使君"一词的笺释,可参看邓文宽《使主·使副·使头·使君》,《中国文物报》1998 年 7 月 22 日第三版;方中《笺释"使君"》,《敦煌学辑刊》1997 年第 2 辑等文。"刺史"亦偶见用于称呼州郡长官,主要是奉皇帝之命任职京城以外官职之人,参杨富学《也说"使君"》,《敦煌学辑刊》1998 年第 2 辑。敦煌写卷《下女[夫]词》中,有"通问刺史,是何祗当",又有"使君贵客,远涉沙碛"之语,可见"使君"与"刺史",含义相同。
③ 《唐六典》,陈仲夫点校,中华书局 1992 年版,第 379 页。
④ 《汉书》卷六,中华书局 1962 年,第 197 页。

汉代刺史制度作为以往监察制度的发展,是一种比较完善的地方监察制度。刺史有固定的治所,地位在郡国之上,刺史也不受丞相的制约,而是直接隶属于中央的御史中丞和御史大夫,但是刺史的俸禄很低。《汉书·百官表》:"御史大夫,秦官,位上卿,银印青绶,掌副丞相。有两丞,秩千石。一曰中丞,在殿中兰台,掌图籍秘书,外督部刺史,内领侍御史员十五人,受公卿奏事,举劾按章。"①"监御史,秦官,掌监郡。汉省,丞相遣史分刺州,不常置。武帝元封五年初置部刺史,掌奉诏条察州,秩六百石,员十三人。"②

杨公骥认为,《宋书》中的"熵西"即为"鄗西",属西汉时的冀州部常山郡,而"洛道",则为通向国内第二大都市洛阳的大道。根据西汉时期的政区规划,武帝时冀州下辖魏、清河、巨鹿、常山、信都(广川)五郡和赵、广平、河间、中山、真定五国,而西汉冀州刺史治所,即在鄗县(即今河北高邑东南)③。这一联系,使我们相信,文中的地理位置实属指实,并非虚拟。使君的离开,当为在治区内巡行后返回治所鄗西,而且这一离开,能否再会回来就是未知数了。

而女主人公既称"使君"为"客",当不是夫妻关系,而是一位舞女歌妓。因而,这里的女主人公形象,显然也不同于汉代思妇诗中女主人公那种深沉、幽怨的典雅,从歌辞、众多的和声辞、舞蹈动作"涕下"、"推排"等来看,主人公表现出来的感情是直接而不加拘束的,也和她歌舞妓的身份相吻合,和汉代其他思妇诗所表现出的感情有着明显的不同。以汉乐府民歌《艳歌何尝行·白鹄》为例:

> 飞来双白鹄,乃从西北来。十十五五,罗列成行。妻卒被病,行不能相随。五里一反顾,六里一裴回。吾欲衔汝去,口噤不能开。吾欲负汝去,毛羽何摧颓。乐哉新相知,忧来生别离。躇踌顾群侣,泪

---

① 《汉书》卷一九上"百官公卿表第七上",第725页。
② 同上书,第741页。
③ 关于西汉时期的政区规划,详可参周振鹤《西汉政区地理》,人民出版社1987年版,第78页;张明庚《中国历代行政区划》,中国华侨出版社1996年版,第46—47页。

下不自知。念与君离别,气结不能言。各各重自爱,远道归还难。妾当守空房,闭门下重关。若生当相见,亡者会黄泉。今日乐相乐,延年万岁期。①

同样是离别,这首诗表现出来的却是女子的执著、明理、痴情,而诗歌也承继了乐府诗以物起兴的做法,以使感情更为郁结,与《公莫舞》直接鲜明的反复诉说形成了对比。

二

以往的《公莫舞》研究,一直重视能否从文本中分离出两个甚至三个人物表演故事,也就是把《公莫舞》原文解读为两人或三人的对话。而我们认为,原辞仅有一个角色,这是一篇女子对"公(莫)"(即"客""使君")的一段离别之辞。有一个人物,还是有两个、三人以上的人物,并不能作为我们形态判断的依据。至于叶桂桐所说:"《公莫舞》谈不上什么情节,它的'情节'或故事性甚至远不如《东海黄公》。至于所谓'科白',如果说其中的舞蹈术语可以勉强算得上'科'的话,那么,其中就根本没有'白'。因此,杨公骥用来确定《公莫舞》是歌舞剧的三个依据,一个也不能成立"②,即是以后世成熟戏剧的标准,来审视早期剧目了。

我们不妨以后世歌舞剧的同类型剧目进行一些比较。

唐代的歌舞剧《拨头》,即呈现出与《公莫舞》非常类似的形态。《拨头》作为唐代西域传入中原的民间歌舞节目,按《旧唐书·音乐志》载:"《拨头》出西域。胡人为猛兽所噬,其子求兽杀之,为此舞以像之也。"③唐段安节《乐府杂录·鼓架部》则说:"《钵头》,昔有人父为虎所伤,遂上山寻其父尸,山有八折,故曲八叠。戏者被发素衣(案,《类说》十六引作丧衣),面作啼,盖遭丧之状也(案,钵头,《通典》一百四十六作拨头,云出

---

① 《宋书》卷二一,中华书局1974年版,第618页。
② 《论〈公莫舞〉的人物、主题与体制》,《沈阳师范大学学报》2005年第6期。
③ 《旧唐书》卷二九,中华书局1975年版,第1074页。

西域,胡人为猛兽所噬,其子求兽杀之,为此舞也。与此小异)。"①人父为虎所伤,故表演上山寻父尸的场面,唱曲八叠。角色:某人。情节:上山寻父尸。唱词:曲八叠;动作:面作啼。如果这就是我们可确定的歌舞戏的话,那么,《公莫舞》中,即使只出现了一个角色,它有歌词,有动作,不是也当视为歌舞剧么?

同样的情况,亦可见于同样被称为歌舞戏的《踏谣娘》与《代面》。《踏谣娘》出于隋末河内,《旧唐书·音乐志》称:"隋末河内有人貌恶而嗜酒,常自号郎中,醉归必殴其妻。其妻美色善歌,为怨苦之辞。河朔演其曲而被之弦管。"②唐崔令钦也在《教坊记》中记述云"丈夫着妇人衣,徐步入场行歌,每一迭,旁人齐声和之,云,'踏谣,和来! 踏谣娘苦! 和来!'……及其夫至,则作殴斗之状,以为笑乐。"③《代面》则是演员头戴假面载歌载舞,"衣紫,腰金,执鞭",作指挥、击刺等姿态的歌舞戏④。《北齐书·兰陵王孝瓘传》、《旧唐书·音乐志》等也都记述了它的原始素材:兰陵王长恭,勇武而貌美,常戴假面出战,威慑敌军,一次带兵与周师战于洛阳附近的金墉城下,以少胜多。北齐人仿效兰陵王,遂成歌舞。⑤

从戏剧史上公认的唐代的三个歌舞剧来看,演员可为一人(如《拨头》)、二人(如《踏谣娘》)或多人(如《代面》),可见演员的多少并不是决定其为歌舞或为歌舞剧的原因。情节抑或至简(如《拨头》不过是人寻父尸的八迭曲子)或稍繁,从现存资料来看,上述三剧均无科白,至于唱词多少均可。

王国维在《宋元戏曲史》中说:"合一歌舞以演一事者,实始于北齐。顾其事至简,与其谓之戏,不若谓之舞之为当也。"⑥这是一种较为感性的认识,不足以拿来作为戏剧的性质判定。实际上,角色的多少、情节复杂

---

① 《羯鼓录 乐府杂录 碧鸡漫志》,古典文学出版社 1957 年版,第 24 页。括号内文字为编者所加。
② 《旧唐书》卷二九,中华书局 1975 年版,第 1074 页。
③ 崔令钦撰,任半塘笺订:《教坊记笺订》,中华书局 1962 年版,第 175 页。
④ 《羯鼓录 乐府杂录 碧鸡漫志》,第 24 页。
⑤ 参见《北齐书》卷一一,第 147 页。《旧唐书》卷二九,第 1074 页。
⑥ 《王国维戏曲论文集》,中国戏剧出版社 1957 年版,第 9 页。

与否、科白的多与少,都不能成为断定一段表演是否为歌舞剧的条件,而是这三个歌舞剧都具备了戏剧的本质特征——角色扮演。

从角色扮演的角度来看,《公莫舞》也完全具备戏剧的这一本质特征。无论我们将主人公定性为儿子、妻子或歌妓,无论原作品中有无第二个或第三个角色,只要可以确定这是一个含有角色扮演的歌舞的话,便可视为歌舞剧。

实际上,有无角色扮演,也是我们今天区分一般歌舞与歌舞剧的依据。叶桂桐文中所举的《逛新城》、《老两口学毛选》,只不过皆为情节至简的"两小戏",我们一般称为"表演唱"或"歌舞小戏",但这并不能改变它们作为角色扮演的戏剧的本质特性。

当然,我们也必须得承认,角色扮演是我们对戏剧形态的断定,回归到案头的文本上,却是不易看出文本是否有角色扮演的。而"人物的对话(或唱词)和舞台指示"或可用以判断后世的成熟戏剧剧本,但以之作为判断早期剧本的标志,却是行不通的。因此,赵逵夫提出,以"代言体"作为判断文本是否为戏剧脚本的依据。但诚如叶桂桐所言,"代言体"这一概念存在"体裁"和"第一人称叙事手法"两种内涵。比如诗词中有代言体,花间派词作就不少是男子代女子而立言,称作"男子而作闺音"[①],我们却不可以称之为戏剧,因为它并非文体意义上的"代言体",只是运用了代言手法而已。

问题的关键就在这儿,设想一下,如果有人将《拨头》这一出戏记录下来,会否按照后世剧本的文体规范,将演员服饰、动作表情、唱词等一一载入?或只是将"曲八迭"作为歌诗记述而已?我想还是后者的可能性更大。案头文本的记录,只记录歌词的可能性必然是最大的,即使到了戏剧成熟时期,我们不也还是可以看到《元刊杂剧三十种》这样简要的记录方式吗?如果我们上述的设想可以成立,我们见到文献记载中《拨头》的

---

① 田同之《西圃词说》:"若词则男子而作闺音,其写景也,忽发离别之悲。咏物也,全寓弃捐之恨。无其事有其情,所谓情生于文也。"《词话丛编》第二册,中华书局1986年版,第1449页。

"曲八迭"(表现的是丧父寻尸不得的悲痛),即使亦为第一人称代言体,我们还是会把它当作民间歌诗来看待。

因此,在"剧本"这一文体概念尚未建立之际,作为与士大夫相距甚远的民间艺术而言,戏剧的记录一定不必如后世的成熟剧本的记录那样详细、合于剧本的文体规范要求。这也就造成了我们今天文体辨别的困难。任半塘曾在《唐戏弄》中,寻检了唐代不少代言体歌辞,如苏莫遮歌辞五首、舍利弗一首、凤云归二首、捣练子四首、酒泉子一首、浣溪沙一首、南歌子二首等,认为此等"表现于故事中"、"乃切实而且正常之剧曲歌辞也"①。此观点却仍未能得到学界完全认可,与此不无关系。实际上,我们也完全可能犯了不少冤假错案,将历史上本是歌舞剧脚本的记录,当成一般歌辞。

我们再看杜甫以代言口吻所写的《新婚别》:

兔丝附蓬麻,引蔓故不长。嫁女与征夫,不如弃路傍。结发为妻子,席不暖君床。暮婚晨告别,无乃太匆忙。

君行虽不远,守边赴河阳。妾身未分明,何以拜姑嫜?父母养我时,日夜令我藏。生女有所归,鸡狗亦得将。

君今生死地,沉痛迫中肠。誓欲随君去,形势反苍黄。勿为新婚念,努力事戎行。妇人在军中,兵气恐不扬。

自嗟贫家女,久致罗襦裳。罗襦不复施,对君洗红妆。仰视百鸟飞,大小必双翔。人事多错迕,与君永相望。②

这首《新婚别》,与去掉声辞与动作指示的《公莫舞》在文本上完全一致。可我们却不能将《新婚别》视为"戏剧文体"。因为《公莫舞》显然与《新婚别》有着很大的差异。由于记录者将它作为巾舞歌诗来记录之际,已经注意到它与一般韵文之别,将舞蹈动作逐一记录,文中可确定的舞蹈动作如"转南""(相)头巾""遣健步""推排"等语,也说明了它不是一个一般

---

① 《唐戏弄》,上海古籍出版社1984年版,第874、873页。
② 杜甫撰,仇兆鳌注:《杜诗详注》卷七,中华书局1979年版,第530—534页。

的以代言体方式叙事的韵文,而是一个曾用于表演的代言体歌辞,《公莫舞》对表演形态的记录,是我们可以将其视为戏剧文本的重要因素。

叶桂桐的文章中强调"不能说凡是代言体就一定是戏剧",这是正确的,但如此一来却将的确是戏剧的"代言体"也一并排除在外了。在他所举诸例中,有"现代曲艺中部分曲种就是以代言体为主的。而有些歌舞或表演唱,则通篇为代言体……"关于现代曲艺中部分曲种以代言体为主的问题,我们认为,现代曲艺中确有代言形式,如艺人在讲述时,时有扮演剧中人的情形,但并没有改变整个表演叙述体的性质,艺人也是时进时出(代言体),并没有忘记自己在讲述一个故事的表演特性,因此我们仍称之为"曲艺",此容另文阐述。而通篇为代言体的"歌舞"或"表演唱",如前所述,则完全可以视之为歌剧、舞剧或歌舞小戏。由于艺术形态的日趋丰富与复杂,我们已拥有"歌剧""舞剧""戏曲""话剧"等不同的艺术概念,根据表演性质不同(如以舞为主、歌为主、曲唱为主、对话为主等),而作为越来越精细的划分,但在艺术形式的发展较为初级原始的汉唐之际,并不存在这样精细的概念划分,以歌舞代言或科白代言,都是以表演代言,均在戏剧的范畴之内。

三

《公莫舞》的表演形态究竟是如何的呢?

关于汉代的乐舞形态,学界都非常重视汉画像砖石的相关图像记录,注意图文互证研究方法的使用。

从汉画像砖石来看,汉代舞(剧)非常发达。从角色来看,有或男或女的单人舞,双人舞,三人舞及多人舞。从形态来看,有俳优与舞蹈相结合的,也有不含俳优的纯粹舞蹈。总之,汉代的宴会戏乐,已大量出现俳优与歌舞相结合的演出方式,而舞女与男优二人相结合的表演形式,尤富戏剧性。如南阳汉画像砖中的这幅"盘舞":高髻女伎,左足踏树,双臂高扬,舒袖而舞,一俳优单腿跪地,一手捧心一手指舞者,仰面而作表演状。又如成都羊子山汉墓石刻中的"观伎"图,在石刻右下角,可见有舞女左手在上、右手在下作舞巾状,脚着舞屐作盘舞,俳优则一手指舞伎,一手摇鼗鼓,作追赶的舞态。

南阳汉画像砖中的"盘舞"图①　　　成都羊子山汉墓石刻中的"观伎"图②

汉画像砖的实例,往往表现出女逃男追、女悲男狠、女高男矮、女美男丑的共同画面效果。汉代墓俑中也有大量短粗身材的男性俑,这类陶俑一般被称为"说唱俑",但业有学者指出,这类"说唱俑"其实应称作"俳优俑"③,这类陶俑以往多发现的是东汉时期的实物,而最新的考古发现说明,西汉时期业已出现了"俳优俑"④。俳优之为侏儒,也为汉代文献和文物图像所证实,如《史记·乐书》云"及优侏儒",裴骃《集解》引王肃曰:"俳优短人也。"⑤《汉书·东方朔传》载:"作俳优,舞郑女。"⑥则俳优与舞女共同表演,不仅有图像资料,也为文字资料所证实。

这类风格非常鲜明独特的对舞图像,并不仅仅是一般性的百戏或舞蹈表演,而且已经具备了戏剧性的内涵。其中男女主人公的形象特征,正

---

① 原图见张秀清、张松林、周到编《郑州汉画像砖》,河南美术出版社 1988 年版,第 138 页。
② 原图见龚廷万、龚玉、戴嘉陵编《巴蜀汉代图像集》图八十六,文物出版社 1998 年版。
③ 参于天池、李书《是"说唱俑"还是"俳优俑"——汉代崖墓说唱俑考辨》,《文艺研究》2005 年第 4 期。
④ 参郭彦龙《长江中下游地区汉代墓俑研究》,《艺术史研究》第 10 辑,中山大学出版社 2008 年。
⑤ 《史记·乐书》,中华书局 1982 年版,第 1222—1223 页。
⑥ 《汉书·东方朔传》,中华书局 1982 年版,第 2858 页。

与后来唐代《踏谣娘》等歌舞小戏形式相同。

司马迁还把俳优都列入《史记》的"滑稽列传","滑稽"二字,显现了俳戏的笑乐特征。西汉宣帝时桓宽的《盐铁论·散不足》中表达不满当时贵族阶层的奢侈消费,曰:"戏弄蒲人杂妇,百兽马戏斗虎,唐锑追人,奇虫胡妲。"又曰:"今俗因人之丧……歌舞俳优,连笑伎戏。"①桓宽在这里本是批评当时借丧事而歌舞笑乐的风气,我们可以见到当时民间对歌舞俳优笑乐功能的认知。此外如《战国策·齐策下》"侏儒之笑不乏"②,《汉书·徐乐传》"帷幄之私俳优朱儒之笑不乏于前"③,《汉书·枚皋传》"皋不通经术,诙笑类俳倡"④,《汉书·谷永传》"罢归倡优之关",颜师古有注曰"关,古笑字"⑤,颜师古又注《急就章》"倡优俳笑观倚庭"曰"倡,乐人也;俳,谓优之褒狎者也;笑,谓动作云为皆可笑也"⑥,至东汉李尤《平乐观赋》称"侏儒巨人,戏谑为耦"等等⑦,则俳优固以笑乐为本也,正是民间所谓"戏"的本来形态,即以戏笑的方式,演绎人间百态。后来的戏剧,即使是悲剧,如《张协状元》等,也要穿插诸多谐噱片段,是有着久远的表演传统的。

任半塘在《唐戏弄》中说:"大概唐戏弄之所谓'弄',有其最高意义在,乃编者或演戏者,用以嘲弄他人,托讽匡正,福利人群;与司马迁《报任少卿书》,所谓'固主上之所戏弄,倡优所畜……',指伎艺人为匹夫所玩畜,作弄臣者,恰恰相反!……唐代优伶并非无被玩畜者,亦既众矣!唐代戏剧并非专无专供笑乐者,亦既多矣!但均不在本书所谓'唐戏弄'者最高意义这中,不可不辨。"⑧任氏力证唐代戏剧具备新的精神内涵,但也

---

① 桓宽撰,王利器校注:《盐铁论校注》卷六"散不足第二十九",中华书局1992年版,第349、353—354页。
② 《战国策集注汇考(增补本)》卷一二,上海古籍出版社2008年版,第638页。
③ 《汉书》卷六四上,第2806页。
④ 《汉书》卷五一,第2366页。
⑤ 《汉书》卷八五,第3445—3446页。
⑥ 《急就章》卷三,中华书局1985年影印本。
⑦ 《艺文类聚》卷六三"居处部三·观",上海古籍出版社1965年版,第1134页。
⑧ 《唐戏弄》,第11页。

可见汉代俳优尚未超出戏笑之外的事实。

《公莫舞》中可以准确辨明的舞蹈动作有"复来推排、推排、推排"。杨公骥已论证:"'推排',是汉代的常用语,见《汉书·朱买臣传》和《后汉书·方术传》,'推排'意为互相拥来挤去,或进进退退,互相推移。这是表演儿子起程离家里,母子一面以'头巾'拭泪,一面进进退退,拉来推去,难舍难分的情景的。"①

"推排"的舞蹈动作,是在表现"难舍难分"吗?"推排"在秦汉之际的意思主要有三:一是排斥、排挤。如汉王充《论衡·书虚》:"孔子生时推排不容,故叹曰:'凤鸟不至,河不出图,吾已矣夫!'"②二是拥挤。如《汉书·朱买臣传》:"拜为太守,买臣衣故衣,怀其印绶,步归郡邸……坐中惊骇,白守丞,相推排陈列中庭拜谒。"③三是搬动。如《后汉书·方术列传上·王乔》:"后天下玉棺于堂前,吏人推排,终不摇动。"④而在《公莫舞》中,"推排"当是拉来推去的意思⑤。由此,我们试推测《公莫舞》在表现时的情状是:身为冀州刺史(使君)的男子要结束巡行,返回治所鄡西,也可能再也不会回来了。女子(舞妓)却不肯分离,作歌哭悲舞状,二人"推排""复推排"。汉画像砖的图像材料中,男子作俳优,由侏儒扮演,或作蹲下的矮人状,因此这种"推排"的表演形态,并不是为了表演难舍难分的情景,让观众为之同情悲哀,而是为了在这种拉来推去的夸张表现中,造成滑稽可笑的效果,以嘲弄人物种种失态的表现与动作。

以主人公的卑微愁苦为乐,我们固然可以批评当时观众毫无同情心,但这也可能正是实际的表演形态。根据汉代出土的文物资料,我们以为,虽然《公莫舞》的案头歌词表现的是离别之际的悲伤情状,但实际表演中

---

① 杨公骥:《汉巾舞歌词句读及研究》,《光明日报》1950年7月19日。
② 王充撰,张宗祥校注:《论衡校注》,上海古籍出版社2010年版,第86页。
③ 《汉书》卷六四上,第2792页。
④ 《后汉书》卷八二上,中华书局1975年版,第2712页。
⑤ 以上解释参见《汉语大词典》"推排"条。但"推排"的第三个词义,《中文大词典》云"推摇也",这一解释或更符合典籍原意。(中国文化大学出版部1980年版,第5860页)

却未必如此。《东海黄公》中的黄公年老力衰,为虎所伤,不亦悲乎,但三秦人"俗以为戏",这一"戏"字,不仅是作戏之意,也有戏谑、戏乐之意。《踏谣娘》中妻被酗酒丈夫虐待,"为怨苦之词",但在实际表演中,却是由丈夫作妇人衣,最终还要"则作殴斗之状,以为笑乐"。

此外,从秦汉文献中俳优作俳言歌诗的情况可以推测,在表演中,歌词也可由男性或在场的其他人来代为演唱,女子只是负责舞蹈动作。这与后世某些民间戏剧表演形态中舞者不歌、歌者不舞的情形吻合,此容另文详述。

保存在《乐府诗集》中的《公莫舞》,虽然未能形成后世的剧本文体规范,将角色、表演指示一一明示,但能意识到对戏剧的记录,不仅仅是歌词的加载,也要记录动作指示,成为中国戏剧史上一个难得的完整的"舞台记录本"。但它也仅是一个戏剧表演的记录,并不是一个有意识的剧本创作,而没有后世角色标示等剧本的重要文体标志。

这一个案也告诉我们,戏剧发展的早期并没有剧本的文类概念,也没有剧本创作的自觉的文体意识。"剧本"的文体概念的形成,是随着戏剧表演的兴盛与成熟而产生的。因此,我们不能以后世成熟剧本的标准来审视早期剧本。既然我们可以承认早期戏剧的原始与初级,为何不可以认可早期剧本的原始与初级呢?

此外,这一个案也启示我们,表演的不可保存与不可还原性增加了我们研究的难度。但我们仍应努力恢复"剧本"的表演原境,以探索书面文本的真实含义。这也许是今后的戏剧与剧本研究可以进一步努力的方向。

第二节　敦煌写卷中"剧本"资料检讨

敦煌写卷的发现,为我们解决了许多文化史上的大问题,人们也从敦煌文学中找到了诸种文体的影子。其中不少以人物对话为主要构成的写卷,引起了敦煌学界和戏剧学界的广泛兴趣。它们是否就是剧本?是否曾经搬演？学界对此一直有不同看法，我们在前辈学者研究的基础上，试做进一步考察。

一

在戏剧史的研究中，很早就有学者研究敦煌文学与戏剧的关系。周贻白在《中国戏剧史长编》中说："唐代之诗变为词，固然予后世戏剧的文辞以莫大的影响，但还有一种文体，也是值得提及的，那便是叙述故事的所谓变文。"①任半塘也非常重视变文与戏剧之间的联系，他指出："敦煌百余本变文，于表现唐代讲唱规制中，有分明标注'吟''韵''白'等体段者，加以文章恣肆生动复如季布骂阵等篇，间接乃透露唐剧本内早有曲白相生之格局，与豪辣灏烂之文章。"②又说："唐变文与唐戏之关系最为显著者，以现有资料言，莫过于《维摩诘经变文》唱白分清，且即用'白'字为说白部分之标识之一点。"③从《唐戏弄》中我们还可看到任半塘对戏剧（剧本）的认识，他屡屡谈到"且多代言"："代言一点，诚已扼要，但非表现于故事中不可……虽有代言之处，却非问答，或略具故事痕迹而已，难于认真。"④可见，代言加故事，是任半塘对戏剧性文体的一个主要文体判断。从这一点出发，《唐戏弄》也将几个敦煌写卷视为戏剧，引导了后人的进一步相关研究。但也有学者认为敦煌文学与戏剧毫无关系，如郑振铎在写于 1927 年的《文学大纲》中说："在十三世纪之前，我们却不能找到一本流传于今的剧本，不能找到一个署名的戏曲作家。"⑤

我们首先对学界曾视为戏剧的几个写卷进行逐一剖析。

---

① 《中国戏剧史长编》，人民文学出版社 1960 年版，第 51 页。
② 《唐戏述要》，《文学遗产增刊》第 1 辑，1955 年 4 月。
③ 《唐戏弄》，上海古籍出版社 1984 年版，第 1100 页。
④ 同上书，第 874 页。
⑤ 《文学大纲》第十七章"中国戏曲的第一期"，《郑振铎全集》第十一卷，花山文艺出版社 1998 年版，第 54 页。

1. S2440(7)写卷

此写卷为敦煌遗书 S2440 号长卷背面第二件文书,《敦煌遗书总目索引》将其编为 S2440(7)。关于该写卷属性,王重民录文题此卷作《八相押座文》,后又在此题上方写有"佛本行经"字样并加问号,可见他感到视其为"押座文"不妥,但又不能确定此卷为敷衍"佛本经"故事的何种文体。饶宗颐也称"此记表演'太子修道'之歌舞剧,文中所言吟之人物有大王、夫人、吟生、新妇,可知'吟'即唱词"①。任半塘在《唐戏弄》中将之校录,称为"关于剧本之资料":"名虽曰'押座文',而开端布置,俨然已接近剧本","以本卷形式之所指……其接近剧本也……实又进一步……乃讲唱与戏剧间,话本与戏剧间,过渡递嬗所在,值得研究……以上种种理解,是否正确,有待学者共同商榷"。② 任半塘对此卷的最终定性,还是比较审慎。石路在《释熊踏》中指出:"被英国人斯坦因劫往伦敦的敦煌卷斯2440 号,是一部难得的唐代佛教剧本存在。按王国维先生歌、舞、剧、代言体兼备即谓戏曲形式的主张,则该卷足可证实:中国戏曲在唐代即已产生。以上载歌载舞的场面之中,出现了取代言体的戏剧人物的吟(唱),因此,可断定其为戏剧形式无疑。"③也将其视为唐代戏剧。李正宇在《晚唐敦煌本〈释迦因缘剧本〉试探》中径直定其为剧本④。其后,黎蔷、欧阳友徽也认同该卷为剧本⑤。认为此卷非剧本的则有曲金良、黄征及张涌泉,甚至将其拟名为"太子成道吟词",认为此篇用抄撮"太子成道经变文"或"八相变"中的吟词而成,是一种节本,旨在供变文演说配合吟唱者执以吟唱,与后世的独立构思创作的有完整情节的剧本不同。⑥ 原卷如下:

---

① 《敦煌曲与乐舞及龟兹乐》,《新疆艺术》1986 年第 1 期。
② 《唐戏弄》,上海古籍出版社 1984 年版,第 875—879 页。
③ 《新疆艺术》1985 年第 5 期。
④ 《敦煌研究》1987 年第 1 期。
⑤ 参见黎蔷《西域戏剧的缘起及敦煌佛教戏曲的形成》,《敦煌研究》1990 年第 2 期;欧阳友徽《敦煌 S.2440(7)写卷是歌舞戏角本》,《西域研究》1991 年创刊号。
⑥ 曲金良:《敦煌 S.24407 原卷考辨》,《敦煌研究》1989 年第 3 期。黄征、张涌泉:《敦煌变文校注》,中华书局 1997 年版,第 482 页。

[队仗说白]白月才沉(形),红日初生,仪仗才行(形),天下宴静。烂满(漫)绣衣花灿烂,无边神女貌萤萤(莹莹)。[青一队,黄一队,熊踏]

　　[大王吟]拨棹乘船过大江,神前倾酒五三缸。倾杯不为诸余事,大王男女相兼乞一双。

　　[夫人吟]拨棹乘船过大池,尽情歌舞乐神祇。歌舞不缘别余事,伏愿大王乞一个儿。回鸾(銮)驾却。

　　[吟生]圣主摩耶往后园,频(嫔)妃彩女走(奏)乐喧。鱼透碧波堪赏玩,无忧花色最宜观。

　　无忧花树叶敷荣,夫人彼中缓步行。举手或攀枝余(与)叶,释迦圣主袖中生。

　　释迦慈父降生来,还从右胁出身胎。九龙洒水早是(湿)袄,千轮是(足)下瑞莲开。

　　[相吟别]阿斯陀仙启大王,太子瑞庆极贞(祯)祥。不是寻常等闲事,必作菩提大法王。

　　[妇吟别]前生与殿下结良缘,贱妾如今岂敢专?是日耶输再三请,太子当时脱指环。

　　[老相吟]眼暗都缘不辨色,耳聋高语不闻声。欲行三里二里时,虽(须)是四回五回歇。

　　[四(死)吟]国王之位大尊高,煞鬼临头无处逃。四(死)相之身皆如此,还漂苦海浪滔滔。

　　[临险吟]可笑危中耶(也)大危,灵山会上亦合知。贱妾一身犹乍可,莫交(教)辜负阿孩儿。

　　[修行吟]夫人据(既)解(决)别阳台,此事如莲火里开。晓镜罢看桃李面,(绀)云休插凤凰钗。

　　无明海水从资(兹)竭,烦恼丛林任意摧。努力鹫峰修圣道,新妇莫慵逞不犟却回来。

　　[(吟)]长成不恋世荣华,厌患深宫为太子。舍却金轮七宝位,

夜半逾城愿出家。

六年苦行在山中，鸟兽同居为伴侣。长饥不食珍修（馐）饭，麻麦将来便短终。

得证菩提树下身，降伏众魔成正觉。鹫岭峰头放毫光，说此三乘微妙经。①

如果仅从最基本的戏剧形式来看，此卷似很合乎剧本的要求。然已有学者指出："《唐戏弄》视其为剧本，是由于对写卷的理解有误。"②曲金良以此与《太子成道经》比较，论证了"吟生""老相吟""死吟""相吟别""妇吟别""临险吟""修行吟"并非角色分词，而是指所吟内容而已。"队仗说白"也非科白标志，而是铺叙队仗的文字，而"青一队，黄一队，熊踏"也同样是队仗内容而非舞台指示了。这样，就反驳了任半塘及李正宇等视之为剧本的判断。

2. P3128 号写卷

此卷《敦煌变文集》卷六，王庆菽校录时，拟题为"不知名变文"③。王重民则云："疑是押座文的另一种体式。"④黄征、张涌泉则归为"解座文"⑤。而任半塘首先疑其为"在和尚俗讲中，插入贫家夫妇互诉困苦之一幕戏剧"，"其故事为贫家夫妇二人，互诉困苦"，"扮夫者为僧，文人原作小字偏行曰'佛子上'，应即此意"，"说白全是代言。其变文中'佛子上'与'佛子佛子'七个小字，可能皆为脚色上下场之说明语"，"比之元剧中'某某上'或'某某云了'，形式上可谓全无差别。足证当时之戏亦必有本"⑥。曲金良经过重新校录后，亦认为它是"中国现存最古的小剧本"⑦。为了便于比较，兹录原文于下：

---

① 《敦煌研究》1987 年第 1 期附有此卷影印件。
② 参刘瑞明《所谓唐代两件戏剧资料辨析》，《中华戏曲》第 11 辑。
③ 王重民等编：《敦煌变文集》，人民文学出版社 1957 年版，第 814 页。
④ 同上书，第 816 页。
⑤ 黄征、张涌泉：《敦煌变文校注》，中华书局 1997 年版，第 1191 页。
⑥ 《唐戏弄》，上海古籍出版社 1984 年版，第 1106 页。
⑦ 曲金良：《敦煌佛教文学研究》，文津出版社 1995 年版，第 276 页。

娑婆世界,高下不平,富贵贫穷,各性本异。种时不能自种,只是怨天不平。见他富贵家荣,我即终朝贫困。(佛子)

上无片瓦可亭居,自长身来一物无。

□勤夫妻嗔咒愿,只求富贵免躯贫。

儿觅富贵百千般,不道前生恶业牵。

盖得肚皮脊背露,脚跟有袜指头串(穿)。

朝求暮乞不成噇,有日无夜着甚眠?

唯恨前生不修种,垂知贫苦最艰难。

自家早是贫困,日受饥恓,更不料量,须索新妇,一处作活,更被妻女,说言道语,道个甚言语也:

忆得这身待你来,交人不省傍妆台。

洗面河头因担水,梳头坡下拾柴回。

煎水滓来无米煮,何时且遇有资财?

可惜却娘娘百匹锦,道教这里忍饥来。

他儿婿还说道里,道个甚言语也?

娘子今日何置言,贫富多生恶业牵。

不是交娘得如此,下情终日也饥寒。

初定之时无衫袴,大归娘子没汌房。

娘子空来我空手,奈何の(如)媒人所秤量。

娘子既言百匹锦,娘娘呼我作上马郎。

彼此赤身相奉侍,门当户对恰相当。

白日起□无饭吃,夜头拟卧没氍眠。

大拟妻夫展脚睡,冻来直□野鸡盘。

(仏子仏子)

娑婆国里且无贫,拾得金珠乱过与于人,

弟子收来垒宝座,合掌齐声请世尊。

宝座既成诸天绕,弥陀即便自乘云,

将为化生来说法,定证金刚不坏身。

> 门徒切要审思量,念仏更烧五分香。
> 闲来不守三归界,如何生死作桥梁。
> 欲得千年长富贵,无过念仏往西方。
> 合掌阶前领取偈,明日闻钟早听来。①

由于理解有误,任半塘将"上无片瓦可亭居"的"上",与上文"佛子"相连为"佛子上",连同下文的"仏(佛)子,仏(佛)子"(任作"佛子□□")理解为"可能皆为脚色上下场之说明语"②。实则此为讲唱中让观众跟着讲唱人一起重复之语句,是变文的常见体制,后日宝卷宣讲中仍有此形式③。《金瓶梅词话》三十九回写"吴月娘听尼僧说经",说吴月娘等听者"多齐声接佛",宣赞佛号;五十一回吴月娘"听薛姑子讲说佛法,演颂《金刚科仪》,也说"妙趣妙凤两个徒弟立在两边,接念佛号"。④

而原卷中两处明显的叙述性语言"道个甚言语",则是变文中由说白转歌唱的惯用语,如《八相变》"当尔之时,道个甚言语","于此之时,道何言语"⑤,《破魔变文》也是"魔王当尔之时,道何言语","当去之时,道何言语"⑥。

句末"明日闻钟早听来",则显示了寺院说唱僧人的口吻,是讲经结束的习用语。如《目连缘起》(P2193):

> 须觉悟,用心听,闲念弥陀三五声。
> 火宅忙忙何日了,世间财宝少经营。
> 无上菩提勤苦作,闻法三涂岂不惊。

---

① 王重民等编:《敦煌变文集》,人民文学出版社1957年版,第814—816页。
② 《唐戏弄》,上海古籍出版社1984年版,第1106页。
③ 梅维恒根据他于1985年在甘肃酒泉地区的调查谈道:"除开图画的内容,宣讲河西宝卷还包括由表演者交替地说和唱的部分。观众们在某些时候跟着宝卷人一起重复某些说教的语句(对比在某些敦煌通俗讲唱中重复的'佛子')。"参见《绘画与表演》,北京燕山出版社2000年版,第11页。
④ 《金瓶梅词话》(梅节重校本),梦梅馆1993年印行,第479、632页。
⑤ 《八相变》,《敦煌变文集》,人民文学出版社1957年版,第329—343页。
⑥ 《破魔变文》,《敦煌变文集》,人民文学出版社1957年版,第344—360页。

今日为君宣此事，明朝早来听真经。①

《敦煌变文集》卷五《无常讲经文》（P2105）中，更多有"说多时，日色被，珍重门徒从座起，明日依时早听来，念佛阶前领前偈"，"讲多时，言有据，日色偏斜留不住，高声念佛且须归，只向阶前领偈去"，"更拟说，日西止，道理多般深奥义，明朝早到与君谈，且向阶前领取偈"②等。所以周绍良提出："这个卷子是某个讲经者由于为了使用方便，于是把同类结尾文字汇集成篇，它并非'《无常经》讲经文'，应径以'散座文'为题。"③

3．S1497、S6923《须大拏太子度男女赞》

两者均为片段残卷④。须大拏是佛教本生故事中的著名人物，以乐善好施著称。据《须大拏经》中的记载，他本为叶波国王太子，因将镇国御敌的宝象施舍给了敌国而被父王流放，在流放途中，他又将一双儿女施舍给了婆罗门。残卷正是描述须大拏施舍儿女的故事。任半塘在《敦煌歌辞总编》中曾予以校录，拟题为《须大拏太子度男女》，并指该曲辞作"代言、问答、对唱，戏剧性甚强，为目前所见敦煌歌辞中最接近戏曲者"，又说该辞"惟体属分人对唱，又全演故事，乃戏文，非偈赞"。⑤ 原文如下：

[韵]魔王外道总降依，□□□□□□□。万岁千秋传圣教，犹如□名自天□。只是众生多有福，得逢诸佛重器时。金刚如是流识论，一切经中戒总□。

（须大拏太子度男女赞）

儿言：少小黄宫养，万事未曾知。饥亦不曾受，渴亦不受侍（持）。（佛子）

---

① 《敦煌变文集》，第712页。
② 同上。
③ 周绍良：《〈敦煌变文集〉中几个卷子定名之商榷》，《敦煌吐鲁番文献研究论集》第3辑，北京大学出版社1986年版，第25页。
④ 见黄永武《敦煌宝藏》，新文丰出版公司1981年版第11册第243页、第53册第559页。
⑤ 任半塘编：《敦煌歌辞总编》，上海古籍出版社1987年版，第788页。

妹答①：我今随顺歌歌意，只恨娘娘犹未之（知）。放儿暂见娘娘面，须臾还却亦何之（迟）。（佛子）

父言：罗睺一心成圣果，莫学五逆堕阿鼻。生生莫做怨家子，世世长为侥幸儿。（佛子）

父言：我今为宿时（持），不用见夫人。夫人心体软，母子最为亲。（佛子）

儿答：我今作何罪？今受种种苦。我是公王种，须之（使）作奴婢。（佛子）

父言：来日见男女，啼哭苦申陈。我心不许见，退却菩提恩。（佛子）

父言：世间恩爱相缠缚，父儿男女皆暂时，一似路傍相逢者，须臾不免搞分离。（佛子）

儿言：身体黑如膝（漆），目伤复面皱，面上三殊（珠）泪，唇哆耳尸陋。（佛子）

父言：一岁二岁耶娘养，三岁四岁弄婴孩。五岁六岁能人言，七岁八岁便（辨）东西。（佛子）

父言：一切恩爱有离别，一切江河有苦（枯）竭，如延好伏士（侍）婆罗门，莫教婆罗门一日嗔。

儿言：鸟鹊群飞为失伴，男女恩爱暂时间。如延好伏士（侍）婆罗，早万（晚）却见娘面。（佛子）

此写卷若仅从上述文字来看，似甚合乎"代言、问答、对唱"的体例。但两者均为片段残卷，而该剧 S6923 号写卷结尾还有一段唱词，原卷虽模糊不清，尚能辨出"我今略赞佛功德""皆愿速证菩提果"诸句，这就与其他写卷一样，显为讲述人口吻。

4.《下女夫词》

任光伟在《敦煌石室古剧钩沉》中认为："变文中那一部分对话体的

---

① 《敦煌歌辞总编》将"妹答"改作"儿答"，又将"妹答"歌词与下"父言"罗睺四句歌词对调。此处按原卷照录。

抄本,如《孔子项托相问书》、《晏子赋》、《苏武李陵执别词》、《燕子赋》、《茶酒论》、《下女夫词》、《㚢䘒新妇文》以及另一种用五言韵语对话的《燕子赋》等8篇。这些都是对话体,但形式上却不尽相同,如前4篇虽然也是两人或数人的对话,却杂有叙事成分,尚未彻底脱离开俗讲的风格与特色;后四篇则不同,已经不再杂有叙事成分,完全变成了代言体,不只脱离了俗讲的形式与特点,也超出了古代小说中'合生'的基本形式。"①任光伟认为后四篇是戏曲演出底本,并以《下女夫词》为例进行了具体论证,认为《下女夫词》既有特定故事情节,并由固定的角色扮演特定的人物,全卷均用代言体,在固定的时空中演出,有固定场地、有固定道具,在表演上已能充分的运用唱、做、念、舞等手段,应该说这已经是完整的戏曲演出形式,其脚本自然应该称为戏曲剧本。

[儿家初发言]贼来须打,客来须看,报道姑娉,出来相看。

女答:门门相对,户户相当,通问刺史,是何祗当?

儿答:心游方外,意遂恒娥。日为西至,更阑至此。人先马乏,暂欲停流(留),幸愿姑娉,请垂接引!

女答:更深月朗,星斗齐明,不审何方贵客,侵夜得至门庭?

儿答:凤凰故来至此,合得百鸟参迎。姑娉若无疑□,火急反身却回。

……

论女家大门词:柏是南山柏,将来作门额;门额长时在,女是暂来客。

至中门吟:团金作门扇,磨玉作门镮,掣却金钩鏁,拨却紫檀关。

至堆诗:彼处无瓦砾,何故生北堆?不假用锹鑺,且借玉琶摧。②

然已有学者指出,《下女夫词》是婚礼仪式歌,"《下女夫词》写卷,虽有单

---

① 曲六乙、李肖冰编:《西域戏剧与戏剧的发生》,新疆人民出版社1992年版,第71—86页。
② 该写卷有多个抄本,此处录自《敦煌变文集》的校录本,人民文学出版社1957年版,第273—284页。

抄本,却也有与其他婚仪文书合抄本,估计这是类似礼仪手册性质的抄本"①。这就解释了为何写卷从"女""儿"的对答转为《论女家大门词》、《至中门咏》、《至堆诗》、《至堂基诗》、《逢锁诗》、《至堂门咏》等。其实这些便是男方进入女家后,从入大门开始,过一处或遇一物,都要以诗相咏的礼仪程序。《下女夫词》是婚礼吉庆颂词,是仪式歌词而非古剧脚本。

5.《茶酒论》

任光伟前文也认为该写卷是戏曲演出底本,但未加详细论证。赵逵夫《唐代的一个俳优戏脚本——敦煌石窟发现〈茶酒论〉考述》②认为《茶酒论》完全是为了戏剧的形式,它不但具有剧本的最本质的特征(从头到尾用代言体),而且在格式上、用语上同现存最早的南戏剧本有共同点,同时,又比这些现存的最早的剧本显得更为古朴和原始。

> 茶乃出来言曰:"诸人莫闹,听说些些。百草之首,万木之花。贵之取蕊,重之摘芽。呼之茗草,号之作茶。贡五侯宅,奉帝王家。时新献入,一世荣华。自然尊贵,何用论夸!"
>
> 酒乃出来:"可笑词说!自古至今,茶贱酒贵。单醪投河,三军告醉。君王饮之,叫呼万岁。群臣饮之,赐卿无畏。和死定生,神明歆气。酒食向人,终无恶意。有酒有令,人义礼智。自合称尊,何劳比类!"
>
> ……
>
> 两个政争人我,不知水在傍边。
>
> 水为茶酒曰:"阿你两个,何用念念?阿谁许你,各拟论功!言词相毁,道西说东。人生四大,地水火风。茶不得水,作何相貌?酒不得水,作甚形容?……从今已后,切须和同,酒店发富,茶坊不穷。长为兄弟,须得始终。若人读之一本,永世不害酒颠茶风(疯)。"③

---

① 参见张鸿勋《新获英藏〈下女夫词〉残卷校释》,《段文杰敦煌研究五十年纪念文集》,世界图书出版公司1996年版。另周纯一《敦煌古剧质疑》亦不同意剧本的说法,参见台湾《第二届敦煌学国际研讨会论文集》,汉学研究中心1991年版。
② 《中国文化》1990年第3辑。
③ 《敦煌变文集》,第267—269页。

此卷已有王小盾在《敦煌论议考》中辨明:"这是唐代论议文本,除《茶酒论》外,《晏子赋》、《孔子项托相问书》、五言体的《燕子赋》皆如此,论议伎艺的前身本是三教的宣教活动。"①

二

通过比较目前学术界集中讨论的几个敦煌写卷中的"剧本"不难发现,其之所以被视为"剧本"的共同特征有:1. 故事情节;2. 代言体人物对话。由于学者欲求心切,敦煌文书中凡是有以上特征者,均曾被视为剧本的资料而一一寻检出来。

不过仔细检讨可以发现,故事情节并不是"剧本"最核心本质的规定,因为讲唱文学以及小说都有故事情节。王国维《中国戏曲考·元杂剧之渊源》指出:"独元杂剧于科白中叙事,而曲文全为代言"②,则代言体成为戏曲的重要特征。然而,代言体对话,也是戏剧、讲唱文学及小说常用的形式要素。对于这类有代言对话等形式要素的文体,就必须审慎对待。

上述写卷都出现了人物对话,但是人物之间的对话只是整个写卷的叙述过程中的一个环节。仅以其中一部分的人物对话,而将整个写卷划归剧本的范畴,还是有一定的危险性。

学者们认定前述写卷是代言体,皆因写卷出现了"某某言(吟、答)"的指代性语言,如S2440(7)写卷的"大王吟""夫人吟",P3128号写卷的"道个甚言语",S1497、S6923《须大拏太子度男女》中的"儿言""父言"中的一问一答,《下女夫词》的"女答""儿答",《茶酒论》的"茶为酒曰""酒为茶曰"等,这种引起对话的方式存在于各种文体之中。佛经中就有不少精彩的对话场景。《维摩诘经》卷上《问疾品》讲维摩诘以神通接待佛弟子问疾故事,听说文殊师利前来问疾,维摩诘就以神通力把住室变成一方丈,只留一床,横卧其上,引发出一段对话:

---

① 《中国古籍研究》第1辑,上海古籍出版社1996年版。又见《从敦煌学到域外汉文学》,商务印书馆2003年版。
② 《王国维戏曲论文集》,中国戏剧出版社1957年版,第69页。

维摩诘言:"劳乎文殊师利,不面在昔,辱来相见。"

文殊师利言:"如何居士忍斯种作疾,宁有损不至增乎?世尊殷勤问无量,兴起轻利游步强耶?居士是病何所正立?其生久如当何时灭?"

维摩诘言:"是生久矣。从痴有爱则我病生,用一切人病是我故我病,若一切人不得病者,则我病灭。所以者何?欲建立众人故……"

敦煌写卷中的对话文体,亦复不少。如《破魔变文》:

第一女道:"世尊!世尊!人生在世,能得几时?不作荣华,虚生过日。奴家美貌,实是无双,不合自夸,人间少有。故来相事,誓尽千年。不弃卑微,永共佛为琴瑟。"

女道:"劝君莫证大菩提,何必将心苦执迷?我舍慈亲来下界,情愿将身作夫妻。"

佛云:"我今愿证大菩提,说法将心化群迷。苦海之中为船筏,阿谁要你作夫妻。"

第二女道:"世尊!世尊!金轮王氏,帝子王孙,把(抛)却王位,独在山中寂寞。我今来意,更无别心,欲拟伴在山中,扫地焚香取水。世尊不在之时,我解看家守舍。"

女道:"奴家爱着绮罗裳,不熏沉麝自然香。我舍慈亲来下界,誓将纤手扫金床。"

佛道:"我今念念是无常,何处少有不烧香。佛座四禅本清净,阿谁要你扫金床。"

第三女道:"世尊!世尊!奴家年幼,父母偏怜,端正无双,聪明少有。帝释梵王,频来问讯,父母嫌伊门卑,令不交作新妇。我见世尊端整,又是净饭王子,三端六艺并全,文武两般双备。是以抛却父母,故来下界阎浮,不敢与佛为妻,情愿长擎座具。"

女道:"阿奴身年十五春,恰似芙蓉出水宾(滨)。帝释梵王频来问,父母嫌卑不许人。见君文武并皆全,六艺三端又超群,我舍慈亲来下界,不要将身作师僧。"

> 佛道:"汝今早合舍汝身,只为从前障佛因,大急速须归上界,更莫分云恼乱人。"①

以上是从《破魔变文》中节选的舍利佛与三位魔女的对话文字,若仅从上述节选文字来看,也可视作剧本。但从未有人发为此论,原因在于,这只是其中一部分对话较为集中的文字,整篇仍是叙述性结构。

再以后世讲唱文学中的大宗宣卷为例,清末民初上海宣卷艺人抄本《双金花宝卷》:

> 文龙听说心中怒,放肆门公骂几声:
> 门龙听说回言答……

文中"文公"与"文龙"为角色名,而宣卷先生在演唱时,也会模拟不同人物的声口②。但表演者宣卷先生仍是以演员身份,而不是角色身份进行这种表演。

可见,代言体的对话、问答广泛运用于口头表演之中,并非戏剧一体的特征。前贤学者以写卷是否有此文体,力图将其与讲唱划清界限,以致一跃龙门进入"戏剧"的行列,其结果说明这一方法仍会引起误判。学者或以为上述写卷中叙述体的语句不多,人物对话占据了绝大部分篇幅,但整篇写卷的文体定性,并不是以人物对话的多少来判别的,基本以人物对话构成的讲唱文学与小说乃至词曲都并不鲜见③。即如现代诗中,也有引入戏剧性代言体对话的做法,如周作人长诗《小河》中,便有稻桑对话的场景。

以上是从书面的角度来判定写卷的文体性质。剧本编写的最终目的指向舞台。虽然上述写卷从文体的角度来看并非剧本,然若当时确有用此写卷为戏剧表演的,那么,我们就不能不重新考虑这些写卷的性质,

---

① 《敦煌变文集》,第351—352页。
② 参见车锡伦《中国宝卷研究论集》,学海出版社1998年版,第28页。
③ 任半塘在《唐戏弄》中将一些具有代言体对话内容的敦煌曲视作剧本,参《唐戏弄》第五章"伎艺一·剧本"中的相关论述。我们认为,曲子辞中运用代言体,是曲子辞的一种表现手段,也不可藉此将其视为剧本。

或者修订我们所持的代言体的剧本概念。因此，写卷是否曾供演员以角色身份演出，也是一个重要的判断依据。然而问题的困难之处就在这里，作为表演形态的戏剧，我们无法重演当时的情状，还是应尽量将写卷放到它具体的表演形态中去审视。如《下女夫词》是婚礼仪式歌，虽然仪式与戏剧在形态上高度相似，仪式也往往有很强的表演性，但终不能改变其仪式性质①。《茶酒论》则是敦煌伎艺"论议"的底本，虽然论议已具备一定的戏剧性，但它毕竟不是戏剧表演一，其底本也不是剧本。更重要的是，迄今为止，没有任何证据说明，有以上述写卷为脚本的戏剧表演形式。

从上述写卷来看，离剧本似乎也只有一步之遥，却为何不能得以搬演呢？变文的宗教性质难以以戏剧的方式表现，这是由汉语的语言特性所决定的。

汉语是一种声调语言，进入乐曲后，为适应乐曲的音调，很难保持其原有的调值。"我们通常是根据习惯用法、上下文以及其他语景来猜想出词的意义。汉语唱词如果脱离了熟悉的语言环境与文化背景，就变得相当难于理解。"②这就可以解释为什么我们生活在汉语环境下，听京戏、昆曲或其他地方戏，如果不熟悉故事情节，仍需要字幕以帮助理解。这也可以解释梵剧进入汉语地区后，却未能在中土开花结果，由过去利用戏剧形式转而运用梵呗说唱方法来宣扬佛法。比较不同文本的《弥勒会见记》，会发现当《弥勒会见记》从吐火罗文译为回鹘文时，它的戏剧特征已经减弱，变得类似讲唱了③。而从讲经到俗讲，其中的韵文成分也呈现出愈趋减少的趋势④。可见，如何根据传教的需要采用恰当的文体形式来进行

---

① 前人以《九歌》为戏剧，亦是将仪式解为戏剧的例子。

② 王青：《上古汉族讲唱不发达原因新探——论声调语言对叙事长诗的制约》，《民族文学研究》2005年第2期。

③ 参见姚宝瑄《试析古代西域的五种戏剧——兼论古代戏剧与中国戏曲的关系》，《文学遗产》1986年第5期；廖奔《从梵剧到俗讲——对一种文化转型现象的剖析》，《文学遗产》1995年第1期。

④ 参见王重民《敦煌变文研究》，《中华文史论丛》1981年第2期。又见《敦煌变文论文录》(文字略有不同)，上海古籍出版社1982年版；《敦煌遗书论文集》，中华书局1984年版。

表述,是一个自然的文体选择过程,佛经韵散相间的叙述方式,也是一个便于接受的文体选择。传道主要靠师徒口传心授,便于记诵与传播的韵文体便成为经典的主要形式,而时过境迁,韵文费解,便有了散文部分的注释,后世讲唱"说了又唱,唱了又说"的表述方式,其源头正在于此。

三

敦煌写卷中并无剧本,另一方面,我们却又不可忽视佛经乃变文讲唱对戏剧所产生的影响。实际上,讲唱与戏剧是两种非常接近的表演艺术,一个是"在说法中现身",以叙述为主,辅以代言;一个是"在现身中说法",主要为代言。讲唱与对剧的表演形态既有交叉之处,在各类文体中,又是血缘关系最为亲近的二支,也是最易互相转化的。

有学者指出:"早期佛经的对话式的讲经和有一定情节的对话诗稍加改编,由演员表演就成了戏剧。"①英国学者渥德尔断定:"有证据说明其中某些戏剧情节,尤其在杂阿含里面,在节日集会时曾在舞台表演。"②在新疆发现的三个梵文剧本,均为佛教剧,如马鸣的《舍利佛传》(残卷)。一部佛教戏剧残卷登场人物为"觉"(智慧)、"称"(名声)、"定"(禅定)等概念化人物③。上述写卷,几乎不用改动,若用演员表演,就成了戏剧。

尤其值得注意的是,上述所引写卷中的人物对话均以七言四句的方式构成。中国戏剧以韵文代言的文体结构,已在变文中完成。王运熙曾指出王融的《净住子颂》三首,"可见两句用韵的七言诗在佛家韵语中出现得是相当早。三诗文辞风格,跟《拟行路难》等乐府歌辞迥不相同,而与唐代变文俗曲比较接近。变文俗曲等七言歌词的体制,似当上溯到

---

① 侯传文:《佛经的文学解读》,中华书局2004年版,第24页。
② 〔英〕渥德尔:《印度佛教史》,王世安译,商务印书馆1987年版,第239页。
③ 参见金克木《概念化的人物——介绍古代印度的一种戏剧类型》,《外国戏剧》1980年第3期。

此类佛家韵语。连篇累牍是值得文学史工作者注意的"①。研究藏族诗歌的学者也指出:最早的藏语七音诗也是佛家韵文②。佛经中的七言偈赞大量采用每四句句尾字声作"平仄仄平"或"仄平平仄"的格律,无疑成为敦煌讲唱辞中大量七言四句韵文体的先声。

民间传统戏剧仍保留了不少讲唱形态,以讲唱底本直接用为剧本的例子,如贵州地戏、安徽贵池傩戏、山西上党赛社杂剧、晋南锣鼓杂戏、晋北赛戏以及南方其他省域的傩戏,都直接搬用叙述体的说唱底本。田青在《禅与中国音乐》中说:"在中国绝大多数的民歌和戏曲中,一种只有两个乐句组成的'上下句'结构是常见、最基本的结构。比如陕北的'信天游',内蒙的'爬山调',及京剧的'西皮''二黄'的原版唱腔,都只有上下两句。就是在这基本的结构中,发展出诸如'起承转合'的四句结构或首尾呼应、与中间乐段对比的三段结构等曲体。"③这种方式与变文讲唱高度类似,值得进一步研究。

第三节 唐代"剧本"考辨

关于唐人是否编剧本及剧本形态的问题,最早予以关注及探讨的当属任半塘的《唐戏弄》。《唐戏弄》第五章"伎艺"中单列"剧本"一节,详细述及他对唐代剧本的看法并载录了相关剧本。但是,任先生的研究,在近年来中国戏剧史的相关著述中,也都未对此观点给予充分关注。由于史著的文体要求,一般会将目前学界较为认可与肯定的观点吸纳进去,对于尚未得到公认的观点,则暂缓引用。可见,任先生的某些结论,并未成为定论,但由此也较少得到后人的关注与讨论,则是很大缺憾。现一一检

---

① 参见王运熙《七言诗形式的发展和完成》,《乐府诗述论》,上海古籍出版社1996年版,第348页。
② 佟锦华《藏族诗歌格律研究》说:七音节自由体"不但在思想上受到佛教观点的影响,而且在格律方面也受到印度格言诗作的影响"(《藏族文学研究》,中国藏学出版社2002年版,第346页)。
③ 田青:《净土天音:田青音乐学研究文集》,山东文艺出版社2002年版,第199页。又见《中国音乐学》1998年第4期。

讨任半塘关于唐代剧本的材料及观点,并对"剧本"的概念及唐代剧本的形态作些探讨。

一

任先生《唐戏弄》首先指出唐人"编剧本与撰戏曲之事实":

> 中唐成辅端演"旱税",有七言四句歌辞数十篇;蔡南史独狐申叔合编《义阳主》剧,分"团雪""散雪"诸节,直类后世传奇之剧本;盛唐陆羽曾写参军戏三本;后周李昉等曾辑优人曲辞二辞;——乃四件事实。①

的确,靠上述材料,唐代有剧本的编写,已能得到完全肯定。至于陆羽曾写参军戏三本之事,《全唐文》卷四三三《陆文学自传》说:"因倦所役,舍主者而去。卷衣诣伶党,著《谑谈》三篇。以身为伶正,弄木人、假吏、藏珠之戏……天宝中,郢人酺于沧浪,邑吏召子为伶正之师。"②《新唐书·陆羽传》则说:"……因亡去,匿为优人,作诙谐数千言。天宝中,州人酺,吏署羽伶师。"③段安节《乐府杂录》"俳优"条述"弄参军":"开元中,有李仙鹤善此戏,明皇特授韶州同正参军,以食其禄。是以陆鸿渐撰词,云'韶州参军',盖由此也。"④《白孔六帖》卷六一"杂戏"条小字注中亦有:"陆羽为优人,作诙谐数千言。"⑤

综上所引,陆羽的确可称为当时的一名"剧作家",他的著述名为"谑谈",或曰"诙谐数千言",或曰"词"。虽内容不详,但当时已有剧作家出现,所撰写的剧本为谐谑之词则可断定。任半塘甚至说:"我国科白类戏或话剧之有本可考者,或以此为最早。"⑥

---

① 任半塘:《唐戏弄》,上海古籍出版社1984年版,第864页。下引文献如未特别注明,均出自此书。
② 《全唐文》卷四三三,中华书局1983年版,第4421页。
③ 《新唐书》卷一九六,中华书局1975年版,第5611页。
④ 《中国古典戏曲论著集成》(一),中国戏剧出版社1959年版,第49页。
⑤ 《景印文渊阁四库全书》,第892册,第42页。
⑥ 《唐戏弄》,第866页。

此外,《文献通考》引宋代王尧臣《崇文总目》乐类:《周优人曲辞》二卷,周吏部侍郎赵上交、翰林学士李昉、谏议大夫刘涛、司勋郎中冯古,纂录燕优人曲辞。任先生亦认为此"优人曲辞"当为"戏曲歌辞"。

任先生还从唐代史料中,勾稽出若干"剧本"著录,分别如下:

1.《踏谣娘》和声辞二句

即"踏谣,和来！踏谣娘苦也！和来！"此条材料来自唐崔令钦在《教坊记》对《踏谣娘》剧演出形态的记录。据《旧唐书·音乐志》的记载,《踏谣娘》出于隋末河内,"河内有人貌恶而嗜酒,常自为郎中,醉归必殴其妻。其妻美色善歌,为怨苦之词。河朔演其声而被之管弦"[①]。可见此剧在表演之前,并没有"剧本"的存在,而是对生活的直接敷演。

2.《苏莫遮》歌辞五首

此即《全唐诗》乐府十二所引,题下注云:"泼寒胡戏所歌,其和声云'亿岁乐'。"[②]按,这是唐中宗时中书令张说为投中宗所好,所作"苏莫遮"歌辞。

  摩遮本出海西胡,琉璃百服紫髯须[③]。闻道皇恩遍宇宙,来将歌舞助欢娱。亿岁乐。

  绣装帕额宝花冠,夷歌骑舞借人看。自能激水成阴气,不虑今年寒不寒。亿岁乐。

  腊月凝阴积帝台,齐歌击鼓送寒来。油囊取得天河水,将添上寿万年杯。亿岁乐。

  寒气宜人最可怜,故将寒水散庭前。惟愿圣君无限寿,长取新年续旧年。亿岁乐。

  昭成皇后之家亲,荣乐诸人不比人。往日霜前花委地,今年雪后

---

① 《旧唐书》卷二九,中华书局1975年版,第1074页。
② 《全唐诗》卷二一,中华书局1960年版,第415页。
③ "百服",《全唐诗》与武英殿聚珍版《张燕公集》(《丛书集成初篇》所收本)作"宝服",《张燕公集》(《景印文渊阁四库全书》,第1065册,第730—731页)亦作"百服",明杨慎《绝句衍义》(《续修四库全书》收明徐象橒曼山馆刻本)作"宝眼",岑仲勉则校为"碧眼",见《唐代戏乐之波斯语》,《东方杂志》第十七号,1944年。

树逢春。亿岁乐。①

由于任半塘将《苏莫遮》视为"以曲调名为歌舞戏名也",所以即将此歌辞视为剧本之辞。然而,任先生也承认"所演故事,则比较模糊,乃歌舞进为歌舞戏之初期变态"②,实际上,《苏莫遮》只是一个民间仪式而已。以学界最常引用的唐慧琳《一切经音义》所云:

> "苏莫遮",西戎胡语也,正云"飒麿遮"。此戏本出西龟兹国,至今犹有此曲,此国浑脱、大面、拨头之类也。或作兽面,或象鬼神,假作种种面具形状。或以泥水沾洒行人,或持羂索搭钩,捉人为戏。每年七月初,公行此戏,七日乃停。土俗相云:常以此法禳厌,驱趁罗刹恶鬼食啗人民之灾也。③

从这条材料来看,所谓苏莫遮,不过是人戴假面以驱疫禳厌而已。文中虽亦曰"戏",但亦是"玩乐"之义耳,其中有装扮而无故事表演,亦明矣。

3. 舍利佛

此指《乐府诗集》所载李白作《舍利佛》辞一首:

> 金绳界宝地,珍木荫瑶池。云间妙音奏,天际法蠡吹。④

不过,任半塘也说:"故事可能为目犍连之皈依,存疑俟考。"⑤仅从梵剧中有表现目犍连与舍利弗皈佛的事迹,便推考李白所作《舍利佛》为剧本,所论尚缺乏足够证据。而对西域戏剧传入中土的考察,也说明西域戏剧在传入中土的过程中,已逐渐弱化为讲唱,并无梵曲已传入中国,梵剧

---

① 张说文集各本之间差异较大,此处谨依《四部丛刊》影嘉靖丁酉伍氏龙池草堂刊本《张说之文集》。关于张说文集阁本与殿本之间的差异,可参看朱玉麒《〈张燕公集〉的阁本与殿本》,《中国典籍与文化论丛》第7辑,北京大学出版社2002年版。
② 《唐戏弄》,第555页。
③ 《正续一切经音义附索引两种》,上海古籍出版社1986年版,第1607页。
④ 郭茂倩编:《乐府诗集》卷七八"杂曲歌辞十八",中华书局1979年版,第1095页。
⑤ 《唐戏弄》,第869页。

也应同时并传之理。①

4. 旱税

此事,可见《旧唐书·李实传》述唐贞元末年事：

> 二十年春夏旱,关中大歉。实为政猛暴,方务聚敛进奉,以固恩顾。百姓所诉,一不介意。因入对,德宗问人疾苦,实奏曰:"今年虽旱,谷田甚好。"由是租税皆不免。人穷无告,乃彻屋瓦木,卖麦苗,以供赋敛。优人成辅端因戏作语,为秦民艰苦之状云:"秦地城池二百年,何期如此贱田园。一顷麦苗五硕米,三间堂屋二千钱。"凡如此语,有数十篇。实闻之怒,言辅端诽谤国政。德宗遽令决杀。当时言者曰:"瞽诵箴谏,取其诙谐,以托讽谏,优伶旧事也。设谤木,采刍荛,本欲达下情,存讽议。辅端不可加罪。"德宗亦深悔。京师无不切齿以怒实。②

《新唐书·李实传》则作"成辅端为俳语,讽帝"。末曰："帝悔,然不罪实。"③

周贻白在《中国戏剧史》中说："当时若有剧本的写定,恐怕也是五七言诗,则今日皮黄剧的唱词的体制,可寻着他的远祖了！但是我们发掘不出第二个敦煌石室,这些话只好作为一种假定。"④而任半塘认为："周氏欲唐人用五七言诗写成之剧本实不难,此剧所有,已足当之,不俟第二敦煌石室之发现。周氏之'假定',可以改为肯定矣。"⑤

任半塘以为,"因戏作语"之意当是"因演戏乃作讽语"⑥,但这里的"因戏作语",恐不当理解为"因戏/作语",而当解为"因/戏作语",此"戏"乃为戏谑、嘲讽之意。当然,成辅端还是极有可能将此演为一出优

---

① 参廖奔：《从梵剧到俗讲——对一种文化转型现象的剖析》,《文学遗产》1995 年第 1 期。
② 《旧唐书》卷一三五,中华书局 1975 年版,第 3731 页。
③ 《新唐书》卷一六七,中华书局 1975 年版,第 5109 页。
④ 周贻白：《中国戏剧史》,中华书局 1953 年版,第 72 页。
⑤ 《唐戏弄》,第 676 页。
⑥ 同上书,第 675 页。

戏的。

5.《凤归云》二首

此曲原为《云谣集杂曲子》所收：

> 幸因今日,得睹娇娥。眉如初月,目引横波。素胸未消残雪,透轻罗。□□□□,朱含碎玉,云髻婆娑。　东邻有女,相料实难过。罗衣掩袂,行步逶迤。逢人问语羞无力,娇态多。锦衣公子见,垂鞭立马,肠断知么?

> 儿家本是,累代簪婴;父兄皆是,佐国良臣。幼年生于闺阁,洞房深。训习礼仪足,三从四德,针指分明。　娉得良人,为国愿长征。争名定难,未有归程。徒劳公子肝肠断,谩生心。妾身如松柏,守志强过,鲁女坚贞。①

在《敦煌歌辞总编》所收录此曲之下,任半塘作了比较详尽的解析:"此组体用特殊,演《陌上桑》型之故事;次章完全代言,为敦煌曲内所罕见,应是歌舞戏辞,原本应有说白。若前组二辞之体用不过讲唱辞耳,不能相比。"②可见,任先生在这里所说的"不过讲唱辞耳"的"前组二辞之体",即是《云谣集杂曲子》中的另一首《凤归云》二辞:

> 征夫数载。萍寄他邦。去便无消息。累换星霜。月下愁听砧杵起。塞雁南飞。孤眠鸾帐里。枉劳魂梦。夜夜飞飏。想君薄行。更不思量。谁为传书与。表妾衷肠。倚栏无言垂血泪。暗祝三光。万般无奈处。一炉香尽。又更添香。

> 绿窗独坐。修得君书。征衣裁缝了。远寄边隅。想你为君贪苦战。不惮崎岖。终朝沙碛里。止凭三尺。勇战单于。岂知红脸。泪滴如珠。枉把金钗卜。卦卦皆虚。魂梦天涯无暂歇。枕上长嘘。待

---

① 《敦煌歌辞总编》,上海古籍出版社1987年版,第103页。
② 同上。

公卿回故里。容颜憔悴。彼此何如。①

仔细辨别，"幸因今日"一首，前章上片为"公子""惊艳以后""自表情感"的代言，但下片"东邻有女"以下，却显是第三人口气，任先生对此的解释是其中恐有阙文。后章上下片，则全为女子代言，从"儿家本是""徒劳公子"等句即可看出。而"征夫数载"一首，则全部为征夫之妇"妾"的代言，表现她在丈夫"君"应征后的种种思念。

同为代言体，为何任先生将"幸因今日"定为"戏辞"，而将"征夫数载"定为"不过讲唱辞"呢？这岂不是与任先生自己定下的剧本代言标准不合？实际上，我们可以发现，任先生对"征夫数载"一曲，也曾有不同的判断。在《唐戏弄》第三章"剧录"中，他说："且称'君'与'妾'，亦复半代言体，或为四首联章，演一故事，亦未可知。……次首不止半代言，且为对白，乃为完全之代言也。全辞又用语体，通首流畅，尤合戏曲内表现之需要。"②而在《敦煌曲初探》中他也说："或为四首联章，演一故事。"③但在《敦煌歌辞总编》中，任先生否定了上述二论著中的说法，认为"此二辞之体用，则属讲唱，无从与戏曲相混"④。

任先生所说的"半代言""全代言"的概念，较为模糊。显然，任先生也并不认为，代言体就一定是戏辞，代言体也可以是讲唱辞。"幸因今日"与"征夫数载"的不同，不过是一个为对话，一个为独白。这是让任先生确定，一个是剧辞，一个是讲唱辞的主要原因。

6.《捣练子》十首

此亦为敦煌曲，演孟姜女故事。第二本六首残损不可释读，第一本四首为：

堂前立，拜辞娘，不觉眼中泪千行！"劝你爷娘少怅望，为吃他官家重衣粮。"

---

① 《敦煌歌辞总编》，上海古籍出版社1987年版，第58页。
② 《唐戏弄》，第625页。
③ 《敦煌曲初探》，上海文艺联合出版社1954年版，第303页。
④ 《敦煌歌辞总编》，第59页。

辞父娘了,入妻房,"莫将生分向耶娘。""君去前程但努力,不敢放慢向公婆。"

孟姜女,杞梁妻,一去燕山更不归!造得寒衣无人送,不免自家送征衣。

长城路,实难行!乳酪山下雪纷纷。吃酒只为隔饭病,愿身强健早还归。①

任半塘在《唐戏弄》第五章《伎艺》之第一节《剧本》中直接载录了此曲,但在第三章《剧录十八·待考诸剧》中又将《孟姜女》位于首列,云"可能均为戏辞"②,针对有人说它的性质可能"犹明人用百首小《桃红》作'摘翠百咏小春秋',终是散曲,限于讲唱而已,非供搬演用之戏曲也"的反驳,任先生认为:"惟明人此项《小春秋》,乃产生于弦索《西厢》、南北《西厢》之后者。今谓唐人类此演故事、有代言之辞,与明人之《小春秋》同一性质,则二者之来源,势必亦同其性质,势必相信唐代亦早有供搬演用之《孟姜女》剧本存在,有类彼南北《西厢》者矣。"③

任半塘的推论方法是,既然明代散曲《小春秋》之前有南北《西厢》,因此《捣练子》之前也必有剧本之《孟姜女》存在。这种推论逻辑,显然存在问题。且具体到《捣练子》这一个案,是把它当作散曲认为它之前尚有真正之剧本呢,还是这个《捣练子》本身即为剧本呢?

7.《酒泉子》敦煌曲

每见惶惶,队队雄军惊御辇。蓦街穿巷犯皇宫,祇拟夺九重。长枪短剑如麻乱,争奈失计无投窜。金箱玉印自携将,任他乱芬芳。④

任先生认为,此辞若认为普通即事之作,便不近情。仓皇避乱,出生

---

① 《敦煌歌辞总编》,第549页。
② 《唐戏弄》,第763页。
③ 同上。
④ 《敦煌歌辞总编》,第438页。

入死之余何来心绪著辞歌唱乎？若认为剧辞,则全无问题。倘果为剧辞,便可认识两点:一、扮演本朝时事入戏剧,深合唐戏"无限真实"之特性,并无足异。二、全剧所用,绝不止此一辞,惜不得窥全貌。

此条为普通曲辞还是剧辞,单从文辞本身来看,着实无法辨别。任先生的逻辑显然是在已存在大量唐代"无限真实"的戏剧活动的大前提条件下,将这条代言体的曲辞视为剧辞了。

8.《浣溪沙》一首

此为敦煌曲:

> 结草衔环不忘恩,这些言语莫生嗔。比死共君缘外客,悉安存。百鸟相依投林宿,道逢枯草再迎春。路上共君先下拜,遇药伤蛇口含真![1]

任先生认为:"故事不详,俟考。惟其确演故事,则属显然,且亦为代言体。"[2]此曲的情形与《酒泉子》同,亦属无法确证为剧辞者。

9.《南歌子》二首

此亦为敦煌曲:

> 斜隐朱帘立,情事共谁亲？分明面上指痕新。罗带同心谁绾？甚人踏破裙？蝉鬓因何乱？金钗为甚分？红妆垂泪忆何君？分明殿前实说,莫沉吟。

> 自从君去后,无心恋别人。梦中面上指痕新。罗带同心自绾,被猕儿踏破裙。蝉鬓朱帘乱,金钗旧股分。红妆垂泪哭郎君。信似南山松柏,无心恋别人。[3]

任先生认为:此二辞全部代言、问答。而且"为男问女答",因此为剧辞[4]。此曲情形,与《凤归云》相似。又为代言,又为男女问答,自然合乎

---

① 《敦煌歌辞总编》,第103页。
② 《唐戏弄》,第872页。
③ 《敦煌歌辞总编》,第638页。
④ 《唐戏弄》,第872页。

剧本标准。但此曲亦可视为女主人公的自问自答,若此,则此为曲为剧,尚不足定论。

10.《南歌子》残辞三句

此亦为敦煌曲:

获幸相邀命。攀连坐未闲。卑微得接对尊颜。今日同□□□。□□□□□。①

任先生认为:"虽未见人物名称,而颇具情节,分明演故事。"②这一论断证据不足。

11.《酒泉子》"裴氏晖威"

此亦为敦煌曲:

砂多泉头,伴贼寇枪张怒起,语报恩住裴氏晖威。③

任先生以为裴氏晖威当是故事中人物,将它视为剧辞,亦论断不足。

对以上11例,任先生最后总结说:"以上诸辞内容,固非《尊前》《花间》所有,亦与北宋柳永即事之长调,黄庭坚应歌之谰语不同,且多代言,又非讲唱中所能有。然则其体如何?曰:乃切实而且正常之剧曲歌辞也。"又说:"代言一点,诚已扼要,但非表现于故事中不可。"④

显见,任先生判断"剧本"文体的标准是:代言加故事。以代言的方式表演故事,也是我们今天对"剧本"文体的判断依据。

二

对任先生所举以为剧曲的材料,最大的反驳意见是:这些资料,为何不是一般的曲辞,而是"剧"辞呢?一般的曲辞,是否没有以代言讲故事的文体?代言讲故事的文体,就一定是剧辞,而不是曲辞吗?

---

① 《敦煌歌辞总编》,第490页。
② 《唐戏弄》,第873页。
③ 《敦煌歌辞总编》,第489页。
④ 《唐戏弄》,第873页。

上述 11 例,除了我们已作特别说明的以外,最易引起争议的,当属 5—11 例,将敦煌曲子辞如《凤归云》二首和《捣练子》等均视为剧辞。其核心问题,也就是代言体究竟可否作为区分剧辞、与非剧辞的依据。

关于剧本的代言体性质,较早如周贻白在《中国戏剧史》中说:"剧本的体制,不过是一种代言体……剧本最重要的部分是对话。"又说:"南戏源出北宋杂剧,首用代言体扮演故事,而奠定了中国的戏剧,这是一件无可置疑的事。"周贻白还举了白居易《池鹤八绝句》一诗说:"其中称为'君'、为'尔',自称为'吾'、为'我',皆现身说法,不啻若自其口出……如果略加宾白,实与戏剧无异。"①

任半塘因此说:"足见论古剧起源者,对于此种代言对白之戏词例证,同有迫切之需求。"任半塘又举出卢仝《萧宅二三子赠答诗二十首》,由客与石、竹、井、马兰、蛱蝶、暇蟆互相对答,其为代言体,较白氏之《池鹤八绝句》尤为明著,但亦为寓言诗,非歌辞或戏剧说白也。还有罗隐《代孔子作答之七律》通体代言,但也是诗而已。显然,在这里,任半塘强调了讲故事的重要性,这并不难理解。②

然而,关于什么是"代言体"的问题上,还是存在一些无法解决的疑问。即如我们上举的第五条《凤归云》,任先生在《唐戏弄》中认为"征夫数载"曲:"且称'君'与'妾',亦复半代言体……"而"幸因今日"曲则是"不止半代言,且为对白,乃完全之代言也"③。任先生在这里将代言体分为"半代言"与"完全之代言"的做法,并不科学。代言即为代言,并无"半"与"完全"之分。但我们也很容易发现,在任先生看来,二者的区别在于是否运用了对白——运用了则为戏剧,否则属讲唱。

但是,这一条原则,任半塘也并不是完全贯彻在他对剧本的研究之中的。如第六条《捣练子》,虽为代言,但并无对白,因此才有他人"限于讲唱而已,非供搬演用之戏曲也"的观点,而上文我们也说到,任先生

---

① 周贻白:《中国戏剧史》,中华书局 1953 年版,第 626 页。
② 《唐戏弄》,第 626 页。
③ 《唐戏弄》,第 625 页。

认为该辞为剧辞的推论逻辑也还是存在问题的。显然,由于讲唱与戏剧,都可使用代言体,以是否代言体作为区分戏剧与否的方法,存在问题。如果仅以代言体为标准,我们可以在敦煌曲中找到更多的"代言体"曲辞。

任半塘显然也意识到了这一点,所以,我们看到,他又以是否有"对白",来弥补这一漏洞。《唐戏弄》中,任先生在列举了上述视以为剧本的11例以后,又说:"敦煌曲《乐世词》二首,《阿曹婆》大曲三遍、《五更转》一套,《全唐诗》内尚有陈陶《水调词》大曲十遍,虽有代言之处,却非问答,或略具故事痕迹而已,难于认真。"①

我们不妨看一看任先生在这里说的"虽有代言之处,却非问答,或略具故事痕迹而已,难于认真"的具体情况。

《阿曹婆辞》三首:

> 昨夜春风入户来。动人怀。祗见庭前花欲发,半含哈。直为思君容貌改。征夫镇在陇西圷。正见庭前双鹊喜。君在塞外远征回。梦先来。

> 独坐幽闺思转多。意如何。秋夜更长难可度。慢怜他。每恨狂夫薄行迹。一从征出镇蹉跎。直为思君容貌改。疆场还道□□□。□□□。

> 当本祗言三载归。灼灼期。朝暮啼多淹损眼。信音稀。妾守空闺恒独寝。君在塞北亦应知。懊恼无辞呈肝胆。留心会合待明时。□□□。②

陈陶的《水调词十首》为:

---

① 《唐戏弄》,第874页。所谓《乐世词》二首,当指"武阳送别":"菊黄芦白雁南飞。羌笛胡琴泪湿衣。见君长别秋江水。一去东流何日归。"见任半塘编著《敦煌歌辞总编》,上海古籍出版社1987年版,第386页。一首题为"孤雁":"失群孤雁独连翩。半夜高飞在月边。霜多雨湿飞难进。暂借荒田一宿眠。"见《敦煌歌辞总编》第490页。此二词显难指为剧辞。至于《五更转》,敦煌曲中曲牌为"五更转"者甚多,不知任所指为何,故未录。

② 《敦煌歌辞总编》,上海古籍出版社1987年版,第1671页。

黠虏迢迢未肯和,五陵年少重横戈。谁家不结空闺恨,玉箸阑干妾最多。

　　羽管慵调怨别离,西园新月伴愁眉。容华不分随年去,独有妆楼明镜知。

　　忆饯良人玉塞行,梨花三见换啼莺。边场岂得胜闺阁,莫逞雕弓过一生。

　　惆怅江南早雁飞,年年辛苦寄寒衣。征人岂不思乡国,只是皇恩未放归。

　　水阁莲开燕引雏,朝朝攀折望金吾。闻道碛西春不到,花时还忆故园无。

　　自从清野戍辽东,舞袖香销罗幌空。几度长安发梅柳,节旄零落不成功。

　　长夜孤眠倦锦衾,秦楼霜月苦边心。征衣一倍装绵厚,犹虑交河雪冻深。

　　瀚海长征古别离,华山归马是何时。仍闻万乘尊犹屈,装束千娇嫁郅支。

　　沙塞依稀落日边,寒宵魂梦怯山川。离居渐觉笙歌懒,君逐嫖姚已十年。

　　万里轮台音信稀,传闻移帐护金微。会须麟阁留踪迹,不斩天骄莫议归。①

此曲与《凤归去》相同,亦是"征妇怨",全为征妇代言,而无对白问答。

　　显然,任先生也意识到,如以是否为代言体,来区分剧辞或否,则唐代有大量以代言口气所作的诗词曲。除其所举诸例外,我们还可以找到更

---

① 《全唐诗》卷七四六,第 8490—8491 页。

多的例子，比如这首[天仙子]"谁是主"："燕语莺啼惊觉梦，羞见鸾台双舞凤。思君别后信难通。无人共。花满洞。羞把同心千遍弄。叵耐不知何处去。正值花开谁是主。满楼明月夜三更。无人语。泪如雨。便是思君肠断处。"①这同样是一首代言体的思妇诗，但如若也视为剧辞的话，那么，这样的例子实在是非常之多。因此，任先生又以除了代言外是否有对白作为判断是否为剧辞的标准。

但是，有对白方为剧辞，却并不符合唐代戏剧的实际，它将一人表演的戏剧形式排斥而外了。这方面的例证，典型的如《拨头》。根据文献记载，《拨头》作为唐代西域传入中原的民间歌舞节目，按《旧唐书·音乐志》载："《拨头》出西域。胡人为猛兽所噬，其子求兽杀之，为此舞以象之也。"②唐段安节《乐府杂录·鼓架部》则说："《钵头》，昔有人父为虎所伤，遂上山寻其父尸，山有八折，故曲八叠。戏者被发，素衣，面作啼，盖遭丧之状也。"③可见《拨头》表现的是父为虎所食，子丧父寻尸不得的悲痛。这是一出一人表演的戏剧，并没有对话，只有一人独唱的"曲八叠"，但谁又可以说它不是戏剧呢？如果当时有人将这出戏记录下来，也不会按照后世剧本的文体规范，将演员服饰、动作表情、唱词等一一载入，而只是将"曲八叠"作为歌诗记述而已。这样，文献记载中《拨头》的"曲八叠"（无非是表现丧父寻尸不得的悲痛）即使亦为第一人称代言体，我们还是会把它当作民间歌诗来看待。

其二，就算是有两人表演的戏剧，其演唱或说白，也可以是仅由一人完成的。这方面如汉代的巾舞歌诗《公莫舞》，根据我们的研究，虽然由两人表演，但歌诗却是出自一人之口，并无对话的发生，但我们亦同样以之为剧本④。可见，是否有对白也并不能作为判断剧本与否的依据。

---

① 《敦煌歌辞总编》，第127页。
② 《旧唐书》卷二九，中华书局1975年版，第1074页。
③ 《中国古典戏曲论著集成》（一），中国戏剧出版社1959年版，第45页。
④ 参本章"《公莫舞》性质的再认识"部分。

三

在"剧本"这一文体概念尚未建立之际,戏剧的记录一定不必如后世的成熟剧本的记录那样详备、合于剧本的文体规范要求,这也就造成了我们今天文体辨别的困难。这也就是为什么任半塘曾在《唐戏弄》中认为此等"表现于故事中"、"乃切实而且正常之剧曲歌辞也"①,却仍未能得到学界的首肯。实际上,我们也完全可能犯了不少冤假错案,将历史上本是歌舞剧脚本的记录,当成了一般歌词。

由于叙述体的讲唱也会在人物对话时使用代言方式,所以仅从曲辞的记录我们确实无法区分这是剧辞还是曲辞。唐人并不像我们一样,也有明确的代言与非代言的文体概念。而在实际的表演活动中,讲唱、说话与戏剧,也不是截然划分的,它们是在不断的表演实践中,才慢慢各自成熟以至分途的。这也反映出戏剧在这一时期,仍与讲唱混同,然后才慢慢分化、独立的轨迹。因此,在这一时期,对于戏剧来讲,只要能用于表演的,都可以是"剧本"。

因此,我们尚无法直接通过文本,来判断它究竟是剧辞,还是一般曲辞。用代言、非代言来辨别唐以及唐以前剧本存在一定的难度,因为唐以前并未形成后世的"剧本"文体观念。在唐人还未形成"剧本"的文体概念时,以今人的文体概念来找寻唐人的剧本遗迹,必当空手而归。但我们可以明确的是:(一)唐代有剧本创作。(二)唐人的剧本概念与我们今天不同,唐人剧本的核心内容是曲辞说白。不需要后来剧本的其他因素:角色分配、动作。对于艺人来说,只要有了曲辞说白,艺人便可以任意发挥了,这符合戏剧活动的本质特征,即二次完成。从陆羽所创作的剧本来看,他的著述,或曰"诙谐三千言",或曰"词",都是在撰写曲辞说白。就算陆羽所创作的剧本现存于世,仅从文体来看,我们也不会把它视为"剧本"。同样,后周的《周优人曲辞》,既曰"曲辞",其文体亦明矣。对艺人来说,这样的文体便是剧本。因为有了这样的曲辞,艺人便可自行发挥表

---

① 《唐戏弄》,第 873—874 页。

演了。根据内容,穿什么样的衣服、拿什么样的道具、做什么样的动作,并不需要剧作家一一表明——从这个意义上讲,我们今天所看到的唐代优语,亦不妨视为唐人的剧本创作。(三)讲唱与戏剧原本并非泾渭分明,讲唱的本子经常用于戏剧,我们不妨称之为"借本"。如同唐人的戏剧观念不同于后人一样,唐人眼中的剧本,亦不过是可以拿来演出的文字而已。从这个意义上讲,可以用于讲唱的曲辞,也都是可以用于角色扮演的。我们所着力追求的"代言体"与"叙述体"的分野,以及是否有对白,对于表演者而言并不存在问题。

第三章
唱本、小说与剧本

第一节 诗赞体讲唱中的文体与乐体

敦煌讲唱文学,大量运用了韵散结合形式进行讲唱。叶德均第一次在《宋元明讲唱文学》中,明确将讲唱中的韵文归入"诗赞系"系统,以与乐曲系分别。叶德均指出敦煌讲唱中的诗赞,以七言为主,但并不同于"正式"的诗,因为"用韵较宽,平仄不严,接近口语"①。目前学界关于诗赞讲唱的研究,有许多充实的成果,但诗赞体讲唱文学作为一种音乐文体,是如何处理文体与乐体之间的关系的?同样以诗赞体为讲唱方式的敦煌讲经文与变文之间,存在什么样的联系?诗赞体的讲唱,其源头究竟是属于本土的诗歌传统,还是一种外来文体?学界尚存分歧。

一

敦煌文学以韵散结合的诗赞体的形式进行讲唱,主要保留在讲经文、变文两种文学形式中。

第一位根据敦煌卷子提出"变文"这一概念的是郑振铎,他在《中国俗文学史》中提出:"所谓变文之'变',当是指'变更'了佛经的本文而成为'俗讲'之意。"②此中的"变更",有文体上的变更、内容上的变更,也有

---

① 叶德均:《宋元明讲唱文学》,古典文学出版社1957年版,第1页。
② 郑振铎:《中国俗文学史》,作家出版社1954年版,第190页。

随文体变更而引发的讲唱方式的变更。以往对变文文体之变、内容之变的关注较多,而讲唱方式的变化则尚未引起足够注意。

姜伯勤从隋吉藏《中观论疏》卷一中检出"释此八不变文易体,方言甚多"一语,指出从对正式的经文文体加以变通的角度看,早期的唱导文、讲经文等可视为广义的变文。① 这一观点启示我们,对正式的经文文体加以变通,也存在一个逐步变化的过程,从文体上说,便是唱导文——讲经文——变文(狭义)的变化过程;从讲唱形态上说,则有一个讲经中的唱导——俗讲——转变的逐步脱离其宗教母体的过程。后世变文概念歧见甚夥。或以为这一概念既包括通俗故事又包括讲经文。或以为这两种文体必须严格分开,只有用于俗讲的文献方可称为变文,原因之一便是没有注意到变文文体也有一个动态的发展过程,把变文视为一种固定的文体,也把变文赖以存在的讲唱体制视为一种固定的形态。

从对正式的经文文体的变更的角度而言,从六朝时期寺庙流行的"唱导"就已开始了。《高僧传》卷一三《唱导》传论称:

> 唱导者,盖以宣唱法理,开导众心也。昔佛法初传,于时齐集,止宣唱佛名,依文致礼。至中宵疲极,事资启悟;乃别请宿德,升座说法。或杂序因缘,或傍引譬喻。其后庐山释慧远,道业贞华,风才秀发,每至斋集,辄自升高座,躬为导首,先明三世因果,却辩一斋大意。后代传受,遂成永则。

又说:

> 如为出家五众,则须切语无常,苦陈忏悔。若为君王长者,则须兼引俗典,绮综成辞。若为悠悠凡庶,则须指事造形,直谈闻见。若为山民野处,则须近局言辞,陈斥罪目。凡此变态,与事而兴。可谓知时知众,又能善说。虽然故以恳切感人,倾城动物,此其上也。至如八关初夕,旋绕周行,烟盖停氛,灯惟靖耀,四众专心,又指

---

① 《变文的南方源头与敦煌的唱导法匠》,《华学》第 1 期,中山大学出版社 1995 年版。

缄默。尔时导师则擎炉慷慨,含吐抑扬,辩出不穷,言应无尽。谈无常,则令心形战慄;语地狱,则使怖泪交零。征昔因,则如见往业;核当果,则已示来报。谈怡乐,则情抱畅悦;叙哀感,则洒泪含酸。于是阖众倾心,举堂恻怆。五体输席,碎首陈哀,各各弹指,人人唱佛。①

可见,从变文的早期先驱唱导开始,已改变了佛典紧依经律的做法,根据说法对象"与事而兴",包括"杂序因缘"和"傍引譬喻"。其中不乏复杂生动的情节故事,吸引了大批受众。在讲唱音乐上,我们也看到不少唱导师无所依傍、自我发挥的例子。

  释道儒"言无预撰,发向成制"。
  释法愿"及依经说法,率自心抱,无事宫商,言语讹杂,唯以适机为要"。
  释昙宗"辩口适时,应变无尽"。②

不过,唱导作为讲经世俗化的第一步,当仍与佛典相距不远。实际上,因缘与譬喻也是佛经原有内容的一部分,只不过并没有受到特别的重视。由于"宣唱佛名,依文致礼"的传教方式显示出自身的缺陷,"杂序因缘,傍引譬喻"才登堂入室,更"遂成永则"。但那些"应变无尽""无事宫商"的做法,仍受到了指摘,如《高僧传·唱导》传论云:"若夫综习未广,谙究不长。既无临时捷辩,必应遵用旧本。然才非己出,制自他成。吐纳宫商,动见纰缪。"③周叔迦云:"既云遵用旧本,可见到了齐梁之世唱导已有专文。又云吐纳宫商,可见唱导也是有声调的。"④这一有声调的唱导文,便成为后世变文的先声。

"杂序因缘,傍引譬喻"的唱导及唱导文,原本只是斋集"中宵疲极"之际的一种调剂,然自唐代以来,却成为俗讲仪式中的组成部分。按

---

① 释慧皎撰,汤用彤校注:《高僧传》卷一三,中华书局1992年版,第521页。
② 同上书,第516、518、513页。
③ 同上书,第522页。
④ 《漫谈变文的起源》,原载《现代佛学》1954年2月号,后收入《敦煌变文论文录》,上海古籍出版社1982年版,第252页。

P3848 号《俗讲仪式》所云：

> 夫为俗讲，先作梵了；次念菩萨两声，说押座了，素旧《温室经》，法师唱释经题了，念佛一声了，便说开经了，便说庄严了，念佛一声，便一一说其经题字了，便说经本文了；便说十波罗蜜等了，便念念佛赞了；便发愿了，便又念佛一会了；便回[向]发愿取散云云。
>
> 已后便开《维摩经》。讲维摩，先作梵，次念观世音菩萨三两声，便说押座了，便素唱经文了，唱日法师自说经题了，便说开赞了，便庄严了，便念佛一两声了，法师科三分经文了，念佛一、两声了，便一一说其经题名字了，便入经说缘喻了，便说念佛赞了，便施主各发愿了；更回向发愿取散。①

姜伯勤指出，这里的"更说经本文了"已不是唱诵《温室经》，而是讲唱《温室经讲经文》；而"入经说缘喻"便是敦煌讲唱中署名为变文的脚本了②。可见，讲经文与变文的区别，在于对佛经的依赖程度。但无论如何，俗讲中的讲经文与变文，仍体现出依附于佛经的文体特点，并未开说世俗故事。也就是说，俗讲中无论"本文"还是"说缘喻"，都仍未脱"入经"二字。唐人笔记中屡被提及的文溆（淑）法师，虽然"愚夫冶妇，乐闻其说"，但被斥"假托经论所言，无非淫秽鄙亵之事"③，可见合于正道的俗讲，仍是要不离"经论"的。

至于说中土故事的变文，有如《伍子胥变文》、《孟姜女变文》、《王昭君变文》、《董永变文》等，并未进入俗讲，而是民间"转变"的内容。

因此，讲说内容是否与佛经有关，就将俗讲与转变区分了开来。如唐人所记民间转变如吉师老《看蜀女转昭君变》："翠眉颦处楚边月，画卷开

---

① 参《法藏敦煌西域文献》第 28 册，上海古籍出版社 2004 年版，第 372 页。这一记录俗讲仪式的卷子，由向达 1937 年首先发现并作了具体的阐释。详见向氏著《唐代俗讲考》，该文初刊于《燕京学报》第 16 期，后增删整理后收入《唐代长安与西域文明》一书，另收入《敦煌变文论文录》上册，上海古籍出版社 1982 年版。
② 参见《变文的南方源头与敦煌的唱导法匠》，《华学》第 1 期，中山大学出版社 1995 年。
③ 赵璘：《因话录》卷四，古典文学出版社 1957 年版，第 94 页。

时塞外云。说尽绮罗当日恨,昭君传意向文君。"李贺《许公子郑姬歌》:"长翻蜀纸卷明君,转角含商破碧云。"王建《观蛮妓》:"欲说昭君敛翠蛾,清声委曲怨于歌。谁家年少春风里,抛与金钱唱好多。"①

以上提及的转变皆操于女性之手,且都是讲说与佛经完全没有关系的昭君故事,已完全世俗化了。

二

以韵散结合的诗赞体的形式讲唱,显然受到佛经偈赞的直接影响。陈寅恪指出"佛典制裁长行与偈颂相间"的特点②,偈颂作为一种音乐文体,有呗赞之法。鸠摩罗什论西方辞体说:"天竺国俗,甚重文制。其宫商体韵,以入弦为善。凡觐国王,必有赞德,见佛之仪,以歌叹为贵。经中偈颂,皆其式也。"③《高僧传·经师篇》亦云:"然天竺方俗,凡是歌咏法言,皆称为呗。至于此土,咏经则称为转读,歌赞则号为梵呗。"④可见至于中土,梵呗主要是经中合乐的偈颂,即运用于诗赞部分。在《十诵律》中,佛陀赞许跋提比丘:"听汝作声呗,呗有五利益。身体不疲。不忘所忆。心不疲劳。声音不坏。言语易解。复有五种。身体不疲。不忘所忆。心不懈倦。音声不坏。诸天闻呗声心意欢喜。"⑤又《大智度论》卷九三说:

> 菩萨欲净佛土,故求好音声。欲使国土中众生闻好音声,其心柔软。心柔软故易可受化。是故以音声因缘供养佛。⑥

从上述文献可以看出,经论利用偈颂,并"奏之管弦",要达到使众生"闻好音声""心柔软故易可受化"的效果。

---

① 分见《全唐诗》卷七七四、卷三九三、卷三〇一,中华书局 1960 年版,第 8771、4435、3434 页。
② 陈寅恪:《敦煌本维摩诘经文殊师利问疾品演义跋》,《金明馆丛稿二编》,上海古籍出版社 1980 年版,第 180 页。
③ 《高僧传》卷二《晋长安鸠摩罗什传》,第 53 页。
④ 《高僧传》卷一三,第 508 页。
⑤ 《十诵律》卷三七,《大正藏》第 23 册,第 269 页下。
⑥ 《大正藏》第 25 册,第 710 页下。

然而,偈颂转译为汉语,如何既不失原意,还可奏之管弦,便成为需要很高技巧的一件事。故鸠摩罗什又说:

> 但改梵为秦,失其藻蔚,虽得大意,殊隔文体。有似嚼饭与人,非徒失味,乃令呕秽也。①

就文体而言,当时的译者采取的方法是:借用当时流行诗的形式,并使之通俗化。要借用中国诗的形式,所以偈颂主要是五言,也有四言、六言、七言,与汉代以后五言诗在诗坛上的流行之势相应;保持诗风的通俗化,反映在偈颂多为接近口语的通俗诗,并无严格声韵规则。竺法护所译《生经》卷一《佛说野鸡经》中野猫引诱野鸡:"意寂相异殊,食鱼若好服。从树来下地,当为汝作妻。"野鸡则云:"仁者有四脚,我身有两足。计鸟与野猫,不宜为夫妻。"②这种通俗诗体屡见于后来晚唐诗僧的创作中。如寒山诗:"有人笑我诗,我诗合典雅。不烦郑氏笺,岂用毛公解。不恨会人稀,只为知音寡。若遣趁宫商,余病莫能罢。忽遇明眼人,即自流天下。"③自言己作是"不识蜂腰""不会鹤膝""平侧不解押""凡言取次出",也不能"遣趁宫商"。这也从侧面反映出偈赞的文体特点,不同于文人诗讲求严格的声韵规则。

佛典作为宗教宣传品,主要靠口头宣讲,务使受众明白易解,这既反映在诗体上,也反映在唱诵方式上。译后之佛典,如何亦能"入弦"成为"好音声",使其成为声文两得的音乐文体,成为当时的一个难题。按《高僧传·经师篇》总论的说法:"自大教东流,乃译文者众,而传声盖寡。良由梵音重复,汉语单奇。若用梵音以咏汉语,则声繁而偈迫;若用汉曲以咏梵文,则韵短而辞长。是故金言有译,梵响无授。"④正反映出乐与文重新结合的困难。这种情况在呗赞与转读中同样存在,如《高僧传》所言:

---

① 《高僧传》卷二,第 53 页。
② 《大正藏》第三册,第 74 页上。
③ 《全唐诗》卷八○六,第 9099 页。
④ 《高僧传》卷一三,第 507 页。

> 但转读之为懿,贵在声文两得。若唯声而不文,则道心无以得生;若唯文而不声,则俗情无以得入。故经言,以微妙音歌叹佛德,斯之谓也。而顷世学者,裁得首尾余声,便言擅名当世。经文起尽,曾不措怀。或破句以合声,或分文以足韵。岂唯声之不足,亦乃文不成诠。听者唯增恍惚,闻之但益睡眠。使夫八真明珠,未掩而藏曜;百味淳乳,不浇而自薄。哀哉。①

可见其解决之道,或"破句以合声",或"分文以足韵",如《法苑珠林》"呗赞篇三十四·赞叹部第三"云:

> 汉地流行好为删略,所以处众作呗,多为半偈。故《毗尼母论》云:"不得作半呗,得突吉罗罪。"然此梵呗文,未审依如西方出何典诰?答:但圣开作呗,依经赞偈,取用无妨。然关内关外吴蜀呗辞,各随所好。呗赞多种,但梵汉既殊,音韵不可互用。②

指出"梵汉既殊,音韵不可互用","多为半偈"则是破句以就声之例。

为解决梵音与汉字之间的矛盾,中土文人开始别制呗赞的尝试,向有魏陈思王曹植"感鱼山之神制"始造"渔梵"的传说,但此事真伪,学界说法不一。《高僧传·经师篇》总论称:"始有魏陈思王曹植,深爱声律,属意经音,既通般遮之瑞响,又感鱼山之神制,于是删治《瑞应》、《本起》,以为学者之宗。传声则三千有余,在契则四十有二。"③

与所有翻译歌曲的配词工作所遇到的困难一样④,由于梵文是拼音文字,汉语是一字一音,如果用梵音来配合译成汉语的文字,则会出现音符太多而唱字太少的情况,而如果用中国传统曲调来配合梵音,则又音符

---

① 《高僧传》卷一三,第 508 页。
② 周叔迦、苏晋仁校注:《法苑珠林校注》卷三六,中华书局 2003 年版,第 1170—1171 页。
③ 《高僧传》卷一三,第 507 页。
④ 在研究胡乐入华问题上,李昌集《"苏幕遮"的乐与辞》提出:"要使所歌汉语仍是地道的汉语,唱出来的'字声'是汉语的'永言'而不使之走腔走调,就并不是所有的胡乐皆能直接'转换'为汉语歌曲音乐了。唐宋时期胡乐之器乐、舞乐皆盛,而胡曲词调极少,说明能够'转换'为汉语歌曲音乐的胡曲毕竟不多。"(《中国文化研究》2004 年第 2 期)

太少而歌词太多。无论陈思王曹植制"渔梵"之说是否属实,在经偈初入中土之际,迫切需要解决音乐与文字之间的矛盾。梵偈译为汉文,则无法以梵音演唱,必须另制新声。否则无须出以"制声"之语了。因此,在演唱文字经赞的时候,也一定会对梵音加以改造。如《高僧传》所言:"其后帛桥、支籥亦云祖述陈思,而爱好通灵,别感神制,裁变古声,所存止一十而已。""逮宋齐之间,有昙迁、僧辩、太傅、文宣等,并殷勤嗟咏,曲意音律,撰集异同,斟酌科例。存仿旧法,正可三百余声。"①《南史·竟陵文宣王子良传》载萧子良组织创作"经呗新声","移居鸡笼山西邸,集学士抄五经、百家。依《皇览》例,为《四部要略》千卷。招致名僧,讲论僧法,造经呗新声。道俗之盛,江左未之有也"②。从上述史料中"裁变古声""师师异法""家家各制""造经呗新声"之语,正可见出音乐的变化。如何以最好的文体形式及相应的音乐形式,来吸引受众,这是问题的关键所在。那么,所谓陈思王等人造经呗新声的原则究竟是什么,其文体与乐体的关系如何? 敦煌诗赞体讲唱的相关情形,或可帮助我们了解一二。

就诗体而言,与佛典偈颂主要以五言为主不同,敦煌讲唱中的诗赞,五言、六言、七言、三七句式均有,而以七言为多。王运熙在《七言诗形式的发展和完成》一文中,将汉魏时代的七言诗归纳为三种形式:一是押腰韵的七言;二是逐句押韵的七言;三是隔句用韵的七言,后来成为七言诗的正规格式。③ 陈允吉又指出:"早期汉译佛典中数量众多的七言偈在中土流布,对于我中国中古时代七言诗形式结构上的臻于成熟,做为一种旁助力量也确曾起过一定的促进作用。"陈文还谈到南齐王融的《净住子颂》已是通体七言,并采用诗意之间递进之两句两句转送及隔句押韵的方法。他认为像王融《净住子颂》这类文人仿照歌赞新偈所写的七言佛理诗歌,"做为佛偈译文与中国美化文七言诗之间的中介传媒,确曾在一个关键性时刻介入了鲍照以还本土七言诗的变革过程,并在显著程度上牵

---

① 《高僧传》卷一三,中华书局 1992 年版,第 507—508 页。
② 参见《南齐书》卷四〇,中华书局 1975 年版,第 698 页。又见《南史》卷四四,中华书局 1975 年版,第 1103 页。
③ 文见《乐府诗述论》,上海古籍出版社 1996 年版。

制着此后七言诗歌形式上演进的流向"①。

然而,一方面是成熟的七言诗的形成可能受到佛经偈赞的影响;另一方面,在隔句押韵的七言诗已成熟之际,敦煌讲唱文学中的诗赞仍保持"用韵较宽,平仄不严"的诗体结构。讲经文以七言为主,间用"三三七七七"体,兼以六言、五言、杂言,诗赞部分以偶句韵为主,少数押头韵、间韵、暗韵等,唱词转韵。变文等也是主要以七言间用"三三七七七"体,部分用五言、六言以至杂言,其韵有每段一韵到底者,有一段转若干韵者,一般总是偶句用韵,个别句还有奇偶句都用韵的情形,加上头韵、间隔韵、交叉韵、句中韵(暗韵)。

变文与讲经文虽已运用隔句押韵及转韵之法,但也有所变通,它反映出敦煌诗赞既受到新诗体的影响,又与民间歌谣紧密相关的文体特色。而三三七句式的运用,更使得这些韵文具有明显的民间特征。"三三七七七"的歌辞形式,在北朝以至于唐代的民歌中最为常见,敦煌"曲子辞"《孟姜女》二组十首,便作"三三七七七"平韵体②。

除此之外,这些讲唱体的诗赞部分,不少注有统一的音曲符号,包括"吟""偈""韵""平""侧""断""侧吟""吟上下""古吟上下""吟断""(偈)诗""偈平诗""偈断""断诗""断侧""诗""平诗""平侧""经平""经"等20种名目,在"13篇作品中,出现了180次"。"这些音符是曲调标记,同时兼有声法标记的意义……'平''侧''断'等音曲符号和清商调名、声明律名的同名关系,还证明它们使用了固定律调,以致成为后者命名的基础。"③

值得注意的是,上述音符,可运用于同一诗体;而不同的诗体,也可用同一音符来引导。如七言八句体的平韵辞,可用"平""侧吟""经""诗""经平""(偈)平诗""(偈)诗""断诗""吟断""(偈)断""偈"等诸曲调来

---

① 《中古七言诗体的发展与佛偈翻译》,《中华文史论丛》第52辑,上海古籍出版社1993年。
② 关于"三三七七七"体,可参王昆吾《隋唐五代燕乐杂言歌辞研究》,中华书局1996年版。
③ 王昆吾:《敦煌呗赞音乐与敦煌讲唱辞中"平""侧""断"诸音曲符号》,《中国早期艺术与宗教》,东方出版中心1988年版,第406、409页。文后注释八描述了20种音符在13篇作品中的应用情况。

引导;而"平""断""侧吟"等曲调,既可引导七言八句体的平韵辞、七言四句体的仄韵辞,又可以引导"三三七七七"体的平韵辞。如"侧吟",在《维摩诘讲经文》(S4517)中引导七言八句接"三三七七七"的仄韵体,又在《敦煌零拾本》之《维摩诘讲经文》中引导了七言四句体平韵体,接"三三七七七"仄韵12段。

从这一现象来看,这些诗赞体的讲唱作品作为"文"(文体结构)与"乐"(乐体结构)相结合的一种艺术形态,当属于以乐传辞的演唱方式①,即以稳定的旋律传唱文辞,文辞不拘其平仄调声,都以这二十种基本定腔演唱;同时,这种演唱方式也并不要求文体有无格律,只要在其乐、其腔的容量范围内,即可以容纳不同文句的句数和句式;另一方面,相同字数、句式的曲子也可以用不同的方式演唱,这就是敦煌诗赞中音乐与文体配合的方式。

元初仇远《山中白云序》有云:

> 陋邦腐儒,穷乡村叟,每以词为易事,酒边兴豪,即引纸挥笔,动以东坡、稼轩、龙洲自况。及其至四字[沁园春]、五字[水调]、七字[鹧鸪天]、[步蟾宫],拊几击缶,同声附和如梵呗、如步虚,不知宫调为何物,令老伶俊娼面称好而背窃笑,是岂足与言词哉?②

序中嘲笑作词者不知宫调,唱词如"梵呗"(寺院僧之唱经)、"步虚"(道士之唱经)之音,反可证明梵呗之音不善抑扬转折、音调平稳的特征。

因此,敦煌诗赞的文与乐之间的关系,是一种以乐为主、以文为辅、以乐体支配文体的构成方式,始终保持其音乐独立性。究其原因,仍是这些诗赞体讲唱作品的宗教性质决定的。王昆吾指出此类音符的讲经文达七篇之多,"便是一个极有力的证据,说明'平'、'侧'、'断'等是呗赞音乐

---

① 洛地在《词乐曲唱》一书中,详细论述了"以乐传辞"与"以字声行腔"这两种音乐结构的异同。
② 张炎撰,吴则虞校辑:《山中白云词》,中华书局1983年版,第164页。

的符号,而非辞律符号或俗乐宫调的符号"①。从这二十种音符的分布情况来看,讲经文为七篇,包括《维摩诘讲经文》的 S4571 本、S3872 本、P2292 本、P2292 与 P3097 及光字 94 号合校本、《敦煌零拾》本、《佛报恩经讲经文》(Φ96 本)、《维摩碎金》(Φ101 本);变文为五篇,计为《太子成道变文》、《八相变》、《难陀出家缘起》、《太子成道经》、《欢喜国王缘》;词文一篇,为《秋吟》。这 13 篇讲唱作品全为佛经故事,《秋吟》也是僧侣募化时所唱。从这些音乐符号不见于中土世俗故事的情况,也从另一方面证实了:这二十种音符是作为程序化的宗教说法活动"俗讲"中的音乐符号,不仅它的讲唱活动是程序化的,其讲唱音乐也有稳固的音乐表达方式,这无疑更有利于传教说法。可见,敦煌讲唱诗赞平仄不严,用韵较宽、接近口语的文体特征,是与其以乐体为主、以乐传辞的音乐特征密不可分的。它对文辞没有严格的格律与规范的要求,是因为它主要靠声音的力量来达到感化人心的作用。因此,虽然如前述学者们所说,早期的成熟的七言诗出现在佛理诗颂之中,但据此推导出翻译佛偈乃至文人的佛理诗歌导致了七言诗的成熟,仍是可以再推敲。

　　以乐传辞的讲唱方式,也使得在实际的讲唱过程中,讲唱者所持语言稍有不同,在风格上就有了很大差异。隋代的情况,据道宣《续高僧传》卷三〇《杂科声德篇》:"经师为德,本实以声糅文,将使听者神开,因声以从回向。顷世皆捐其旨,郑卫弥流,以哀婉为入神,用腾掷为清举,致使淫音婉娈,娇哢频繁。""地分郑魏,声亦参差。""吴越志扬,俗好浮绮,致使音颂所尚,唯以纤婉为工;秦壤雍梁,音词雄远,至于咏歌所被,皆用深高为胜。"②《宋高僧传》也说:"二王先已熟天竺曲韵,故闻山响及经偈,乃有传授之说也。今之歌赞,附丽淫哇之曲,滥滞之音,加酿瑰辞,包藏密咒,

---

　　① 《敦煌呗赞音乐与敦煌讲唱辞中"平""侧""断"诸音曲符号》,《中国早期艺术与宗教》,东方出版中心 1998 年版,第 406 页。
　　② 《续高僧传》卷三〇"杂科声德·唐京师法海寺释宝岩"条,文殊出版社 1988 年版,第 1048—1050 页。

敷为梵奏,此实新声也。"①《宋高僧传》也记载了唐贞元时僧人少康"所述《偈赞》,皆附会郑卫之声,变体而作。非哀非乐,不怨不怒,得处中曲韵。譬犹善医以饴蜜涂逆口之药,诱婴儿入口耳"②。

从上述文献,我们可以看出:一、由于讲唱诗赞是一种以乐传辞的音乐文体,在不同的方言区,语音稍有差异,调子马上就有了反映,这就是所谓的"地分郑魏,声亦参差"。二、以"变体而作"评价少康利的"附会郑卫之声",可见在时人观念中,诗赞的文字内容与音乐形式是二位一体的,"变体"所"变"的不仅是文体、内容,也是音乐形式。

三

从上述对敦煌诗赞讲唱方式的分析,我们认为,陈思王所造的经呗新声,着眼的只是如何改造梵音以适应译经,但并没有注意到汉语本身也存在声调语言与音乐之间的配合问题。

以往对诗赞体敦煌讲唱的研究中,争议较大的一个问题是,这种韵散交错、有说有唱的文体,究竟是一种外来文体,抑或仍是在中国本土的诗歌文学传统的影响成长起来的?郑振铎在《中国俗文学史》中指出"'变文'的来源绝对不能在本土的文籍里找到"③,认为韵散相间是由佛经传入的新文体。而亦有学者认为:"中国文体原来已有铺采摛文体物叙事的汉赋,也有乐府民歌的叙事诗,用散文和韵文来叙事都具有很稳固的基础。"④两者虽结论不同,但思路却是一致的,即均以不同艺术形式中有无出现相同的文体形态作为判断其源流影响的依据。但这样一种方法显然不足以解决问题。因此,不妨换一种思路来考察这一问题。

学者曾研究指出,我国上古讲唱文学并不发达,其原因就在于汉语是

---

① 《宋高僧传》卷二五"大宋东京开宝寺守真传"条,中华书局1987年版,第647页。"二王"指魏陈思王曹植、齐竟陵王萧子良。
② 《宋高僧传》卷二五"唐睦州乌龙山净土道场少康传"条,第632页。
③ 《中国俗文学史》,作家出版社1954年版,第191页。
④ 王庆淑:《试谈"变文"的产生和影响》,《新建设》1957年3月号,收入《敦煌变文论文录》,上海古籍出版社1982年版,第266页。

一种声调语言,进入乐曲后,为适应乐曲的音调,很难保持其原有的调值。"我们通常是根据习惯用法、上下文以及其它语景来猜想出词的意义。汉语唱词如果脱离了熟悉的语言环境与文化背景,就变得相当难于理解。"①

关于变文文体的性质,学界向有底本与书录本两种意见。梅维恒曾指出变文中常常误用同音字的现象:"常常误用同音字意味着写变文的人深受故事口头表演而不是文字的影响。""大量同音讹用多于错字的情况意味着某些变文与口头文学而不是书面文学更近。"②因此,他认为:"'变'之演艺人很可能并不依据文字。写录文字的往往是听众,那些写录口述文字而开始使之转为书面通俗文学的人很少是口头文学的演述者自己。"③变文中同音误用的情况,如《舜子变》中:

姚王里化之时,日洛千般祥瑞。——姚当作尧,里当作理,洛当作落

苦嗽取得计阿娘。——苦嗽当作瞽人叟,取当作娶,计当作继

三载不归宅李。——李当作里

儿逆阿耶长段。——长段当作肠断

学得甚愧祸述麈。——愧当作鬼,述麈当作术魅④

从变文同音讹用多于错字的情况来看,变文的听讲者(这些抄录者当是有一定文化水平者)未必完全理解了讲说的内容。这再一次说明,敦煌讲唱文学的诗赞部分,其音乐感动人心的作用远大于传授经文的作用。听讲者对于内容的理解主要依靠散说的部分,加之图像(变相)的配合。

诗赞体讲唱的文体本质,在于对佛经的文体变易,它是在佛经的讲说

---

① 王青:《上古汉族讲唱不发达原因新探——论声调语言对叙事长诗的制约》,《民族文学研究》2005 年第 2 期。
② 〔美〕梅维恒著,杨继东、陈引驰译:《唐代变文》,中国佛教文化出版社有限公司 1999 年版,第 239、242—243 页。
③ 同上书,第 226 页。
④ 《敦煌变文集》,人民文学出版社 1957 年版,第 129—136 页。

实践中成长起来的口头讲唱文体。它的文体本质——韵散结合，它的乐体本质——以乐传辞，都来自于其母体佛经经典。周叔迦说："从文体上说，佛经为了反复说明真理，多半是长行和重颂兼用的。"①可见佛经韵散相间的叙述方式，也是一个便于接受的文体选择——传道主要靠师徒口传心授，便于记诵与传播的韵文体便成为经典的主要形式。而时过境迁，韵文往往令人费解，便有了散文部分的注释。后世讲唱"说了又唱，唱了又说"的表述方式，其源头正在于此。如何根据传教的需要，而采用恰当的文体形式进行表述，这是一个自然的文体选择过程。因此，敦煌讲唱作为一种文乐结合的文体，我们在考虑其艺术形态的源流影响时，不仅要考虑"文"（文体）的因素，也要考虑"乐"（乐体）的因素。

第二节　从诗赞体讲唱到诗赞体戏剧

诗赞体讲唱以乐传辞的乐体结构与韵散相间的文体结构的结合，解决了中国传统文艺以乐传辞一类乐体结构所遇到的困难。这里，我们要讨论诗赞体讲唱与说话、诗赞体戏剧的关系，讲唱脚本的文体划分，也将涉及中国戏剧史的一种重要形式诗赞体戏剧的来源和变迁。

一

叶德均的《宋元明讲唱文学》已揭示了诗赞体讲唱与敦煌文学之间的关系。长期以来，人们多把"变文"视为敦煌全部俗文学作品的总称，后来人们又对它作了类别上的划分，如分为词文、故事赋、话本、变文、讲经文等五类②，也有学者认为，敦煌文学作品应该"按其在表演艺术上的类属，分别归入讲经文、变文、词文、俗赋、论议文、曲子辞、诗歌"等八种体裁"③。若简单一些，按其文体来划分，这些表演伎艺，不外乎韵散结合

---

① 周叔迦：《漫谈变文的起源》，《敦煌变文论文录》，上海古籍出版社1982年版，第249页。
② 张鸿勋：《敦煌讲唱文学的体制及类型初探》，《文学遗产》1982年第2期。
③ 王小盾：《敦煌文学与唐代讲唱艺术》，《中国社会科学》1994年第3期。

（如讲经文与变文）、以韵唱为主（如词文）、以散说为主（如话本）三种形式。这三种形式，奠定了此后民间说唱艺术的基本格局。

那么，后来的诗赞体讲唱，究竟与哪种形式比较接近呢？以《明成化说唱词话丛刊》的体例来看，诗赞体讲唱有三大特征：一是韵散结合，有说有唱，篇幅均等；二是韵唱部分用齐言上下对句；三是韵唱部分也是情节发展的一部分。若依此三条标准，则现存敦煌讲唱作品中，无一完全符合。从韵散结合，有说有唱的形式来看，讲经文与变文较符合，但讲经文与变文的韵文只是复述散文部分的内容。至于话本中的韵文，倒是故事发展的必要部分，即直接推动情节的部分，但话本以散说为主又不符合讲唱有说有唱的标准。也有学者认为，诗赞体讲唱的先河是词文，因为词文以第三人称演唱，有一定人物情节，又有七言偈赞体[1]。但敦煌藏卷中的词文，大部分为纯韵文组成（如《季布骂阵词文》、《董永》），只有少数夹有散说。因此，诗赞体讲唱，实际上是杂取各种文体而成的一种民间讲唱艺术。

宋代以后典籍中不再有僧人俗讲的明确记述[2]，但这种以诗赞讲唱为核心的艺术形式，却在民间以不同的方式延续了下来。如宋代的涯词与陶真，南宋临安瓦舍伎艺里就有涯词和陶真的名目："唱涯词只引子弟，听陶真尽是村人"[3]，这两者都没有遗留下任何本子，但在元明人记载中却屡屡提到"陶真"这一说唱伎艺。如：

  闾阎陶真之本之起，亦曰："太祖太宗真宗帝，四帝仁宗有道君"[4]。

---

[1] 李时人：《"词话"新证》，《文学遗产》1986 年第 1 期。
[2] 郑振铎在《中国俗文学史》中说："变文在实际上销声匿迹的时候，是在宋真宗时代（998—1022），在那时期，一切异教，除了道、释之外，竟完全被禁止了，而僧侣们的讲唱变文，也连带明令申禁。"作家出版社 1954 年版，第 269 页。但郑氏并未提出文献依据，变文何时被明确禁止及原因，仍待具体考察。
[3] 《西湖老人繁胜录》，《东京梦华录（外四种）》，古典文学出版社 1956 年版，第 120 页。
[4] 郎瑛：《七修类稿》卷二二"辩证类·小说"条，上海书店 2001 年版，第 229 页。

那陶真的本子上道:"太平之时嫌官小,离乱之时怕出征。"①

清末俞樾在《茶香室续钞》卷一三"闾阎淘真"引《七修类稿》记淘真的文字时也说:"淘真不知何书,以七字为句,殆即今之弹词。明代当尚有其书,故郎氏得见之也。"②可见淘真就是七言叙事体诗赞。当然,这些资料尚不能充分证明陶真是不是用七言句的韵文一唱到底,也无法证明陶真在演唱中有无在韵文中夹以散说的情况,因为"陶真"这一名称虽常见于宋元明清的文献,但迄今为止还没有发现过陶真的底本。

近年来,学术界对北方地区迎神赛社习俗从各个方面进行了广泛研究。受到学界重视的明万历二年(1574)抄本山西潞城《迎神赛社礼节传簿四十曲宫调》(《唐乐星图》)、《周乐星图》以及其他的一些祭神仪式抄本,详细记载了赛社的礼仪规范与表演剧目。在赛社表演中,诗赞被大量引用的一个主要形式是赛社中常见的前行色的致语祝赞,由单人讲唱,主要用于供盏时的祝香、祝酒以及勾队、遣队时的致语祝词,用于仪节仪规之中,一般比较短小。有四言、六言、七言、十言不等,但以七言居多。如山西潞城曹战鳌口述的前行词,由四句七言、四句五言和四句四言组成:"周朝天子汉张良,唐朝李靖宋苗光。四人拨开天宫转,敢与阎罗斗阴阳。八宝双腰带,紧住闹鞭钩,笑煞美宫院,五马定辔头。五谷丰登,国泰民安。高摇戏竹,斩子压生,合班圆辑。"③全为七言的如《八仙赞》:

> 则听的仙音响亮,见光辉罩定天涯。
> 岁□□□□□□,遍地下瑞气云霞。
> 猿猴献仙桃仙果,麋鹿献配对仙花。
> 金童执幢幡宝盖,玉女掌宝印玉匣。

---

① 周楫:《西湖二集》卷一七《刘伯温荐贤平浙》入话,见《古本小说集成·西湖二集》,上海古籍出版社1991年版,第688页。
② 《茶香室续钞》又说:"国朝黄士珣《北隅掌录》引《西湖志余》云古今小说评话,以觅衣食,谓之'陶真',大抵说宋时事,盖汴京遗俗也。"可见"淘真"又作"陶真"。参见《茶香室丛钞·茶香室续钞》卷一三,中华书局1995年版,第732—733页。
③ 见杨孟衡《上党古赛史料新发现》,《戏友》1986年第4期。原文显然有不通顺处,后胡忌撰文予以通解,见胡忌《宋元院本的流传》,《艺术研究》第9辑,1988年。

> 西王母特来添寿,南极老人星退算。
> 彩云中诸仙下降,将神仙圣号开明:
> 头戴着夹纱幞头,荔枝金冠绿罗袍,
> 闹市常共儿童耍,拍板踏歌蓝采和。
> 头绾丫髻宰相家,身穿破衲绿□纱,
> 手内常提花蓝儿,冬献仙影牡丹花。①

除八仙外,赞词还吟诵了西王母、老人星、诸神。但这一类前行祝赞,偏于咏赞和抒情,而且全为齐言韵句的诗赞体裁,而没有散文成分,因此,不可视为韵散结合的诗赞体讲唱文,而是诗歌的一种。

属于诗赞体讲唱体裁的,是演唱形式为散韵相间,且篇幅较长也较为完整,相对独立为一个表演节次,如讲《百花赋》,分别讲唱祭祀神灵的五般祭物:茶、果、香、灯、花。他如《祝山文》咏唱青山等都是如此。这一类型的赞词,与金院本中"拴搐艳段"中的《神农大说药》、《讲百果爨》、《讲百花爨》、《讲百禽爨》以及"打略拴搐"中的《星象名》、《果子名》、《草名》等类似。有的讲唱还含有一定故事情节乃至人物对话,如《讲放生》、《讲响仗》、《讲太平鼓》、《鉴斋》、《唐王游月宫》、《十样锦诸葛论功》。这一类讲唱的表演形式,当与唐代俗讲有着渊源关系②。

在元明两代的典籍之中,还常出现"词话"一词。如《元史·刑法志》载有禁止词话的禁令:"诸民间子弟,不务生业,辄于城市坊镇,演唱词话,教习杂戏,聚众淫谑,并禁治之。"③孙楷第《词话考》④、叶德均《说词话》⑤都曾对词话的含义和体制加以疏证,但当时还没有发现可靠的元明词话作品。直至1967年上海嘉定县明代宣姓墓出土了一批北京永顺堂竹纸刻印的书籍,内有十六种"说唱词话",词话的体制更清晰地呈现在人们

---

① 转引自杨孟衡《古赛赞词考》,《中华戏曲》第28辑,第297页。
② 详参下节讨论敦煌"论议"部分。
③ 《元史》卷一〇五"刑法四""禁令"条,中华书局1976年版,第2685页。
④ 原载1933年《师大月报》十期,收入《俗讲、说话与白话小说》,作家出版社1956年版,第31—41页。
⑤ 《东方杂志》第四十三卷四号,1947年2月。

面前,这就是七言(以及少量十言)的诗赞讲唱。

学者们进一步发现,许多白话小说作品都曾出现词话讲唱的名目,以至于人们认为,大部分白话小说在案头化之前,都存在一个"词话体"的阶段。

郎瑛《七修类稿》中有这样一段话:"若夫近时苏刻几十家小说者,乃文章家之一体,诗话、传记之流也,又非如此之小说。"①可见,从成化至嘉靖前,苏州刻印的小说与后来的章回小说不同,属于"诗话、传记之流",可能就是用韵文或韵散相间方式编写的人物传记故事,也就是说唱词话。如《水浒传》故事,徐渭《吕布宅》诗序云:"始村瞎子习极俚小说,本《三国志》,与今《水浒传》一辙,为弹唱词话耳。"②胡应麟于万历间至徽州歙县访汪道昆,遇道昆从弟仲嘉,剧谈水浒故事,奚童弹筝佐之,听客为倾。胡氏为此赋诗,有"象牙版筹说宋江"之句③,看来当时剧谈的水浒故事是有音乐伴奏的词话本。胡应麟又云:"此书所载四六语甚厌观。盖主为俗人说,不得不尔。余二十年前所见《水浒》本,尚极足寻味,十数载来,为闽中书贾刊落。止录事实,中间游词余韵,神情寄寓处,一概删之,遂几不堪覆瓿。"④李诩《戒庵老人漫笔》说:"道家所唱有道情,僧家所唱有抛颂,词说如《西游记》、《蓝关记》,实匹休耳。"⑤明刊本《封神演义序》:"俗有姜子牙斩将封神之说,从未有缮本,不过传闻于说词者之口。"⑥天都外臣(汪道昆)为《水浒全传》所作的序中说:"故老传闻,洪武初越人罗氏,诙诡多智,为此书共一百回,各以妖异之语引于其首,以为之艳。嘉靖时,郭武定勋重刊其书削去致语,独存本传,予犹及见《灯花婆婆》数种,极其蒜

---

① 郎瑛:《七修类稿》卷二二"辩证类·小说"条,上海书店2001年,第229页。
② 徐渭:《吕布宅有序》,《徐文长佚稿》卷四,《徐渭集》,中华书局1983年版,第785页。
③ 胡应麟:《少室山房集》卷七五,《景印文渊阁四库全书》。
④ 《少室山房笔丛》卷四一"辛部"《庄岳委谈》下,中华书局1958年版,第573页。
⑤ 李诩:《戒庵老人漫笔》卷五"禅玄二门唱"条,中华书局1982年版,第173页。
⑥ 李云翔:《钟伯敬评封神演义序》,《中国历代小说序跋集》,人民文学出版社1996年版,第1401页。

酪。"①《初刻拍案惊奇》凡例云："小说中诗词等类,谓之蒜酪。"②可见,小说中的诗词保留了民间诗赞通俗顺口的特性,故而被称为"蒜酪"。明刊大涤余人序百回本《忠义水浒传》第四十八回有一段韵文的诗赞:

> 独龙山有独龙岗,独龙岗上祝家庄。绕岗一带长流水,周遭环匝皆垂杨。墙内森森罗剑戟,门前密密排刀枪。对敌尽皆雄壮士,当锋都是少年郎。祝龙出阵真难敌,祝虎交锋莫可当。更有祝彪多武艺,叱咤暗呜比霸王。朝奉祝公谋略广,金银罗绮有千箱。白旗一对门前立,上面明书字两行:"填平水泊擒晁盖,踏破梁山捉宋江。"③

这一段赞诗是和上下的散文连用以叙述宋江所见祝家庄的情形,是无法随便删落的。孙楷第认为:"《水浒传》旧本之为词话说,可以是明之。其词话本今虽不存,得此一证,世之治《水浒》者,于《水浒传》本为词话之事,或可释然不复致疑也。"④

明代田汝成在《西湖游览志余》卷二〇记录明代"陶真"的情况时说:"杭州男女瞽者,多学琵琶,唱古今小说、平话,以觅衣食,谓之陶真……若《红莲》、《柳翠》、《济颠》、《雷峰塔》、《双鱼扇坠》等记,皆杭州异事,或近世所拟作者也。"⑤

从这些故事名目看,大部分故事也都有散说的平话体小说流传,既然曾作为陶真或词话演唱,那么有可能今存平话本是经过文人由唱本改编为散说本的,所以唱本不流行了。历来的研究者往往持这种看法。但究竟是唱本在先,还是散说在先,由于材料的局限,还不能完全确定。

这也涉及一个问题:说话与讲唱,可以看作同一种伎艺吗?

---

① 《水浒传叙》,丁锡根《中国历代小说序跋集》,人民文学出版社 1996 年版,第 1462 页。
② 《初刻拍案惊奇》"凡例",人民文学出版社 1991 年版,第 2 页。
③ 大涤余人序本现藏国家图书馆。此处韵文引自孙楷第《水浒传旧本考——由明新安刊大涤余人序本百回本水浒传推测旧本水浒传》,《沧州集》,中华书局 1965 年版,第 89 页。
④ 孙楷第:《水浒传旧本考——由明新安刊大涤余人序本百回本水浒传推测旧本水浒传》,《沧州集》,第 126 页。
⑤ 田汝成:《西湖游览志余》卷二〇,中华书局 1958 年版,第 368 页。

追溯白话小说源头的学者,都谈到隋唐以来的说话伎艺①。从敦煌文学作品中的"话本"来看,说话是以散说为主的,但也兼有韵文。如《庐山远公话》是说白中夹杂吟偈的,《叶净能诗》中有很长的一段韵文,《伍子胥》的对话常用歌体,且有好几段韵文标明了"歌"与"悲歌而叹"。宋代瓦肆伎艺中,"说话"十分流行。孟元老《东京梦华录》卷五"京瓦伎艺"条列举东京东京瓦肆伎艺中有讲史、小说、说三分、五代史、说浑话。耐得翁《都城纪胜》的《瓦舍众伎》首次提出说话四家数,吴自牧《梦粱录》卷二〇《小说讲经史》承袭前说。《西湖老人繁胜录》、周密《武林旧事》、罗烨《醉翁谈录》也均有不同分类。以耐得翁《都城纪胜》为例:

> 说话有四家:一者小说,谓之银字儿,如烟粉、灵怪、传奇。说公案,皆是搏刀赶棒及发迹变泰之事。说铁骑儿,谓士马金鼓之事。说经,谓演说佛书。说参请,谓宾主参禅悟道等事。讲史书,讲说前代书史文传、兴废战争之事。最畏小说人,盖小说者能以一朝一代故事,顷刻间提破。②

这里虽然记载详细,但逻辑混乱,以致后人对"说话四家"聚讼纷纭,莫衷一是。叶德均在《宋元明讲唱文学》中认为,说话四家"只有小说一家确是讲唱文学"。理由是小说又名"银字儿",即它在表演时是用银字笙、银字觱篥来伴奏的。如《西山一窟鬼》有词十五首,《碾玉观音》有词四首、诗七首,都是用来吟唱的。但拿《明成化说唱词话丛刊》与之相较则可以看出,二者之间存在本质的差异。且不说宋代话本中的诗词在数量上只占了很小的比例,而且都是曲调的乐曲,非为诗赞。相比成化说唱词话中人物以诗(七言诗赞)代话的体例,宋代话本中的诗词,有其特定的作用③。在胡士莹等人所鉴定的所有现存宋人话本中,并没有出现故事中

---

① 参见孙楷第《中国短篇白话小说的发展与艺术上的特点》,《俗讲、说话与白话小说》,作家出版社 1957 年版,第 1—13 页。
② 《都城纪胜》"瓦舍众伎"条,《东京梦华录(外四种)》,古典文学出版社 1956 年版,第 98 页。
③ 参见胡士莹《话本小说概论》,中华书局 1980 年版,第 135—145 页。

人物"以诗代话"的现象。这充分说明,说话与讲唱,是两种不同的艺术样式。

在现存宋人话本中,仅有《大唐三藏取经诗话》与诗赞体讲唱的体例相同,其每一节都有书中人物"以诗代话"的情况,这和宋人小说话本中以说话人立场吟唱的形式就有了区别。如缺题第八节末:

> 深沙神合掌相送,法师曰:"谢汝心力,我回东土,奉答前恩,从今去更莫作罪。"两岸骨肉,合掌顶礼,唱诺连声。深沙前来解吟诗曰:
> 　　一坠深沙五百春,浑家眷属受灾殃。
> 　　金桥手托从师过,乞荐幽神化却身。
> 法师诗曰:
> 　　两度曾遭汝喫来,更将枯骨问元才。
> 　　而今赦汝残生去,东土专心次第排。
> 猴行者诗曰:
> 　　谢汝回心意不偏,金桥银线步平安。
> 　　回归东土修功德,荐拔深沙向佛前。①

再如"行程遇猴行者处第二"的结尾:

> 僧行七人,次日同行,左右伏事,猴行者乃留诗曰:
> 　　百万程途向那边?今来佐助大师前。
> 　　一心祝愿逢真教,同往西天鸡足山。
> 三藏法师答曰:
> 　　此日前生有宿缘,今朝果遇大明贤。
> 　　前途若到妖魔处,望显神通镇佛前。②

这与前述敦煌变文的形式完全相同。有学者认为《大唐三藏取经诗话》

---

① 李时人、蔡镜浩校注:《大唐三藏取经诗话校注》,中华书局1997年版,第23页。
② 同上书,第3页。

"并非如一般人所说是小说一类,而是仅存的一部讲经作品"①,这一说法是颇有道理的,后来有学者也进一步肯定这种说法②,但还未得到学界充分认识③。

二

在历史文献中,使用"词话"这一概念时,上述《元史·刑法志》用了"演唱词话"一语,完颜纳丹编纂的《通制条格》卷二七《杂令》"搬词"条,则将"演唱词话"作"搬唱词话"④。《元典章》卷五七"刑部"一九"杂禁"条,记载了发生在至元十一年(1274)十月的事件:"顺天路(东)[束]鹿县[镇]头店,见人家内聚约百人,自搬词传,动乐饮酒,为此本县官司取讫社长田秀井、田拗驴等各人招伏,不合纵令侄男等攒钱置面戏等物,量情断罪外,本司看详:除系籍正色乐人外,其余农民市户、良家子弟,若有不务本业、习学散乐、搬说词话人等,并行禁约,是为长便。"⑤

"搬唱"与"演唱"之间是否存在差别?这里的"搬说词话"或"搬唱词话"究竟是一种戏剧表演形式呢,还是也只是一人讲说故事的说唱艺术?

田仲一成《中国戏剧史》指出,现今江西的萍乡县、万载县、南丰县、婺源县等地流传着一种追傩舞蹈,农民戴着假面,伴随着铜锣大鼓的打奏,伴奏者和演出者都不加演唱,因而也是不演故事的、单纯的假面舞蹈,只有花关索和鲍三娘,表演者进行演唱。其歌词如下:

---

① 叶德均:《宋元明讲唱文学》,古典文学出版社1957年版,第40页。
② 参见李时人、蔡镜浩《大唐三藏取经诗话校注·前言》。又如鲁德才《古代白话小说形态发展史论》称:"'说经'艺人多为和尚、尼姑的法名,以'演说佛书'为其宗旨,实为唐代俗讲的延续,不同的是,较俗讲更为市俗化,故事内容更为丰富,具有诸多小说意味,但不是小说。",南开大学出版社2002年版,第15页。
③ 如高教版的《中国文学史》仍将这部作品列入"话本小说"的"说经话本"之列。参见袁行霈主编《中国文学史》第三册,高等教育出版社1999年版。
④ 《通制条格》卷二七《杂令》"搬词"条,浙江古籍出版社1986年版,第288—289页。
⑤ 《元典章》卷五七"刑部"一九"杂禁·禁学散乐词传"条,陈高华等点校《元典章》(三),中华书局、天津古籍出版社2011年版,第1938页。又见《通制条格》卷二七"杂令·搬词"。

> 鲍三娘（唱）三娘到处较试马,红毛小鬼是新人……
> 　　　　一拳打倒三五里,一脚踢在九霄人……
> 关索（唱）关索听得心欢喜,连声且住做将军。
> 　　　　我身三十六合花枪法,你有二十四重大门开。
> 　　　　便把花枪杀一路。

田仲一成认为:"鲍三娘称自己为三娘,花关索也称自己为关索。这说明,这个剧本不是以表演者的立场,而是以故事讲述者的立场来写的。质言之,是把演唱的、讲述的文本沿用为戏剧的文本。可以看出,元典章中所说的'搬说词传',指的就是这种情况。"①

我们可以从近年来陆续面世的北方赛社脚本中发现更多这样的情形。如上党赛社脚本("抄立"于"咸丰八年六月初九",由平顺县西社村乐户艺术人保存)《三捉孟良》孟良角单为:

> 盖世功名我为强,宣花斧上崩寒光。
> 头戴金盔双凤翅,黄金铠甲八宝镶。
> 跨骑一头火骡子,杀的英雄拱手降。
> 杏黄旗上书大字,护国纵横勇孟良。
> 我乃姓孟名良,字是火星,号曰万仓。祖住山西平定曲阳县人氏……我也镇守角山寨,打劫的不义之财,搂的姣娥美女,论盆饮酒,整秤分金。有诗为证:
> 盖世功名为我通,征元跨下火蛟龙。
> 蓬蒿爱放连天火,月里提刀敢杀人。
> 角山寨上呼太保,碗（宛）子城中作先锋。
> 杏黄旗上书大字,独坐角山孟火星。
> ……今日搜山,这些喽罗们丢头儿睡觉?果然杀了我半万喽罗!既为大将,就该留下真名姓字才为好汉。讲话中间,有诗张一首,待我观看:

---

① 〔日〕田仲一成:《中国戏剧史》,北京广播学院出版社 2002 年版,第 81 页。

　　　　山前当野路,山后捉强徒,
　　　　杀坏你家奴,专捉孟太甫。
　　这是怎么说？我不寻人,人还寻我？这是个假好汉。讲话中间,又有诗张一首,待我上前看过:
　　　　是我是我真是我,你来寻我我不躲。
　　　　要知我是那一个,六郎手下那一伙。

最终,杨六郎上山三捉孟良,孟良归顺了杨六郎,又引到至宛子城让焦赞归顺了,最后同上金殿受封。全剧结束时又有四句诗赞:

　　　　宋真宗扶正朝纲,王苏爱拨乱家邦。
　　　　碗(宛)子城焦赞作反,角山寨三捉孟良。

此剧见于《唐乐星图》"杂剧"类,名《杨六郎三捉孟良》,但由上述摘引来看,却与我们熟悉的元杂剧的体制绝不相类,既没有套曲的规制,也没有曲牌的选用。全篇以七言诗赞讲唱为构成因素。

　　河北武安县固义村的大型傩戏节目《捉黄鬼》,以捉黄鬼为主,配合演出的戏剧类表演有脸戏、赛戏。脸戏(即面具戏)里,面具角色一般只舞不唱,所以又称"哑队戏"。唱词由一个叫"长(掌)竹"的在台口一侧吟唱,长竹用第三人称叙述故事。比如脸戏《吊掠马》,关公一直坐在高处骑子上,由探神在桌前表演,长竹叙述关公生平。唱词中称关公为"这位老爷","这老爷家住蒲州卸凉(解良)人氏,姓关名某字云昌(长)。老爷生来好报不平,一怒杀死巡(熊)虎元(员)外一十八口家眷。老爷云游天下逃命"①。赛戏则角色不戴面具,演出时边舞蹈边吟唱,但仍是用的第三人称叙述体。如民国二十四年(1935)抄本的赛戏《岑彭马武夺状元》,演岑彭与马武在王莽面前争夺武状元的故事,岑彭唱词有:"昔日有个临潼会,出了好汉子胥能,力举千斤王害怕。一十八国胆战惊。虽然不比子胥勇,岑老爷今科壮(状)公。左手撩衣右手举,千斤铜鼎晃太阳。左转

---

① 杜学德:《燕赵傩文化初探》所附《吊掠马》都本,甘肃人民出版社1998年版,第72页。

三遭气不断(短),右转三遭不当忙。铜鼎落在教武场,岑老爷今科壮(状)元郎!"①

这种以诗赞讲唱为主的戏剧样式,也广泛流存于南方地区。除上述的江西面具戏而外,贵州地戏也属诗赞系的词话讲唱。如《罗成擒五王》:

> (白)炀帝无道乱朝纲,残害忠良已灭亡。
> 孤家今把洛阳困,剿平反叛定安邦。
> 孤乃高祖次子秦王李世民是也。
> (白)赫赫威名震四方,扬州夺印逞高强。
> 定国安邦栋梁将,扶保真主兴大唐。
> 咱乃勇将罗成是也。
> (白)隋朝已灭世乱荒,四路英雄各逞王,
> 五王今日齐上阵,要与唐营定弱强。
> 孤家洛阳东镇王,王世充是也。
> 孤家乃明州夏明王,窦建德是也。
> 孤乃曹州宋义王,孟海公是也。
> 孤乃相州白御王,高圣谈是也。
> 孤乃楚州赵王,朱灿是也。
> (唱)不唱五王败逃走,且表唐营议军情。
> 众将排列左右,茂公便令小罗成:
> 你带三千人和马,家锁山下埋伏兵。
> 只等五王从此过,你把五王尽活擒。
> 限定五时就交令,带领人马就起身。
> 不表罗成埋伏等,又表五王赶路行。
> (白)五王带领残兵败走,回头不见追兵,心下放安……②

---

① 转引自杜学德《固义大型傩戏〈捉黄鬼〉考述》,《中华戏曲》第18辑。
② 转引自乔健、刘贯文、李天生《乐户:田野调查与历史追踪》,江西人民出版社2002年版,第301—302页。

地戏在表演时是人物一齐上场,分别吟诵通报姓名之后,开始讲唱搬演。凡代言处,均由本角色或说或唱。凡叙事交代部分,临时由某一角色"跳出"所扮人物,像局外人似地做旁唱或旁白。演员进出角色灵活自由,全部故事由在场角色亦说亦唱地加以表演,基本为七言体诗赞吟唱,每句结尾及动作表演时加以锣鼓简单伴奏。

我们再看安徽贵池傩戏,据王兆乾考察,至今发现的七个贵池傩戏剧目,有五个与上海嘉定县发现的明成化刊本《说唱词话》关系密切;有的则完全相同,如池州傩戏本《陈州粜米记》与成化刊本《新刊全相包龙图陈州粜米记》的前半部分《打鸾驾》,唱词、说白几乎完全相同。王兆乾说:"这种戏曲,唱词不必尽用第一人称,演员可以随时跳出角色,用第三人称对情节和人物进行解说和描述。"①

还可以作为比较参考的是藏戏。藏戏仍留着说唱文学的特征。如收入《少数民族戏剧选》的藏剧《卓瓦桑姆》,便是以说一段、唱一段的方式,叙述卓瓦桑姆一生中的三次磨难。《中国戏曲志·西藏卷》介绍说:"喇嘛玛尼这种说唱艺术对藏戏的影响是非常大的,藏戏的脚本就是喇嘛玛尼艺人的说唱故事脚本,说唱艺术的特点还清楚地反映在藏戏演出中。"②

不论是贵州地戏、池州傩戏还是前引的上党赛社杂剧以及相类的晋南锣鼓杂戏、晋北赛戏以及南方其他省域的傩戏,都有以诗赞体的吟唱为特征,间以锣鼓伴奏的表演形态(这不排除受戏剧影响,如贵州的一些傩坛戏、山西曲沃的扇鼓傩戏不是说唱叙述体,而是代言体),可见其流行程度。

诗赞体戏剧既然是从与诗赞体说唱脱胎而来,二者之间存在一个很难区分彼此的过渡阶段,如池州傩戏与贵州地戏,即直接搬用说唱底本,《陈州粜米记》"全剧不分出,只分五'断',全部为叙述体,七言唱词,夹有

---

① 王兆乾:《池州傩戏与成化本〈说唱词话〉》,《中华戏曲》1988年第6期。
② 《中国戏曲志·西藏卷》,文化艺术出版社1993年版,第11—12页。

说白。与其说它是剧本,不如说是地道的唱本"①。其不同是一为演员坐唱,一为搬上舞台扮演。然后,随着说唱底本的被搬上舞台,代言体的使用量越来越大,最终,第三人称的叙述体消失,代言体完全占领舞台,戏剧与说唱正式分野(后世有些讲唱文学因受戏剧影响,也有引入代言体的,称为"起角色",如苏州弹词)。可见,由诗赞体说唱到诗赞体戏剧,经历过一个逐步变化的过程。那些中间过渡阶段的作品,我们无法简单地将它说成是说唱还是戏剧。

三

诗赞体讲唱,对中国文学史上几种重要文体的形成,都有着直接或间接的影响。成化刊本的《说唱词话》不仅被直接搬上了傩戏舞台,池州傩戏本《陈州粜米记》与成化刊本《新刊成相包龙图陈州粜米记》的前半部分,唱词、说白完全相同②。诗赞体讲唱也影响到后来的白话小说,明代小说《全补包龙图判百家公案》中多个情节即直接移植于成化唱本。这就提示我们,在源流与形态的问题上,应该在俗文学这一视野下,将小说戏剧同视为俗文学的一部分来研究,这样也许更容易看清楚事情的本来面目。

已发现的赛社杂剧,有不少剧目的剧名或剧情,与元杂剧相近或相同,如赛社剧本中有《十样锦诸葛论功》一目,《辍耕录》"诸杂大小院本"类中也记有《十样锦》一目,《孤本元明杂剧》中也有《十样锦诸葛论功》一剧。而且,据学者研究,不仅剧名相同,而且故事情节、主要人物,乃至其中的诗赞,也都基本相同或近似③。曾有学者认为这是元杂剧流布民间以后的体现,但赛社剧本中并没有曲牌连套体式,诗赞体"有诗为证"的体式则大体相同,它与元杂剧在剧目上的相近或相同实际上正说明了诗

---

① 王兆乾:《池州傩戏与明成化本说唱词话——兼论肉傀儡》,《戏史辨》第 1 辑,中国戏剧出版社 1999 年版。
② 同上。
③ 参见乔健、刘贯文、李天生《乐户:田野调查与历史追踪》,江西人民出版社 2002 年版,第 289 页。

赞讲唱在题材上对元杂剧的影响。叶德钧在《宋元明讲唱文学》中曾做过统计:"姑以通行的《元曲选》为例,一百种中有词话的计九十二种(未用的只有八种),占百分之九十以上。九十二种内每种都不只一见,每折也不只一处,共计有一百八十八处。"①这些加在其中的词话,多是七言或十言诗赞,亦或见五言八言,且每用"词云""诗云""断云"之类起念,有明显的诗赞讲唱痕迹。叶德钧据此认为词话与元杂剧"两者必然是有传承和发展的关系存在着",这一问题尚可进一步研究。

由于元杂剧是中国戏曲史上较早成熟的戏剧形态,文学成就较高,剧本大量保存,加之历来学者不断整理研究,得到了文学史与戏剧史的重章抒写。而真正广泛流布于民间,一直由民间发生并发展的,以诗赞吟唱为主的戏剧表演形态反倒湮没不闻了。戏剧史上的一些误断也就由此产生。比如,山西洪洞县明应王殿的元代戏剧壁画"尧都见爱大行散乐忠都秀在此作场"图明确题记"大行散乐",显指大行院的散乐艺人(即乐户)表演。

明代范濂的《云间据目钞》载上海地区的酬神戏活动:"倭乱后,每年乡镇二三月间迎神赛会,地方恶少喜事之人,先期聚众搬演杂剧故事,如《曹大本收租》、《小秦王跳涧》之类,皆野史所载,俚鄙可笑者。"②这则材料记录的都是万历时候的江南地区为迎神赛社而演出"杂剧"的情况。这里的"杂剧",本人也曾将之理解为元杂剧的艺术形式,现在看来,这里的"杂剧"不一定就是"一人主唱"的北杂剧,也有可能是承袭了宋金杂剧的"诗赞体"杂剧。

王国维在《宋元戏曲考》中认为"论真正之戏曲,不能不从元杂剧始",因为"至宋金二代而始有纯粹演故事之剧,故虽谓真正之戏剧起于宋代,无不可也。然宋金演剧之结构,虽略如上,而其本则无一存,故当

---

① 叶德均:《宋元明讲唱文学》,古典文学出版社 1957 年版,第 45 页。
② 《云间据目钞》卷二《记风俗》,《笔记小说大观》第 13 册,江苏广陵古籍刻印社 1983 年版,第 113 页。

日已有代言体之戏曲否,已不可知"。① 可见,王国维以为,"真正之戏曲"的要点之一,是要有"代言体之戏曲",只有到了元杂剧方始合乎这一标准。

后人也多有持此观点者,郑振铎《插图本中国文学史》、周贻白《中国戏剧史长编》等都认为宋金时期尚无代言体戏曲,戏曲的形成或成熟是元代的事情。以现代戏剧观念来看,代言体无疑是戏剧的一种重要文体标志,但我们却可见到古代戏剧史采用叙述体的表演方法,这自然是戏剧文体发展中的不成熟阶段,但也是不容忽视抹杀的阶段。

诗赞体讲唱在明清时期流衍为弹词、摸鱼歌、鼓词、子弟书、道情、宝卷等艺术样式,而以"诗赞"吟唱为特色的戏剧表演形态,更是历久不衰。清代"花部"竞起,形成以诗赞板腔为特色的各地方剧种,即以七字或十字的词格为文学结构。在音乐上,以上下两个乐句为基本单位,用同一简单曲调的反复变奏的手法,组成自己的音乐结构,从而不受固定曲牌联套格工的束缚。与诗赞体戏剧相比较,板腔体除戏剧结构方面的成熟与完善外,音乐唱腔方面由简单的以锣鼓节奏的诗赞吟唱发展为有板式变化的各种声腔,从而形成各具地方特色的不同剧种。另外,诗赞体讲唱也在逐步由叙述体向代言体方向发展。这些地方声腔曾被认为是曲牌体戏剧自上而下的流变而来,现在看来,这种看法是未能注意到民间戏剧自有一部源远流长的发展史。

第三节　邓志谟"争奇"系列作品的文体研究
——兼论古代戏剧与小说的文体分野

晚明万历、天启年间的文人邓志谟,留下白话小说、类书等多方面作品。孙楷第在《中国通俗小说书目》卷五收有邓志谟小说三种,并简单介

---

① 《宋元戏曲考·古剧之结构》,《王国维戏曲论文集》,中国戏剧出版社 1959 年版,第 68 页。

绍了他的生平①。王重民撰写的《中国善本书目提要》中，也收录了他在美国国会图书馆所见到的"四种争奇十二卷"，计有《花鸟争奇》三卷、《童婉争奇》三卷、《风月争奇》三卷、《蔬果争奇》三卷。"考北京图书馆藏本尚有《山水》、《茶酒》、《梅雪争奇》各三卷，则争奇不止四种也。"王重民将之录于"子部·小说类"②。郑振铎的《插图本中国文学史》也在第六十章"长篇小说的进展"中，以一小节简要论及邓志谟及其作品③，此后一直未有学者予以关注。近年来，学界注意到这位晚明文人及其创作的独特价值，日本学者金文京先后撰写了《晚明小说、类书作家邓志谟生平初探》、《晚明文人邓志谟的创作活动——兼论其争奇文学的来源及传播》等论文④，对其生平及作品都作了全面的论述。此外，潘建国《明邓志谟"争奇小说"探源》⑤、孙逊《中国古代小说与宗教》第五章"唐代佛道'论议'与古代争奇小说"⑥也都探讨了"争奇小说"这一文体的源流。

在邓志谟的著述中，学者都注意到了他的"争奇"系列作品：《花鸟争奇》、《山水争奇》、《风月争奇》、《童婉争奇》、《蔬果争奇》、《梅雪争奇》。这六部争奇作品，现在易于见到的，是台湾出版的《明清善本小说丛刊》本⑦，可见编者是将其视为小说来看待的。

但是，这部小说与当时小说的文体定式的确都不太一样，又造成了一些困惑。从邓志谟这六部作品的著录情况来看，孙楷第《中国通俗小说总目》未见收录，而是著录了《飞剑记》、《铁树记》、《咒枣记》三部小说；同样，《中国通俗小说总目提要》也只著录了这三部作品，在作者小传中还特别提到了邓志谟的六部争奇作品，但并未将其收录进去⑧。郑振铎在

---

① 孙楷第：《中国通俗小说书目》，人民文学出版社1982年版，第195页。
② 王重民：《中国善本书提要》，上海古籍出版社1983年版，第400页。
③ 郑振铎：《插图本中国文学史》，人民文学出版社1957年版，第918页。
④ 分见《明代小说面面观：明代小说国际学术研讨会论文集》，学林出版社2002年版；《经典转化与明清叙事文学》，联经出版事业公司2009年版。
⑤ 《上海师范大学学报》2002年第3期。
⑥ 孙逊：《中国古代小说与宗教》，复旦大学出版社2000年版。
⑦ 《明清善本小说丛刊》，天一出版社1985年版。
⑧ 江苏省社科院文学研究所编：《中国通俗小说总目提要》，中国文联出版公司1990年版，第133页。

《插图本中国文学史》中提及这六部争奇作品时,称它们"是一篇小说",又说"其性质极类李开先的杂剧《园林午梦》"①。可见以往的学者,对"争奇"的性质还是有些拿不准的。

一

六部争奇作品与邓志谟时期已流行的通俗小说相比,究竟有哪些不同呢?

六部作品的全部情节除了少量的交代和过渡外,就是双方的争辩、对嘲,这种通篇以"对话体"建构作品的模式,使之具有了明显的戏剧性特征,以至于与戏剧性文体有着高度的相似性。

以《花鸟争奇》为例。故事讲述百花百鸟赴东皇之宴,却因座位问题发生争执,双方各派战将出战,计有闹阳花对百舌鸟,苌楚花对老鸹鸽,丁香对杜宇,牡丹对凤凰,不能分出上下,于是奏于东皇。东皇命合作乐府二篇以为考校方式,最终以东皇厚赏,牡丹、凤凰拜谢为结。故事通篇皆以此种对话的方式展开,试看闹阳与百舌相争一段:

> 时有闹阳花者,好闹不好静也,亦名踯躅花,顿足言曰:"纪纲坏矣!"遂大声言曰:"凤凰凤凰,尔何以位吾牡丹王之上乎?"
>
> 鸟中最生事者,百舌鸟也,挺而应曰:"我凤凰王居牡丹之先,何害?"
>
> 闹阳曰:"鸟之族类,孰愈于花?花之名色,奚让于鸟?尔纵百其舌,敢与我数之乎?
>
> 百舌曰:"我凤凰为百鸟之王,体备七德,文成五采,太平祥瑞,人所快睹。汝花中有么?"
>
> 闹阳曰:"我牡丹为花中之王,色则国色,香则天香。魏紫姚黄,人所争重。汝鸟中有么?"
>
> 百舌曰:"我鸟中有大鹏,扶摇狂飙,九万里只一瞬。汝何花可以

---

① 郑振铎:《插图本中国文学史》,人民文学出版社 1957 年版,第 918 页。

敌之?"

　　闹阳曰:"我花中有蟠桃,饱历甘露,三千年只一花,汝何鸟可以比焉?"

　　百舌曰:"我鸟中瑞鹤,仙人之骐骥。"闹阳曰:"我花中仙桂,姮娥之龙涎。"①

又如《风月争奇》一段:

　　少女曰:姮娥姮娥,你寂寞于广寒官,却做了一世的寡妇。

　　姮娥曰:少女少女,你冷落于清冷洞,又何曾嫁得一个丈夫?

　　素娥曰:避暑的个个呼唤树头风,你少女是个贱货。

　　十八姨曰:读书的人人思量月中姨,你姮娥是个妖精。

　　素娥曰:你风家有一个飞廉司権,好一个杀人的逆贼。

　　十八姨曰:你月府有一个吴刚斫桂,好一个驼背的老儿。

　　飞廉曰:咄!你这些贱婢子,敢如此作怪?

　　吴刚曰:哎!你这些歪腊骨,敢如此猖狂?

　　飞廉曰:你被天狗捉尔而食,吞你在肚子里,又把你吐出来,你做甚行止?

　　吴刚曰:你被列子御风而行,夹你在卵胞下,又把你放下,你逞甚英雄?②

上述都是非常典型的戏剧性场景,完全可以施于戏剧表演。

按现代人对戏剧与小说这两种文体的认识来看,小说与戏剧作为叙事性文学作品都要有故事,但小说是由作者讲故事,戏剧作品最终是供演员在舞台上表演故事之用的。

由于文体观念的深入人心,现代的小说与戏剧作者,比如《剧本》与《小说月报》这两本期刊所登载的文学创作,在撰写这两种不同文体的作品时,是有明确的区分的。《剧本》中的作品,作为戏剧文体,有对话,有

---

① 《花鸟争奇》,《明清善本小说丛刊》初编第7辑,天一出版社1985年版,第5—6页。
② 《风月争奇》,同上书,第12—17页。

舞台提示,有动作提示,具有明显的供表演的性质。若从这一点来看,邓志谟的六部作品显然并不是在为舞台表演提供脚本,如《风月争奇》开头:

  时有风神少女,闻涤凡居士等以己不若于月,心甚不平,遂谓月姊姮娥曰:"适才涤凡居士等,以尔胜于我,此尘氛之中,非论辩之所,我与尔同至沉默之乡,冥漠之馆,与尔轮论一番。"姮娥不语,少女乃先行焉,回首招姮娥曰:"来,予与尔言。"姮娥用前步曰:"去,吾何慊乎?"于是少女领十八姨,并飞广之属,姮娥领素娥十余人,并吴刚之属,顷刻至沉默之乡,遂进冥漠馆中坐定。①

显然,作品是以叙述人的口吻进入对话的。

  问题是,当时的创作者有没有我们今人这样明确的文体区分?

  由于有着共同的口头表演的传统,古代的小说与戏剧一直保持着密切的亲缘关系。既然小说与戏剧有着共同的母体,即使后来分道扬镳,也必然会在文体形态上留下许多亲缘痕迹,甚至存在着水乳交融、无法割离的情况。这一点,我们从争奇小说的发展源流,便可见一斑。

  在研究小说与戏剧的源头时,人们都把视线投到了唐代讲唱文艺。潘建国指出这种"争奇小说有着十分深远的文化渊源,从曲艺史的角度来看,它可以直接上溯到唐代的论议伎艺表演"②。

  关于敦煌论议的特点,王小盾、潘建国《敦煌论议考》③一文所述甚详。从文中所举佛道论议表演来看,它采用具有强烈角色分工色彩的对话体或问答体,以两人或三人表演的方式,通过论辩双方富于诙谐、机智风格的问难和辩驳来娱乐观众。由于它的表演性质,论议具有通俗化与口语化的风格,杂用协韵宽泛的四六骈句。该文还认为,敦煌俗文学作品《茶酒论》、《晏子赋》、《孔子项橐相问书》及五言体《燕子赋》,便是一组

---

① 《风月争奇》,《明清善本小说丛刊》初编第 7 辑,第 10 页。
② 《明邓志谟"争奇小说"探源》,《上海师范大学学报》2002 年第 3 期。
③ 《中国古籍研究》创刊号,国家古籍整理出版规划小组主办,上海古籍出版社 1996 年版。

供论议伎艺演出所用的文学底本。论议如果预设了情节,经过彩排,以角色身份表演,论议便变成为论议剧。论议伎艺与戏剧的天然联系,使得后来的争奇故事才有了强烈的戏剧色彩。

王小盾、潘建国提出从口头表演艺术的角度看,敦煌文艺中应有"论议"这一表演形式,这一发现是非常重要的。但是,是否论议就是两人或三人角色表演的身份进行的呢?

敦煌写本中有两种《燕子赋》,甲种为四言散文体,乙种为五言韵文体。但从角色表演的角度来看,甲种是俗赋韵诵,乙种才是论议,因为乙种开头有"雀儿和燕子,合作开元歌"之语,表明它由两人联合表演。但是,《敦煌论议考》所举的另三部作品《茶酒论》、《晏子赋》、《孔子项橐相问书》,只有《茶酒论》有明显的两人联合表演的迹象,《晏子赋》和《孔子项橐相问书》在叙事里对话,既可以由一人讲述,也可以采用角色表演的方式①。

延续至宋代,在宋杂剧及金院本中,有不少是以问难、争辩为主要表演形式的,如《大论情》、《四论艺》、《论秋蝉》、《大论谈》、《论句儿》、《难古典》、《难字儿》等篇,直接以"论""难"为名。又如《三教安公子》、《双三教》、《三教闹着棋》、《三教化》、《三教》、《领三教》、《打三教庵宇》、《普天乐打三教》、《满皇州打三教》、《门子打三教爨》、《集贤宾打三教》等篇,以三教辩论为内容。《问相思》、《问前程》、《渔樵问话》明显也是以对话为主要内容的剧目。

宋元杂剧院本留存下来的资料不多,不过,我们在民间赛社表演中,发现了这类两物争奇故事的影子。

山西上党地区发现的迎神赛社演出脚本《十样锦诸葛论功》,也是一个典型的相争故事。这篇赛社脚本以四句诗赞开篇:"五代荒荒乱如麻,布衣箭(籍)[戟]隐沉沙。江山处处归明主,一统华夷属赵家。"事叙赵太祖登基之后,要修一座祭祀历代功臣的武庙,责令翰林院学士杨关部承办

---

① 王重民《敦煌变文研究》称这些作品为"对话体变文",但也认为"虽说都是对话体,但对话的方式不同"。《敦煌遗书论文集》,中华书局1984年版,第183页。

此事。大功将成之际,杨关部伏几一梦,"只见众神,前来让(认)位",率先上场的是姜太公,座位居中为首,是为武成王,以下依次左右列班而坐的是张良、孙武、管仲,唯诸葛亮临场就座之时,韩信突兀上场与之争夺。梦中韩信与诸葛亮各不相让,发生争吵:

  乐毅言毕,左手走出一位,羽扇纶巾,道服鹤氅,出而言曰:"贫道无功,只有八句诗,是平生之功也。
  自幼躬耕在南阳,蜀主三顾请栋梁。
  巴丘三气周瑜死,平蛮七擒孟获王。
  散关八阵安天下,茅庐一论定兴亡。
  六出岐山吾去后,再无人上卧龙岗。"
  孔明言毕,太公言曰:"吾知汝功最大,相让坐了。"只见右手一人韩信大怒:"诸葛亮,休得无礼!我是前汉开国功臣,汝是汉末蜀主之臣,汝居吾上,是何道理?听吾道来:
  气冲斗牛贯青云,君王捧毂臣推轮,
  高皇亲捧黄金印,青史标名尧舜臣。
  展土开疆三千里,一人掌握百万兵。
  古今名士从头数,似我登坛有几人。"
  韩信言毕,孔明哈哈大笑。说道:"上有尊师太公,让吾此位,尔何多言。你说,似我登坛有几人?上有张子房、孙武子、管夷吾、白起、乐毅,这几位尊师皆不曾登坛,为何列于上座,倒把你这登坛的将军列于下位?不记当年之事,听吾道来:
  自羡虽能夸大言,古今谁似你登坛。
  只把英雄威风逞,不记当初危少年。"
  韩信言曰:"你说我未遇之时,乞食漂母,受辱胯下,大丈夫岂与他们小人作对。一日得到,职授齐王,人臣之位极矣。"孔明曰:"你职授齐王?听吾道来:
  时来你才遇高皇,运退之时入未央。
  你说你是大丈夫,当初何请假齐王。"

韩信曰:"大丈夫岂与他们作对,立名一时,垂名万世。听吾道来:

筑台拜将是英雄,提兵调将有谁能。
饶你总有千般计,难比韩侯十大功。"

二人连比了十大功劳,直比得韩信无言以对。不想却因"气死周瑜"之语惹恼了周瑜,又是一番口舌。最后周瑜将怨气撒在杨关部身上,仗剑一砍,杨被惊醒,却是南柯一梦。回到金殿奏于太祖。太祖曰:"寡人有福,感得诸神降临。寡人择吉日,前到武庙进香。"结尾四句诗赞:

赵太祖立位登龙,修武庙关部监工。
争座位韩侯斗智,十样锦诸葛论功。①

可见,《十样锦诸葛论功》与上述敦煌论议底本一样,皆是两两相争,均有强烈的诘难、论辩色彩。结束时,均有一篇赞词,如《孔子相橐相问书》末有名为《项橐诗》的七言词文,《十样锦》文末有一篇四句七言诗赞。但也有不同之处,一是敦煌论议文中,有一位调停者,如《茶酒论》叙茶酒争功,水为调停;《燕子赋》叙燕雀争胜,后有"雀儿及燕子,皆总立王前,凤凰亲处分,有理当头宣"的情节。"这种两方相难,王者仲裁的情形,无疑就是御前佛道论议的写照。"但《十样锦》中,并未出现这位调停者的角色。在敦煌论议文体中,采用的是协韵宽泛的四六骈句,而《十样锦》则是用的七言体。但两者之间在文体上的高度相似,使我们可以确定,它们之间是存在延续性的。

值得注意的是,这篇赛社脚本在实际演出中,与论议表演有一个根本的不同,即它并非是以两人或多人以角色扮演的方式完成的,而是以一人讲唱的方式进行表演的。有意思的是,元代陶宗仪《南村辍耕录》卷二五《院本名目·诸杂大小院本》中亦有《十样锦》一目。而据学者们的考证,

---

① 剧本资料引自乔健、刘贯文、李天生《乐户:田野调查与历史追踪》,江西人民出版社2002年版,第287页。

北方赛戏的形成时间,正是宋元之际①。我们有理由推断,宋金杂剧院本的性质复杂,其中相当部分属于说唱技艺甚至游戏杂耍之类,正如王国维所说:"此院本名目中,不但有简易之剧,且有说唱杂戏在其间。"因此,王国维将《讲来年好》、《讲圣州序》、《讲乐章序》、《讲道德经》、《讲蒙求爨》、《讲心字爨》、《订注论语》、《论语谒食》、《擂鼓孝经》、《唐韵六帖》等视为"推说经诨经之例而广之";《背鼓千字文》、《变龙千字文》、《摔盒千字文》、《错打千字文》、《木驴千字文》、《埋头千字文》等"此亦说唱之类也"②。

实际上,宋金杂剧院本除了诸艺并呈外,当时不同艺术样式的演出,其演出脚本都是可以互相通用的。如《都城纪胜》关于傀儡戏、影戏的记载:

> 凡傀儡敷演烟粉灵怪故事、铁骑公案之类,其话本或如杂剧,或如崖词,大抵多虚少实,如巨灵神、朱姬大仙之类是也。
>
> 凡影戏乃京师人初以素纸雕镞,后用彩色装皮为之,其话本与讲史书者颇同,大抵真假相半,公忠者雕以正貌,奸邪者与之丑貌,盖亦寓褒贬于市俗之眼戏也。③

可见,宋金时代的"话本",并非仅仅指说话人的底本,杂剧、傀儡戏、影戏、崖词、诸宫调的本子可作如是称。这些表演伎艺在勾栏中都是可以相通的,代言与叙事并未作严格区分。

实际上,戏剧与小说讲唱混同的现象,长期存在于中国文艺史中。随着说唱底本的被搬上舞台,代言体的使用量越来越大,最终,第三人称的叙述体消失,代言体完全占领舞台,戏剧与说唱正式分野。但是讲唱式的

---

① 参李金泉《固义队戏确系宋元孑遗》,《祭礼·傩俗与民间戏剧》,中国戏剧出版社 1999 年版。
② 参见王国维《宋元戏曲考·金院本名目》,《王国维戏曲论文集》,中国戏剧出版社 1957 年版,第 62 页。
③ 《都城纪胜》"瓦舍众伎"条,《东京梦华录(外四种)》,古典文学出版社 1956 年版,第 97 页。

戏剧表演形态仍一直在民间盛行,从而不但见有叙述讲唱式的赛社杂剧遗存,南方也见有地戏、傩戏的搬演。如今天的贵州地戏、池州傩戏,还有前引的上党赛社杂剧,以及相类的晋南锣鼓杂戏、晋北赛戏、南方其他省域的傩戏,都有以第三人称的诗赞吟唱为特征的戏剧表演。池州傩戏即直接搬用说唱底本,池州傩戏《陈州粜米记》"全剧不分出,只分五'断',全部为叙述体,七言唱词,夹有说白。与其说它是剧本,不如说是地道的唱本","这种戏曲,唱词不必尽用第一人称,演员可以随时跳出角色,用第三人称对情节和人物进行解说和描述"。① 如贵州地戏的搬演时,演员一齐上场,分别吟诵通报姓名之后,便开始讲唱搬演。代言处,则由本角色或说或唱。叙事交代处,则临时由某一角色"跳出"所扮人物,像局外人似地做旁唱或旁白。

由说唱到戏剧,经历过一个逐步变化的过程,后者既然是从前者脱胎而来,二者之间存在一个很难区分彼此的过渡阶段。那些中间过渡阶段的创作,其底本便具备了相当的模糊性,我们无法简单地将它说成是说唱还是戏剧。

二

若注意到底本使用的灵活自由这一因素,许多问题便可以重新考虑。如将晏子捷辩、燕雀争巢等故事定为论议表演底本的同时,也有学者将它们定义为"白话赋体小说"②。

前人在研究敦煌讲唱文学(变文)时,认为它们与戏剧之间"在代言与叙述虽不同,在演故事及唱白兼用之两点则相同"③。"(变文)这些作品大半以脚本方式出现的……它的流变由单纯讲唱到有背景,已渐进戏

---

① 《池州傩戏与明成化本说唱词话——兼论肉傀儡》,《戏史辨》第1辑,中国戏剧出版社1999年版。
② 参见冯宇《漫谈变文的名称、形式、渊源及影响》,《哈尔滨师范学院学报》1960年第1期,又见《敦煌变文论文录》(上),上海古籍出版社1982年版。
③ 任半塘:《唐戏弄》,上海古籍出版社1984年版,第905页。

剧的形式了。"①"不妨把唐末流传下来的那些俗讲底本'变文'式的说唱本称作'准剧本'。""它们在本质上是属于叙述体的说唱曲本,但这种曲本提供了舞台戏剧表演的可能性,可作戏剧表演的根据。它相当于后世戏曲表演的'总纲'、'总讲'或'幕表'。它体现了叙事讲唱文学和戏曲文学的双重品格,是由说唱向戏曲过渡的桥梁。"②

学者们进一步指出,某些变文就是戏剧剧本。如编号为 S2440(7) 写卷③,该写卷内容叙释迦牟尼出生及出家的故事,任半塘将其校录于《唐戏弄》中,称之为"关于剧本之资料",并指出"开端布置,俨然已接近剧本"④。饶宗颐也称其为"表演《太子修道》之歌舞剧,文中所言吟之人物有大王、夫人、吟生、新妇,可知'吟'即唱词"⑤。石路《释熊踏》也说:"被英国人斯坦因劫往伦敦的敦煌卷斯 2440 号,是一部难得的唐代佛教剧本存件。按王国维先生的'歌、舞、剧、代言体兼备即谓戏曲形式'的主张,则该卷足可证实:中国戏曲在唐代即已产生。"并说:"以上载歌载舞的场面之中,出现了取代言体的戏剧人物的'吟'(唱),因此,可断定其为戏剧形式无疑。"⑥1987 年李正宇刊发《晚唐敦煌本〈释迦因缘剧本〉试探》,定其为剧本⑦。1991 年欧阳友徽又撰文,再次肯定该卷为剧本,并说明理由有三:"第一,按角色分词,第二按角色分段,第三按角色提示。"⑧反对该写卷为剧本的有曲金良⑨,黄征及张涌泉也撰文认为:"此篇乃抄撮《太子成道经变文》或《八相变》中的吟词而成,是一种节本,旨在供变文演说时配合吟唱者执以吟唱,与后世的独立构思创作的有完整情节的剧本不同。"⑩

---

① 唐文标:《中国古代戏剧史》,中国戏剧出版社 1985 年版,第 96 页。
② 周育德:《中国戏曲文化》,中国友谊出版公司 1995 年版,第 58 页。
③ 见王重民主编《敦煌遗书总目索引》,中华书局 1983 年。
④ 任半塘:《唐戏弄》,第 1000—1001 页。
⑤ 饶宗颐:《敦煌曲与乐舞及龟兹乐》,《新疆艺术》1986 年第 1 期。
⑥ 《新疆艺术》1985 年第 5 期。
⑦ 《敦煌研究》1987 年第 1 期。
⑧ 欧阳友徽:《敦煌 S. 24407 写卷是歌舞戏角本》,《西域研究》1991 年创刊号。
⑨ 参见曲金良《敦煌 S. 24407 写卷考辨》,《敦煌研究》1989 年 3 期。
⑩ 黄征、张涌泉:《敦煌变文校注》,中华书局 1997 年版,第 482 页。

按此卷之形制的确出现了"大王"(净饭王)、夫人、太子、太子之妇耶输陀罗等人物,也有唱词对话,但现在并没有任何资料说明它们曾以角色扮演的方式在舞台上表演过。仅从写卷来看,你可以说它是戏剧脚本,也可以说它是讲唱脚本,甚至可以视为一篇对话体的短篇小说①。

因此,类似敦煌遗书中被任半塘疑其为"在和尚俗讲中,插入贫家夫妇互诉困苦之一幕戏剧"的 P3128 号卷②,S1497 及 S6923 号卷——任半塘在《敦煌歌辞总编》中拟题为《须大拏太子度男女》,并指出该曲辞作"代言、问答、对唱,戏剧性甚强,为目前所见敦煌歌辞中最接近戏曲者","惟体属分人对唱,又全演故事,用戏文,非偈赞"③。而对话体的《下女夫词》,任光伟认为:"《下女夫词》既有特定故事情节,并由固定的角色扮演特定的人物,全卷均用代言体,在固定的时空中演出,有固定场地、在固定道具,在表演上已能充分的运用唱、做、念、舞等手段,应该说这已经是完整的戏曲演出形式,其脚本自然应该称为戏曲剧本。"④至于《维摩诘经变文》写卷,任半塘认为:"唐变文与唐戏之关系最为显著者,从现有资料言,莫过于《维摩诘经变文》唱白分清,且即用'白'字为说白部分之标识一点。"⑤这些作品均具有相同的性质,亦即具有讲唱脚本、戏剧脚本和对话体小说的三重性质,关键在于它如何被使用。

韵散结合,有人物情节这样的讲唱因子,在佛经中业已存在。如《法华经》就是长行和偈颂整齐交错、平分秋色,其基本内容是佛与弟子之间的互相问答,而且还有艺术性很强的对话讲诗,这样的对话形式,既适于吟唱,也适于表演。《维摩诘经》、《佛所行赞》也同样具有戏剧色彩。以致有人将这类作品视为戏剧雏形,如研究印度佛教史的学者渥尔德便认

---

① 如果从文体本身来看,该写卷并非剧本,曲金良以此与《太子成道经》比较,论证了"吟生""老相""死吟""相吟别""妇吟别""临险别""修行吟"并非角色分词,而是指所吟的内容而已。但这一写卷确可用作戏剧演出的脚本。
② 任半塘:《唐戏弄》,第 908—909 页。
③ 任半塘编:《敦煌歌辞总编》,上海古籍出版社 1987 年版,第 788 页。
④ 任光伟:《敦煌石室古剧钩沉》,《西域戏剧与戏剧的发生》,新疆人民出版社 1992 年版,第 71—86 页。
⑤ 任半塘《唐戏弄》,第 904 页。

为:"有证据说明其中有某些戏剧化情节,尤其在杂阿含里面,在节日集会时曾在舞台表演。"①但也有学者认为:"与其把《法华经》视为戏剧,不如看做一部以对话为主的小说。"②而陈寅恪在谈及《维摩诘经讲经文》时说:"今取此篇与鸠摩罗什译《维摩诘所说经》原文互勘之,益可推见演义小说文体原始之形式,及其嬗变之流别,故为中国文学史绝佳资料。"③这就启示我们,以敦煌变文为代表的叙事性文学作品,实际上具备多种文体的特征,讲唱与戏剧、小说之间,并不具备不可跨越的鸿沟。当它施于讲唱时,便是讲唱文学,施于戏剧表演时,便是戏剧作品,作为案头读物时,也不妨视为对话为主的小说④。

三

前人在讨论邓志谟的争奇之作时,已注意到"事实上,六篇争奇小说本身也非常适合演出,邓志谟在每篇之后,还辑录了数量可观的历代有关诗词曲赋,它们亦可视为是演员搬演时的参考材料"⑤。的确,邓作与上述赛社脚本《十样锦》在文体上完全一致,既然《十样锦》可以用于讲唱或表演,那么邓作也同样可以。

但是我们也要考虑到,邓志谟的创作在明代的天启年间,这一时期,戏剧与小说等叙事性文学作品在文人的笔下,其体式皆已发展得非常成熟。将邓志谟的六种争奇作品著录为小说有充分的理由,因为邓志谟就自称其为"稗说",《蔬果争奇》前言也说"若齐谐之书志怪者",作品开篇也是以第三人称叙述的方式进入情节的。根据我们前述的研究,代言还是叙述,并不是作家区分戏剧与小说文体的考量因素。实际上,元明清之

---

① 〔英〕渥德尔:《印度佛教史》,王世安译,商务印书馆1987年版,第219页。
② 侯传文:《佛经的文学性解读》,中华书局2004年版,第26页。
③ 陈寅恪:《敦煌本〈维摩诘经·文殊师利问疾品演义〉跋》,《金明馆丛稿二编》,上海古籍出版社1980年版,第180页。
④ 在讨论小说及戏剧的源头时,人们往往过分重视敦煌讲唱文艺中那些与后世小说或戏剧文体直接相关的文体形式,如小说的源头会谈到敦煌话本,而忽视了在小说与戏剧的形成过程中,那些非常重要的其他说唱故事的讲唱类文体。
⑤ 潘建国:《明邓志谟"争奇小说"探源》,《上海师范大学学报》2002年第3期。

际的曲学家,将戏剧称为"传奇",就是这一观念的反映。不仅"荆、刘、拜、杀"代表的早期南戏作品和遵循《琵琶记》文本规范的明清戏剧作品被称为"传奇",关汉卿、王实甫等创作的北曲系统的戏剧作品也曾被称为"传奇",如元人钟嗣成的《录鬼簿》所列"前辈已死名公才人,有所编传奇行于世者",计56人,均为元杂剧作者。而"传奇"又可作为叙事性散文作品,比如唐、宋的文言短篇小说和宋、元以后的白话小说。这种把叙述性情节作品与代言体情节作品不加区别地称作"传奇"的状况,说明当时人们并未认识到戏剧情节艺术与小说情节艺术的实质性差异,这一现象一直延续到西方戏剧理论引入中国。

那么,邓志谟称其作品为"稗说"的立足点何在呢?

这六部小说中穿插了8个戏剧作品,全为1折,用曲牌体,是典型的南杂剧,如《童婉争奇》插有《幽王举烽取笑》、《龙阳君泣鱼固宠》二本;《风月争奇》末附《风月传奇》一本;《花鸟争奇》尾载"南腔""北腔"传奇二本;《梅雪争奇》书生以诗为判语公断梅雪之争后,又作传奇一本。邓志谟称之为"乐府"或"传奇",以示与"稗说"的区别。此外,邓志谟还创作了《玉连环记》等五种传奇,这些都说明作者是有明确的文体意识的,他在创作时,是参照了同时期的文人创作的。因此,他是将以曲牌体的曲唱来对话的作品作为戏剧,而有角色,有故事,有人物对话,但没有曲牌体的曲唱的创作,则视为小说——这就是当时文人用以文体区分时的标准。

这与后来王国维给"戏曲"所下的著名定义——"戏曲者,谓以歌舞演故事也"[1],恰好合拍。

王国维在论说什么是"真戏剧"时,又说:"必合言语、动作、歌唱,以演一故事,而后戏剧之意义始全。故真戏剧必与戏曲相表里。"[2]王国维突出强调了"曲"的重要性,而强调"曲"的重要性,实际上是强调了中国古代戏剧的诗歌与音乐性特性。这在王国维以前,就已形成了传统,明代两部戏剧作品选集,称为《元曲选》和《六十种曲》;明代的戏剧理论著作,

---

[1] 王国维:《戏曲考原》,《王国维戏曲论文集》,中国戏剧出版社1957年版,第201页。
[2] 王国维:《宋元戏曲考·宋之乐曲》,《王国维戏曲论文集》,第36页。

有王骥德的《曲律》，即使是非常讲究戏剧的情节作品特性的清代剧作家李渔，也将《闲情偶寄》中与戏剧有关的部分命名为"词曲部"。

王国维的《宋元戏曲考》写于1912年，自此"戏曲"一词被普遍使用，用以作为十三世纪初以来包括元杂剧、南戏、明清传奇和"地方戏"在内的全部中国传统戏剧的通用名称。直到1958年，任半塘在《唐戏弄》中对此提出质疑：

> 按王氏赏元剧文章之横放杰出，又莫不代言，诚是也；然因此竟认我国戏剧非用套曲如元剧者，或用重头多首如明剧者，即不能演故事，成戏剧，则大误！此误逐渐硬化而为成见，于是以歌剧为一切戏剧之定型，以套曲为一切剧曲之定型。
>
> 在我国戏剧史中，首先介绍唐宋优谏者，用王考；而首先等闲讽刺，轻视滑稽者，亦王考。由于此后一意识，对于歌舞戏之重视、及戏剧中演故事之重视，均嫌超过应有之分际，以致造成偏差。强求乃形成"剧本主义"，认为非戏曲不能构成真正戏剧，进而以"戏曲"一辞代替"戏剧"。遂至失却其歌舞类戏与科白类戏二者均衡发展之优点，以及我国古剧全面完整之精神，其影响于我国古剧之研究者，实相当严重！四十余年来，国内外研究我国古剧者，乃就此偏差，凝固成为一种不易动摇之成见，从而发展，王氏之说实启之也。①

任半塘过分强调戏剧中"曲"的重要性，实质是抹杀了戏剧史上科白戏的实际存在与价值。任先生是立足于唐五代戏剧的基础上立论的，实际上，这在后来的戏剧发展史中，也有着十分重要的意义。正如任先生所说，由于文人创作的元杂剧与明传奇受到了普遍重视，人们忽视了在民间还有另外一种不用套曲的戏剧样式的存在，这就是诗赞或说白为主的民间戏剧创作，它从唐代以参军戏为代表的科白戏，到宋金以说白、诗赞为特色的戏剧表演，一直延续到了今天民间赛社表演。

---

① 《唐戏弄》，第53、391页。

争奇故事本来是一个绝好的戏剧素材,在后来的戏剧文体中却难觅踪影。明初文人贾仲明曾有《上林苑梅杏争春》杂剧(见《录鬼簿续编》,今佚)。稍早于邓志谟的李开先(1502—1568),也曾创作过一本讲述相争故事的戏剧,即其《一笑散》中的《园林午梦》一剧,讲述一渔父读崔莺莺及李亚仙传,觉二人行事相若,难分高下。时当正午,渔父困倦小睡,梦中见二人为高下低昂而争执折辩,彼此辱骂揭短,终至于相互攻讦扭打。后又有二人婢红娘、秋桂助阵,大加诟谇。这个剧本在形制上的特别之处是:除渔翁、莺莺、李亚仙上场时有四阕北曲外,梦中的争执折辩皆以对白行之。因此,沈德符称为:"《小尼下山》、《园林午梦》、《皮匠参禅》等剧,俱太单薄,仅供笑谑,亦教坊耍乐院本之类耳。"①实际上,李开先在此剧跋语的最末说:"午梦院本之作,其在何时耶?观者不待予言自知。但望更索诸言外,是则为幸不浅耳!"②可见,李也是将自己的创作与曲牌体的戏剧分开,将其视为"院本"的。除了人物上场时用了四阕北曲外,其余的说白形式与邓志谟的争奇故事也十分相类,因此,郑振铎在介绍邓作时才说:"其性质极类李开先的杂剧《园林午梦》。"但这样的创作被视为"俱太单薄,仅供笑谑",而且在后来就不见踪影了。

由于曲牌体戏剧被文人发扬光大,以诗赞或说白为主的民间创作长期未能进入人们的视野,这不能不说是一个遗憾。唐文标曾反思:"为什么中国一直不发展出由'科''白'构成,而无唱词的'戏剧'?""简易,甚至更能动人的'说话戏剧'竟不出现,或不见之历史记载,岂非怪事?"③争奇故事本来更适宜成为一个戏剧素材,但是无"曲"即不为戏的文体观,注定了邓志谟不可能将它演绎为一个戏剧作品。

附:明应王殿元代戏剧壁画新探

山西省洪洞县境内的明应王殿戏剧壁画,即"忠都秀作场"壁画,历

---

① 沈德符:《顾曲杂言·杂剧院本》,《中国古典戏曲论著集成》(四),中国戏剧出版社1959年版,第215页。
② 路工辑校:《李开先集》,中华书局1954年版,第861页。
③ 唐文标:《中国古代戏剧史》,中国戏剧出版社1985年版,第172—174页。

来受到戏剧史家的关注与重视,并被视为研究元代杂剧的重要文物证据之一。

对于此壁画具体表现的是元杂剧演出场景的哪一部分,一直有不同看法,主要有参场说、打散说、正剧说三种。参场说认为这是在正剧开演前,演员与场面人物全部上场向观众致敬,并显示剧团演出的阵营[①]。打散说认为这是在全剧结束后,全体演员不下场或再上场,向观众进行一番添加的表演[②]。正剧说认为这是一幅正在演出中的戏剧图像。从画面来看,演员在进行表演交流,乐队也在奏乐,因此是较符合实际的一种说法,笔者也认同这一观点[③]。

然而,无论从戏剧图像形式以及忠都秀作场作为娱神戏的这一特定条件,对其作为元杂剧演出场景的描述,都还有重新考察的必要。

一

壁画前排居中者,显为中心人物,即为横额上所书之忠都秀。忠都秀也是最高大的(壁画中身长 178 公分),着红袍,女扮,微须,面孔清秀,双手执笏,袍服及地(见图一)。

按照现今学者们对元代戏剧的论断,忠都秀壁画突出了居中这位戴黑色幞头,着宽袖红袍,手秉笏,足乘靴的官员形象。此壁画又属元代戏剧壁画,因此成为元代北曲杂剧"一正众外"的艺术形态的有力证据。这两者之间,并不存在必然的逻辑关系。我们能肯定的,就是按照中国古代人物画将重要人物居中突出的原则,居中的官员是重要脚色。如此一来,只要戏剧表演的是人物故事,必然有一位中心人物并将其重点突出,这应是所有戏剧表演形式的通例,而不是元代杂剧的特例。

[①] 徐扶明:《元代杂剧艺术》,上海文艺出版社 1981 年版,第 324 页。
[②] 周国雄:《山西洪洞县明应王殿戏曲壁画新探》,《华南师范大学学报》1981 年第 3 期。
[③] 参见刘念兹《元杂剧演出形式的几点初步看法——明应王殿元代戏剧壁画调查札记》,《戏曲研究》1957 年第 2 期;廖奔《宋元戏曲文物与民俗》,文化艺术出版社 1989 年版,第 219 页。

图一 山西洪洞明应殿元泰定元年(1324)戏剧壁画摹本①

如果上述所言不虚的话,我们就可以考虑,在元代仍然流行的宋金杂剧以及院本的表演,会否也以上述主要人物居中的图式显示?遗憾的是,宋金杂剧及元代院本,多以人物单雕、人物之间并无交流的展示式的形式出现,无法与我们这里的忠都秀壁画形成比较。

可以作为旁证的,是1959年在山西省芮城县永乐镇所发现的潘德冲石椁演出图(见图二)。

图二 山西省芮城县永乐镇所发现的潘德冲石椁演出图②

---

① 图片引自《20世纪戏曲文物的发现与曲学研究》,文化艺术出版社2001年版,第72页。
② 山西省文管会、考古研究所:《山西芮城永乐宫旧址宋德方、潘德冲和"吕祖"墓发掘简报》,《考古》1960年第8期。

这幅图出土以后,学术界的看法就并不致。有人认为是院本演出图①。《中国大百科全书》则认为是元杂剧演出图②。也有学者认为:"此图刻四个角色,左起第一人与第三人显然是滑稽角色,左起第二人扮官员,右边一人为侍者。此图为一表演场面,从神态看扮官员的末泥确处主演地位,其余三人皆向其侧立,作配合状,似与院本杂剧以副净、副末为主角的旧式体制不类。我们认为,在缺少文献资料的情况下,对此图作出是院本演出图还是元杂剧演出图的结论比较困难。再则,若孤立地看杂剧砖雕的每一个角色,金代戏雕与元代戏雕并无十分明显的差异。"③可见,同为元代出现的以官员为中心的戏剧图像,只是由于居中官员的左、右两侧是两个类于副末、副净的滑稽人物形象,便引起了学者的迟疑。

因此,戏剧图式中是否官员居中,还不是判断是院本演出图还是杂剧演出图的唯一要素。与官员配合的演员是否出以滑稽形象,也是以往学者们考虑的重要因素。

然而,有副净、副末一类的滑稽形象,就一定是杂剧院本演出图;没有,就可以断为杂剧演出图吗?

从现存的宋金杂剧院本的文物资料来看,均出现了副净、副末的脚色。这说明以副净、副末来滑稽调笑,的确是宋金杂剧院本最引人关注的特征。因此,王国维在《宋元戏曲考》一书中引了很多例证,断定宋杂剧"纯以诙谐为主,与唐之滑稽戏无异"④。

问题在于,宋金杂剧院本的表演,是否仅是以副净、副末为主,以滑稽调笑为宗旨这唯一形式?副净、副末的滑稽调笑,是否就是宋金杂剧院本的全部面貌呢?由于已发现的杂剧院本雕砖多为脚色展示,我们均不能判定,它们的表演形态一定就是以副净、副末为主的。如偃师宋墓雕砖的三块人物图像,副净、副末居于左侧一块,中间为引戏,右侧一块是装孤与

---

① 刘念兹将其称为"中统元年(1260)芮城永乐宫全真道教领袖潘德冲墓石椁浅刻院本艺术演出图像",《戏曲文物丛考》,中国戏剧出版社1986年版,第8页。
② 《中国大百科全书》"戏曲曲艺卷",中国大百科全书出版社1990年版,第333页。
③ 季国平:《元杂剧发展史》,河北教育出版社2005年版,第130页。
④ 《王国维戏曲论文集》,中国戏剧出版社1957年版,第31页。

末泥,并不可以断定何者为主,何者为辅。河南温县宋墓戏剧砖雕,也是五个脚色一字排开,各自单雕,仍然看不出谁是中心人物。其他各组雕砖,均如此。

从现今留传下来的文献资料来看,宋金杂剧也并非"诙谐"二字就能涵盖的。元人夏庭芝在《青楼集·志》中,辨析宋金元时期戏剧样式的源流关系时说:

> 唐时有传奇,皆文人所编,犹野史也,但资谐笑耳。宋之戏文,乃有唱念、有诨。金则院本、杂剧合而为一。至我朝乃分院本、杂剧而为二。①

元人陶宗仪在《南村辍耕录》卷二五中亦云:

> 唐有传奇,宋有戏曲、唱诨、词说,金有院本、杂剧、诸宫调。院本、杂剧其实一也,国朝院本、杂剧始厘而二之。

又云:

> 院本则五人,一曰副净,古谓之参军;一曰副末,古谓之苍鹘,鹘能击禽鸟,末可打副净,故云;一曰引戏;一曰末泥;一曰装孤——又谓之五花爨弄。其间副净有散说,有道念,有筋斗,有科泛。②

夏庭芝与陶宗仪都生活于元代晚期,在谈到宋金时期的表演样式时,或称为"唱念"、"戏曲"、"唱诨"、"词说"、"院本"、"杂剧",而且"其间有散说,有道念,有筋斗,有科泛",这显然不是"纯怪诙谐"完全能包揽的。

从戏剧角色来看,宋杂剧有五个脚色,第一次记载了宋杂剧角色名称及其分工的,是成书于南宋中期的灌圃耐得翁的《都城纪胜》,其"瓦舍众伎"条曰:"杂剧中末泥为长,每四人或五人为一场。先做寻常熟事一段,名曰'艳段';次做'正杂剧',通名为'两段'。末泥色主张,引戏色分付,

---

① 《中国古典戏曲论著集成》(二),中国戏剧出版社1959年版,第7页。
② 《南村辍耕录》,中华书局1959年版,第306页。

副净色发乔,副末色打诨,又或添一人装孤。"①

南宋末成书的吴自牧《梦梁录》,其"妓乐"条也说:"且谓,杂剧中末泥为长,每一场四人或五人……末泥色主张,引戏色分付,副净色发乔,副末色打诨。"②

金元院本,其脚色名目根据元代夏庭芝《青楼集》、陶宗仪《南村辍耕录》的记载,与《都城纪胜》相同。夏庭芝《青楼集·志》记叙院本角色时说:"院本始作,凡五人:一曰副净,古谓参军;一曰副末,古谓之苍鹘,以末可扑净,如鹘能击禽鸟也;一曰引戏;一曰末泥;一曰孤。又谓之'五花爨弄'。"③

五位脚色,各司其职,并无高下之分。至于五人中的核心人物,各种文献都说到:末泥色"主张"。何谓主张?元代高安道《嗓淡行院》散套[六煞]提及杂剧开场时的表演:"撺断的昏撒多,主张的自吸嚼。"明初汤舜民《新建勾栏教坊求赞》散曲说:"末泥色,歌喉撒一串珍珠。"④《水浒全传》第八十二回写道:"第三个,末色的,裹结络毯头帽子,着篐役叠胜罗衫。最先来提掇甚分明。念几段杂文真罕有。说的是敲金击玉叙家风,唱的是风花雪月梨园乐。"⑤宋人马令《南唐书·归明传》附《舒雅传》中,也提到韩熙载不拘礼法,和舒雅一起扮演优戏,"入末念酸"⑥。从上述史籍来看,末泥在宋金杂剧中是个重要的说唱者,其功能便是"主张",即要对剧中所表演的内容进行裁断,也即"撺断""主张"。

这一点,宋金戏剧文物中,可贵的几幅"非展示性"的图像,给我们提供了重要线索,这就是山西稷山金墓戏剧雕砖群中的马村 M2 号(见图三、图四)、马村 M5 号(见图五、图六):

---

① 《东京梦华录(外四种)》,第 96 页。
② 同上书,第 308 页。
③ 《中国古典戏曲论著集成》(二),中国戏剧出版社 1959 年版,第 7 页。
④ 《全元散曲》,中华书局 1981 年版,第 1496 页。
⑤ 《水浒传》(明容与堂刻百回本),人民文学出版社 1975 年版,第 1132 页。
⑥ 《南唐书·归明传》(南京稀见文献丛刊),南京出版社 2010 年版,第 154 页。

图三　稷山县马村二号金墓杂剧砖雕①

图四　稷山县马村二号金墓杂剧砖雕（摹本）②

图五　稷山县马村五号金墓杂剧砖雕③

图六　稷山县马村五号金墓杂剧砖雕（摹本）④

从砖雕图像来看，官员形象都是比较重要的戏剧人物。M2号有两位官员形象，两人正在进行交谈，议论中心是平民手中所持之物。而M5号雕砖虽非典型的演出场景，第三位市井打扮的人物，也用右手食指前指官员。可见至少在金代戏剧中，官员是戏剧场景中的重要人物。这与元代潘德冲石椁戏剧图、明应王殿忠都秀作场壁画的场景非常相似。

再从演出结构来看，北宋杂剧通常有两段互相接续的演出，即所谓的

---

① 山西师范大学戏曲文物研究所：《宋金元戏曲文物图论》图63，山西人民出版社1987年版，第31页。
② 廖奔：《宋元戏曲文物与民俗》图51，第181页。
③ 《宋金元戏曲文物图论》图64，第31页。
④ 《宋元戏曲文物与民俗》图53，第183页。

"两段"。孟元老《东京梦华录》卷九"宰执亲王宗室百官入内上寿"条,描写皇上生日大典宫廷杂剧的演出:"女童进致语,勾杂剧入场,亦一场两段讫。"①根据南宋杂剧演出的材料,这"两段"杂剧表演应该是一场"艳段"和一场"正杂剧"。《都城纪胜》"瓦舍众伎"条说,杂剧演出的规矩是:"先做寻常熟事一段,名曰'艳段';次做'正杂剧'。通名'两段'……'杂扮'或名'杂班',又名'纽元子',又名'技和',乃杂剧之散段。"②可见南宋杂剧在两段之后,又添了一段杂扮表演。而金代杂剧虽缺乏当时文献记载,但从有关记述来看,也是艳段和正杂剧两段。

如果全为滑稽表演,就根本没有分为两段或三段的必要了。一个最常见的例证即汴京瓦舍所上演的《目连救母》:

> 七月十五日中元节……构肆乐人,自过七夕,便搬《目连救母》杂剧,直至十五日止,观者增倍。③

这里说《目连救母》杂剧能连演七八天,而且"观者增倍",其内容不会仅仅以副净、副末为主的一般的滑稽调笑。《都城纪胜·瓦舍众伎》中记:

> 教坊大使,在京师时,有孟角球,曾撰杂剧本子。④

若是简单随意的即兴式的表演,就不需要"杂剧本子"了。

从《武林旧事》中的"官本杂剧段数"所录的 280 种剧目来看,很多显而易见并不以滑稽为主。《相如文君》、《崔智韬艾虎儿》、《王宗道休妻》、《李勉负心》、《郑生遇龙女》一类剧目,以及敷演崔护、莺莺、裴少俊、柳毅、裴航、王魁等著名人物故事的戏(《武林旧事》卷一〇),均不是滑稽调笑就能表现的。《南村辍耕录》为我们保留下来的约七百种金院本名目,其中《风流药》、《眼药孤》、《双斗医》、《集贤宾打三教》、《胡说话》等,应当是与宋杂剧《风流药》、《眼药酸》、《医马》、《三教闹着棋》等一样,是以

---

① 《东京梦华录(外四种)》,古典文学出版社 1956 年版,第 55 页。
② 同上书,第 96—97 页。
③ 同上书,第 49 页。
④ 同上书,第 96 页。

科诨为主的滑稽戏。但金院本中最大量的剧目如《庄周梦》、《红娘子》、《衣锦还乡》、《赤壁鏖兵》、《酒色财气》、《杜甫游春》、《鸳鸯简》、《张生煮海》、《王子端卷帘记》、《女状元春桃记》等，则应当具有比较复杂、完整的情节，富于故事性，以一位主要人物为表现对象的了。

因此，从文献材料来看，明应王殿戏剧壁画并不一定是杂剧演出图，院本中那些人物故事同样可以出之为以一人为中心的图像样式①。

二

无论是开场说、散场说还是正剧说，均尚未充分考虑壁画所赖以存在的演剧环境。明应王殿是明应王庙的主殿，明应王庙靠近霍泉，当地人叫做龙王庙、水神庙，又叫大郎庙。殿内有泥塑的明应王像，四周均有壁画，"太行散乐忠都秀在此作场"就位于殿内南面东壁。

明应王是霍泉之水神，根据庙内所存延祐六年(1319)撰写《重修明应王殿之碑》记载，庙祀霍山神长子，即碑中所谓"大郎"。该庙于每年三月十八日举行大会，远近居民都来这里参加庙会，演戏以敬神娱人：

> 每岁三月中旬八日……远而城镇，近而村落，贵者以轮蹄，下者以杖履，挈妻子、舆老羸而至者，可胜既(概)哉！争以酒肴香纸，聊答神惠。而两渠资助乐艺，牲币献礼，相与娱乐数日，极其厌饫，而后顾瞻恋恋，犹忘归也。此则习为常。②

可见，"忠都秀作场"是为祭祀水神明应王而演的戏。

从现存史料来看，元代各伎艺的演出场所，有三种情况：一种在都市的勾栏里演出；一种在村镇的庙台演出，它是社火活动、迎神赛会的演出

---

① 为何与"官本杂剧段数"里的剧目多演传奇故事相比，见于当时笔记载录的一些杂剧表演，大多是些以时事为内容、有着直接的讥刺目的和对象的剧目？廖奔认为："这是因为其内容的临时性和针对性强，因此能够引起文人的兴趣而将著录，但它们较少重复上演的价值，不能成为'官本杂剧段数'那样的保留剧目而长期传演在舞台上。"廖奔：《中国戏曲史》，山西教育出版社 2000 年版，第 250 页。

② 元延祐六年《重修明应王庙之碑》，冯俊杰等《山西戏曲碑刻辑考》，中华书局 2002 年版，第 97—103 页。

场所;还有一种便是两宋以来就有的随处作场的路歧艺人,如《武林旧事》卷六"瓦子勾栏"条所云:"或有路歧,不入勾栏,只在耍闹宽阔处做场者,谓之'打野呵',此又艺之次者。"①到了元代,路歧艺人虽仍过着"冲州撞府,求衣觅食"的生活,但演出却并不是在耍闹宽阔处,而是在勾栏中了。这在戏文《宦门子弟错立身》中得到了证实。戏文中王金榜一家是路歧艺人,第五出云:

> (生唱)[六么序]一意随它去,情愿为路歧,管甚么抹土搽灰,折莫擂鼓吹笛,点拨收拾。更温习几本杂剧,问甚么妆孤扮末诸般会,更那堪会跳索扑旗。只得同欢共乐同鸳被,冲州撞府,求衣觅食。②

第四出又云:

> (旦)奴家今日身己不快,懒去勾阑里去。(虔)你爹爹去收拾去了。(旦)我身己不快,去不得。(虔唱)[桂枝香]孩儿听启,疾忙收拾。侵早已挂了招子……这的是求衣饭,不成误了看的……(末上唱)[同上]勾阑收拾,家中怎地?③

可见他们虽过着流动作场的生活,但演出场所仍是勾栏之中。

那么,元代勾栏的演出与迎神赛社的社火表演,情形是否相同呢?且以杜仁杰的散套《庄家不识勾栏》为例,它描述了一个庄家人进城所看到的杂剧演出的全过程:

> [耍孩儿]风调雨顺民安乐,都不似俺庄家快活。桑蚕五谷十分收,官司无甚差科。当村许下还心愿,来到城中买些纸火。正打街头过,见吊个花碌碌纸榜,不似那答儿闹穰穰人多。
>
> [六煞]见一个人手撑着橡做的门,高声的叫:"请,请。"道:"迟来的满了无处停坐。"说道:"前截儿院本《调风月》,背后幺末敷演

---

① 《东京梦华录(外四种)》,第441页。
② 钱南扬:《永乐大典戏文三种校注》,第232页。
③ 《永乐大典戏文三种校注》,第227—228页。

《刘耍和》。"高声叫:"赶散易得,难得的妆哈。"

[五]要了二百钱放过咱,入得门上个木坡,见层层叠叠团圞坐。抬头觑是个钟楼模样,往下觑却是人旋窝。见几个妇女向台儿上坐,又不是迎神赛社,不住的擂鼓筛锣。①

杜仁杰是东平人,曾客于东平汉人世侯严氏门下。这套散曲常被学者用以解释东平杂剧演出的繁盛。透过该散曲,我们看到曲中那位生活在农村的庄家人,以往并未看到此种勾栏式戏剧的演出,因此他发出了"又不是迎神赛社",为何"不住的擂鼓筛锣"的疑问。

从元代神庙演出的相关资料来看,神庙祭祀的日期也就是乡村宴乐的日子。山西临汾魏村牛王庙有清光绪二十四年(1898)重刻元代《广禅侯碑》,碑文曰:

其庙枕村之北岗,姑峰秀于前,汾水环于左,地基爽垲,栋宇翚飞,石柱参差,乐厅雄丽。远近士庶,望之俨然,敬心慄慄,罔不祗畏,实一方之奇观。目睹祀事,今罕有之。至于清和诞辰,敬诚设供演戏,车马骈集,香篆霭其氤氲,杯盘竞其交错。途歌里咏,伛偻提携,往来而不绝者,至日致祭于此也。②

可见,神庙祭祀的场景是"车马骈集""杯盘交错",观众在这样一种嘈杂的环境中,不仅让人怀疑,元杂剧虽较之前代诗词而言堪称"本色",但不少辞章华美、讲求意蕴之作,是否能让那些"伛偻提携""往来不绝"的观众们所喜爱与接受?而且,从现存神庙碑文中,我们并没有看到过任何明确的关于"元杂剧表演"的文字资料。

在描述元代杂剧的繁荣时,下面是经常被引用的一条文献资料:

至元十一年十月,中书兵刑部奉承中书省劄付,据大司农司呈,

---

① 《全元散曲》,中华书局1964年版,第31页。
② 冯俊杰等:《山西戏曲碑刻辑考》,中华书局2002年版,第145页。文中"祗畏"原作"祇畏",当误。

河北河南道巡行劝农官申,顺天路(东)[束]鹿县[镇]头店,见人家内聚约百人,自搬词传,动乐饮酒。为此本县官司取讫长田秀井、田拗驴等各人招伏,不合纵令侄男等攒钱置面戏等物,量情断罪外。本司看详:除系籍正色乐人外,其余农民、市民、良家子弟若有不务正业,习学散乐,般说词话人等,并行禁约,是为长便,乞照详事,都省准呈,除已劄付大司农司禁约外,仰依上施行。①

既是官府下令禁约,可见已在民间相当盛行。但是,文中涉及戏剧的描述,是"自搬词传""习学散乐般说词话""置面戏",皆非元杂剧的表演形式,而是一直在民间流传的"词话"表演,其中甚有戴着面具表演的"面戏",即面具戏。

除此而外,《元史·刑法志》也说:"诸民间子弟,不务生业,辄于城市坊镇,演唱词话生聚众淫谑,并禁治之。"②完颜纳丹编纂的《通制条格》卷二七"杂令"条,则将"演唱词话"作"搬唱词话"。

近年来,学术界对北方地方迎神赛社习俗,从各个方面进行了广泛研究,受到学术界重视的明万历二年抄本山西潞城《迎神赛社礼节传薄四十曲宫调》(《唐乐星图》、《周乐星图》)以及其他一些祭神仪式抄本,不仅详细记载了北方赛社的礼仪规范,也为我们留下了一批表演剧目和剧本。这些材料,据学者考证,其形成时间正是宋元之际③,为我们弄清宋金杂剧院本的真实面貌,起到了非常重要的作用。

在上述赛社藏本中,既有较为低级的戏剧形态如队舞队戏、百戏杂戏,也有高级形态如"院本"、"杂剧"。但是,由宋元以来民间赛社所演的"院本""杂剧"的脚本和实例来看,我们却没有找到曲牌体杂剧的影子,"直接承袭宋金杂剧的'诗赞体'杂剧,相类于宋元间的词话搬演,其表演

---

① 《元典章》卷五七"刑部"一九"杂禁·禁学散乐词传"条,陈高华等点校《元典章》(三),中华书局、天津古籍出版社2011年版,第1938页。又见《通制条格》卷二七"杂令·搬词"。
② 《元史》卷一〇五"刑法四""禁令"条,中华书局1976年版,第2685页。
③ 参李金泉《固义队戏确系宋元子遗》,《祭礼·傩俗与民间戏剧》,中国戏剧出版社1999年版,第116—136页。

形态上仍属宋金时期的原始形态,而绝非较规范成熟的曲牌体杂剧"①。赛社藏本《唐乐星图》记为"杂剧"的剧名有 90 多个②,其中有一本名曰《杨六郎三捉孟良》的戏,现存"抄立"于"咸丰六月初九"、由山西平顺县西社村艺人保存的本子。此剧见于《唐乐星图》"杂剧"类,名《杨六郎三捉孟良》,却与我们熟悉的元杂剧的体制绝不相类,既没有套曲的规制,也没有曲牌的选用。全篇以七言诗赞讲唱为构成因素,构成了赛社"杂剧"的基本形貌。此外,《唐乐星图》所记杂剧《樊哙脚踏鸿门会》、《丛台赴会》、《水淹昌邯》等,也都是以"有诗为证""听我道来"等引起吟唱诗赞,在《唐乐星图》中也都记于"杂剧"类中,说明此类"杂剧"表演曾兴盛一时。

与规范的"曲牌体"杂剧同时并行,盛行金元,并为民间赛社直接承继而保留的,还有另一种直接搬唱词话的"诗赞体"杂剧。它与赛社中保留的队戏、院本一样,具有宋金戏剧演出特征,都可归入宋金杂剧范畴。

前人关于忠都秀壁画所描绘的戏的内容,曾有数种推测。如有人认为是元杂剧《冻苏秦衣锦还乡》,壁画正中红袍秉笏者是苏秦,前排左起第二人是陈用,前排左起第四人是张仪。理由是过去通常戏班演出吉庆戏,总是演苏秦荣归故里,再者用小生穿红袍戴展翅幞头,在戏中只有苏秦一人可以这样打扮。还有人认为演的是神仙道化之类的戏,可能是一出八仙度化人得道的故事,正中穿红袍者是被度化的人,前排左起第二人是汉钟离,第四人是吕洞宾,后排吹笛的是韩湘子,拍板的是蓝采和。或者认为是《须贾大夫诨范叔》杂剧,居中者为范雎改名张禄后,在秦国拜相后的扮相等。③

其实,上述几种剧目,同样保存在院本和赛戏剧目单中,院本名目有《八仙会》、《衣锦还乡》,赛戏剧目中亦有《周氏拜月》(周氏为苏秦之妻)、《八仙过海》。因此,完全有可能是在进行院本式的赛戏表演。刘念

---

① 乔健等:《乐户:田野调查与历史追踪》,江西人民出版社 2002 年版,第 274 页。
② 参李天生校注《唐乐星图》,《中华戏曲》第 13 辑,山西古籍出版社 1993 年。
③ 参见刘念兹《元杂剧演出形式的几点初步看法——明应王殿元代戏剧壁画调查札记》,《戏曲研究》1957 年第 2 期;周贻白《元代壁画中的元剧演出形式》,《文物》1959 年第 1 期。

兹曾谈道:"此人(指壁画女主角)装束服饰极象殿中明应王塑像。"①笔者推测,可能是剧团自编、出演的一场有关明应王的戏。

三

根据上述对忠都秀壁画本身以及演出环境的考察,联系相关的戏剧史资料,我们认为山西洪洞广胜寺的表演形态,并不能断言它是一人主唱的"元杂剧",很有可能仍是宋金杂剧院本式的表演,或者就是宋元民间流行的"搬唱词话"式的表演形态。

有元一代,元杂剧的创作与演出的繁荣是一个不容否认的事实。这种创作与演出的繁荣,与都市有着直接的关系。元杂剧发展中的几个中心点,即前期的大都、真定、平阳、东平,以及后期的杭州,都是当时文化经济较为发达的中心城市。对于元杂剧这种需要较高文学创作修养的艺术样式而言,它必须在一个文人集中的文化中心城市才能产生与发展,中心城市的文化环境起到了决定作用。从《录鬼簿》所录曲家来看,绝大多数是游于市井的下层文人,即当时被称为名公、才人的士大夫文人、市民文人以及少量艺人歌妓,虽非地位显赫的高官显宦,但毕竟他们都是"文人",而且活动于"市井",并非生活于广袤乡村的山野村夫。以元曲四大家而言,关汉卿曾在大都活动。白朴出生于传统的文人士大夫家庭,元灭南宋前,依史天泽居于真定。史天泽周围,文人汇集,白朴过着一种诗酒优游、放浪形骸的生活,一方面和当时文人、曲家李文蔚、侯正卿、王思廉、杨果等交往唱和,一方面出入青楼,与艺人歌妓往来。元灭南宋后,白朴南下徙家金陵,并与散曲名家胡祗遹、王恽、卢挚等人唱和。马致远的行迹,也在元代前后期两大戏剧文化中心:大都和杭州。至于王实甫的生活,我们所知虽甚少,但《录鬼簿》的小传称其为"大都人",贾仲明的吊词说他是"风月营匝匝列旌旗,莺花寨明飚飚排剑戟,翠红乡雄纠纠施谋智。

---

① 刘念兹:《元杂剧演出形式的几点初步看法——明应王殿元代戏剧壁画调查札记》,《戏曲研究》1957年第2期。

作词章,风韵美,士林中等辈伏低。新杂剧,旧传奇,《西厢记》天下夺魁"①,可见他也是一个常出入青楼的下层文人。

至于元代杂剧的演员,《青楼集》中所载女伶118人,其中活动及声名传播地域明确可知的为73人。在这73人中,活动于京师的即有24人,活动于淮浙一带的为26人。北杂剧作为一种新兴的戏曲剧种,无论在文学语言、艺术结构、人物塑造、联套形式、曲白相生等方面,都有了飞跃性的进展,形成严谨完整的艺术整体,同时也增加了学习与演出的难度。正因为如此,才出现了以表演艺术受到观众欢迎的著名艺人,如《青楼集》盛赞张怡云"能诗词,善谈笑,艺绝流辈";顺时秀"姿态闲雅,杂剧为闺怨最高,驾头、诸旦本亦得体","色艺超绝,教坊之白绝";南春宴"姿容伟丽,长于驾头杂剧";宋六嫂"与其夫合曲,妙入神品";周人爱"姿艺并佳";秦玉莲、秦小莲"艺绝一时,后无继之者";司燕奴"精杂剧";天然秀"丰神靓雅,殊有林下风致,才艺尤度越流辈";王金带"色艺无双";玉莲儿"端丽巧慧,歌舞谈谐,悉造其妙";珠帘秀"杂剧为当今独步";翠荷秀"杂剧为当时所推";喜春景"艺绝一时";王金带"色艺无双"②。这些演员不仅外貌绝佳,且技艺精湛,所以得到当时各阶层观众的欢迎。一些文人雅士也乐于与之交往,撰文题诗。北曲杂剧曲体结构的文体特征,决定了在其表演过程中,歌唱是最为重要的内容,也是最为人们重视的。歌唱的好坏是杂剧演出成败的关键,故黄祗通在《黄氏诗卷序》中,称"女乐之百伎,惟唱说焉",而唱说有"九美"③。元代演员大多出身优伶世家,世代从艺,传承家学。而城市勾栏的商业性演出,观众追求新奇的审美情趣,也促使她们的表演日臻精妙。可见,掌握元杂剧的表演技艺有一定的难度,是需要一定的艺术才能的。可以想见,在当时经济低下、信息闭塞的乡村地区,并不具备这样的条件。因此,荷兰学者伊维德在《我们读到的是"元"杂剧吗——杂剧在明代宫廷的嬗变》一文中便提出:"如果'扮词

---

① 《录鬼簿(外四种)》,上海古籍出版社1978年版,第13页。
② 《中国古典戏曲论著集成》(二),中国戏剧出版社1959年版,第17—40页。
③ 胡祗通:《紫山大全集》卷八,《景印文渊阁四库全书》集部一三五,第1196册,第149页。

话'是农村社会的通俗戏剧形式,杂剧可能便是中国北部和杭州等都市里的高雅的戏剧形式。近来有一个有趣的观点,认为很多杂剧作品原来可能是一种以名角为中心的体裁。很多作品可能是专为某些演员而写的。作者认识他们,为他们撰写能够展示其擅长的演技或唱技的材料,以吸引观众。"①

可见,元代杂剧虽在城市勾栏盛行一时,却未必能占领广大的乡村地区。作者的性质、剧本的文体、表演的形态,均决定了它是一种很难在乡村赛社表演的戏剧样式,不要说在南方地区,"本无宫调,变罕节奏,徒取其畸农、市女顺口可歌"的"随心令"②式的戏文,一直是乡村传统的表演形式,就是在北方地区,它也一直是局限于城市勾栏之中,成为文人及市民的一种娱乐方式。

---

① 《文艺研究》2001年第3期。文中提到的"有趣的观点",据原注,源自金文京《从一人独唱看元杂剧的特色》,《田中谦二博士颂寿纪念中国古典戏曲论集》,第103—119页。
② 徐渭:《南词叙录》,《中国古典戏曲论著集成》(三),中国戏剧出版社1959年版,第240页。

第四章
从案头到场上

第一节　元杂剧中的程式化用语"看有甚么人来"

《元刊杂剧三十种》本的《马丹阳三度任风子》：

> （正末扮屠家引旦上，坐定，开）自家姓任，任屠的便是。嫡亲三口儿，在这终南县居住。为我每日好吃那酒，人口顺都叫我做任风子……今日是自家生日，小孩儿又是满月，怕有相识弟兄每来时，大嫂筛着热酒咱，看有甚么人来。（外上见住）[①]

"看有甚么人来"在现存戏剧文献中，首见于上述资料，这也是《元刊杂剧三十种》所收三十个杂剧中，唯一使用了该用语的地方。此处"看有甚么人来"既是人物语言，表现了正末（任风子）在等待客人祝贺生日和小孩满月；又自然地引出了外（任弟）这一脚色上场，亦可当作舞台提示语来看。《元刊杂剧三十种》是舞台掌记本，宾白不全。在其他几种元杂剧选本中，我们可以看到更多的使用"看有甚么人来"的例子，但使用的情况并不一致。特别是在臧晋叔的《元曲选》和孟称舜以《元曲选》为参照底本所编选的《古今名剧合选》本，对这句程化式用语的使用与其他元杂剧选本有很大不同。

我们检索了现存下述明代元杂剧选本：臧晋叔《元曲选》、赵琦美脉

[①]　《元刊杂剧三十种》，《古本戏曲丛刊四集》之一，商务印书馆 1958 年。

望馆钞本、息机子《杂剧选》、顾曲斋《古杂剧》、陈与郊《古名家杂剧》、无名氏《元明杂剧》、孟称舜《古今名剧合选》(分为《柳枝集》和《酹江集》),对这一程化式用语的使用情况,作版本的比勘与进一步研究①以上元杂剧选本,均采用《古本戏曲丛刊四集》所收影印本,剧名以《元曲选》全称为准)。

一

从《元曲选》等元杂剧选本的使用情况来看,该语句常放在人物开场白的结尾处,而在这一句话的后面,通常紧跟着剧作重要脚色的出场,成为一句引出重要人物和提示重要情节的"程式化用语"。我们先举《元曲选》中的几则例子:

1.《梁山泊李逵负荆》第一折开场(《元曲选》、《古今名剧合选·酹江集》)

(老王林上云)曲律竿头悬草稕,绿杨影里拨琵琶。高阳公子休空过,不比寻常卖酒家。老汉姓王名林,在这杏花庄居住……俺这里靠着这梁山较近,但是山上头领都在俺家买酒吃。今日烧得旋锅儿热着,看有甚么人来。

(净扮宋刚、丑扮鲁智恩上)……

2.《玉清庵错送鸳鸯被》楔子(《元曲选》、《杂剧选》、《古名家杂剧选》)

(净扮刘员外上)小生姓刘,双名彦明,家中颇有钱财,人皆员外呼之。今日开开这解典库,看有甚么人来。

(姑姑上云)……

---

① 我们所检阅的元杂剧选本计有:《古今杂剧选》,息机子编,有万历二十六年(1598)序;《元曲选》,臧晋叔编,万历四十四年刊;《阳春奏》,黄正位编,万历三十七年刊;《古名家杂剧》,陈与郊编,万历年间刊;《元明杂剧》,无名氏编,万历年间刊;《顾曲斋所刊元曲》,顾曲斋编,万历年间刊;《古今名剧合选》(《柳江集》、《酹江集》),孟称舜,崇祯六年(1633)刊。以上元杂剧选本,均采用《古本戏曲丛刊四集》所收影印本,剧名以《元曲选》全称为准。

3.《山神庙裴度还带》(今仅存脉望馆钞本)

第二折：

（长老引净行者上云）老夫禅僧不下阶，两条眉似雪分开……今日无甚事，方丈中闲坐。行者门首觑者，看有甚么人来。（净行者云）……

（长老云）先生何故如此发言。你则是未遇间，久以后必当登青云路。行者，看有甚么人来，报复我知道。（外扮赵野鹤上）……

第三折：

（山神上云）吾神乃此处山神是也……吾神在此庙中闲坐，下着如此般大雪，看有甚么人来。（琼英上云）……

（正末云）……我为这玉带，一夜不曾得睡。天色明也，我忍着冷，将着这玉带，我且趓在这庙背后，看有甚么人来。（韩琼英同夫人上）……

楔子：

（长老）行者看茶汤来。（净行者云）理会的。捣蒜烹茶。（长老云）看有甚么人来。（正末上）……

（野鹤云）小生借长老的方丈，小生沽酒，与裴中立相贺，有何不可。[长老云]先生，好好好，堪可贫僧备斋。看有甚么人来。（野鹤递酒科了）（夫人上云）……

从以上诸例来看，"看有甚么人来"这句程序化用语，具有二重性：一、自身的语言功能。二、提示人物上场的舞台功能。它通过与剧中场景的配合，起到提示人物上场和转折故事情节的作用。特别是脉望馆钞本，作为内府的表演记录本，也大量以"看有甚么人来"来提示人物上场，这说明在当时的戏剧舞台上是使用了这句用语的。

二

上文所举诸例,"看有甚么人来"一语使用得均恰到好处,与上下文和故事场景十分协调,承担了它本来的语言功能和特定的提示人物上场、转折情节的舞台提示功能和结构功能。但在元杂剧的选本中,更多的是使用不当的例子。

1.《郑孔目风雪酷寒亭》第二折

郑嵩娶妓女萧娥(茶旦)为妾,萧娥气死郑嵩的妻子,还在郑嵩外出的时候,虐待郑嵩的子女。《古名家杂剧》:

(茶旦同小旦、徕儿上云)我把你两个小弟子孩儿,你老子在家骂我,我如今洗剥了慢慢的打你,待关上门,看有甚么人来。

(正末上云)……

《元曲选》:

(茶旦同徕儿上云)我把你两个小弟子孩儿,你老子在家骂我,我如今洗剥了慢慢的打你,待我关上门,省的有人来打搅。

(正末上云)……

此外,《古名家杂剧》本用"看有甚么人来"引出后面正末赵用的上场。但从戏剧场来看,这句话用在这时显然不合情理。萧娥趁郑孔目外出,虐待郑的子女,绝对不会希望让别人知晓,怎么可能在这个时候说"看有甚么人来"呢?而且与前一句"待关上门"也自相矛盾。因此臧晋叔将它改为"省的有人来打搅",情节和场景就可以衔接自然、合乎内在逻辑了。

2.《酷寒亭》第三折

郑嵩奉命外出,妻子萧娥(茶旦)与高成(净)勾搭成奸。《古名家杂剧》:

(茶旦同净上)高成,我老公不在家,我和你永远做夫妻,可不受用。(净)难得你这好心,看有甚么人来。

（外）天色晚了，我来到这后园墙下……

《元曲选》：

　　（搽旦同高成上，云）高成，我老公不在家，我和你永远作夫妻，可不受用？（高成云）难得你这好心，我买条糖儿请你吃。

　　（孔目云）天色晚了，我来到这后园墙下……

此例中，《古名家杂剧》也是用"看有甚么人来"，来引出"外"（郑孔目）上场，但在萧娥与高成勾搭成奸之际，高成怎会有心情关心"有甚人来"呢，因此《元曲选》改为"我买条糖儿请你吃"，不仅合情合理，而且也反映了高成的轻浮性格。

　　3.《崔府君断冤家债主》楔子（脉望馆钞本作《断冤家债主》）

　　张善友的家中被盗，和尚将化缘来的十两银子寄放到张善友家，张善友的妻子（卜儿）想吞没这笔银子。脉望馆钞本：

　　（卜儿云）我今日不见了一头钱物，这和尚可送将十个银子来。张善友也不在家，那和尚不来取便罢，若来呵，我至死也要赖了他的，看有甚么人来。（和尚上云）……

《元曲选》：

　　（卜儿云）我今日不见了一头钱物，这和尚可送将十个银子来。张善友也不在家，那和尚不来取便罢，若来呵，我至死也要赖了他的，那怕他就告了我来。（和尚上云）……

剧中的张善友妻想吞没和尚的钱款，自然不会关心"有甚人来"，《元曲选》本改为"那怕他就告了我来"，虽然并不具备程式化用语"看有甚么人来"引出和尚上场的功能，但却合乎场景逻辑，也符合张善友妻贪婪的个性。

　　4.《半夜雷轰荐福碑》第二折

　　龙神奉玉帝之命行雨完毕，回到龙神庙。秀才张镐（末/正末）也来

到龙神庙避雨。《元明杂剧》:

> (龙神上)……吾神乃南海赤发龙是也。奉玉帝敕旨,着吾神行雨。身体困倦,在于庙中歇息,看有甚么人来。(末上)好大雨,……

《元曲选》、《古今名剧合选·醉江集》:

> (龙神上)……吾神乃南海赤发龙是也。奉玉帝敕旨,着吾神行雨。身体困倦,在于庙中歇息片时,有何不可。(正末上云)好大雨,……

龙神行雨后,身体困倦,于庙中歇息,如何会凭空接一句"看有甚么人来"?《元曲选》本和《醉江集》本改为"有何不可",合情合理。

5.《谢金莲诗酒红梨花》第三折

赵汝州(末)爱慕妓女谢金莲,两人夜会被妈妈(嬷嬷)冲散。《古名家杂剧本》、《古杂剧》:

> (末上)自从那夜妈妈将小姐唤将回去,并无一个信音。小姐也,几时得和你再能勾相见也。今日在书房闷坐,张千也不见来问我的茶饭,看有甚么人来。
>
> (旦扮卖花三婆上)……

《元曲选》、《古今名剧合选·柳枝集》:

> (末上)自从那夜嬷嬷将小娘子唤将回去,并无一个信音。小娘子,几时得和你再能勾相见也。今日在书房中独坐,连张千也不见来问我的茶饭,好生纳闷。
>
> (旦扮卖花三婆上)……

赵汝州闷坐书房,不见下人来问茶饭。《元曲选》和《柳枝集》本改"看有甚么人来"为"好生纳闷",才符合人物时下的心情。

6.《望江亭中秋切鲙》第一折

白姑姑是个道士,将侄儿白士中介绍给了寡妇谭记儿。《古杂剧》、

《杂剧选》(脉望馆所收本,首句作"冲末净扮白姑姑上云",余同):

> (冲末扮白姑姑上)道可道非常道,名可名非常名。贫姑乃白姑姑是也。……贫姑有一个侄儿,姓白,是白士中,数年不见,音信皆无,近来闻知得了官也,未能相会。今日无甚事,看有甚么人来。(白士中上)……

《元曲选》:

> (旦儿扮白姑姑上云)贫道乃白姑姑是也,从幼年间便舍俗出家。……贫姑有一个侄儿,姓白,是白士中,数年不见,音信皆无,也不知他得官也未,使我心中好生纪念。今日无事,且闭上这门者。(正末白士中上)……

《古杂剧》和《杂剧选》本的"看有甚么人来",显然是为了引出白士中的上场。而《元曲选》本竟改为"且闭上这门者",完全没有舞台表演的考虑,只注意到情节逻辑,白姑姑既已说"今日无事",那么接下来自然是关上大门了。

7.《萨真人夜断碧桃花》楔子

碧桃爱慕误闯入自家后花园的张斗南(《杂剧选》本作"张斗南",《元曲选》本作"张道南"),被父亲徐端发现,怒斥碧桃有辱门风,碧桃羞愧而亡。《杂剧选》:

> (徐端云)夫人,不想有如此之事,兀的不气杀老夫也。
> (夫人云)老相公,息气也,是老身无奈也。
> (徐端云)看有甚么人来。
> (梅香慌上云)自家梅香的便是,不想姐姐被老相公埋怨了几句,到卧房内一口气死了,如之奈何,须索报复相公知道。

《元曲选》:

> (徐端云)夫人,不想有如此之事,兀的不气杀老夫也。

（夫人云）老相公且息怒，只是老身平日欠教训之过。

（梅香做慌上科云）不想姐姐被老相公埋怨了几句，到卧房内一口气死了，如何是好，须索报复老相公知道。

《杂剧选》中，徐端说"看有甚么人来"，自然是为了引出梅香上场报告碧桃死讯。但这句宾白用在这里，却非常突兀，似乎徐端已预知碧桃会死、梅香将上场报丧，这显然不可能。因此，《元曲选》删除了。

8. **《包待制智赚生金阁》第一折**

秀才郭成（正末）和妻子李幼奴（旦），前往京城应举，路遇风雪，来到一家酒店避寒。《杂剧选》（此本为脉望馆所收，赵琦美以内府本校过，文字全同）：

（旦儿云）秀才，我和你离了家乡，在这里吃酒，不知父母家中怎生想念我和你也。

（正末云）看有什么人来。

（衙内领祇侯上云）小官庞衙内是也……

《元曲选》：

（旦儿云）我和你离了家乡，在这里吃酒，不知父母家中怎生想念我和你也。

（衙内领随从上云）小官庞衙内……

妻子和郭成正在谈论离乡背井的心情，郭成却突然来了句"看有什么人来"，同样非常突兀。《元曲选》因而将其直接删除了。

9. **《朱砂担滴水浮沤记》第二折**

王文用（正末）外出经商，途中遇到强盗白正，王文用逃脱后来到一家酒店。脉望馆钞本：

（丑扮店小二上，诗云）……自家是个开店的，我这店唤做三家店，又唤做黑石头店。……今日天色将晚也，我且关上这门者，看有甚么人来。

(正末挑担儿慌上云)……

《元曲选》:

(丑扮店小二上,诗云)……自家是个开店的,我这店唤做三家店,又唤做黑石头店。……今日天色将晚也,我且关上这门者。

(正末挑担儿慌上云)……

脉望馆钞本中,店小二已说"我且关上门者",又何来"看有甚么人来"呢?《元曲选》将其删除。

10.《张天师断风花雪月》第一折

中秋之夜,书生陈世英独自在家中,桂花仙子因曾受陈世英救护,前来私会。脉望馆钞本:

(陈世英上云)……今日是八月十日中秋节令……小生吟罢诗也,我进的这书房门来,我关上这门,焚上一柱(炷)香,我取出这琴来,自饮三杯闷酒,看有是(甚)么人来。(孟婆同桃花仙子上)……

《元曲选》:

(陈世英重上云)……今日是八月十五日中秋节令……吟罢这诗,且进这书房门来。我关上门,焚上一炷香,取出这张琴来,试弹一曲,自饮三杯闷酒咱。(搽旦扮封姨同旦儿桃花仙上)……

陈世英饮酒弹琴,书斋寂寥之感油然而生,突来一句"看有是(甚)么人来",不伦不类,且破坏了戏剧情境。《元曲选》删除之。

11.《玎玎珰珰盆儿鬼》第一折

杨国用(脉望馆钞本作"杨国用",《元曲选》本作"杨文用")外出经商,投宿在盆罐赵的瓦窑店,被盆罐赵和他的妻子撒枝绣(脉望馆钞本作"撒枝绣",《元曲选》本作"撒枝秀")杀害。脉望馆钞本:

(旦儿云)我是盆罐赵的浑家撒枝绣。俺离城四十里地,开着这座窑,卖些盆罐,人口顺唤我男儿是盆罐赵。俺两口儿做些不恰好的勾当……盆罐赵树底下睡去了,我掩上这门,看有是(甚)么人来。(正末同赵客上)……

《元曲选》:

(搽旦云)我撇枝秀元不是良家,是个中人。如今嫁这盆罐赵,做了浑家,两口儿做些不恰好的勾当……我汉子盆罐赵自去睡了,我且不要掩上门,坐在店里等着,看有甚么人来。(下)(正末挑担儿上)……

这条材料非常有意思。脉望馆钞本中,撇枝绣说"我掩上这门",就不可能再说"看有是(甚)么人来"了。《元曲选》仍然保留了"看有甚么人来",却将"我掩上这门"改为"我且不要掩上门",巧妙地解决了语境的矛盾。这里也有撇枝绣是开挖窑店的,门外张望希望有人上门做生意也合乎情理,所以《元曲选》仍保留了"看有甚么人"。

从上述资料来看,《元曲选》修改程序化用语"看有甚么人来"的方法主要有三种:

一、替换。如例1—6,将"看有甚么人来"替换为符合戏剧场景的其他句子。

二、删除。如例7—10,将"看有甚么人来"直接删除。

三、修改前后语句。如例11,将脉望馆钞本中"看有甚么人来"之前的"我掩上这门",改为"我且不要掩上门,坐在店里等着"。

三

"看有甚么人来"主要承担着提示人物上场、推动情节发展的功能,而它作为一句人物宾白,本身所应该有的语言的含义反而被弱化了。像这样的程式化用语,在元杂剧中还有,如在描写人物行至某处门口时,常用"可早来到也/来到门首也,(门首无人)我自过去/门上的,报复知道某某来到也"这个句式,这是一个典型的用话语虚拟场景的例子。元杂剧用这一句独白,向观众交代了一个空间和场景,使虚拟的场景变得真实起来。

在元杂剧选本中,能将"看有甚么人来"这句宾白的语言功能和舞台提示功能恰到好处地衔接在一起的例子并不多见。更多的时候是单纯为了发挥"看有甚么人来"的舞台提示功能,而将它突兀地穿插在剧中,造成情理上不合逻辑,出现了内在衔接断裂,这样的例子广泛地出现在陈与郊《古名家杂剧》、息机子《杂剧选》、王骥德《古杂剧》等各种元杂剧版本中,甚至是比《元曲选》稍后、曾用《元曲选》作为编选参考底本的孟称舜《古今名剧合选》本,也不可避免地出现这样的问题。

通过将《元曲选》本与《古名家杂剧》、《杂剧选》、《古杂剧》、《元明杂剧》、《古今名剧合选》等明刊本元杂剧进行比较,可以看出:对于"看有甚么人来"这句程序化用语,《元曲选》保留了使用合理的部分,大量删改了使用不合理的部分,这是臧晋叔《元曲选》本一个独有的特点。臧晋叔编辑整理《元曲选》,一方面固然如《元曲选》序言中所云,是为了给当时传奇和南杂剧的创作者做出范例,同时也是从案头阅读的角度来进行的。因此注重案头阅读时的逻辑与情理,显示了"案头本"的特点。但臧晋叔对元杂剧的修改,淹没了元杂剧的舞台表演原貌,不能作为我们研究元杂剧表演形态的依据。

从"看有甚么人来"这句特有的程式化用语在明刊本元杂剧中的使用情况来看,陈与郊的《古名家杂剧》、息机子的《杂剧选》、顾曲斋的《古杂剧》、无名氏的《元明杂剧》当是比臧晋叔的《元曲选》更加接近元杂剧本来面目的版本。以《元曲选》作为参照底本的孟称舜的《古今名剧合选》则沿袭了《元曲选》的修改。此点前辈学者已有深入的研究[①]。"看有甚么人来"在各版本中的不同使用情况,也可为此观点提供又一证据。亦可见注意不同版本的性质,与表演形态之间的关系,可以使戏剧的版本比勘研究,获得新的研究空间。

"看有甚么人来"是元杂剧程序化宾白中舞台提示功能特别突出的

---

① 孙楷第《也是园古今杂剧考》(上杂出版社1953年版)和小松谦《中国古典演剧研究》(汲古书院2001年版)对元杂剧各种选本之间的流变关系都曾作过考述。

一个。由于它的舞台提示功能已经超越了原来的语言意义功能,使用者没有太多考虑它本身的语言意义,也就出现了许多不合逻辑的例子。但是在戏剧的表演过程中,观众不会注意到这句话在使用时是否有逻辑问题,反因其反复出现而获得认可,成为一种约定俗成的表现程式,实现了场上与场下的交流,具备了新的意义。

"程式"一词,自1926年余上沅等人的"国剧运动"以来,一直被用于说明传统中国戏曲的特征。《中国大百科全书》(戏曲曲艺卷)概论篇《中国戏曲》为中国戏曲概括的三个特征,其中之一便是"程式性"。"程式",与其说是"生活动作的规范化"[①],不如说是"中国戏曲的舞台艺术语言"[②]。那么,场上与案头、文学语言与舞台艺术语言之间,究竟是一种什么样的关系?我们试看下述两例:

一是李渔在《闲情偶寄》卷之一《词曲部·词采第二·贵显浅》中批评汤显祖《牡丹亭》一剧:

>《惊梦》首句云:"'袅晴丝吹来闲庭院,摇漾春如线。'以游丝一缕,逗起情丝,发端一语,即费如许深心,可谓惨澹经营矣。然听歌《牡丹亭》者,百人之中有一二人解出此意否?若谓制曲初心,并不在此,不过因所见以起兴,则瞥见游丝,不妨直说,何须曲而又曲,由晴丝而说及春,由春与晴丝而悟其如线也?若云作此原有深心,则恐索解人不易得矣。索解人既不易得,又何必奏之歌筵,俾雅人俗子同闻而共见乎?其余'停半晌,整花钿'……等语,字字俱费经营,字字皆欠明爽。此等妙语,止可作文字观,不得作传奇观。"[③]

费尽心思,惨澹经营出来的文字,却被批评为不能让"雅人俗子同闻而共见",这是案头佳作"不得作传奇观"的例子。

相反的例子,如现代京剧演员李世济所演的《贺后骂殿》,这出戏的

---

① 《中国大百科全书》(戏曲曲艺卷),中国大百科全书出版社1983年版,第3页。
② 吕效平:《戏曲本质论》,南京大学出版社2003年版,第250页。
③ 《中国古典戏曲论著集成》(七),中国戏剧出版社1959年版,第23页。

唱词"本来相当'水'",但李世济却以他的唱腔,层次分明地表达了人物情感的细腻变化。"第一句'有贺后在金殿一声高骂',唱得挺拔刚劲";"第二句'骂一声无道君细听根芽',在最后拖腔中音量渐轻,有似游丝一缕,几番袅娜迂回又陡然一放";"第三回'老王爷为江山何曾卸甲',靠末尾的旋律多变,或断或连,忽疾忽徐,势如'大珠小珠落玉盘'";"第四句'老王爷奔走天涯',李世济果断地糅入大嗓,把贺后那种久哭泪尽、喉哑神衰的心态刻画得入木三分"①。把水词唱出味道来,唱出感情来,戏剧史上的名伶名角,都是拥有这种本事的。可见,文学语言与舞台语言,分属不同的艺术系统,二者之间既有联系,也有差别。舞台语言因其与文学语言的背离,反而获得了强大的表现力。

但是,从另一方面来看,我们也可以发现,元杂剧一人主唱的曲体性质,导致它对剧作情节的起承转捩产生作用,这仍是一种戏剧性较弱的剧作结构。检阅早期南曲戏文时,类似"看有甚么人来"一类的舞台提示语,在早期南曲戏文中,仅见到《张协状元》第十二出有贫女用"甚人来"引出"丑作小二挑担出唱"这一例子,且这一例子是运用得较为恰当的。

第二节 "折"的演变
——从元刊杂剧到明杂剧

"折",是杂剧文体中的一个重要概念。我们一般都会说,元杂剧是"四折一楔子",每折唱同一宫调的一套曲子。然而"折"的意义与用法,最初并非如此。在杂剧的不同发展阶段,剧本中"折"的划分与使用与不尽相同。

一

"折"在杂剧中,最早见于"元刊杂剧三十种",但其曲一套并不标一

---

① 叶朗:《京剧的意象世界——为纪念徽班进京二百周年而作》,翁思再主编《京剧百年丛谈》,河北教育出版社1999年,第353页。

折,标"折"的地方,例如张国宾《薛仁贵》开场:

> (驾上开一折了)(净上一折)(正末同老旦上开)老汉本贯绛州龙门镇人,年纪大也,人口顺叫我薛大伯……

这里的"折",是指脚色上下场一次,而不是后世的唱了一套曲子。

因此,有人怀疑,北曲本不分折。但孙楷第找到了切实的证据,推翻了这种怀疑。其一是钟嗣成《录鬼簿》注张时起《赛花月秋千记》云:"六折。"注《开坛阐教黄粱梦》:"第一折马致远,第二折李时中,第三折花李郎学士,第四折红字李二。"其《汪勉之传》,又称鲍吉甫编《曹娥泣江》,"内有公作二折"。其二是朱权《太和正音谱》,摘录元曲时备注其曲为某人剧中之某折。其三是明初朱有燉《诚斋乐府》中《瑶池会八仙庆寿》剧〔双调·新水令〕套内自注科范"扮四仙童舞唱《蟠桃会》第三折内《青天歌》一折了"。所以,孙楷第在《也是园古今杂剧考》之《附录·元曲新考·折》中说:"元曲未尝不分折……是宪王刻所为曲虽未明标折数,而未尝不承认北曲有分折之实。"[①]孙楷第还指出:"凡北曲之折,旧籍所书皆是折字。明人刻曲有书作摺者,如富春堂本《敬德不伏老》杂剧书折字作摺。是也。(今所见南曲刻本,亦有不称折而称摺者)所谓摺似即经摺纸摺之摺。元明时伶人抄写剧名或令章,所有小册子谓之掌记。"但孙楷第最终的意见,还是以为"北曲之折,似当以段落区划言"[②]。

周贻白的《中国戏剧史长编》则认为:

> 明富春堂本《金貂记》卷首附刊杨梓《敬德不伏老》一剧,"折"写作"摺"。按旧日昆曲班剧本,多抄于一种计账所用之手摺上,一摺即一段。宋元南戏有所谓"掌记",其法尚通行于湘鄂戏班,皮黄剧班亦多用此者,殆取其便于携带。(皮黄班旧有脚本箱,今已不存)则此一摺字,似较折有意义。况四个套数及一二只曲,实为分折之最大根。[③]

[①] 孙楷第:《也是园古今杂剧考》,上杂出版社1953年版,第372页。
[②] 同上书,第374页。
[③] 周贻白:《中国戏剧史长编》,人民文学出版社1960年版,第189页。

"折"写作"摺"的例子,还有如《金瓶梅》第四十二回:"众奶奶还未散哩,戏文分了四摺。"①《金瓶梅》第四十三回:"四摺下来,天色已晚。"②

按掌记作为"抄写戏曲脚本的手册"③见于文献资料的,如宋无名氏《宦门子弟错立身》戏文第五出:"(生唱)你把这时行的传奇,(旦白)看掌记。(生连唱)你从头与我再温习。"《剪灯新话·联芳楼记》:"吴下人多知之,或传之为掌记云。"戏班用"掌记"的做法,也见诸于文物资料。如山西运城西里庄墓戏曲壁画,其西壁绘五人,左起第一人,双手开折叠式掌记,掌记右首书"风雪奇"三字。④ 这幅壁画中的掌记,显示了民间掌记抄本的形制有类似于中国古籍中的经折装的。⑤

然而,杂剧之分折,究竟是剧作本身的需要,还是装帧形制上的需要呢? 周贻白的论断未得到学界的首肯。王国维早在《宋元戏曲考·元剧之结构》中说:"元剧以一宫调之曲为一折。"⑥康保成在《中国古代戏剧形态与佛教》中指出,"折"源于梵语诵经之"折"声,"折"的性质,是强调宫调转换⑦。

此外,"折"与"断"之间的关联,也值得注意。孙楷第说:"折者断也,屈也,分也。"⑧黄天骥在《论"折"和"出"、"齣"——兼谈对戏曲的本体的认识》中说:"以我看,'折'无非是段的意思,在宋代,杂剧演出有'一场两段'的体制。而前段与后段之间,分隔的舞台指示叫'断'……元杂剧的

---

① 《金瓶梅词话》(梅节重校本),梦梅馆 1993 年印行,第 512 页。
② 同上书,第 527 页。
③ 《汉语大词典》(六),汉语大词典出版社 1994 年版,第 32 页。
④ 参见杨富斗《运城西里庄元墓戏剧壁画刍议》,王泽庆《元代戏剧壁画〈风雪奇〉》,张之中、窦楷《元杂剧演出的实例》,《中华戏曲》第 5 辑;徐扶明《关于运城西里庄元墓壁画的一封信》,《中华戏曲》第 9 辑。
⑤ 经折装作为中国古籍的一种装帧形制,通常也称为折子装,是由折叠佛教经卷而成的。元代吾衍在《闲居录》中说:"古书皆卷轴,以卷舒之难,因而为折。久而断折,复为簿帙。"清代高士奇在《天禄识余》中也说:"古人藏书皆作卷轴……此制在唐犹然。其后以卷舒之难,因而为折。久而折断,乃分为簿帙,以便检阅。"参李致忠《中国古代书籍史》,文物出版社 1985 年版,第 170 页。
⑥ 王国维:《王国维戏曲论文集》,中国戏剧出版社 1957 年版,第 100 页。
⑦ 康保成:《中国代戏剧形态与佛教》,东方出版中心 2004 年版,第 228—235 页。
⑧ 孙楷第:《也是园古今杂剧考》,第 374 页。

'折',实即断,亦即段","元人杂剧,是以套曲作为分场单位的。一套曲就是一折"①,指出"折"与"断"的意义相同。

敦煌讲唱变文中的音声符号中,有"断"、"吟断"、"断侧"、"断诗"等名止,"断"的确切含义,尚未能索解。《武林旧事》描写南宋宫廷"天基圣节排当乐次"的情况:

> (初坐)第四盏……进念致语等,时和……杂剧,吴师贤已下,做《君圣臣贤爨》,断送《万岁声》。第五盏……杂剧,周朝清已下,做《三京下书》,断送《绕池游》……(再坐)第四盏……杂剧,何晏喜忆下,做《杨饭》,断送《四时欢》……第六盏……杂剧,时和已下,做《四偌少年游》,断送《贺时丰》。②

从这段文字来看,不同的杂剧演出之间,是用音乐如《万岁声》、《绕池游》等来分隔即"断送"。这与敦煌音乐中的"断"有无联系,与"折"又有什么关系,尚需进一步研究。

那么,元杂剧为什么要分为四折呢?

关于元杂剧剧本的四折形式,有几种不同说法。如周贻白在《中国戏剧史长编》中谓有人认为四折的体制来自古希腊悲剧,周氏本人则认为来自魏晋唐宋之大曲,因为大曲"四解"是最常见的体例③。郑骞在《景午丛编·元人杂剧的结构》中说:"日本青木正儿氏说:元剧的四折或系源于南宋官本杂剧的四段。其说不能成立,因为青木把官本杂剧的段数弄错了。我认为官本杂剧只有两段或三段;这不是几句话所能说清的,容另文详述。"④但郑先生并没有进一步说明。徐扶明《元代杂剧艺术》第五章"折子"有云:"既然杂扮可以不跟正杂剧一起演出,那末宋杂剧的演出形式,并不一定是四段,而有时只有三段。这和元杂剧剧本的四折形式,又

---

① 黄天骥:《黄天骥自选集》,广东高等教育出版社2003年版,第56—57页。
② 《东京梦华录(外四种)》,第350—353页。
③ 周贻白:《中国戏剧史长编》,第190页。
④ 郑骞:《景午丛编》,台北中华书局1972年版,第195页。

有什么渊源呢？事实证明，没有渊源。"①坚持元杂剧一本四折实即宋金杂剧院本"四段"的进一步发展的，如曾永义在《元杂剧体制规律的渊源与形成》中认为，宋金杂剧院本是以正杂剧二段为主体，前加"艳段"作引子，后加"散段"为散场的小戏群；而元杂剧结构也是以二三折为主体，以首折为开端，以末折为收煞的。因此，它是"仿自宋金杂剧院本的四段关系"②。而徐扶明则认为元杂剧之四折结构是受中国古代文人作诗文时讲究"起、承、转、合"的影响而成的，"元杂剧剧本之所以由四个部分组成，正是因为它用以概括地反映生活中的矛盾和冲突的发展过程，从开头、小高潮、大高潮直到结尾"③。

　　用起承转合来解释元剧的四折，似乎是有一定道理，后来也在相当长的时间内，被学者用以剖析元杂剧的内容及其结构。如《单刀会》一剧，作为主人公的关羽至第三折才出场，剧本第一折、第二折分别是乔公和司马徽介绍关羽的勇武威猛。一直以来，人们分析这部剧作时都强调这是在用渲染、铺垫的手法，产生让关羽先声夺人的艺术效果。实际上，这也许并不符合剧作的实际。洛地指出："全剧大约总也得三四个小时罢，唱了四套数47曲，没有故事，只有一个情节：鲁肃奉孙权命设宴欲赚关羽，关羽喝了酒辞去了。剧情在前两折，毫无进展，放唱的又是在情节之外的不相干的两个'闲人'；第三折只是一个细节；只第四折才接触到了剧情，便甫及便了。不用饰言，它实在算不得是一本戏剧作品。"究其原因，则"元曲杂剧却是以'曲'体结构为根本而构成的"，"折"的划分，只是一种曲体结构的划分，而不是戏剧结构的划分④。

二

　　明初嘉靖壬午年（1558）编选的《杂剧十段锦》未分折，明代中期以后，《脉望馆钞校本古今杂剧》中收录的元杂剧是分了折的；元杂剧的其

---

① 徐扶明：《元代杂剧艺术》，上海人民出版社1981年版，第99页。
② 曾永义：《元杂剧体制规律的渊源与形成》，《台大中文学报》1989年第3期。
③ 徐扶明：《元代杂剧艺术》，第100页。
④ 洛地：《戏曲与浙江》，浙江人民出版社1991年版，第74、55页。

他明刊本,如《古名家杂剧》、《古杂剧》、《元曲选》等,也都是分了折的。曾永义认为:"元杂剧一本分成我们现在所知道的四折,可能起于正统间,弘治之际渐成风气,到了万历,则变作规律了,因为万历刊刻的剧本很多,没有不标明四折的。"①

然而,我们将现存明代元杂剧选本进行比勘后可以发现,从弘治以迄万历,杂剧剧本的分折情况仍非常混乱。如古名家杂剧本、脉望馆本中都存在不少将同一宫调的一套曲子划分在两折中的现象。

在元杂剧的众多明刊本中,除了比《元曲选》出现时代稍晚的孟称舜的《古今名剧合选》之外,《元曲选》与其他较早或同时期的元杂剧版本相比,在宾白之详细、体制之规范等方面是最完备的一个。正是由于它的这一特点,《元曲选》才得以成为后来流传最广、影响最大的元杂剧刊本。

《元曲选》的这种完整性,归功于臧晋叔的整理。臧氏在《元曲选·序二》中曾提出"曲有三难":一是"情词稳称之难",力求"雅俗兼收,串合无痕",二是"关目紧凑之难",要求"人习其方言,事肖其本色,境无旁溢,语无外假";三是"音律谐叶之难",意思是要求字分阴阳,韵合平仄,尽量避免方言对唱腔的影响,做到字正腔圆。在"三难"之说中,"情词稳称之难"和"音律谐叶之难"是对戏曲语言音律方面的要求,而"关目紧凑之难"则涉及戏曲结构的问题。可见臧晋叔不仅注意到了戏曲的结构问题,而且把它提到了非常重要的地位。这一点,充分体现在他的《元曲选》整理工作中,而其中最为重要的,就是《元曲选》对剧作分析的调整上。

第一,"折"的含义在《元曲选》中同样得到了统一。更确切地说,"折"的含义被缩小了,成为以套曲为单位的音乐结构的标志。臧晋叔在《元曲选·序》中批评"屠长卿昙花记白终折无一曲",孙楷第指摘臧晋叔不明"折"之本来含义,妄加批评,"谬之甚者"。臧晋叔的意见正反映了明代中后期杂剧剧本体制的逐步定型化。周贻白曾比较《元刊杂剧三十种》和《元曲选》中的"折"。如《任风子》,"元刊"的开场是这样的:

---

① 曾永义:《说戏曲》,《元曲通融》,山西古籍出版社1999年版,第566页。

等众屠户上"一折"下,等马"一折"下,正末扮屠家引旦上坐定"开":"自家姓任又屠的便是……"("又"系"名"字误刊)

《元曲选》则作:

冲末扮马丹阳上,诗云……下,正末扮任屠同旦李氏上云:"自家终南山甘河镇人氏,姓任,是个操刀的屠户……"

周贻白认为,照原有情节看,任屠户应先上"一场",然后才由马丹阳上。《元曲选》却把这一场移到上场"开"了以后。于是,一应情形,便得由马丹阳自己先来说明。观此,臧选的异点,便是把先上诸人的"折"数,都纳入第一折。扩大了"折"的范围,使成为一场或一幕,纯以空场上下为起讫。我们虽不必推翻他这种分"折"的办法,但这个"折"字,显然不是原来的意义了①。

第二,除了将"折"的内涵固定、外延缩小外,臧晋叔还非常注重一折之中宾白与曲文的配合,可以说臧晋叔的"折"的观念不仅是"以套曲言",更兼顾了宾白。

既然"折"最基本的含义是"以套曲言",那么在分折时,最基本的原则是要将同一宫调的一套曲子作为一折。但是在明代元杂剧选本中,还存在着折与折之间割裂套曲的现象。这说明,从剧本体制看,明中期是"折"的含义逐步完善的时期。例如《窦娥冤》第二折,古名家本和《元曲选》都是用的[南吕·一枝花]套曲,但古名家本却把它分到上下两折里,这或许是编选人在对本来不分折的元杂剧剧本,进行分折时发生的错误。

《脉望馆钞校本古今杂剧》中的《岳阳楼》第三折,有仙吕宫的【赏花时】(曲牌下标有"楔子"二字)、【村里迓鼓】、【元和令】、【胜葫芦】、【柳叶儿】五支曲子,与第一折仙吕宫套曲相犯。其第四折内包含【正宫·端正好】和【双调·新水令】两套曲子,不符合一折之中只能包含同一宫调的一套曲子的规范。

---

① 参见周贻白《中国戏剧史长编》,第187页。

古名家本的《还牢末》,第三折包含【商调·集贤宾】和【双调·新水令】两个套曲,也是错误的。而这些错误在《元曲选》中都被改正过来了。可以肯定,臧晋叔对元杂剧进行分折的首要标准是套曲。

在不涉及曲的情况下,《元曲选》的分折也与其他版本存在着一些差异,这主要体现在宾白的划分不同。

臧晋叔在改订汤显祖的传奇《牡丹亭》第25折的眉批中写道:"北剧四折,只旦末供唱,故临川于生旦等都接踵登场。不知北剧每折间以爨弄、队舞、吹打,故旦末但有余力。"可见,在实际演出中,元杂剧并非一气呵成、四折连续上演的,而是折与折之间有间隔,在每一折中间穿插着歌舞、杂耍、逗笑等杂艺,这当然不利于欣赏的连贯性①。臧氏清楚这一点,因此,他通过调整宾白在"折"与"折"之间的划分,使得剧本的每一折,不仅曲是完整的,故事情节也比较集中而且具有相对的完整性。

《元曲选》在分折时,有意识地将时间跨度较大的情节划分开来。《任风子》一剧,脉望馆本第三折以任屠摔死自己的亲生儿子,妻子伤心而去为止。紧接着第四折开场:

(马丹阳云)此人省悟了,菜园中摔死了幼子,休弃了娇妻,功行将至……

(正末道扮上云)……自从跟师父出家,可早十年光景也……

很显然,前一句宾白发生的时间,是紧跟在任屠杀子弃妻之后,而第二句宾白所述时间,已经到了十年之后,中间有很大一段时间的跨越。脉望馆本将其连在一起,容易造成观众理解上的混乱。而《元曲选》则将上一句宾白划分到了第三折中,这样时间的脉络就清晰了。

又如《货郎旦》,脉望馆本第二折讲述春郎一家被人残害,导致家破人亡的经过,以拈各千户临死前告之春郎其身世为止。第三折则是讲十三年后春郎一家团聚的情节。拈各千户告诉春郎真实身世这一段,显然与第三折的主旨更为切合,因此《元曲选》将其划分到第三折。

---

① 黄天骥对此论之甚详,参见《元剧的"杂"及其审美特征》,《文学遗产》1998年第3期。

除了宾白之外,情节的划分与戏剧结构的关系更为紧密。杂剧《杀狗劝夫》,脉望馆本第一折述孙家上坟祭祖,孙大不认亲生弟弟孙二,并且羞辱他。以孙大因醉酒不省人事,被柳隆卿、胡子转二人遗弃在大街上为止。第二折开场,写孙二在回家路上碰见醉倒在大街上的孙大,将其送回家。很显然,孙大醉卧街头这一段情节,与第二折开场情节联系得更加紧密,这是同一时间、同一地点发生的同一事件,所以《元曲选》将二者放到了同一折里。又如《留鞋记》,脉望馆本第二折,划分到包待制以鞋子为线索引出卜儿,将其抓到府衙为止。第三折开场,写包待制顺藤摸瓜抓到王月英。很明显,正是因为卜儿被发现才引出了王月英,两段情节具有前后相继的内在因果联系,不宜分开,因此《元曲选》将它们放到了同一折里。

第三,注重情节的悬念性。杂剧《杀狗劝夫》,脉望馆本第二折,划分到孙大妻实施杀狗劝夫的计谋,孙大中计,误以为自己杀了人,向柳隆卿、胡子转求助,遭到二人拒绝为止。第三折则讲孙大夫妻向孙二求助,孙二答应为哥哥洗脱罪名。《元曲选》本则将第二折划分到孙妻决定要想出一个计谋,来劝诫丈夫为止,第三折开始则是孙妻实施杀狗劝夫的计划。这种分折方式既保持了孙大妻先后向柳隆卿、胡子转、孙二求助这一情节的连贯性,而且在第二折结束时为观众留下了悬念。《风光好》一剧,脉望馆本第一折划分到韩熙载看见了陶穀在墙上的题词,破译了其中的思乡之情为止。第二折开场,写上厅行首秦弱兰假扮驿史之妻到馆驿中引诱陶穀。而《元曲选》本第一折,划分到韩熙载看见了陶穀在墙上的题词,将其抄下来为止。第二折开场,则写韩熙载破译陶穀诗中的思乡之情。两者相较,当是《元曲选》分折方法更有悬念。

第四,注重故事情节的内在节奏性。我们在前面说过,用起、承、转、合来解释元剧的四折,并不符合元杂剧的实际情况。但《元曲选》显然希望通过对剧本折与折之间的调整,使剧作在情节上更富于内在节奏性。

古名家本《还牢末》的楔子部分包括了四个情节:一是宋江派李逵下山招安刘唐、史进;二是李逵下山误伤人命,被官府抓住,李孔目救其性命,李逵对李孔目心生感激,希望能够报答他;三是官府差人刘唐延误了假期,李孔目秉公办理,判其杖责四十,刘唐心生怨恨;四是李孔目为其妻子祝寿,李逵上门答谢李孔目,偷偷留下金钗作为答谢之资,李孔目妻萧娥暗中使计,将金钗留在自己手中。《元曲选》本楔子部分,则将第四个情节划分到第一折中。楔子是全剧的引子,李孔目帮助李逵和责打刘唐,都是其后来遭受牢狱之灾埋下的隐患。第一折李逵答谢李孔目,留下金钗,成为日后萧娥诬陷李孔目的证据,构成全剧之"起"。后面的刘唐在狱中折磨李孔目(第二折),李孔目被弃"尸"荒野,又被重新关入牢房(第三折),李孔目被李逵搭救(第四折)。诸情节有机结合,更富于内在节奏感。

从元杂剧的各个明刊本中,我们可以看到元杂剧剧本体制的逐步完善。"折"的结构观念,随着元杂剧这一艺术形态的出现而出现,但是从剧本体制的发展角度来说,"折"却是在明代诸逐步发展、完善的,而《元曲选》是最后定型的结果。从《元曲选》开始,"折"成为了既包含音乐体制、又兼顾故事情节的结构单位。臧晋叔对杂剧音乐体制的遵守和他对戏剧结构的进一步明晰①,至清代李渔标举"结构第一"②,可看出这一思想发展的清晰线索。

另一方面,对剧本进行分折,更便于读者在阅读剧本时把握剧作的结构和内在线索。明代印刷术昌盛,小说、戏曲都成为人们阅读消闲之用。除《元曲选》外,臧晋叔还整理刊印了《侠游录》、《仙游录》、《梦游录》等曲艺著作。他还改写了《玉茗堂四梦》、《改定昙花记》、《校正古本荆钗记》等戏曲作品。他的出版活动与一般士大夫的视选书、刻书为雅事不同,已带有商业经营的性质。他"别遣奴子,赍售都门,将收其值"③,还与

---

① 臧晋叔对汤显祖《玉茗堂四梦》的改编同样体现了对戏剧结构的重视。如改编后的《南柯记》中《树国》一折,末尾增写国王吊场,交代要到人间为公主寻婿一事。评点云:"国王吊场,不但外等先下,便于卸妆改扮,且国母遣郡主选婿,亦觉有一因,吴人每称此为戏眼,正关目之谓也。"臧晋叔改评《玉茗堂四种传奇》,国家图书馆藏。

② 李渔:《闲情偶寄·词曲部·结构第一》,《中国古典戏曲论著集成》(七),中国戏剧出版社1959年版,第7页。

③ 臧晋书:《与姚通参书》,《负苞堂集》卷四,古典文学出版社1958年版,第88页。

信要友人为之宣传。可以想见,随着书籍刊刻的普及、阅读群体的扩大,人们对案头读物的完善与否也日益重视,《元曲选》版式精美,刻字精良,并配有大量精美插图,特别注重剧本的结构和脉络,这不能不说有便于案头欣赏的原因在内。

三

如果说元杂剧的"折"的体制,是在明代万历年间的刻本《元曲选》中得到了完善与定型。那么,"折"的体制在明人杂剧创作中,逐渐地变形以至瓦解。

明初创作了三十一种杂剧的朱有燉,其宣德年间的自刻本并未分折,但这并不代表朱有燉没有杂剧分折的概念。这一点,孙楷第在《也是园古今杂剧考》一书中即已指出:"其《瑶池会八仙庆寿》,【双调·新水令】套内自注科范云:'扮四仙童舞唱《蟠桃会》',第三折内《青天歌》一折了……是宪王刻所为曲虽未明标折数,而未尝不承认北曲有分折之实。"①但在"折"这一概念的运用上,朱有燉集中体现了新旧杂陈的特点。除以"折"指北曲一套外,其"折"的用法,同于元刊杂剧的有:

《牡丹园》【仙吕·点绛唇】套内注:"净相见发科一折了。"【越调·斗鹌鹑】内注云:"辣净淡净做相打擂一折了。"

《复落娼》剧【南吕·一枝花】内注:"贴净改扮江西客上,与正旦相见变乡谈一折了。"【正官·端正好】内注:"辨孤上一折了。"

《香囊怨》剧【南吕·一枝花】套后注:"相争相打一折了下。"

《烟花梦》剧【双调·新水令】内注:"二净上告娶红叶儿一节了。官唤红叶。旦上云一节了。"

与元刊杂剧稍异的用法是:

《四时花月》剧【正官·端正好】内注:"从仙上歌舞十七换头一

---

① 孙楷第:《也是园古今杂剧考》,第371页。

折了。"

《牡丹品》剧【仙吕·点绛唇】内注:"箫笛旦吹箫一折了,笛一折了。"又注云:"唱旦唱一折了。舞旦舞一折了。"

《牡丹仙》:"扮九花仙跳九般花队子上唱舞一折了。"

故孙楷第在《也是园古今杂剧考》中将上述两种情况分别称为:"一以科白言,所谓一折等于一场或一节。一以插入之歌曲舞曲乐曲言,所谓一折等于一遍。"①

朱有燉的杂剧剧本把"折"的三种用法全部包括了。而朱有燉之后,"折"的意思反而缩小至一义:北曲一套为一折。《牡丹仙》剧之《古今名剧合选·柳枝集》本、与《盛明杂剧》本,均将宪藩本中"扮九花仙跳九般花队子上唱舞一折了",改作"九花仙执九般花队子唱上",就是取"折"仅用如北曲一套之意。

从时间上说,朱有燉自刻杂剧是在宣德年间(1426—1435),臧晋叔刊行《元曲选》则在万历四十四年丙辰(1616),正是这将近二百年的时间差距造成了这一现象。但是,朱有燉对杂剧一本四折的定例,还是基本遵循的。虽说其中的《曲江池》、《牡丹园》和《仗义疏财》都是五折,但所占比例毕竟还是比较小的。除此而外,如明初杨景贤的《西游记》,六本二十四出,刘东生的《娇红记》二本八折二楔子,也都是一些变例。但到了明代中后期,折数的改变几成普遍现象。虽然杂剧折数在元代也发生过一些变化,如《赵氏孤儿》、《五侯宴》、《三战吕布》、《襄阳会》等都不是一本四折一楔子的结构,但这些改变在元代仅是个别的。明人对杂剧折数这个改变是有清楚认识的,祁彪佳在《远山堂剧品》中评价朱有燉的《仗义疏财》一剧是北词五折,两人唱,此变体也。除此而外,还出现了一折的短剧以及合数剧为一剧的创作方式。

这种对"折"的使用的打破,无疑给作家的创作带来了许多便利,如沈德符所言:"总只四折,盖才情有限,北调又无多,且登场虽数人而曲只

---

① 《也是园古今杂剧考》,第 373 页。

一人,作者与扮者力量俱尽现矣。"①但毫无疑问,杂剧的曲体结构被打破了,演唱方法与音乐体制的全面瓦解,韵杂宫乱的情形成为普遍现象。随之而来的,是"折"在音乐上的含义也不复存在,最终成为只是段落的划分而已。

第三节 明代文人杂剧
——专为案头阅读而设的剧本

作为需要二次创作的戏剧艺术,剧本写作的目的,最终当以舞台表演为指向,"填词之设,专为登场"(《闲情偶寄·演习部·选剧第一》)。但在古代戏剧发展的过程中,也出现了并不以舞台表演为最终目的,更多是借"剧本"这一特殊文体,来进行驰骋才情、表达自我、案头清赏的文学创作。明清文人杂剧的创作,可说是这种创作形态较为典型的代表。下面以明文人杂剧为例②,来说明专为案头阅读而设的剧本的创作形态及特点。

一

剧本的创作,不外乎构思剧情、撰写曲词对白、设计动作科诨诸方面,而情节的设置则是首要因素,李渔在《闲情偶寄》标举称之为"结构第一",极为重视情节结构的设置。

设置何种戏剧故事,涉及剧作者与观众两个方面的因素,剧作家钟情的故事不一定为观众所喜爱,而不同层面的观众,其趣味与偏好也各不相同。但剧作家一定不能只关注自己的喜好,而忽略了受众的需求。元杂剧的故事取材涉及社会的各个层面③,也适应各种演出场合④,而明杂剧

---

① 沈德符:《万历野获编》卷二五"词曲""杂剧院本"条,中华书局1959年版,第648页。
② 杂剧在明代的发展主要可分为两个阶段,一是前期主要以宫廷藩王为创作主体的阶段,一是从弘治年间康海、王九思开始的明后期的文人杂剧创作阶段。案头化的剧本创作,即是以明后期的创作为主。参拙著《明代杂剧研究》,广东高等教育出版社2011年版。
③ 参见幺书仪《元人杂剧与元代社会》,北京大学出版社1997年版。
④ 参[日]田仲一成《中国戏剧史》(北京广播学院出版社2002年版)、《明清的戏曲——江南宗族社会的表象》(北京广播学院出版社2004年版)等相关研究。

的取材则主要关注剧作者自己的精神世界。取材于作家个人在生活中的切身经历,是明杂剧剧本创作的一个显著特点。其中的大量作品,或与作者的经历有着直接关联,或多多少少地带有作者生活经历的影子。作为一种个人性很强的作品,我们在阅读过程中常需要比照作者的生活经历。

据八木泽元《明代剧作家研究》一书统计,明代杂剧作家计有藩王三人,尚书兼大学士四人,尚书三人,卿二人,侍郎一人,少卿二人,其他十八人,合计三十三人。其中以进士及第者,至少有三十人,以状元及第者三人,榜眼及第者二人,少卿以上的显宦也有十二人之多①。绝大部分明杂剧作家是中举仕宦或有着较高古典文学修养的传统士大夫。

但是,明代杂剧作家的仕途大部分并不顺利,几乎都有着乞归、罢归、被黜一类的经历。因此,在作品人物形象的选择上,也显示了他们对不遇文人、傲岸之士的偏爱,王九思笔下的杜甫,陈沂笔下的胡仲渊,徐渭笔下的祢衡,冯惟敏笔下的梁颢,王衡笔下的王维,叶宪祖笔下的荆轲与灌夫,沈自徵笔下的杜默、张叔、杨慎,徐阳辉笔下换的毛遂,卓人月笔下的唐寅,邹兑金笔下的张敉,凌濛初笔下的红拂……均是作者自我的化身,或是与作者有着相似的经历或性格,或是寄寓了作者的一种人格理想。

相对于同时期的文人传奇创作多涉及政治生活中的忠奸斗争以及历史演变中的兴亡交替②,明代杂剧创作在内容取向上常从个人经历情思出发,他们并不想表达复杂的社会生活,也不在乎内容是否包罗万象,只是要将心中的积郁宣泄出来,以求得内心的平衡和精神的安宁。

这一时期的不少杂剧作家在创作中明确提出自己的作品乃有为之作。徐阳辉的《脱囊颖》在剧末下场诗中说:"毛遂酬恩天下有,平原结客世间无。"③显然是在诉说士无所用的愤慨。梅鼎祚自题他的杂剧《昆仑奴》:"夫彼一品者,始以其奴易,而卒不可易。今世稍见尊,辄能以易士,士即贱,乃不奴若也者,心悲之。"④他自称在《昆仑奴》剧中写昆仑奴磨勒

---

① 〔日〕八木泽元著,罗锦堂节译:《明代剧作家总论》,《大陆杂志》第31卷第4期。
② 参见郭英德《明清文人传奇研究》第三章,北京师范大学出版社1992年版。
③ 沈泰编:《盛明杂剧》,黄山书社1992年版,第469页。
④ 梅鼎祚:《鹿裘石室集》卷一八《昆仑奴传奇引》,《续修四库全书》,第1379册,第341页。

遭一品官郭子仪的蔑视,表达的是对士人不得其用的感叹。敖客季豹氏题后也指出:"大都士有才而失其职,其不平辄傅之文章诗赋……生故以文赋名家,性最介,而为是者,则以此奇事,补史臣所不足。词虽极工丽,其蹈厉不平之气,时时见矣。"[1]从剧本本身来看,这种意向表现得并不十分明显,也许正因为如此,作者和当时的评论者才又特意在自题或评论中点出其创作主旨。

与剧本的这种批判意识相联系,作者在创作中特别强调的另一点是要"辨其声",识其味。

以"味"论文,本是传统诗学理论的重要方法之一,强调在可感的、鲜明清晰的形象之外,还有多层没有明确画面、更为飘忽空灵的形象。它不直接诉诸读者的形象,而是通过象喻、烘托、暗示等手段,不同的读者会从中得到不同的领悟和启示。日本汉学家吉川幸次郎在《中国文章论》中论述中国古代文章的特质之一暗示性时说,暗示性"是指不把要表现的内容全部地在文章的表层展示出来,而是尽量地克制;或者说,在想要表现的内容中,只展现其高潮,其余则依赖于读者的想象的一种性质"[2]。

那么,明杂剧的剧本创作是通过什么途径获得味外之旨的呢?

李开先在他的杂剧刻本《打哑禅》《园林午梦》前有这么一段短引:"中麓子尘事应酬之暇,古书讲读之余,戏为六院本,总名之曰一笑散。一、打哑禅;二、园林午梦;其四乃搅道场、乔坐衙、昏厮迷,并改窜三枝花大闹土地堂。借观者众,从而失之。失者无及,其存者恐久而亦如失者矣。遂刻之以木,印之以楮,装数十本,藏之巾笥。有时取玩,或命童子扮之,以代百尺扫愁之帚而千父钓诗之钩。更因雕工贫甚,愿减价售技。自念古人遇岁荒,乃以兴造事济贫。谚又有'油贵点灯,米贵斋僧'之说,遂以二院本付之,不然刻不及此。"[3]这段话说明李开先之所以付刻二院本的原因是:《一笑散》六剧成后,借而观之者众,遂有丢失现象,因此作者

---

[1] 《中国古代戏曲序跋集》,中国戏剧出版社 1990 年版,第 84 页。
[2] 〔日〕吉川幸次郎:《中国文章论》,《日本学者中国文章学论著选》,上海古籍出版社 1994 年版,第 260 页。
[3] 李开先:《李开先集》,中华书局 1959 年版,第 857 页。

决定付而刻之。既可供人阅读,亦可自己把玩。

李开先其实也是有戏班的,何良俊《四友斋丛说》记载:"有客自山东来者,云李中麓家戏子二三十人,女伎二人,女僮歌者数人。"他又引用王世贞的话说:"余兵备青州时,曾一造李中麓。中麓开燕相款,其所出戏子,皆老苍头也,歌亦不甚叶。自言有善歌者数,俱遣在各庄去未回,亦是此老欺人。"①可见李开先的家乐戏班,其主要功能一是便于自己编写词曲,二是可自娱自乐,兼及款待友人,但并不具备传播剧作的功用。

王安祈曾研究明代杂剧的搬演情况,提到明嘉靖以后的文人剧本,王澹翁的《樱桃园》、王九思的《杜子美沽酒游春记》、陈与郊的《昭君出塞》等,都有演出的史料记录②。但这样的演出记录并不多见,且都是私人家宅的演出,观众皆是同为文人圈的朋友。更多的剧本没有得到表演的机会。

可以说,明代杂剧的传播途径,已经更多地由场上搬演变而为个人阅读,这自然有明以来印刷术发展的影响。不仅小说,唱本剧本也成为人们阅读消闲之用。基本上所有的剧本在明代都已经付梓刊行,刊行的方式有选集、专集、单行本及他作附录。

接受方式的不同,自然会导致传播者和接受者关注点的差异。作为演诸场上的剧本,首先要考虑的是如何在较短时间内打动观众,感染观众,这在中国古代编剧和演剧理论中都有很多的分析和说明。清代戏剧理论家焦循在《花部农谭》中曾对花部剧本《清风亭》和昆剧剧本《双珠记》中雷殛描写的不同效果进行比较。他回忆自己看幼时观剧,前一天演《双珠记·天打》,"观者视这漠然",第二天演《清风亭》,观众反映强烈,"其始无不切齿,既而无不大快,铙鼓歇,相视肃然,罔有戏色;归而称说,浃旬未已"③。虽然两剧取材于同一事件,但与传奇《双珠记》的作者相比,花部戏《清风亭》的作者更多地考虑了观众心理,更多地强调了剧本爱憎分明的感情色彩和人物刻画,因而取得了较好的演出效果。

---

① 何良俊:《四友斋丛说》卷八《杂记》,中华书局出版社1959年版,第158页。
② 王安祈:《明代杂剧的演出场合与舞台艺术》,《明代戏曲五论》,大安出版社1990年版,第101—140页。
③ 焦循:《花部农谭》,《中国古典戏曲论著集成》(八),中国戏剧出版社1959年版,第229页。

作为文学读本,作者的关注点则不在于如何吸引人,李开先《园林午梦》跋语:"午梦院本之作,其在何时耶?观者不待予言自知。但望更索诸言外,是则为幸不浅耳!"①这里,李开先明确提出希望"观者"在看完他的剧本后,不是只一笑便止,还要寻求言外之意,这就已经不只是一个剧作者对他的观众提出的要求,因为一部戏的言外之意更多地还是要通过阅读的手段,甚至不止一遍的玩味咀嚼,才能体会到。李开先把他的两个剧本付之刻工,"有时取玩",应正是此意。

我们在明代另外几部剧本的评点文字中也看到了希望观者耐心品味的意思。徐渭的《四声猿》,虽然作者没有留下对自己这部剧作的评价文字,但当时就有人敏锐地觉出《四声猿》的内涵并非单一的,澂道人《四声猿引》说:"故将拟为晴空之霆击,清夜之钟鸣,岂仅为猿啸之哀而已哉!读《四声猿》者不特以玩其词,更当辨其声耳。"②

一般来说,适合搬上舞台的剧本,最好能做到主题鲜明,人物鲜明,重点突出,结构紧凑。舞台性使它并不讲求内容的多层次,要求通过演员的直观表演,观众在较短时间内就被它的故事情节牵引而或喜或悲或怒。

与元杂剧作家的剧本创作不同,明杂剧作家的剧本创作不是以谋生为目的,无需或不甚考虑是否能吸引观众的问题。作家的思想也并不赖于舞台的表现,而是通过阅读这一更为个人的方式传递。

二

明代杂剧的这种内容特点,在形式上的反映就是以短小、随意的方式来进行自我表达。由于不以舞台搬演为意,明杂剧的剧本创作对元代杂剧已形成的程式化体制进行各个方面的突破,形成长短不拘、折数不一、南北曲皆可、各脚色均可唱的格局。这些方面的突破,有创作时代的影响,而有些则也是剧作家为便于自我表达的有意之为。

南戏与北剧,根本在曲调的不同。一用南曲,一用北曲。二者的融合

---

① 李开先:《李开先集》,中华书局1959年版,第861页。
② 蔡毅编:《中国古典戏曲序跋汇编》,齐鲁书社1989年版,第867页。

是从合腔开始的。钟嗣成《录鬼簿》载：

> 以南北词调合腔，自和甫始，如《潇湘八景》、《欢喜冤家》等，极为工巧。①

用"南北合套"来写杂剧，更为可靠的资料始于明初。贾仲明的《吕洞宾桃柳升仙梦》，不仅采取不同脚色分唱南曲、北曲，有时还有"合唱"，完全不同于元杂剧纯用北曲、一人主唱的规律。刘东生的《娇红记》虽通本仍用北曲，但也已破一人独唱的规律，开卷即有金童玉女同唱[赏花时]一曲，下本第一折又有末旦同唱[曼菁菜]一支。至于朱有燉的《诚斋乐府》三十一种，仍有恪守元人规律之作，而打破杂剧体例的作品亦复不少，从折数、唱法、用曲等各方面，都有变更之处。《神仙会》剧第一、二、三折皆由末唱北曲，且唱南曲。祁彪佳《远山堂剧品》评此剧："北调中间用南调，调必用四，或两之，此创格也。"②周贻白则说："以杂剧而唱南曲，在以前除贾仲名曾用南北合套外，决没有过接连三折皆南北分唱者，而周宪王的作品在当时颇为流行，既有此项创举，即可为后来作家示范。"并认为"以后的南杂剧逐渐兴起，周宪王实当视作继往开来的一人"③。

朱有燉之后，杂剧体例的变化更为普遍，折数从一折至十一折不等，全用南曲之作也比比皆是，唱法更是各种均可。据曾永义的统计，明初至成化年间的杂剧作品中，遵守元人科范之作为80%，破坏者只占20%；到了中期（弘治至嘉靖），合乎科范者降为60%，改变者增为40%；到了后期（隆庆以后），合科范者仅有10%，破坏者高达90%。在明代中后期263种（包括散佚者）杂剧中，遵守元人成规者15本，改变元人科范者102

---

① 《欢喜冤家》已佚，《潇湘八景》残存，《盛世新声》、《词林摘艳》、《雍熙乐府》、《九宫正始》均收辑。《潇湘八景》一般认为是散曲作品，钟嗣成《录鬼簿》也未著录；至于《欢喜冤家》，则有人认为也是散曲，有人认为是杂剧用了埋伏曲。有人则认为就是南戏，如凌景埏《南戏与北剧之交化》，见《燕京学报》第27期；刘荫柏则认为是散曲，见《北曲在明代衰亡史略考》，《复旦大学学报》1985年2期。
② 《中国古典戏曲论著集成》（六），中国戏剧出版社1959年版，第151页。
③ 周贻白：《中国戏剧史长编》，第353页。

本①。这一统计足以说明,在明代中后期杂剧中,体例变化之作已占了绝对优势。我们再以明人所选《盛明杂剧》为例,遵守元人规范者,仅有《香囊怨》、《中山狼》、《曲江春》、《红线女》、《昆仑奴》、《虬髯翁》、《英雄成败》7本,占总数的百分之十,其余或在折数,或在曲类,或在唱法上与元杂剧有所不同。

对杂剧体制的这种变化,吴梅评朱有燉《曲江池》剧时云:"唯通剧用五折,与《赵氏孤儿》同,杂剧体例间有之,非如王辰玉《郁轮袍》,合南北词七折成书,非驴非马,不足为训耳。"②吴梅认为,《曲江池》虽为五折,但元剧中尚有此例,而王衡《郁轮袍》用南北曲七折,前无实例,则不可为训了。然而,艺术的演进,并不以人们的主观意志为转移,而这种自然的变化,仅用对与错来评说也还远远不够。

为了与元代北曲杂剧区别,还出现了"南杂剧"这一称呼。"南杂剧"一名,出自胡文焕的《群音类选》。胡文焕在《群音类选》卷二六"南之杂剧"栏目下,收有程士廉《戴王访雪》和徐渭的《玉禅师》,两剧用的皆是南北合套曲。吕天成《曲品》也于"不作传奇而作南剧者"题下将徐渭和汪道昆的作品列出并大加赞赏,而徐渭的《四声猿》中除《女状元》是以南曲填制的以外,《玉禅师》是南北合套之作,《雌木兰》、《狂鼓史》则仍为北曲之作;汪道昆《大雅堂四种》中的《五湖游》一剧也是南北合套之作。可见南杂剧的概念实际上是包括南曲、北曲和南北合套曲在内的文人剧作。

王骥德在《曲律》卷四曾自述首创南剧,他说:

> 余昔谱《男后》剧,曲用北调而白不纯用北体,为南人设也。已为《离魂》,并用南调。郁蓝生谓:自尔作祖,当一变剧体。既遂有相继以南词作剧者,后为穆考功作《救友》,又于燕中作《双鬟》及《招魂》二剧,悉用南体。知北剧之不复行于今日也。③

---

① 见曾永义《明杂剧概论》,学海出版社1980年版,第15页。
② 吴梅:《瞿安读曲记·明杂剧·曲江池》,《吴梅戏曲论文集》,中国戏剧出版社1983年版,第412页。
③ 《中国古典戏曲论著集成》(四),中国戏剧出版社1959年版,第179页。

祁彪佳《远山堂剧品》于王氏《弃官救友》(南北四折)下,有注曰:"南曲向无四出作剧体者,自方诸与一二同志创之,今则已数十百种矣。"①吕天成(郁蓝生)认为是王骥德"一变剧体",而创立了南杂剧这种新体制;祁彪佳则说南杂剧为"方诸与一二同志创立"的新体制。实际上王骥德所作仅为狭义的南杂剧(南曲四折),而不是广义的南杂剧(以南曲为主,不论折数)。"南杂剧"这一概念,在实际使用中,也存在广义和狭义之分。

张全恭在《明代的南杂剧》一文的"引言"中称:"(南杂剧)概指明中叶以后,以南曲填制的杂剧……南杂剧的时期是由嘉靖初年至明末(1522—1644),本文研究的,就是这时期的南杂剧作品。"②张全恭是将南杂剧限定为用南曲演唱的杂剧,不过,在论述具体作家作品时,他又将王衡、孟称舜、沈自徵、陈汝元、卓人月、徐士俊、凌濛初等人的作品包括在内(以上诸人的杂剧作品大部分为北曲之作),在体例上自相矛盾。

周贻白则认为,南杂剧"即系以南曲的声调排场作成的杂剧"③。郑振铎《插图本中国文学史》中,专列"南杂剧的出现"一章,郑振铎是在与元杂剧(即北杂剧)对举的意义上使用"南杂剧"这一概念的,在本书中,他把明代兼用南北曲或专用南曲的这种戏剧形式都称为南杂剧。

明中后期杂剧的变异,集中体现为南曲化的过程,这一点目前并无疑议。但是,不容忽视的是,明中后期杂剧作家的探索与追求,并不止于南曲化,还体现在对包括宋金杂剧院本的模仿和学习。

明代明确标明"院本"之作的剧本,主要有王九思的《中山狼》和李开先的《一笑散》六剧(现存《打哑禅》和《园林午梦》两种)。除此而外,朱有燉《吕洞宾花月神仙会》杂剧中还有一段《长寿仙献香添寿》院本;而在明代的小说中,也有院本演出的生动记载。《金瓶梅词话》一书曾在四处提到院本演出④。但是,这类院本是否就是宋金院本之遗,目前学术界仍

---

① 《中国古典戏曲论著集成》(六),中国戏剧出版社 1959 年版,第 161 页。
② 《岭南学报》第 6 卷第 1 期。
③ 周贻白:《中国戏剧史长编》,第 353 页。
④ 参胡忌《宋金杂剧考》,上海古典文学出版社 1957 年版。

有争议,这主要是由于宋金杂剧院本材料的匮乏。

元代夏庭芝说:"院本大率不过谑浪调笑,杂剧则不然。"[1]不少论者认为诙谐调笑就是宋金杂剧院本的特征,如冯沅君就总结院本的特性是诙谐[2],叶德均也认为:"宋之杂剧与金之院本为同实异名之物,两者均为杂技百戏及调笑之杂耍也。"[3]明代标明院本《中山狼》、《打哑禅》、《园林午梦》这几部剧,皆是嬉笑怒骂,诙谐有趣,正承继了宋金杂剧院本的这种特征。李开先的门人杨善在读了李的剧作后说:"浴目读之,不觉大笑出声。山妻叩之,从而仿像,虽无知妇人,亦能共发一笑。此书一出,得以展眉解颐如我辈者,不知几千万人也。"[4]不仅如此,明代中后期的其他一些剧作,这一特征也非常强烈,徐渭的《四声猿》、徐复祚的《一文钱》、王衡的《真傀儡》《郁轮袍》等剧,也是出之以尖刻的讥讽与笑谑,只不过它们已从一般的滑稽戏谑上升对时弊的讽刺与抨击。

从这种滑稽戏谑的风格可探知,明中后期杂剧中"短剧"的出现,也极有可能受到宋金杂剧院本的影响。

孙楷第在《近世戏曲的唱演形式出自傀儡戏、影戏考》中说:"宋之杂剧元之院本,其事既简质,其文应极短。宋杂剧今无其本,元院本之单行者今亦不传,然以李开先《园林午梦》院本与明周宪王《花月神仙会》、《金瓶梅词话》所引院本考之,其文至多不过当元杂剧之一折。"[5]朱有燉《吕洞宾花月神仙会》第二折里的《长寿仙献香添寿》,或是《中山狼》、《园林午梦》、《打哑禅》,其篇幅都仅一折,符合宋金杂剧院本的体制特征。沈德符批评:"《小尼下山》、《园林午梦》、《皮匠参禅》等剧,俱太单薄,仅可供笑谑,亦教坊耍乐院本之类耳。"(《顾曲杂言·杂剧院本》)沈德符视之为"耍乐院本",还是恰当的。但是,它们虽标为院本,保留了宋金杂剧院本的滑稽调笑和短小的特点,如《中山狼》"所用的曲律,却为北曲双调

---

[1] 夏庭芝著,孙崇涛、徐宏图笺注:《青楼集笺注》,中国戏剧出版社1990年版,第44页。
[2] 《金瓶梅词话中的文学史料跋》,《古剧说汇》,商务印书馆1947年版,第205页。
[3] 叶德均:《黄丸儿院本旁证》,《戏曲小说丛考》上册,中华书局1979年版。
[4] 李开先:《李开先集》,中华书局1959年版,第896页。
[5] 孙楷第:《沧州集》,第270页。

《新水令套》,而且卷末有题目正名,终场以生扮东郭先生唱,这形式便不像是我们所知的院本形式"①,而实在是一出杂剧。

明代中后期的杂剧作品中,一折的有 80 余种。这是个不小的数字,这当是受宋金杂剧院本影响的结果。明杂剧向宋金杂剧院本的学习,主要是由于院本的两个特点——诨体和篇幅短小,正切合了明中后期文人自由随意地表达情感的需求。

三

如果我们站在文体的角度,描述明代戏剧的发展历程,可以看到北曲杂剧的衰落和南曲戏文的兴盛构成了这一历史发展的主线。

关于北杂剧衰落的原因,学术界现今并无统一的结论,主要集中于从社会、政治、艺术三个方面进行探讨。在论及的诸种原因中,元代末期至明代,中国南北政治经济格局的变化,是一个主要的决定因素。

元代北曲杂剧的兴盛,是与元代北方经济文化重心地位密不可分的。从中唐开始,中国经济重心就已开始出现南移的趋势,并带来了南方文化的繁荣。元代由于政治重心再次移向北方,大都及其附近地区借助于行政力量的作用,文化出现了繁荣的局面,大都、平阳、真定和东平四处,成为北杂剧的四个创作中心。以中原之音为正,是当时人们的普遍认识。

但是,北方的经济文化重心地位并未长久持续下去,自至顺(1330)年间以迄元末,北方已很少出现杂剧作家和著名演员,一些新的剧作家和演员大都集中到了南方的江浙一带。随着王朝的统一,南北隔绝局面的打开,南方富裕的生活与优美的自然环境以及别具一格的文化,对北方各阶层人士产生了莫大的吸引力,处于高压统治和残酷剥削之下的汉族人民要奔向南方,谋求生路,寻求归宿;其他民族的人民,甚至是蒙古贵族也纷纷向南迁徙。元人陈旅的一首《送扬州张教授还汴梁》诗:"花边细马蹋轻尘,柳外移舟水满津。莫向春风动归兴,杭城半是汴京人。"②反映了

---

① 周贻白:《中国戏剧史长编》,第 354 页。
② 陈旅:《安雅堂集》,《景印文渊阁四库全书》集部一五二,第 1213 册,第 10 页。

杭州北人之多。江南有众多的工商业城市，其居民的生活水平比北方各大城市要高得多。譬如杭州市民，其"日用饮膳，惟尚新出而价贵者，稍贱便鄙之，纵欲买亦恐贻笑邻里"①。相比之下，作为北杂剧策源地的两河及大都周围地区，则出现了严重的灾荒和衰败景象。"元初法度犹明，尚有所惮，未至于泛滥，自秦王伯颜专政，台宪官皆谐价而得……上下贿赂，公行如市，荡然无复纪纲矣。"②大都这个城市，尽管是北方的经济中心，但对南方却存有极大的依赖性，"百司庶府之繁，卫士编民之众，无不仰给于江南"③。元末，南方战乱频仍，这个城市岌岌可危。"元京军国之资，久倚海运。及失苏州，江浙运不通。失湖广，江西运不通。元京饥穷，人相食，遂不能师矣。"④

随着元大都及两河地区经济危机的加重，大都作为北杂剧策源地的文化优势也很快丧失，据《青楼集》载，天顺（1328）以后，北方有许多杂剧女演员到了江南，又据《录鬼簿》载，在杂剧女演员南下的同时，北方许多著名的剧作家如关汉卿、马致远、白朴等晚年都到了南方；其他北杂剧作家如宫天挺、郑光祖、曾瑞、乔吉、秦简夫、钟嗣成等，则久居杭州。随着北杂剧女演员和剧作家的南迁，元代的杂剧中心也就由大都到了杭州。至顺前后以迄至元年间新出的剧作家，便大都为杭州人。

但是，上述事实并不意味着北音北调不合适江南人的口味，因此造成了杂剧在南方的衰微。实际上，杂剧在南方也出现了"一时靡然向风"（《南词叙录》）的局面⑤。

元代中叶，南方曲学家周德清在他的北曲曲谱《中原音韵》中说："混一日久，四海同音，上自缙绅论治道，及国语翻译，国学教授，言语，下至讼

---

① 陶宗仪：《南村辍耕录》卷一一"杭人遭难"，中华书局 1959 年版，141 页。
② 叶子奇：《草木子》卷四下《杂俎编》，中华书局 1959 年版，第 82 页。
③ 《元史》卷九三"食货一"，中华书局 1976 年版，第 2364 页。
④ 叶子奇：《草木子》卷三上《克谨编》，中华书局 1959 年版，第 47 页。
⑤ 周振鹤、游汝杰认为"从词汇方面看，杭州话里有许多词跟官话一致，而跟周围吴语完全不同"，"杭州话的'半官话'性质，使得属北方语言系统的杂剧可以很容易在此处生根"。《方言与中国文化》，上海人民出版社 1986 年版，第 19 页。

庭理民,莫非中原之音。"①虞集《中原音韵序》也说:"我朝混一以来,朔南暨声教,士大夫歌咏,必求正声。凡所制作,皆足以鸣国家气化之盛,自是北乐府出,一洗东南习俗之陋。"②不仅如此,他们还屡屡表现出对南音的鄙弃,如周德清所云:

> 南宋都杭,吴兴与切邻,故其戏文如《乐昌分镜》等类,唱念呼吸,皆如约韵。昔陈之《后庭花》曲,未必无此声也,总亡国之音,奚足为明世法。惟我圣朝起自北方,五十余年,言语之间,必以中原之音为正……予生当混一之盛时,耻为亡国撒戏之呼吸;以中原为则,而又取四海同音而编之,实天下之公论也。③

以中原之音为正,这实际上反映了当时人们对中原正统文化的认同。因此,琐非复初序《中原音韵》说:"以余观京师之目、闻雅乐之耳,而公议曰:德清之韵,不独中原,乃天下之正音也。德清之词,不惟江南,实当时之独步也。"④

这种观念,在明初依然盛行。如张雄飞《董解元西厢挡弹词》序云:"国初词人,仍尚北曲,累朝习用,无所改。更至正德之间特盛。毅皇帝御制乐府,率皆北调,京师长老,尚能咏歌之。"⑤

然而,随着明代立国既久,南方在经济文化上的主导地位也日益显著,文化上的自信也越来越强烈,明代文学家的地理也发生了变化:"明代的文学家,就谭正璧《中国文学家大辞典》所录,共1401人,其中有籍贯可考者1340人。在这1340位有籍贯可考的文学家中,南方占了1165人,北方只有175人,南北比率为8.7∶1.3。整个北中国的文学家,还不及南方一个苏州府(195人)的多。如果不是有具体的数字为依据,这个分布

---

① 《中原音韵·正语作词起例》,《中国古典戏曲论著集成》(一),中国戏剧出版社1959年版,第213页。
② 《中国古典戏曲论著集成》(一),中国戏剧出版社1959年版,第173页。
③ 《中原音韵·正语作词起例》,同上书,第219页。
④ 琐非复初:《〈中原音韵〉序》,《中国古典戏曲序跋汇编》,齐鲁书社1989年版,第14页。
⑤ 张雄飞:《董解元西厢挡弹词》序,《中国古典戏曲序跋汇编》,第571页。

格局几乎是令人难以置信的。毫无疑问,中国文化的重心完全移到了南方。"①人们再也不以中原正统意识为理所当然的事了。而当时的情况,如张雄飞所称:"今之缙绅先生,既多南士,渐染流俗,异哉所闻,故率喜南调,而吴越之音靡靡乎不可止已。"②在这种风气的引导之下,北曲渐渐没落,再要坚持北曲或中州音为正统,已不可能。张雄飞又说:

> 世异习殊,古音渐废,而力弗能振,每叹恨之……间闻北调纵不为厌怪,然非心知其趣,亦莫能鉴赏。其间故信而好者,大多有之。大抵新声之易悦,而古调之难知,所从来远矣。枝山祝公,博雅君子也,亦尝谓四十年来接宾友,无及此者……鸣乎,惜哉!③

既然在明代中后期,南曲传奇已占据了主导地位,那么,杂剧的写作为什么一直没有停息?虽然明代这些杂剧作品已完全不同于元代杂剧,但在明人的观念中,这些作品仍隶属于杂剧的范畴,《盛明杂剧》的编选已说明了这一事实。实际上,尽管明代北曲已不可避免地逐渐衰落,在不少文人的观念中,北曲仍然是以正音的面目出现的。嘉靖二十八年(1549),蒋孝编《南词旧谱》云:"南人善为艳词,如花底黄鹂等曲,皆与古昔媲美,然崇尚源流,不如北词之盛。"而所谓"崇尚源流",即所谓北方中州音乃古之传统音韵:

> 完颜之世,有董解元者以北曲擅场,骚人墨客,一时宗尚。类能抒思发声,下至蒙瞍贱工,亦皆通晓其义。于是乐府之家,有门户、有体式、有格势、有剧科、有声调、有引序,作者非是不取。以故音韵之学,行于中州……故人各以耳目所见,妄有述作,遂使宫徵乖误,不能比诸管弦,而谐声依永之义远矣。④

蒋孝仍以传统的北曲规范来建立南曲的体式。

---

① 曾大兴:《中国历代文学家之地理分布》,湖北教育出版社 1995 年版,第 341 页。
② 《董解元西厢搊弹词》序,《中国古典戏曲序跋汇编》,第 572 页。
③ 同上。
④ 蒋孝:《〈南词旧谱〉序》,《中国古典戏曲序跋汇编》,第 29 页。

既然以北曲为典范,那么,明代之曲要学习元曲,方符"古法典则",陈与郊为王骥德编《古杂剧》作序云:

> 百年来率尚南之传奇,业已视(北曲)为刍狗,即有其传之者,而浸假废阁,终无传也。夫元之曲以摹绘神理,殚极才情,足抉宇壤之秘。三闾而上无论,即令苏李沈宋秦黄诸君子而在,与之按节度曲,角技胜场,未知孰为左袒。千载而后,语乐于俳谐者,谁能废之也?嗟夫!新声代变,古乐几亡。今传奇之家无兼充栋,然率多猥鄙,古法扫地,每令见者掩口,是编也,即未竟大全,顾典刑具在,庶几吾孔氏存饩羊意耳。①

凌濛初《南音三籁·凡例》引沈璟语,谓:"闻今日吴中清唱,即欲掩耳而避者也",又讥"姑苏城中土音,以'庚'为'根'、'青'为'亲'耳,天下之正音皆不然也"。同时,当时的剧评者,也往往以元人剧作作为规范与标准。冯梦龙《双雄记序》:

> 夫北词畅于金元,杂剧本勾栏之戏,后稍推广为传奇,而南词代兴,天下便之。《荆》、《刘》、《蔡》、《杀》而后,坊本彗出,日益滥觞。高者浓染牡丹之色,遗却精神;卑者学画葫芦之样,不寻根本。甚至村学究手摭一二桩故事,思漫笔以消闲;老优施腹烂数十种传奇,亦效颦而奏技。《中州韵》不问,但取口内连罗;《九宫谱》何知,只用本头活套。作者逾乱,歌者逾轻。调罔别乎宫调,惟凭口授;音不分乎清浊,只取耳盈。或因句长而板妄增(如《荆钗记》"小梅香"之类)。或认调差而腔并失(如《琵琶记》"把土泥独抱"之类)。弄声随意,平上去入之不精(如读"忿"为上声,"脏"为去声之类);识字未真,唇舌齿喉之无辨。②

他认为吴人根本不知弦索,作曲根本就是乱来,所以"余发愤此道良久,思

---

① 陈与郊:《〈古杂剧〉序》,《中国古典戏曲序跋汇编》,第424页。
② 《中国古典戏曲序跋汇编》,第1342页。

有以正时尚之讹"。当时持这种态度的人并不少见,臧晋叔编《元曲选》自谓:"选杂剧百种,以尽元曲之妙,且使今之为南者,知有所取则云尔。"①也正是这个意思。

明人对北曲正统既怀疑又尊崇的复杂心态,使得他们即使在南曲传奇已占主导地位的情况下,仍以杂剧之名进行文学创作,尽管以这一名称所进行的创作已不再保持其旧有的体制规范。

臧晋叔于万历四十一年(1613)开始编选元曲的工作②,他说:

> 今南曲盛行于世,无不人人自谓作者,而不知其去元人远也。

他又评判当时的作品:

> 新安汪伯玉《高唐》《洛川》四南曲,非不藻丽矣,然纯作绮语,其失也靡。山阴徐文长《祢衡》《玉通》四北曲,非不伉俍矣,然杂出乡语,其失也鄙。豫章汤义仍庶几近之,而识乏通方之见,学罕协律之功,所下句字,往往乖谬,其失也疏。他虽穷极才情,面目愈离。按拍者既无绕梁遏云之奇,顾曲者复无辍味忘倦之好。此乃元人所唾弃而戾家畜之者也。予故选杂剧百种,以尽元曲之妙,且使今之为南者,知有所取云尔。③

臧晋叔认为,元人都是深通戏曲行业规范的行家里手,是后人学习的典范。从这一角度出发,他认为汪道昆、徐渭,甚至专写传奇的汤显祖的作品都有其疏陋之处。

明代从中叶开始,曲学家们已注意到南北剧的异同,徐翙说:

---

① 臧晋叔:《〈元曲选〉自序》,《中国古典戏曲序跋汇编》,第440页。
② 臧晋叔《寄谢在杭书》:"去冬,挈幼孙就婚于汝宁守……还从麻城,于锦衣刘延伯家得抄本杂剧三百余种。世所称元人词尽是矣。其去取识汤义仍手。然止二十余种稍佳,余甚鄙俚不足观,反不如坊间诸刻,皆其最工者也。比来衰懒日甚,戏取诸杂剧为删抹繁芜。其不合作者,即以己意改之,自谓颇得元人三昧。"(《负苞堂集》卷四,古典文学出版社1958年版,第92页。)万历四十年(1612)年,臧携幼孙赴河南入赘汝宁知府闵宗德家,四十一年春东归,取道湖北麻城,从刘延伯(承禧)家借得元人杂剧二百余种,开始《元曲选》的编选工作。
③ 臧晋叔:《〈元曲选〉自序》,《中国古典戏曲序跋汇编》,第440页。

> 元人歌寡而曲繁，明人歌存而曲佚。歌曲者，南与北之辨也。气阳则出于啴谐慢易，宽裕肉好而为南；气阴则流于噍杀猛起，奋末广贲而为北。声音之道，接于隐微，信哉。①

程羽文说：

> 其南词可付轻丝细管，二八女郎；而北调可付丈八将军，铜琵琶铁绰板。今海内盛行元本，而我明全本亦已不灭。独杂剧一种，耳目寥寥，予尝欲选胜搜奇，为昭代文人吐气，以全本当八股大乘，以杂剧当尺幅小品。②

袁于令说：

> 善采茵者，取其含苞如卵，取味全也。至擎张如盖，昧者以为形成，识者知其神散。全部传奇，如盖之蕈也，杂剧小记，在苞之蕈也。绘事亦然，文章以无尽为神，以似尽为形。袁中郎诗有"小石含山意"一语，予甚嘉之。如画石竟而可旁添片墨，非画矣，天柱地首之嵯峨，惟卷石能收之，杂剧之谓也。兵仗亦然。长鏾大戟，非不雄逞，至浑而木棍，命曰械王，以约而尺八短剑，又约而飞丸，又约而鱼肠，其器益小，力益全，为伎益难。杂剧，词场之短兵也。③

徐、程二人都提到了南、北曲的差别，二者的风格各有不同，看来，这也是当时人的一个普遍认识。除此而外，如王骥德《曲律·论剧戏》说："剧之于戏，南北故自异体。北剧仅一人唱，南戏则各（人）唱。一人唱则意可舒展，而有才者得尽其春容之致。"指出一人主唱的体制，使剧作家在主要人物的塑造上可以恣其所长，尽情发挥，有主角形象丰满之长。沈德符则认为四折和一人主唱是元剧之短："总只四折，盖才情有限，北调又无多，且登场虽数人而曲只一人，作者与扮者力量俱尽现矣。"（《顾曲杂言·杂

---

① 徐翙：《〈盛明杂剧〉序》，《中国古典戏曲序跋汇编》，第460页。
② 程羽文：《〈盛明杂剧〉序》，同上书，第462页。
③ 袁于令：《〈盛明杂剧〉序》，同上书，第458—459页。

剧院本》)一人主唱,又使杂剧的人物塑造受到严重限制。

从上述言论来看,确立杂剧这一体类的第一要素仍是曲类,即它是唱北曲的,与传奇的唱南曲不同。第二,杂剧与传奇的重要区别,在于长短,杂剧是"尺幅小品"、"词场之短兵",而传奇是"八股大乘"。应该说,他们对杂剧与传奇所长所短的论述还是精到的,也正是有了传奇这个参照系,明代杂剧才得以确立了自己的创作位置。

但是,曲类与长短虽可成为区分杂剧、传奇的重要因素,但这两个因素在明代杂剧的具体创作中,其标准却是相当宽泛的。明人虽然也指出杂剧四折一人主唱的特征,却并未把这一特征视作不可更易的本质规定。就剧作长短而言,《盛明杂剧》中所选剧作,短至一折,长至八折。就曲类而言,南北曲相杂甚至全部用南曲者占了一半以上。以南词作杂剧,成为一时之时尚,对南北曲深有研究的徐渭,也以南词创作了《女状元》。孟称舜曾评点说:"义长《四声猿》于词曲家为创调,固当别存此一种。"①他对于徐渭在杂剧体制上的新创,采取了一种宽容甚至赞赏的态度。因此,曲类的区分,更多的是风格意义上的,并非指具体的语音、曲调之别。

有明一代,在戏曲创作领域,由于南、北曲的分化,人们的论争更多地集中在对剧作用曲错乱的不满上。然而这并未能阻止在实际创作中南、北曲的混用现象。在理论研究中,明人的品评体系也没有超出诗学评论的范畴,他们仍是承继传统诗学框架,以戏剧为诗词的同宗来探讨戏曲艺术,把文辞和音律作为戏曲批评的两大支柱。实际上,要想规范两种不同的戏剧样式,除了曲的变异之外,叙事方式的差异也是重要因素。但明人所忽视的,正是这一重要因素。不仅沈泰如此,臧晋叔也是如此,他在《元曲选》序中批评汪道昆的《大雅堂四种》和徐渭的《四声猿》,觉得他们的作品或"藻丽"有余,"伉俍"不足;或"伉俍"有余,"藻丽"不足,在语言上都失却了元人的"行家"轨范。但这只是臧氏本人的看法而已,等到《盛

---

① 《狂鼓史渔阳三弄》眉批,《古今名剧合选·醉江集》,收入《古本戏曲丛刊四集》,商务印书馆1958年版。

明杂剧》来品评这些作品时,便不是这样了。

试看《盛明杂剧》中的若干批语:

> 赋以妖艳胜,巧于献态;此以婉转胜,妙在含情。(《高唐梦》)
> 句句冷人肝肠。(《五湖游》)
> 风流洒落却无妩媚恶习,不殊京兆当年。
> 只二语,风韵绝人。
> 翩翩雅趣。
> 篇中从淡处生情肖景,乐而不淫。(《远山戏》)
> 真传神手笔。
> 出调凄以清,写景婉而切,读未终而感伤,情思已在咽喉间矣。文生于情耶?情生于文耶?(《洛水悲》)
> 语气雄越,击壶和筑,同此悲歌。(《渔阳弄》)
> 似偈似诨,妙合自然。
> 是文长本色语。(《翠乡梦》)
> 苍凉慨慷,堪题画屏。(雌木兰)
> 词华绣艳,似女子风流。
> 诨处饶幽思,却有悲歌之致。(《女状元》)
> 妙语入景。(《昭君出塞》)
> 只此三字,可分元人一席。(《文姬入塞》)
> 五字如画。(《袁氏义犬》)
> 此英雄血也,正如安期生醉中泼墨石壁,尽现桃花。奇幻处风生云拥。(《霸亭秋》)①

每个剧本皆各有妙处,并不是臧氏所说的"其失也靡""其失也鄙"了。从为数不多的明代杂剧序跋中,我们还可以看到,其作者不是观剧之后,而是在"展而读之"之余,写下这些评点文字的,因而更多地是属于文章学

---

① 以上拟语皆引自《盛明杂剧》,黄山书社1992年版,第469页。

的范畴。他们品评的出发点,也是从诗词曲一体的角度论文章的好坏,而不是"专为登场"的剧本的优劣好坏。

戏剧作品包括杂剧作品,都具有两重性的特征:一方面,它是有待舞台出演的剧本;另一方面,抛除舞台性的因素,它又构成了一篇完整的文学作品。这一矛盾,不仅造成了后人评价的矛盾,也成为戏剧理论论争的焦点问题。明代文采与音律之争,基本的关键在于究竟是把戏剧看成文学作品还是表演艺术。在明代杂剧创作领域,则随处可见浸力于把玩文章、激赏曲文之士。沈泰在《盛明杂剧·凡例》中指明编选原则是:然非快事韵事,奇绝趣绝者不载。他所看重的仍是剧作的案头价值,即阅读趣味。

明人祁彪佳的《远山堂剧品》专门著录明代杂剧之作,也是戏曲理论批评史上的重要著作。祁彪佳把所收作品分为妙、雅、逸、艳、能、具六种,以"妙品"为六品之最,我们从祁彪佳对"妙品"的选目和评语中,不难发现他的品评标准。

祁彪佳对徐渭《四声猿》四个杂剧特别倾倒,他评《渔阳三弄》:

> 此千古快谈,吾不知其何以入妙,第觉纸上渊渊有金石声。

评《翠乡梦》:

> 迩来词人依傍元曲,便夸胜场。文长一笔扫尽,直自我作祖,便觉元曲反落蹊径。如[收江南]一词,四十语藏江阳八十韵,是偈,是颂,能使天花尽堕。

评《雌木兰》:

> 腕下具千钧力,将脂腻词场,作虚空粉碎。汤若士尝云:"吾欲生致文长而拔其舌。"夫亦畏其有锋如电乎?

评《女状元》:

> 南曲多拗折字样,即其二十分才,不无减其六七,独文长奔逸未

羁,不靳于法,亦不局于法。独靳决云,百鲸吸海,差可拟其魄力。

与此类似的尚有评朱有燉《烟花梦》:"内多用异调,且有两楔子,皆元人所无。"评《曲江池》:"一曲两唱,一折两调,自此始。"评王骥德《弃官救友》:"南曲向无四出作剧体者,自方诸与一二同志创之,今则已数十百种矣。"①

我们能从中看出,明人对杂剧创作中自我作祖、独辟蹊径的首创精神是肯定的,对不受拘束、奔逸不羁的创作个性和艺术力量也是赞赏的。在祁彪佳的观念中,元杂剧已形成的创作规范并非不可变更,因此,在祁彪佳的戏剧评论中,一部完美的剧本,是"境界妙,意致妙,词曲更妙",而境界之妙则在于要脱俗,对明人剧作中诸如"内多用异调,且有两楔子"、"一曲两唱,一折两调"等改变了元杂剧体制的情况,祁彪佳非但不以之为出格、不合体例,反而认为是一种创新。

《盛明杂剧》所收杂剧剧本,体例上大部分已全然不同于元杂剧,但无论是编选者还是作序者,对这一点都不甚重视。其批语,满篇仍是诸如"妙在含情"、"从淡处生情肖景,乐而不淫"、"真传神手笔"、"词华秀丽"等等,着重的是对剧本内容及字词的点评,而对剧本结构体制的探讨均未涉及。也正是这种不重视,使得明杂剧在旧有杂剧体制瓦解的过程中,一直未能建立起一个成熟的艺术形态所应有的新的规范。

明杂剧作家也不是完全没有探索过杂剧的出路问题。后人大都把王九思作为奠定短剧基本形式的作家,其实王九思倒不是有意识地进行这一创举的,他在罢归后的蓄声伎、学作曲,都不过是为了排遣失意不得志的苦闷罢了。他的主张是:"风情逸调,虽大雅君子有所不取,然谪仙、少陵之诗,亦往往有艳曲焉。或兴激而语谑,或托之以寄意,大抵顺乎情性而已。"②他的两剧作《中山狼》和《杜子美沽酒游春》,不论是否是对李东阳的影射,其讽喻意味都是非常强烈的。这两部剧作,《杜子美游春》是

---

① 祁氏评语皆引自《远山堂剧品》,《中国古典戏曲论著集成》(六),中国戏剧出版社1959年版。

② 王九思:《碧山续稿序》,《渼陂集》,伟文图书出版社有限公司1976年版,第1065页。

完全按照杂剧体例写作的,而仅为一折的《中山狼》剧则标明为"院本",可见,王九思本人对杂剧的体例是十分清楚的。但这种一折的短剧,虽然规模小,情节简略,却非常适合"顺于情性"式的自我表达,因此,许多剧作家效法该剧的作法,短小的抒情剧也因此而成为明代杂剧创作流风。

但短剧毕竟内容单薄,作者的内在情感不能让人轻易探出,沈德符就说:"《小尼下山》、《园林午梦》、《皮匠参禅》等剧,俱太单薄,仅可供笑谑,亦教坊耍乐院本之类耳。"①在传奇以情节曲折复杂取胜的局面之下,明杂剧作家也曾尝试过有事则长、无事则短,根据情节发展的需要定其长短的新体制。除了大量的抒情短剧而外,徐渭的杂剧名作《四声猿》,以十出的篇幅写四个故事,实际是四个杂剧。这四个杂剧,虽题材情节大不相同,却统一在一个共同的主旨之下。这样,既可以使作者的意绪得到充分发挥,又避免了传奇拖沓之弊。徐渭的这一创新得到了普遍认可,许多剧作家模仿《四声猿》的组合方式作剧,《太和记》十出,"每出一事,似剧体,按岁月选佳事,裁制新异"(吕天成《曲品》);车任远把《蕉鹿梦》、《高唐梦》、《邯郸梦》、《南柯梦》编为一本,名曰"四梦";另外像叶宪祖《四艳记》、沈自徵《渔阳三弄》、来集之《秋风三叠》、傅一臣《苏门啸》等也是这样的体例。这些剧作在长度、音乐、脚色上都与元杂剧的作法相距甚远而较靠拢传奇,因而又造成了分类上的困惑。

无论是抒情短剧,还是合几个故事为一本,明杂剧作者的着眼点都是能够自由地抒情写志。这些作法,都已离元代确立的真正意义上的杂剧相距甚远了。沈德符便说:

> 北杂剧已为金、元大手擅胜场,今人不复能措手。曾见汪太函四作,为《宋玉高唐梦》、《唐明皇七夕长生殿》、《范少伯西子五湖》、《陈思王遇洛神》,都非当行。惟徐文长渭《四声猿》盛行,然以词家三尺律之,犹河汉也。梁伯龙有《红线》、《红绡》二杂剧,颇称谐稳,今被俗优合为一大本南曲,遂成恶趣。近年独王辰玉大史衡所作《真

---

① 沈德符:《万历野获编》卷二五"词曲·杂剧院本"条,中华书局1959年版,第648页。

> 傀儡》《没奈何》诸剧，大得金、元蒜酪本色，可称一时独步。然此剧俱四折，用四人各唱一折，或一人共唱四折，故作者得逞其长，歌者亦尽其技，王初作《郁轮袍》，乃多至七折，其《真傀儡》诸剧，又只以一大折了之，似尚隔一尘。①

可见，不仅有以南曲作北剧的，就是严守规范之作，也会在实际演唱中被改为南曲。

杂剧发展到这个地步，自然会引起有些人的不满。万历末年以至崇祯年间，元剧的选集、全集的刊行，更犹如雨后春笋，除了臧晋叔在万历四十四年刊行了《元曲选》外，尚有以下诸种：

《阳春奏》，黄正位编，万历三十七年刊。

《古名家杂剧》，陈与郊编，万历年间刊。

《元明杂剧》，无名氏编，万历年间刊。

《顾曲斋所刊元曲》，顾曲斋编，万历年间刊。

《古今名剧合选》（《柳江集》《酹江集》），孟称舜编，崇祯六年刊。

经过这种刊行古籍的提倡，天启以至崇祯末的二十年间，北剧的仿作盛极一时，《盛明杂剧》中所选的作品，如孟称舜的《英雄成败》《死里逃生》，陈汝元的《红莲债》，徐士俊的《春波影》，卓人月的《花舫缘》等，均为四折；作品里也有用楔子的如《英雄成败》《春波影》。但在脚色音乐方面，这些仿古的作品也不再依元人的遗律，角色数目比元剧增加了，名称也不同，曲子也是任何脚色都可唱，有分唱，有合唱。特别是，这些作品所用宫调曲牌尽管是北曲的宫调曲牌，但真正唱起来，已完全不是北曲之音。这一点，沈宠绥在他的《度曲须知》里记录得最为详尽："今之北曲，非古北曲也。古曲声情，雄劲悲激，今则尽是靡靡之响。今之弦索，非古弦索也，古人弹格，有一成定谱，今则指法游移，而鲜可捉摸。"他又说："迩年声歌家颇惩纰缪，（北曲）竞效改弦，谓口随手转，字面多讹，必丝和其肉，音调乃协，于是举向来腔之促者舒之，烦者寡之，弹头之杂者清之。

---

① 沈德符：《万历野获编》卷二五"词曲·杂剧"条，第647—648页。

运徽之上下,婉符字面之高低,而厘声析调,务本《中原》各韵,皆以磨腔规律为准。一时风气所移,远迩群然鸣和,盖吴中弦索,自今而后始得与南词并推隆盛矣。"①可见,这些复古之作实离元剧的真正风貌远甚。

戏曲家们为抬高戏曲的地位,不断地做着为戏曲正名的工作,如元代夏庭芝即认为杂剧在"君臣、父子、兄弟、朋友"等关系上"皆可以厚人伦、美风化"(《青楼集·志》)。由元入明的高明又以"不关风化体,纵好也徒然"(《琵琶记》"副末开场")的明确口号把戏剧引上伦理教化之路。但是,对戏曲创作的鄙弃与不屑也一直未终止过,明代戏曲大家汤显祖,即便到了以"临川四梦"享誉天下的时候,仍有人对他表示惋惜:"张新建相国尝语汤临川云:'以君之辩才,握麈而登皋比,何渠出濂、洛、关、闽下?而逗漏于碧箫红牙队间,将无为青青子衿所笑!'"②

戏曲被视为卑体邪宗,已属不幸。而明代杂剧创作的不幸还在于,和方兴未艾的传奇相比,它又因处于竞争系统之外,成为非流行的艺术样式,明确地说,是由一种综合的艺术形式变为一种文体样式。人们对它"不能够施诸当场串习"、"一般不适于舞台演出,而仅仅成为文人案头欣赏的东西"的论断是符合实际情况的。孟称舜《古今名剧合选·自序》说:"迩来填词家更分为二,沈宁庵专尚谐律,而汤义仍专尚工辞。二者俱为偏见。然工辞者,不失才人之胜,而专尚谐律者,则与伶人教师登场演唱何异?予此选去取颇严,然以辞足达情为最,而协律者次之。可演之台上,亦可置之案头赏者,其以此作《文选》诸书读可矣。"③这段话看似提倡文辞与音律并重,但在实际上,能做到不偏不倚近乎不可能,而孟称舜以曲选为《文选》,仍是更多地偏重于剧作的案头价值。杂剧作家们在痛快地进行自我表达的同时,又忽视了自己的创作是否合乎剧体的既定规范,是否适于舞台搬演的问题。

应该说,明杂剧作家对创作道路的探索一直没有停止。虽然相对于

---

① 沈宠绥:《度曲须知·弦索题评》,《中国古典戏曲论著集成》(五),中国戏剧出版社年1959版,第202—203页。
② 陈继儒:《〈批点牡丹亭〉题词》,《中国古典戏曲序跋汇编》,第1226页。
③ 《中国古典戏曲序跋汇编》,第445页。

元杂剧和明传奇来说,明杂剧比较强调表达作者的个人意绪,但明杂剧作家在强调个人意绪表达的同时,更希望找出一种既适于抒情言志,又足以与传奇抗衡的新的杂剧体制。抒情短剧与几个故事合为一本的创作都是这种努力的表现,这些努力本身都是极有价值的。但是,除了抒情性以外,叙事性也是戏曲文学的本质特征之一,而明代文人杂剧情节的淡化和戏剧性的消失,以抒情写志为主的趋向,都使它脱离了叙事文学以再现为主的根本特征,而向抒情文学靠拢。

明代杂剧的问题,就是它对戏剧本质特征的悖离太远,超出了接受者的期待限度,从而弱化为只能在创作者,或与创作者具有相似文化背景或社会地位的群体中流通的东西①。离开演员的表演,戏剧就尚未构成一次完整的创作活动。任何一个剧作家,为了使他的作品得以普遍接受,在创作中都不得不考虑自己的作品是否合乎规范的问题。这种对规范的要求,又和它是否能合于场上表演密切相连,换句话说,明代杂剧自由的审美创造是以牺牲自己作为戏剧的表演本质为代价的,这既是它的幸运,也是它的不幸。

第四节　折子戏演出本的创作方式
——以《缀白裘》为例

受制于观众要求、演出场所、演出时间、戏班大小等因素,中国古代戏剧也有不同的演出形式,如连台本戏、全本戏、折子戏等。折子戏作为一种重要演出方式,它的特点就是从全本戏中取出一折,在情节上具有相对

---

① 陶东风《文体演变及其文化意味》曾探讨读者的文体期待在文体演变中的作用,指出:"为了阅读文字,我们必须懂得语言规则,也就是交流活动中的'代码','代码'则以成规化为共同遵守的'契约'。那么成规又是从何而来? 回答必然是:文化传统造就了成规并把它教会给我们。'我们在孩提时代起就在讲故事的成规中受到训练。而且,正如我们懂得自己地区的方言一样,那些从特定批评流派那里获得其解释技巧的人也倾向于以同样的方式谈论和解释。'解释的不同是因为读者的不同,读者之间的差异则不仅仅是因为个性,更由于他们在阅读中所使用的成规不同。"云南人民出版社 1994 年版,第 112 页。

独立性，在表演上唱念做打具有特色的演出①。但是它并非只是简单地从全本戏中抽出一折来演出。为适应舞台演出的需要，在剧本方面，艺人们对原本进行增删修改，无论内容、结构、情节以说白唱词都与原本有程度不同的出入，形成了重人物性格塑造，脚色分工细致的独特表演风格。

明代嘉靖时期，仍以全本戏演出为主，但在厅堂演出中已经出现了"插一出"的表演形式②。

至清代，随着全本戏创作的衰落，可供演出的新剧极少，折子戏的演出形式却不断勃兴，最终代替全本戏而成为舞台的新时尚。清代乾嘉之际折子戏的演出方式，不仅形成了近代戏剧表演体系的规范，而且使清代戏剧舞台的审美视角，从以剧本为中心转移到以艺人为中心，标志着中国戏剧史的一个新阶段。

刊行于乾隆年间的清代折子戏选集《缀白裘》，大量收录当时流行的折子戏演出剧目，是反映当时舞台演出实貌的舞台记录本。《缀白裘》的编辑始于乾隆二十八年(1763)，"此书所选都是当时歌场中最流行的剧目，内容不仅有雅部的昆曲，而且还包罗了花部诸腔。它选录的曲文和说白一律按戏班的串演本为标准，不以传奇的文学剧本为根据"③。《缀白裘》面世之后，经过多次排印，其排印本之流传变化，前人已有详细考述④。而《缀白裘》不同时期的各种版本，也有不同的变化以及雅俗之别⑤。为论述方便，我们以易见的通行本为例，说明民间演出脚本的性质⑥。

---

① 参见徐扶明《折子戏简论》，《戏曲艺术》1989年第2期。
② 袁中道《游居柿录》卷一二云："阮集之行人来，言及作宦事。予谓兄正少年，如演全戏文者，忽开场作至团圆乃已；如予近五旬矣，譬如大席将散时，插一出便下台耳。"《珂雪斋集》，上海古籍出版社1989年版，第1386页。
③ 吴新雷《〈缀白裘〉的来龙去脉》，《南京大学学报》1983年第3期。
④ 参吴敢《〈缀白裘〉叙考》，《徐州教育学院学报》2001年第3期；林鹤宜《清中叶畅销书〈缀白裘〉地方戏的刊行、流传和腔调衍变》，《明清戏曲学辨疑》第197—245页，里仁书局2004年版。本文所使用的《缀白裘》文本，采用汪协如校本，中华书局1955年版。
⑤〔日〕根山徹《明刻清康熙间重修本〈缀白裘合选〉初案——〈缀白裘〉的成书和转变》，讨论了"合选"本和通行本之间有雅俗之别，显示了剧本用于不同阶层。(《东方学》第93辑)
⑥ 1928年，汪协如在胡适、程健行支持下，用时两年余，以四教堂本为底本，完成《缀白裘》的校刊。1937年由中华书局铅印出版，胡适作序，成为目前易见之本。本文即采用此本。

一

全本传奇创作的停滞不前及其演出时间的冗长,都对折子戏的流行起到了推动作用。折子戏从全本戏中脱离出来,也说明此时观众的审美需求已逐渐由对情节内容的关注转为对表演技艺的欣赏。而剧本作为演出的基础,能否根据舞台演出需要调整结构、修改情节、拓展表演空间,就成为舞台表演能否成功的关键。

折子戏剧本的编创,最重要的当然还是情节结构的建构。一般的方法,就是从原本一出中,取出其精彩部分。如《缀白裘》中的《鹅毛雪》,便是折取《绣襦记》第三十一出《襦护郎寒》的前半部分乞丐们唱莲花落这一情节,而删除了后半部分郑生行乞到李亚仙门前,李用绣襦为其御寒的情节。又如《缀白裘》中的《请医》,取自《幽闺记》第二十五出《抱恙离鸾》前半部分[①],舍弃了后半部分王父拆散蒋王二人的情节,又大量添加庸医宾白,使之成为一出经典的净行本工戏。

至于比较复杂的方式,从《缀白裘》所选折子戏来看,折子戏的剧本结构调整方式,主要有将原作一分为二或合二为一,以及在原本基础上再生发这几种方式。

《缀白裘》最为常见的结构调整方式,是一分为二。如将《红梨记·潜窥》分为《踏月》和《窥醉》,《双珠记·剑击淫邪》分为《诉情》和《杀克》,《琵琶记·南浦嘱别》分为《分别》和《长亭》,《玉簪记·姑阻》分为《姑阻》和《失约》等。

将原作一分为二,主要出于以下原因:其一,原出有两个主要脚色,且在唱念做打方面均有各自较大的表演空间。分为两折后再加以发展丰富,就变成了两折独立的脚色本工戏。以《红梨记·潜窥》为例,前半部分为谢素秋向老旦吐露心事,对月自怜自叹。后半部分是两人躲于暗处,偷听赵汝州醉酒后自语相思之情。一分为二后,谢素秋的踏月、赵汝州的

---

① 汲古阁《六十种曲》本为第二十五出,世德堂本则为第二十八折《隆兰拆散》,请医看病的情节内容基本一致,但曲白有异。

醉态,在"唱"和"做"都各自拓展了的表演空间,成为流传的脚色本工戏。

其二,原剧一出中包涵了不同的情感基调,一分为二后,成为各具特色的二出折子戏。如《白兔记·私会》,先是丑扮牧童与生、旦吵闹打趣,是喜剧场面。然后生扮刘知远与旦扮李三娘相会,先后有惊疑、试探、悲诉等场景,是以唱工为主的悲情戏。后净扮李洪一上场与刘知远争斗,则又是一出闹剧了。《缀白裘》本中分为《麻地》和《相会》两折,前半部分成为一出热闹的丑本戏,后半部分删除了李洪一的戏份,成为一出纯粹的生旦悲情戏。

又如《玉簪记·姑阻》,《缀白裘》分为《姑阻》和《失约》,因为原剧前半部分是潘必正前去赴约,不料遇到姑母。潘为了脱身,不得不百般遮掩,剧情的基调是滑稽调笑的。而后半部分则是潘与陈妙常会面后的场景,是典型的生旦戏。分而演之,各自的特点都得到了突出加强。

以上所说两个原因,主要脚色的不同和情感基调的不同,在折子戏剧本的编创中,也常是共同出现的。如《幽闺记》的《绿林寄迹》一出,被《缀白裘》分为《大话》和《上山》两折。原出写众寇发现一顶头盔,决定凭说大话的能力来确立戴头盔的人选。净、付两脚色有许多因戴头盔不成的抖、摇、跳等动作,极尽插科打诨之能事,是唱念做打俱全的一出丑本戏。后半则是众寇下山打劫,与生相遇厮杀,是一出以武生为主角的武打戏。前后部分脚色不同,情感基调不同,要表现的重点也不同,分而演之,各具光彩。又如《鸣凤记·陆姑救易》分为《醉易》和《放易》,也是表演重点一在严世蕃设法灌醉易弘器,一在陆姑设计放走易弘器。

相比之下,合二为一在演出本中虽然较少,但也有这样的情况。典型的如《缀白裘》将《寻亲记》第十三出《发配》后半部分,和第十四出《贿罪》,合为《府场》一折。而且,将《贿罪》的情节放在了《发配》的前面,这样生旦生离的痛苦,也因为前面张敏的贿押而得到了加强,戏剧情感更具张力。

除了对原作进行结构调整以更适于舞台演出之外,一些原作中非常不起眼的过场戏,经过艺术的加工再创,也成为新的名作。

如《北醉隶》作为一出历久不衰的付脚本工戏,在原作《红梨记》第二十一出《咏梨》中,仅是极普通的过场戏:皂隶被钱太守派去请赵汝州赴宴,且皂隶有白无唱。《缀白裘》经过对曲词、科介、情节的增补,成功地表现了皂隶的醉态。"整套北曲,唱做俱全,而且在表演方面,还有特出之处,可见老前辈们的创造力非常高明。"①再如《秦本》,传奇《精忠记》并无这一情节。《缀白裘》根据秦桧自述害死岳飞后心神不宁,要往灵隐寺拜祭这一情节,生发了秦桧欲将忠良一网打尽,被岳飞阴魂击打,惶惶不安的一段表演。这出折子戏在表演上未必能有很大的创新空间,但揭示的因果报应的剧情内核,显然迎合了民众的心理需求。

可见,折子戏剧本创作的立足点皆围绕剧本的表演空间、观众的审美需求和心理需求。

二

作为案头本的文学剧本,更注重情节完整、曲词完美,而未必十分强调表演的细微之处,因为这是演员表演的部分,与剧本无关。但我们看到,作为戏班串演本的《缀白裘》,在剧本细节上也进行了精心处理,让我们通过剧本也可以感受想象舞台表演的生趣。

《缀白裘》对细节的处理,主要通过增删补等方式来完成。以《绣襦记》"打子"为例,《六十种曲》本为:

> (外)你去买。(末)吓。(外)咦,买个大些的,连你这狗才多盛在里头。(末)不买。

《缀白裘》本则为:

> (末)吓大相公吓!(外)咦,狗才谁要你哭。(末)不哭。(外)这等可恶,果然死了。(末应介)(外)真个死了?(末)是。(外)元和。(末)大相公。(外)咳,我郑儋有何得罪祖宗,养这不肖子玷辱

---

① 华传浩演述,陆兼之记录整理:《我演昆丑》,上海文艺出版社1961年版,第109页。

门墙。(看须悲介)宗禄,你方才说去买……(末)买棺森。(外)买也罢,不买也罢。(下)

"果然死了""真个死了"的追问,对儿子名字"元和"的呼唤,"看须悲介"的动作展示,"买了罢,不买也罢"的情绪,都更细腻地表达出郑儋对儿子的复杂心情。《缀白裘》本较《六十种曲》本"连你这狗才多盛在里头"的调侃,处理得更为合乎合乎情理。

又如《吃茶》一戏,在《六十种曲》本《鸣凤记》第五出"忠佞异议"中,只是一笔带过。杨继盛因上本一事去拜访赵文华,茶童上茶后,赵特意说茶是严东楼(即严嵩之子严世蕃攻,号东楼)赠的,杨却说"茶便好,只是不香"、"恐怕这滋味不久远",赵文华只得十分无趣地转移话题。《缀白裘》本将这简单的几句对话扩展为:

(付问丑)走来。这茶是那个烹的?(丑)是茶童烹的。(付)把茶童跪着!(生)老先,这茶也烹得好,为何把尊使这行难为?(付)老先有所不知,此茶名为"阳羡茶";圣上赐与严太师,太师赐与东楼,东楼转送与学生,待他父子往来才烹此茶,这小厮不知,胡乱把来烹掉了。(生)这等说,难道下官吃不得此茶么?(付)茶怎么说吃不得?自古官有尊卑,茶有高下。(生)世有炎凉,国有忠佞。(倒茶在地介)(付)换茶。

原作只是就茶所进行的谈话,如果细细体味,"只是不香""滋味不远"之语,业已暗含了杨继盛的不屑,但寥寥两句,转瞬即逝间,观众很难明了其中的深意,恐也以为只是就茶的好坏所进行的简单交谈。《缀白裘》本却借吃茶,将赵文华的阿谀诡媚,杨继盛的桀傲自重表现了出来。

从这个例子也可见出,言简意赅、含蓄蕴藉的文字,案头欣赏细品是不妨的,但不适合舞台方式的传达。剧场环境中,就得把内中含义通过各种表演方式说细、说透。一个细节变成为一出戏,说明改编者不仅理解了文字的含义,而且深谙剧理。

为吸引观众,折子戏演出本在情节方面的最大特点,还是增加了许多插科打诨的细节。如《西厢记·寄柬》增设琴童与红娘取笑打趣。《绣襦记·扶头》增设乐道德,用一块泥当作铜钱银子去骗吃骗喝的情节。

除了细节的增添,对于原本或与整体剧情基调不协调、与脚色性格不符合的情节,《缀白裘》也作了相应的删改,力求表演的精致洗练。

如《彩楼记·辨踪泼粥》,《六十种曲》本中有许多有损吕蒙正形象的细节。如吕蒙正责怪妻子怠慢送米的院公,夸口说自己若在家则要设筵席招待。原作中还有丑扮仆人前来送衣的情节:

> (丑白)我是师爷那边过来的,今当大比之年,请相公上京应试。头巾蓝衫在这里。(蒙正白)你不要去了,把件东西送你。(刘千金白)是什么人?(蒙正白)学里师爷邀我应试,头巾蓝衫在此。(刘千金白)用心□□功名。(蒙正白)来人把件东西送给他才好。(刘千金白)就把这银子送他罢。(蒙正白)你道舍得。我有道理!承一碗米来与他。(丑白)吕相公快些出来,我去了。(蒙正白)来了。大哥,难为你远来,有件东西不好出手。(丑白)不拘什么,我拿了去罢,相公。(蒙正白)不要笑话。(丑白)我不笑话。(蒙正白)我有碗透熟的白米与你。(丑白)我不要,我不要。(蒙正白)你转来,嫌少还有一把添你。吕蒙正时运转了。娘子,方才与他一碗白米,他竟不要。

这些情节体现了书生虚荣好面子的性格特征,但本出重点在于表达吕蒙正夫妻贫贱间的相濡以沫,这些情节就属节外生枝了,所以《缀白裘》中的《泼粥》便全部删除了。《六十种曲》本的"辨踪泼粥",还用大量宾白描述吕蒙正回家后,因疑心妻子刘千金不贞,将其端来的粥泼掉,还反复盘问。不免让人觉得吕蒙正是个心地褊狭之徒。《缀白裘》本则先就让刘千金说明原委,泼粥是因为吕蒙正天寒手颤,拿不住碗而失手将粥泼掉,夫妇二人相对而泣。吕夫妻二人的贫寒辛酸之情,极其动人。吕蒙正的性格也更为纯粹。

从《缀白裘》本对原作情节、细节的改动,不难发现集中情节、纯粹性格、提炼细节等方法,也全部是围绕着舞台演出的需要而进行的。

三

针对以往剧本创作不重宾白的情况,李渔曾在《闲情偶寄》中说:"曲之有白,就文字论之,则犹经文之于传注。就物理论之,则如栋梁之于榱桷。就人身论之,则如肢体之于血脉,非但不可相无,且觉稍有不称,即因此贱彼,竟作无用观者,故知宾白一道,当与曲文等视。"①

一般而言,文学文本宾白易于书面化、案头化、类型化。《缀白裘》本在宾白上的创造,使宾白摆脱了书面化、案头化的弊端,转向生活化、口语化、个性化,符合《闲情偶寄》所谓"使心曲隐微,随口唾出,说一人,肖一人,勿使雷同,弗使浮泛,若《水浒传》之叙事,吴道子之写生,斯称此道中之绝技"②。

相比原本宾白,《缀白裘》本相当注意对白的生活化和日常化。如场上两人相见,文学本常是以一句"相见介"带过,而《缀白裘》本则往往利用这一场景,充分体现脚色的人物的性格特征。如《荆钗记·前拆》中,送信的承局与王十朋母相见,《六十种曲》本的对白有"(老旦)那个王状元。(末)就是王十朋状元。(老旦、旦)可有书么"这三句。《缀白裘》本则为:

> [赚]渡口离船,早来到钱家宅院前。咱不免偷闲先下彩云笺。有人么?(老旦)甚人言?(末)不免径入。(老旦)原何直入咱庭院?(末)为一举登科王状元。(老旦)那个什么王状元?(末)就是王梅溪老爷。(老旦)吓,王梅溪?这就是小儿了吓。(末)如此说,是太夫人了?失敬了。(作揖介)(老旦)不敢请问先生是那里来?到舍有何贵干?(末)小子是省堂承局。因来便特令捎带家书转。(老旦)有劳了。

演出本就增加了承局和王母之间的生活化对白,符合两人身份,丰富了舞

---

① 李渔:《闲情偶寄·词曲部·宾白第四》"语求肖似"条,《中国古典戏曲论著集成》(七),中国戏剧出版社1959年版,第51页。
② 同上书,第54页。

台趣味性。

又如《红梨记·盘秋》，原本只有"见介各道磕头"一句，而演出本则为：

> （贴）夫人。（旦）素娘。（贴）夫人在上，贱妾叩见。（旦）不消长礼罢。（老旦）夫人，老婢叩头。（旦）不消，请起。（扯住介）素娘请坐。（贴）夫人在上，贱妾岂敢坐。（旦）不妨。请坐了好讲。（贴）告坐了。（旦）花婆也坐了。（老旦）阿哟，这个奴婢怎敢？（旦）老爷不在此，坐坐何妨？（丑）老爷弗拉里，坐坐个弗番道个。（老旦笑介）吓，吓，老爷不在，我也坐坐如此没，老婢告坐了。

这一番坐与不坐的对白，体现着人情物理，中国戏剧在意象化特质的同时，仍有真实化、生活化的一面。

《缀白裘》本还往往将原本的一人独白，改为两人对白。这种改动最大的优长，当然是在舞台上增加演员之间的互动，因为一人独唱易于沉闷，两人对白则有来有往。

如《荆钗记·绣房》一出，玉莲的姑姑（丑）劝说玉莲允嫁孙汝权。原本以唱为主，《缀》却在唱词中间插入姑姑的对答（对白部分以黑体表示）：

> ［梁州序］他家私迭等，良田千顷，富豪声，振欧（瓯）城。他也不曾婚聘，专浼我来求你年庚。**要依我个嘘。**
>
> （旦）他凭的财物昌盛，愧我家寒。
>
> （丑）**哩乱要来攀呒吓。**
>
> （旦）自料难厮称。（丑）这段姻缘料想是前定，恁女缘何不顺情？你休得要恁执性。
>
> （旦）**儿子吓，个是要依呒丢娘个嘘。**
>
> （旦接）【前腔】他有雕鞍金凳，重裀列鼎，肯娶我裙布钗荆。
>
> （丑介）**妆奁渠乱才备端正乱个哉。**
>
> （旦接）反被那人相轻。
>
> （丑介）**个是再弗个哪。**虽则是你房奁不整，他见了你的恭容，

自然要相钦敬。(旦)严父将奴先已许书生。

　　(丑介)**难道更改弗得个?**

　　(旦)君子一言怎变更?

　　(丑介)**个头亲事,直头要依我个。**

　　(旦)实不敢承尊命。

　　(丑)**住子。个头亲事,元弗是我个主意嚄哪。**

【前腔】这是你爹娘俱应承。问侄女缘何不肯?恁推三阻四,莫不是行浊言清?

　　(旦)枉自将奴凌併。

　　(丑)**屈吓,啰个僭凌併子吪了?**

　　(旦)阿呀!**姑娘吓,**便刎下头来,断然不依允。

　　(丑)**阿是杀灭吪乱姑娘僭?弗是我夸口说**:论我作伐,宅第尽传名。十处说亲,到有九处成,谁似你这般假惺惺。

黑体部分,皆是原本中没有的。剧中丑反复相劝,旦始终推辞。这样,就避免了原作中旦一人独唱,丑却无戏可作的弊病。这样一来一往,旦的坚贞自傲,丑的巧言令色、直至恼羞成怒,都得到了充分体现。

近代京剧界有一段齐如山帮助梅兰芳改戏的佳话。1912年,刚刚崭露头角的梅兰芳在天乐茶园演出《汾河湾》,据说这是齐如山第一次观看梅的演出。当台上薛仁贵唱到"窑门"一段,饰柳迎春的梅兰芳则按照传统的演法背对观众,一动不动。

这出戏也是当时人们熟知的折子,而当时的剧场大多是来"听戏"的观众,戏迷们闭着眼睛,随着板眼摇头晃脑,陶醉其中,听到好处才睁开眼睛大声喝彩叫好。但齐如山以为,这种旧式的演法并不足凭。于是写信给梅兰芳,谈了表演与剧情如何结合的问题:假使有一个人说,他是自己分别十八年的丈夫,自己不相信,叫他叙述身世,岂能对方在滔滔不绝地叙说着,自己却漠不关心呢?

　　但如《汾河湾》之旦脚,则决不可偷懒,因一上场之引子定场诗,皆系惦念其丈夫之辞,生脚唱词中又云"我是你丈夫转回程",旦脚听着安得不动心？自己接唱之词又有"说得明白我想认,说得不明罪非轻"等句,则以后生脚所说之话必要用心细听无疑；既听其述及自己夫妇当年受苦之情形,决不能默然置之毫不动心,则此处之表情不但不可缺少,且为此剧之重要关节。设一偷懒,则全剧精神尽失矣。足下对于此处毫不注意,是一大缺点,想当初教习传授时即如此也。①

梅兰芳再次表演《汾河湾》,当扮演薛仁贵的谭鑫培唱到那一段时,梅兰芳忽然站起身来,与谭的唱段内容相配合,身段、表情丝丝入扣。

齐、梅的这段往事,一直作为中国剧界由传统的"听戏"逐步演进为"看戏"的例证。反观上述《缀白裘》将一人独唱改为两人言词往来的变动,我们也许可以说,这种注重剧情、脚色与表演之间的关系的理念,注重每个脚色都有戏可做,在折子戏舞台上业已开始了。

《缀白裘》本《绣房》这一段白语,也用了昆剧净丑戏中广泛采用的苏白。李渔曾在《闲情偶寄》中提出"少用方言"的观点,他说:"近日填词家,见花面登场,悉作姑苏口吻,遂以此成律。每作净丑之白,即用方言,不知此等声音,止能通于吴越,过此以往,则听者茫然。传奇天下之书,岂仅为吴越而设？"②李渔之说虽也有一定道理,但也显然没有考虑到戏剧的地方性问题。徐扶明曾就昆剧净丑戏中的苏白问题,指出其符合演出实际、迎合观众口味、有生活气息的特点等③。

古代剧本在创作时曾运用类型化的手法,构建了中国戏曲程式化、类型化的风格特点。如酒店小二上场白,均为"买卖归来汗未消,上床犹自

---

① 原信见王晓梵整理《与梅君兰芳书》,《万象》2008年第6期。齐氏在1950年代所撰写的回忆录中对此信亦有转述,但与原信有所不同。此段回忆录则作:"不但主角,而且这一段是全戏主要的一节,承认他与不承认他,全在这一套话,那么这套话可以不注意吗？再者听到他说起当年夫妻分离的情形来,自己有个不动心不难过吗？所以此处旦角必须有极恰当的表情,方算合格,将来方能成为好角。"《齐如山回忆录》,中国戏剧出版社1988年版,第107页。

② 《闲情偶寄·词曲部·宾白第四》"少用方言"条,《中国古典戏曲论著集成》(七),中国戏剧出版社1959年版,第60页。

③ 徐扶明:《试论昆剧苏白问题》,《艺术百家》1989年第1期。

想来朝"①。这样演员一出场一张口,观众就知道他是哪一类型的人物了。这种程式化的表达方式固然有助于观众对剧情的理解,但是也造成人物个性不足的问题,所有本子里的店小二都是性格模糊的同一类型人物。

《缀白裘》已经有意识地让每一个登场人物皆是有面目、有个性的。即如前述《荆钗记·前拆》中送信承局这一个小脚色,于情节推动没有什么关系,但剧本也通过他与王母的对话,来显示他是一个行走江湖知礼识数之人。至于主要人物,则更加着意于宾白的作用了。如《玉簪记·秋江送别》,潘必正临行时,先是说:"侄儿还有些要紧书籍不曾带得,转去取了来。"接着又说:"舡家,只怕今日江中风大,去不得。"然后又说:"八钱银子还不肯?姑娘回去,明日再来叫罢。怎么受这样小人的气!"因为不愿意离开陈妙常,最后竟然想出船钱太贵的借口。这些宾白,在《六十种曲》本《玉簪记》的第二十三出《追别》中,都是没有的。《秋江》能成为昆曲折子戏中的经典,与艺人的观察力与创造力也密不可分的。

《缀白裘》本也注意加强宾白的科诨力量。李渔曾在《闲情偶寄·词曲部》"科诨"条中说:"插科打诨,填词之末技也,然欲雅俗同欢,智愚共赏,则当全在此处留神。文字佳,情节佳,而科诨不佳,非特俗人怕看,即雅人韵士,亦有瞌睡之时。"②因此,他称科诨乃"看戏之人参汤也"。

如《白兔记·麻地》一折,刘知远答应给牧童一分银子作为报酬,牧童却回答道:"少勒,我要七厘。"刘道:"一分多,七厘少。"牧童争辩说:"吓欺瞒我旨识数个偌?阿要我数拉吓听?一厘、二厘、三厘、四厘、五厘、六厘、七厘。数阿要数半日丑,一分就完哉。"这当是生活中流行的笑话的再现。

---

① 此一程式化语句可见于杂剧《包待制智赚生金阁》、《死生交范张鸡黍》、《相国寺公孙合汗衫》、《好酒赵元遇上皇》、南戏《宦门子弟错立身》等。
② 《中国古典戏曲论著集成》(七),中国戏剧出版社1959年版,第61页。

插科打诨的常用方法,是多用谐音、方言来制造笑料。如《绣襦记·当巾》:

(小生)店家,可认得李大妈么?(净)大卖没得个。(小生)保儿吓。(净)包子卖完哉。(小生)不是,李亚仙吓。(净)海鲜我里革裹弗卖个。(小生)咳!是妓女吓。(净)个歇程光,啰里还有鲫鱼?(小生)是个人吓。

一个心急如焚,一个却答非所问,极具戏剧性。又如《鸣凤记·严寿》一折,原作中赵文华骂门子牛大叔"嬉丫麻",还谎称是奉承话:

(末)吓吓吓,你怎么骂我?(付)吓吓,怎敢骂牛大叔。(末)你方才说什么嬉丫麻,可是你在那里打乡谈骂我?(付)弗是吓,我答慈溪人个乡谈,但是奉承人,称为嬉丫麻。(末),吓,你们那里奉承人叫嬉丫麻。(付)正是。(末)赵先儿,今后礼物不要送我,我最喜的是奉承,多奉承我几句就够了。(付)这个容易,请居正了。(末)吓。(付)牛大叔。(末)老先儿。(付)唔个嬉丫麻。(末)哈哈哈,好吓。(付)唔个娘嬉丫麻个。(末)住了,这句是骂我了,为何多了一个"娘"字?(付)牛大叔,连你家令堂太太多奉承在里头了。(末)吓,连我家家母多奉承在里头了?哈哈哈哈,多谢多谢。

充分利用了方言造成的误会,既可引人一笑,也显示了两人性格。

李渔在谈到科诨时,提到科诨要"重关系":"关系维何?曰:于嘻笑诙谐之处,包含绝大文章;使忠孝节义之心,得此愈显。"[①]《缀白裘》中的插科打诨,不能说所有的都能做到这点,但也注意到科诨除了调笑之外的深层意义。如《缀白裘》中的《幽闺记·请医》一出,新增加科白集中对庸医进行嘲讽,可说是天下庸医的写照。如:"(末)老汉乃招商店的王公。(净)吓,唔是个人吓,是鬼介?(末)我是人吓。(净)我得唔吃歇我一帖药个吓。(末)吃了先生的药就好了。(净)好哉?是千中选一丑嗑。"和

---

① 《中国古典戏曲论著集成》(七),中国戏剧出版社1959年版,第63页。

尚也常是戏剧舞台上被嘲弄的对象。《缀白裘》本中,如《西厢记·游殿》:"我做和尚吸哄,生平酷好男风。竭男儿徒弟,只算家常茶饭。笐先生师父,本是的亲老公。骚尼姑天生是我的房下,媒人婆将就搭俚侬侬。吃酒不论烧刀黄白,牛肉必要多点姜葱。"又如《彩楼记·拾柴》中木兰寺里两个住持的一段对话:"(丑)昨日我里阿二虱个娘送一壶玫瑰烧酒虱,阿要到我房里去呷一钟吓?(付)使得个哟。但是无馐吃没那?(丑)有虱,昨日买了一斤牛肉脯,还剩一半虱来。"在插科打诨中,对和尚不守戒律的行为进行了嘲讽。

四

陆萼庭《昆剧脚色的演变与定型》曾将昆剧脚色的演变过程分为三个时期。昆剧初兴之时,沿南戏旧习,一般是七人成班,即末、生、外、旦、贴、净、丑。万历后期又逐渐增到十门:末、生、小生、外、旦、小旦、贴、老旦、净、丑。乾隆时期,则是"梨园以副末开场,为领班,副末以下老生,正生,老外,大面,二面,三面七人,谓之男脚色。老旦,正旦,小旦,贴旦四人,谓之女脚色。打诨一人,谓之杂。此江湖十二脚色"[①]。之后,"江湖十二色"又派生出二十人细家门,包括:生行下的大官生、小官生、巾生、穷生、雉尾生五个家门;旦行下的老旦、正旦、作旦、刺杀旦、五旦、六旦六个家门;净行下的大面、白面、邋遢白面三个家门;末行下的老生、副末、老外三个家门;丑行下的副丑、小丑两个家门;另有为杂扮各色群众场面脚色和次要群众配角而设的家门。

作为昆剧脚色成熟期的舞台记录本,《缀白裘》对"江湖十二脚色"的本工戏全有收录,对后来二十个细家门的发展趋势也有体现。与全本戏相比,《缀白裘》所选的折子戏剧目类型,最大的不同是净丑脚色戏的大量增加。在全本戏中,一般都是生旦戏,净丑脚色只是作为调剂的过场而出现。在《缀白裘》中则出现了大约一百余折的净丑戏,改变了全本戏一向以插科打诨面目出现的状况。如《千金记·别姬》中的项羽,《西川

---

① 陆萼庭:《昆剧脚色的演变与定型》,《戏史辨》第4辑,中国戏剧出版社2004年12月。

图·芦花荡》中的张飞,《虎囊弹》中的鲁智深,《金貂记》中的尉迟恭,这些人物形象成为后来净行中"大面"这一家门内的主要脚色。付、丑的脚色内涵也扩展了,如《精忠记·扫秦》中的疯僧,《翡翠园》中的王馒头,都是正义善良的形象出现。

后世昆剧的净丑名折与名角,已基本收录在《缀白裘》中。如"昆丑五毒戏"①,《缀白裘》就收录了其中四出,分别是:《水浒记·盗甲》、《连环记·问探》、《六月雪·羊肚》(缀本作《金锁记·羊肚》)、《孽海记·下山》。净行的"七红八黑三和尚"②,《缀》本中仅未收录炳灵公、昆仑公"二红";钟馗、包拯、李逵这"三黑"。可见,《缀白裘》时期的昆剧折子戏演出剧目已基本定型。

在《缀白裘》中,大部分以生旦风情戏、净丑做工戏为主,但也出现了一些武打戏。昆腔本以文戏擅长,出现武戏,当是在花雅相争的过程中,受花部武戏的刺激而应运而生的③。《缀白裘》中的武打戏约有十余折,如《麒麟阁》的《反牢》、《三档》,《淤泥河》的《番嬲》、《败房》等。还有些剧目则是文戏中也融入了一些武打场面。如著名的旦本"三刺三杀"④,且均有跌掼动作。昆剧老艺人曾提到,去宁波山区演出时,"居民以樵采为主,每逢'庙会戏',只爱看昆曲中的武戏"⑤。可见昆剧折子戏中武戏

---

① 参见王传淞《关于"五毒戏"》,王传淞口述、沈祖安、王德良整理《丑中美——王传淞谈艺录》,上海文艺出版社1987年版,第44—50页。

② 据周传瑛口述,洛地整理《昆剧生涯六十年》中《昆剧家门谈》所述:"七红"是指七个红脸人物:赵匡胤(《风云会·访普》)、关羽(《三国志·训子》)、屠岸贾(《八义图·闹朝》)、回回(《慈悲愿·回回》)、昆仑奴(《双红记·盗绡》)、弼灵公(《一种情·冥勘》)、火德星君(《九莲灯·火判》)。"八黑"指八个黑脸人物:项羽(《千金记·鸿门/撇斗》)、张飞(《三国志·三闯》)、李逵(《水浒记·磨斧》)、尉迟恭(《慈悲愿·诈疯/北饯》)、铁勒奴(《霄光剑·闹庄/救青》)、周仓(《三国志·刀会》)、包公(《人兽关·演官/恶梦》)、钟馗(《天下乐·嫁妹》)。"三和尚"是达摩(《祝发记·渡江》)、惠明(《西厢记·寺警》)、杨五郎(《昊天塔·盗骨》)。

③ 张庚、郭汉城《中国戏曲通史》说:"武戏本非昆山腔表演之所长。直到明末清初,由于和弋阳诸腔交流的结果,才吸收了弋阳腔表演中的武戏传统,并根据昆山腔表演的传统风格加以新的发展。"中国戏剧出版社1981年版,第332页。

④ "三刺"指《渔家乐·刺梁》中的邬飞霞、《一棒雪·刺汤》中的雪艳娘、《铁冠图·刺虎》中的费贞娥。"三杀"指《义侠记·杀嫂》中的潘金莲、《水浒传·杀惜》中的阎惜姣、《翠屏山·杀山》中的潘巧云。《缀白裘》除未收《义侠记·杀嫂》外,其余五出均收录。

⑤ 《宁波昆剧老艺人回忆录》,苏州市戏曲研究室1963年编印,第57页。

的出现,也有观众的要求。

在《缀白裘》中,还有一些没有什么感情冲突、没什么做工的戏目。但因为有自身特殊的功能性,也因而流行于当时的舞台。

戏剧的功能,除了娱乐以外,尚有交际功能、仪式功能等。关于折子戏剧目的功能性问题,田仲一成在《明清的戏曲》中指出,不同内容的折子戏满足了宗族社会不同演出场合下的选戏要求①。举凡红白喜事,皆有戏剧的身影。如明末小说《醋葫芦》第七回写道:"宾客盈门,笙歌喧耳。庆贺的有远近亲邻,拜寿的是老幼妇女……不一刻,早又戏场演动,旧套不过搬些《全福百顺》、《三元》、《四喜》之类。"②第十回则有:"忽有两上邻里少年道,近日寿筵吉席,可厌的,俱演《全福百顺》、《三元》、《四喜》。"③《歧路灯》第二十一回也有:"戏班上讨了点戏,先演《指日高升》,奉承了席上老爷;次演了《八仙庆寿》,奉承了后宅寿母;又演了《天官赐福》,奉承了席上主人。"④

从《缀白裘》的剧目来看,有可用于寿辰的,如《琵琶记·称庆》、《牧羊记·庆寿》;有可用于添丁的,如《百顺记·贺子》;有可用于婚庆的,如《琵琶记·请郎》、《琵琶记·花烛》;有可用于请宴的,如《西厢记·请宴》;有可用于荣会的,如《百顺子·荣归》、《百顺子·三代》、《淮官诰·诰圆》、《淮官诰·荣归》、《寻亲记·荣归》等。戏剧的这种仪式功能,也造成了部分剧目不论从文学性还是戏剧性来看,评价都不会很高,但却能流传下来。如《缀白裘》收录了《邯郸记·扫花》,据近代苏昆艺人回忆:"每年八月,民间举行'羊府胜会'……在神前演'扫花''仙圆''庆寿'三折戏文,叫做演'三出头'。"⑤《扫花》这出戏,写吕洞宾下凡去度一人上天,代替何仙姑天门扫花之役,由于与神仙有关,在民间庙会演出中成为

---

① 参见〔日〕田仲一成《明清的戏曲——江南宗族社会的表象》,北京广播学院出版社 2004 年版。
② 西湖伏雌教主:《醋葫芦》,百花文艺出版社 1992 年版,第 79—83 页。
③ 同上书,第 124 页。
④ 李绿园:《歧路灯》,中州书画出版社 1980 年版,第 211 页。
⑤ 《宁波昆剧老艺人回忆录》,苏州戏曲研究室 1963 年编印,第 63 页。

具有特定仪式意义的剧目①。

五

通行本《缀白裘》共十二集,收入折子戏四百多出,"这个剧本选集在昆剧艺人以及昆剧观众中流传很广。艺人们用它来当脚本,观众则带了它进戏院翻看着听戏,直到民国以后还是这样。可见这个选本把当时昆剧常演的剧本大多搜罗在内了,因此,从中可以看到清乾隆间,正当昆剧演出极盛之时,其上演剧目的概况"②。清人梁章钜作于道光二十八年(1848)的《浪迹续谈》云:

> 在京师日,有京官专嗜昆腔者,每观剧,必摊《缀白裘》于几,以手按板拍节,群目之为专门名家。余最笑之,谓此如讲古贴字画者,必陈《集古录》及《宣和书画谱》对观,适足形其不韵,真赏鉴家,断不如是也。③

虽然梁氏嘲笑了观众带《缀白裘》看戏的做法,但也由此可见《缀白裘》的流行。前人对浙江宁波"甬昆"的回忆中也曾提及:

> "甬昆"在年长日久的艺术实践中,也确乎培养了不少看戏行家。据已故艺人王长寿、周来贤说:"有些地方的观众,甚至带了《缀白裘》(清钱沛思辑录,为昆剧折子戏演出本选集)上场子,看时则聚精会神,侧耳倾听,按谱寻声,逐一细辨,演唱稍一走样,就会提出批评,真是达到了'内行人看门道'的地步了。"④

而带着《缀白裘》看戏的情况,梅兰芳在《舞台生活四十年》中也提及:

---

① 明末陶奭龄在《小柴桑喃喃录》中提道:"至于昙花、长生、邯郸、南柯之类,谓之逸品,在四品之外,禅林道院皆可搬演,以代道场斋醮之事。"(崇祯八年刻本,上卷66页上)可见从明中叶以来,《邯郸记》就已曾作为仪式剧来上演。
② 顾笃璜:《昆剧史补论》,江苏古籍出版社1987年版,第169页。
③ 《浪迹续谈》卷六"文班武班"条,《续修四库全书》子部第1179册,第300页。
④ 郑学溥、郭鲸鲲:《宁波昆剧兴衰纪略》,《宁波文史资料》第2辑,第152页。

旧直隶省的"高阳"县本是昆弋班。北京的戏班瞧我演出昆曲的成绩还不错,就在民国七年间,把好些昆弋班里的老艺人都邀到北京组班了……同时天乐的荣庆社,常卖满堂,营业非常发达。座中常有带着《缀白裘》、《遏云阁曲谱》在看戏的,这就可以看出听众对他们的玩艺儿已经发生了兴趣,大家都管他们叫高腔班。①

而后世昆剧舞台上流传的大部分戏目,已可见于《缀白裘》。如周传瑛说:"昆剧中关于旦角有'衣西翡蝴'、'一门九娘'两句话,从中可以看出正、五、六、贴重头戏之一斑。"他又提到巾生的看家戏有"风花雪月"和"琴棋书画"、末的重头戏有"三法场"和"三扁担"、付丑擅演的"游、活、芦"②,而这些戏在《缀白裘》中都有收录。

作为乾隆年间折子戏选集的《缀白裘》,作为舞台演出本,又有着以往文学案头本没有的重要意义。它不仅关注曲词,也关注舞台动作、场面布置等舞台要素。如做工戏《雁翎甲·盗甲》,详细记录了人物动作指示。二更时迁跳墙,要"踏交椅背上,跳下,胸前拔煤筒,吹火照介";三更时迁撬门,科介提示是"腰里拔斧,作撬门响介",然后"丑缩半边"躲过末的察看,接着"丑腰内拔火微,吹映灯笼火介",趁机闪入门内,以"丑做鬼叫介""丑撒泥屑介"骗过末;四更时迁又以吹火、做猫叫等动作进入房

---

① 梅兰芳述,许姬传记:《舞台生活四十年》第二集,平明出版社1954年版,第127页。
② 周传瑛口述,洛地整理:《昆剧生涯六十年》,上海文艺出版社1988年版,第122页。据《昆剧生涯六十年》中《昆剧家门谈》所述:"衣西翡蝴"指旦角很难演的四出戏:《衣珠记》(荷珠,帖旦)、《西楼记》(穆素徽,五旦)、《翡翠园》(赵翠儿,六旦)、《蝴蝶梦》(田氏,帖旦)。"一门九娘",指昆剧戏目中有九个"娘",也是旦这一门中的重头戏。即赵五娘(《琵琶记》,正旦)、李三娘(《白兔记》,正旦)、杜丽娘(《牡丹亭》,五旦)、京娘(《风云会》,五旦)、白娘娘(《雷峰塔》,五旦)、雪娘(《一棒雪》,五旦及四旦)、红娘(《西厢记》,六旦)、赵翠娘(《翡翠园》,六旦)、美娘(《占花魁》,帖旦)。"风花雪月"指《风筝误》、《占花魁》、《雪杯园》、《拜月亭》中的韩琦仲、秦钟、莫昂、蒋世隆。"琴棋书画"系指《琴挑》(《玉簪记》)、《跳墙着棋》(《西厢记》)、《拆书》(《西楼记》)、《拾画》《叫画》(《牡丹亭》)中的潘必正、张君瑞、于叔夜、柳梦梅。这八出是巾生必学戏。"三法场"指《鸣凤记》中的《写本斩杨》(杨继盛)、《邯郸梦》中的《云阳法场》(卢生)和《寻亲记》中的《出罪府朝》(周羽)。"三扁担"则指《烂柯山》中的朱买臣、《千忠戮》中的程济、《水浒记》中的石秀,此三人皆曾做樵夫。"游、活、芦"有时也谐称为"油葫芦",指付丑的三出本工戏,"游"即《西厢记·游殿》的法聪,"活"指《水浒记·活捉》的张文远,《芦》指《跃鲤记·芦林》的姜诗。

门;得手之后溜走时则是"丑左手捎箱,右手搋脸奔上","对面将净叉颈,净跌倒,随手抢净头上毡帽遮面介",回到住所后"放箱,坐正场吼喘,对两场叫介"。此戏能经演不衰,《缀白裘》本应起到了很大作用。

《缀白裘》本对科介、服饰穿戴、舞台布置等有说明,显示了它作为舞台演出本与以往的全本不同的形态特征,也显示了这一时期昆剧的表演体系已基本确立。

第五章
剧本、版本与表演

第一节 剧本与表演场合
——以关羽称谓的变化为考察中心

容世诚在《戏曲人类学初探》中,曾注意利用"表演场合"这一概念从演出功能的角度重新考虑演出剧目、表演风格和剧场性质的交互关系。在该书序言中,他解释了"表演场合"的概念:

> 究竟什么才是"表演场合"?陈守仁认为表演场合是由一连串的"场合元素"构成的。它们是:(1)演出地点之环境;(2)演出场地之物质结构;(3)演出者与观众之划分;(4)在演出进行中之其他活动;(5)观众的口味及期望;(6)观众的行为模式。①

容氏还提出:"研究中国戏曲不能只满足于剧本的文本分析,更必须结合它的表演场合来理解、掌握它的功能意义。"②容氏以此来研究民间关公戏的驱邪意义。关羽故事是宋元明清以至民国以来,中国戏剧经常表现的题材。除祭祀舞台,上至宫廷,下至市井,都可以见到关羽的身影。在这些作品,关羽有着各种不同的称呼,如:关公(公)、云长、关某(某)、关

---

① 容世诚:《戏曲人类学初探——仪式、剧场与社群》序言,广西师范大学出版社 2003 年版。文中提到的陈守仁著述,见《从即兴延长看粤剧演出风格与场合的关系》,《中国音乐学国际研讨会论文集》,山东教育出版社 1990 年版。
② 同上。

羽、关将军、二哥、二叔等。这些称呼中,"关公(公)"属敬称,而"云长""关某(某)""关羽"则属于一般性的、没有什么感情色彩的称呼。下面以古代三国戏中关羽称谓的变化来说明演剧环境是如何影响了戏剧的表演并在剧本中反映出来的。

一

《元刊杂剧三十种》中,三国故事现存只有三种作品,且《双赴梦》为科白全无的孤本,我们可资比较的对象并不多,但通过另两种作品的不同版本称呼的考察,亦可看出一些变化。下面是《诸葛亮博望烧屯》中的"元刊"本和脉望馆钞本中关羽的称谓情况:

"元刊"本	脉望馆钞本
[梁州第七]……则仗着主公前 关将 张飞,那里怕曹操下张辽许褚、更共那孙权行鲁肃周瑜。	[梁州]……凭着这诸葛亮 关羽 张飞……
[骂玉郎] 关公 与我把白河渡…… (正末云)……直等交赵云引斗…… 关公 水淹了…… (正末云) 将军 治水劳神。 关公 云了) [川拨棹]不枉了唤 云长 ……	[隔尾] 关云长 你去潺陵渡。 (关末云)师父,潺陵渡怎生堰住水口。 (正末唱)用土布袋把长江紧当住、水淹杀的军兵死无数。

此剧脉望馆钞本为赵琦美录内府本,据赵琦美题识,其录校时间为"万历四十三年二月二十九日"。剧中正末为诸葛亮,两曲皆出自诸葛亮之口。"元刊"本中诸葛亮对关羽的称呼出现 6 处,一处为"云长",余为"关将""关公""将军",而脉望馆钞本出现了 2 处,分别改为"关羽""关云长",将称呼的等级改低了。那么,此处的改动是有意为之还是无意为之? 如果是有意为之,为何要做这样的改动呢?

以下则是《关大王独赴单刀会》的"元刊"本和脉望馆钞本中,关羽的称谓情况(括号中数字为出现次数):

元刊本：

称　谓	关公(5)	关将军(2)	关云长(1)
称呼者	关羽(1)① 乔国老(4)	乔国老(2)	乔国老(1)

脉望馆钞本：

称　谓	关公(28)	关云长/云长(17)
称呼者	鲁肃(20) 司马徽(1) 黄文(3) 周仓(2) 剧本叙述文字(2)	鲁肃(1) 乔国老(13) 道童(2) 关羽(1)

在"元刊"本《诸葛亮博望烧屯》中，正末诸葛亮初见关羽、张飞、赵云，分别对三人作了评价。对关羽的评价如下：

[金盏儿]生的高耸俊莺鼻，长挽挽卧蚕眉，红馥馥双脸胭脂般赤，黑真真三柳美髯垂。内藏着君子气，外显着磣人威。这将军生前为将相，死后做神祇。

脉钞本此处除了有个别字的不同，亦如此。这里明确说了关羽"死后做神祇"，显见关羽的神明身份，在张飞、赵云的评价中所没有的。

"元刊"本《单刀会》中关羽的首次出场，亦是以"尊子燕居"的扮相出场，"尊子"即为神②，而脉钞本则改为"正末扮关公领关平关兴周仓上"。此外，"元刊"本在关羽出场的自我介绍中，也用了"封关公为荆王"的称

---

① "元刊"本《单刀会》中，关羽自称"关公"（"封关公为荆王"），以下改为"某""关某"，刻本有错误的可能性，但也可见"关公"这一称呼，已为大家所习用。徐沁君校点《新校元刊杂剧三十种》在"关公"条有校记云："关某——'某'原作'公'。卢本已改。按：元本'ㄙ'字本简作'ㄙ'，因误作'公'。"（《新校元刊杂剧三十种》上册，中华书局1980年版，第75页。）按，此处的"公"字，元刊本实作"公"，不作"ㄙ"，徐误。

② 孙楷第已指出这一点，参《也是园古今杂剧考》，第379页。黄天骥曾从祭祀的角度出发，重新解读《单刀会》的意义，见《〈单刀会〉的创作与素材提炼》，《中国非物质文化遗产》第9辑，中山大学出版社2005年版。

呼,但是按情理,关羽在自我介绍时,当不会自称"关公",但从下面的称呼又改为"某""关某"来看,刻本错误的可能性也不是没有。由此也可见"关公"这一称呼已广泛地为当时民众所习用了。而脉钞本还至少用了五次"神道",来形容关羽,有意将关羽神化①。

"元刊"本《单刀会》对关羽的称呼只出现了 5 处,分别为:"关公"(1 处)、"关将军"(2 处)、"关云长"(1 处)。除了一处"关公"出自关羽在第三折的出场自称外,其余全出自第一折正末乔国老之口。

脉钞本《单刀会》则有 28 处用"关公"称呼,有 17 处以"关云长""云长"来称呼。称"关公"的有:出自鲁肃 20 处、司马徽 1 处、黄文(鲁肃手下军卒)3 处、周仓 2 处,另 2 处是剧本叙述文字。称呼"关云长""云长"的,则有鲁肃、乔国老、道童及关羽自称,但出自鲁肃只有 1 处,出自道童有 2 处,自称有 1 处,其余 13 处均出自乔国老之口。那么,为何脉望馆钞本中鲁肃称"关公",而乔国老称"关云长""云长"呢?

按《三国志·吴书·鲁肃传》的记载,鲁肃其实并非等闲之辈,至少在索荆州这件事上,颇富韬略:

> 肃邀羽相见,各驻兵马百步上,但诸将军单刀俱会。肃因责数羽曰:"国家区区本以土地借卿家者,卿家军败远来,无以为资故也。今已得益州,既无奉还之意,但求三郡,又不从命。"语未究竟,坐有一人曰:"夫土地者,惟德所在耳,何常之有!"肃厉声呵之,辞色甚切。羽操刀起谓曰:"此自国家事,是人何知!"目使之去。备遂割湘水为界,于是罢军。②

在《三国志》中,大义凛然地数落对方并最终获得胜利的,是鲁肃而不是关羽。但是在《单刀会》中,鲁肃却成了一个十分平庸可笑的人物,他一出场,便自以为设计了引诱关羽的妙计,但最后却无功而返,徒落笑柄。剧本让鲁肃称"关公",虽并不合乎史实,但是这一称呼已暗含了剧中人

---

① 刘靖之:《关汉卿三国故事杂剧研究》,香港三联书店 1980 年版,第 91 页。
② 《三国志》卷五四《吴书》第九,中华书局 1975 年版,第 1272 页。

物身份的高下之分。

从剧中乔国老劝说鲁肃的曲词来看,乔国老倒不失清醒自知之人,而且乔国老从"汉国臣僚"的地位直呼关羽之名才合乎逻辑,所以在"元刊"本中他对关羽的称呼是"关公""关将军",到了脉钞本反而全部变成了"关云长"了。

除了《单刀会》和《博望烧屯》外,脉望馆钞本中还有 19 个三国戏,其中涉及关羽的称谓,有"二兄弟""二哥""二哥哥""云长""二将军""二叔""二叔叔""关将军"诸种。详见下表:

剧　本	称　呼
高文秀《刘玄德独赴襄阳会》	二兄弟、二哥
郑德辉《虎牢关三战吕布》	哥、二哥哥
朱凯《刘玄德醉走黄鹤楼》	云长、二将军、二叔、二叔叔
阙名《关云长千里独行》	二兄弟、哥哥、二哥、关将军、二叔叔云长、二兄弟云长、云长
阙名《关云长单刀劈四寇》	二哥、二将军
阙名《张翼德三出小沛》	二兄弟
阙名《莽张飞大闹石榴园》	哥哥
阙名《刘关张桃园三结义》	关云长
阙名《曹操夜走陈仓路》	二弟、关云长
阙名《阳平关五马破曹》	关云长、关羽
阙名《寿亭侯怒斩关平》	云长、关云长、二哥哥
阙名《庆冬至共享太平宴》	二公子、二公子云长、二将军、云长、二哥、关云长、老关、二兄弟

除以上所举三国戏,脉望馆钞本还有以下五例使用了"关公""云长公"的称呼。阙名《杏林庄》:

(麋竺)玄德公, 云长公 ,三将军,众位大人都去了也,俺众将一同与大人破黄巾贼去来。

阙名《走凤雏庞掠四郡》:

（正末云）不合教 关公 赶去曹操，想当日 关公 在许昌，三日一小宴，五日一大宴，上马一提金，下马一提银，想那般恩惠，他怎肯杀曹操也。

（辛子云） 云长公 安在？

阙名《寿亭侯怒斩关平》：

（正末扮诸葛亮上）……群雄各据其境，玄德公坐于西川，张翼德居于阆州，云 长公 镇守荆州。

在诸宫廷抄本三国戏中，《关云长大破蚩尤》一剧尤为特别，这部杂剧写宋仁宗时，蚩尤作乱，将解州盐池干枯，朝廷命寇准请张天师来京询问缘由。天师教吕蒙正之侄吕夷简至玉泉山访玉泉长老，请玉泉土地关羽。于是关羽奉玉帝敕令，打败蚩尤。范仲淹奉命为关羽在解州立庙。驱邪院主宣玉帝旨，封关羽为"武安王神威义勇"，再封为"破蚩尤崇宁真君"。饶宗颐云："查范氏殁于绍圣时，编剧的人不管年代先后，随便调兵遣将，是有问题的。"①

当吕夷简问张天师如何才能解决蚩尤之乱的时候，有如下对话：

（吕夷简云）师父，这一位神将，端的是何人。（正末云）大人，这一位神将，姓关羽名羽字云长，今为玉泉山都土地，则他便破的蚩尤。（吕夷简云）哦，原来是二将军关云长，争奈他是一员神将，怎生得见他也。

因为关羽为神将，所以剧本中出现了"尊神"的称呼，如：

（长老见正末接科云）尊神有请。

（长老云）尊神请坐。

（长老云）把尊神抬出庙门，可往那里去也。

---

① 饶宗颐：《山西解县·关圣与盐》，《澄心论萃》，上海文艺出版社1996年版，第373页。

（长老云）尊神，今有圣人的命。

关羽的出场词是：

（正末云）吾神乃玉泉山都土地关将是也。奉宋天子之命，着吾神去破蚩尤。……今天子敕封为崇宁真君……

虽然这部剧里，关羽已尊称为"尊神"、"神将"，但在具体人物关系中，仍被称为"二将军云长""关将""二将军"等。

从脉钞本三国戏中的关羽称谓来看，除有五处使用了"云长公""关公"的称呼，其余皆是依据称呼人物与关羽之间的关系来定的。如张飞称其"哥""二哥"，刘备称其"二兄弟"，诸葛亮称之为"二将军""云长"，其他将领称其为"二将军""关将军"，都十分帖切人物之间的相互关系。

明代的戏剧选本中关羽的称谓情况，见下表：

传奇选本	称谓
《风月锦囊》	叔叔
《词林一枝》	关真君（《关羽显圣》） 叔、二叔、关爷、劣叔（自称）、关某（自称）、小将（自称）、关某（自称）
《八能奏锦》	叔叔
《玉谷新簧》	老爷、寿亭侯、叔叔、将军、关将军、关某（自称）、云长（自称）、汉云长（自称）
《大明春》	父王、关羽（自称）、关某（自称）、汉云长（自称）
《乐府万象新》	父王、云长、关羽（自称）、关某（自称）、汉云长（自称）
《大明天下春》	关羽（自称）、父王、关某（自称）、云长、汉云长（自称）
《群音类选》	叔叔、关侯、关云长（自称）、云长（自称）
《时调青昆》	关圣真君、关真君、真君、关将军、君侯、爷、叔叔、关某（自称）、汉云长（自称）

（续表）

传奇选本	称谓
《歌林拾翠》	二哥、关爷、仁兄、二弟、云长、劣叔、贤侯、云长公（许楮）、关某（自称）、汉云长（自称）、将军、二叔、二爷
《乐府红珊》	父王、千岁爷、二爷、二哥、二兄、云长二弟、父王、父亲、爷爷、将军、关将军、君侯关羽（自称）、汉云长（自称）、某（自称）、寿亭侯大将汉云长（自称）
《万壑清音》	大王、君侯、关某（自称）、某家（自称）
《尧天乐》	叔、叔叔、劣叔（自称）、关某（自称）、小将（自称）、汉云长（自称）
《怡春锦》	大王、君侯、关某（自称）、某家（自称）

上述明代传奇选本，反映着当时舞台演出的情况①。明代舞台上的关羽，有"神"和"人"两种身份。作为"神"的关羽，以朝廷封号来称呼。但作为"人"的关羽，仍是以人物关系来称呼（除《歌林拾翠》所选《古城记》第四出"计劫曹营"中，许楮称关羽为"云长公"）。

元明三国戏中，虽然已出现"关公"的称呼，但使用并不普遍，剧本及舞台上，仍是基本以人物关系来称呼。对元杂剧中"关公"的称谓，脉望馆钞本注意到这一情况并进行修改，只是修改并不彻底。

脉望馆钞本中的这14个三国戏剧本，除《单刀会》、《关云长千里独行》、《张翼德三出小沛》、《刘关张桃园三结义》、《曹操夜走陈仓路》属于"无题识不知来历钞本"外，其余皆出自"内府本"，而根据孙楷第的研究，这些无题识钞本，"当亦有不少出自内府本者"②。因此，我们可以把它作为宫廷内府演剧剧本来进行研究。明宋懋澄《九籥集》卷一〇"御戏"条载："每将进花及时物，则教坊作曲四摺，送史官校订，当御前致词呈

---

① 明代戏剧散出选本的性质，王安祈认为："其中大部分的昆曲选本，应该比较接近案头选萃……但这些文字终将出之于舞台之上伶人之口，因此有些文人在案头选萃时，也顾及了情节及搬上舞台的效果……更值得注意的是那些为数颇多的弋阳声腔选本……应是舞台实况的反应。"《明代戏曲五论》，大安出版社1990年版，第14—16页。

② 孙楷第：《也是园古今杂剧考》，第115页。

伎。"① 小松谦也认为,明代宫廷剧本在上演之前,是要给检查机关进行检查。② 可见对于关羽的称呼,明代宫廷并没有特别的规定。

二

实际上,《三国志》中的关羽与张飞、赵云及诸葛亮等人相比,并无特别突出之处。卷三六的"关羽传"只有 950 字,且并没有特别褒扬之处。陈寿说关羽与张飞是"称万人之敌,为世虎臣",但羽"刚而自矜",飞"暴而无恩"。而《三国志》及裴松之注,都未称关羽为"关公"。如《三国志·蜀书·关羽传》裴松之注:"曹公知羽不留而心嘉其志,去不遣追,以成其义,自非有王霸之度,孰能至于此乎。"③直至宋代,唐庚《三国杂事》云:

> 羽为曹公所厚,而终不忘其君,可谓贤矣,然战国之士亦能之。曹公得羽不杀待之厚,而因用其力,亦可谓贤矣,然战国之君亦能之。至羽必欲立效以报公,然后封还所赐,拜书告辞而去。进退去就,雍容可观,殆非战国之士矣。④

称其为"羽",而曹操则为"曹公"。

关羽死后,历代帝王皆有封赠,清赵翼《陔馀丛考》卷三五"关壮缪"条考述:

> 鬼神之享血食,其盛衰久暂,亦若有运数而不可意料者。凡人之殁而为神,大概初殁之数百年则灵著显赫,久则浸替。独关壮缪在三国、六朝、唐、宋皆未有禋祀。考之史志,宋徽宗始封为忠惠公。⑤

关羽死后至明初,关羽地位有一个不断提高以至逐步神化的过程,封号也从"侯"至"公"至"王"至"帝"。

---

① 宋懋澄:《九籥集》,中国社会科学出版社 1984 年版,第 218 页。
② 〔日〕小松谦:《〈脉望馆钞古今杂剧〉考》,《日本中国学会报》第 52 集,又见《中国古典演剧研究》,汲古书院 2001 年版。
③ 《三国志》卷三六《蜀书》第六,中华书局 1975 年版,第 940 页。
④ 唐庚:《三国杂事》,《眉山唐先生文集》卷一二,《四部丛刊三编》本。
⑤ 《陔馀丛考》,中华书局 1963 年版,第 756 页。

民间尊称关羽为"关公",固然有宋徽宗封其为"忠惠公"的原因,但还有更多的意义。

"公"的称呼,在先秦之际的,主要有二:一是对老年男子的尊称。如《战国策·齐第四》:"孟尝君问:'冯公有亲乎?'"①《汉书·田叔传》:"叔好剑,学黄老术于乐钜公。"颜师古注:"公者,老人之称也。"②《汉书·沟洫志》有"赵中大夫白公"之语,颜师古又有注曰:"此时无公爵也,盖相呼尊老之称耳。"③二是爵位,如《春秋公羊传·隐公五年》:

> 天子八佾,诸公六,诸侯四。诸公者何?诸侯者何?天子三公称公,王者之后称公,其余大国称侯,小国称伯、子、男。天子三公者何?天子之相也。④

不过,"公"的含义,在后世又有了衍化。唐代柳宗元在《唐相国房公德铭之阴》中说:

> 天子之三公称公,王者之后称公,诸侯之入为王卿士,亦曰公。有土封,其臣称之曰公。尊其道而师之,称曰公。楚之僭,凡为县者皆曰公。古之人通谓年之长老曰公。故言三公若周公、召公,王者之后若宋公,为王卿士若卫武公、虢文公、郑桓公。其臣称之,则列国皆然。师之尊若太公。楚之为县者若叶公、白公。年之长老若毛公、申培公。而大臣罕能以姓配公者,虽近有之,然不能著也。唐之大臣以姓配公最著者曰房公。⑤

在这篇"德铭"即"墓志铭"中,柳宗元先是提到称公的几种情形,除了旧例因爵位或年长而称公外,还有一种就是"尊其道而师之"者了。然后盛赞唐玄宗、肃宗时的宰相房琯,认为唐代大臣中,能够合乎以姓配公的人,

---

① 张清常、王延栋笺注:《战国策笺注》,南开大学出版社1993年版,第264页。
② 《汉书》卷三七,第1981页。
③ 《汉书》卷二九,第1685页。
④ 何休注,徐彦疏,黄侃经文句读:《春秋公羊传注疏附校勘记》,上海古籍出版社1990年版,第34页。
⑤ 柳宗元:《柳宗元集》,中华书局1979年版,第202页。

最著者即为房琯。

《容斋随笔·续笔》卷五"公为尊称"条亦云：

> 柳子厚《房公铭》阴曰……东坡《墨君堂记》云："凡人相与称呼者，贵之则曰公。"范晔《汉史》："惟三公乃以姓配之，未尝或紊。"如邓禹称邓公，吴汉称吴公，伏公湛、宋公宏、牟公融、袁公安、李公固、陈公宠、桥公玄、刘公宠、崔公烈、胡公广、王公龚、杨公彪、荀公爽、皇甫公嵩、曹公操是也。三国亦有诸葛公、司马公、顾公、张公之目。其在本朝，唯韩公、富公、范公、欧阳公、司马公、苏公为最著也。①

可见唐宋以来，以公尊称已成为一种流行。宋代包拯在生前即被称为"包公"。吴奎在为包拯所写的墓志铭中说："宋有劲正之臣，曰'包公'……其声烈表爆天下人之耳目，虽外夷亦服其重名。朝廷士大夫达于远方学者，皆不以其官称，呼之为'公'。"②宋人称包拯为"公"，亦是"尊其道而师之"。

清代汉学家中，有不少人注重研究称谓的历史。对"公"这一称呼的探讨，有清初的顾炎武和赵翼。顾炎武在《日知录》卷二〇有"非三公不得称公"条，这当是顾炎武针对当时"宦竖而称公"的有感而作，顾氏特别提到唐以前的情况：

> 汉之西都有七相五公，而光武则置三公，史家之文如邓公禹、吴公汉、伏公湛、宋公弘、第五公伦、牟公融、袁公安、李公固、陈公宠、桥公玄、刘公宠、崔公烈、胡公广、王公龚、杨公彪、荀公爽、皇甫公嵩、董公卓、曹公操，非其在三公之位，则无有书公者。《三国志》若汉之诸葛公亮、魏之司马公懿、吴之张公昭、顾公雍、陆公逊，《晋书》若卫公瓘、张公华、王公导、庾公亮、陶公侃、谢公安、桓公温、刘公裕之类，非其在三公之位，则无有书公者。史至于唐而书公，不必皆尊官。洎乎

---

① 洪迈：《容斋随笔》，上海古籍出版社 1978 年版，第 282 页。
② 吴奎：《宋故枢密副使孝肃包公墓志铭》，《包拯集校注》，黄山书社 1999 年版，第 274 页。

今日,志状之文,人人得称之矣。吁,何其滥与！何其伪与！①

顾炎武以为,史志之中如《三国志》中的诸葛亮、司马懿、张昭、顾雍、孙逊,这些都是位居三公的人物,所以可以"公"称之。

从《三国志》的称呼来看,称"公"者有三种情形②：

一、因"位列三公"而称"公"。有曹公(曹操)、刘公(刘虞)、袁公(袁绍)、诸葛公(诸葛诞、诸葛恪)。

二、沿上古之制,因封地而称"公"。有山阳公(汉献帝)、高贵乡公(曹髦)、常道乡公(曹璜)、晋公(司马昭)、乐浪公(公孙渊)。

三、因年长而尊称,有以下两例：

> 德操年小德公十岁,兄事之,呼作庞公。故人遂谓庞公是德公名,非也。③

> 先出诸将,普最年长,时人皆呼程公。④

另外,刘备在有关三国的典籍中,常用的尊称是"主公"。在《三国志·蜀书·彭羕传》中有彭羕致诸葛亮书：

> 仆昔有事于诸侯,以为曹操暴虐,孙权无道,振威暗弱,其惟主公有霸王之器,可与兴业致治,故乃翻然有轻举之志。会公来西,仆因法孝直自炫鬻,庞统斟酌其间,遂得诣公于葭萌,指掌而谭,论治世之务,讲霸王之义,建取益州之策,公亦宿虑明定,即相然赞,遂举事焉。⑤

这里对刘备的称呼,既有"主公"(1次),又有"公"(3次)——"可知当时

---

① 黄汝城集释,栾保群、吕宗力校点：《日知录集释》,上海古籍出版社2006年版,第1116—1117页。
② 参马丽《三国志称谓词研究》,中国社会科学出版社2010年版。
③ 《三国志》卷三七《蜀书》第七,中华书局1975年版,第953页。
④ 《三国志》卷五《吴书》第一〇,第1284页。
⑤ 《三国志》卷四〇《蜀书》第一〇,第996页。

'主公'与'公'之称谓,其意义其实是十分接近的。"①

《三国志·蜀书》,刘备称为"先主",曹操称作"曹公",关羽和张飞相同,均被直呼名,如:

> 飞雄壮威猛,亚于关羽,魏谋臣程昱等,咸称:"羽、飞,万人之敌也。"②

> 亮知羽护前,乃答之曰:"孟起兼资文武,雄烈过人,一世之杰,黥、彭之徒,当与益德并驱争先,犹未及髯之绝伦逸群也。"羽美髯须,故亮谓之髯。③

在诸葛亮给关羽的信中,后世人们熟知的关羽的另一称呼"美髯公",则直作"髯"。

可见,关羽生前,并没有被称为"关公"。就其当时的地位,如若称为"关公"的话,实有僭越之嫌。关羽是不可能允许这种情况发生,如若这样,就不是一个"稠人广坐,侍立终日"④,恪守本分的关羽了。⑤

三

关羽封神,是死后才有的事情。"关公"之称谓,亦是关羽信仰形成后的产物。

标明"元至治新刊"的《全相三国志平话》不仅是文字叙述之处,即使

---

① 王子今、张荣强:《"主公"称谓考》,《清华大学学报》2006 年第 5 期。至于关羽被称为"主公",只见于《三国志演义》者 2 次,但这是后人的意识了,详见同文。
② 《三国志》卷三六《蜀书》第六,中华书局 1975 年版,第 944 页。
③ 同上书,第 940 页。
④ 同上书,第 939 页。
⑤ 《三国志》并未提及刘、关、张三人的年龄。只说三人"寝则同床,恩若兄弟",《三国志·蜀书·张飞传》则说"羽年长数岁,飞兄事之"。据《三国志·蜀书·先主传》,刘备卒于章武三年(223)夏四月,"时年六十三",则刘备应生于 161 年。钱静方《小说丛考》据清代宋荦《筠廊随笔》(《四库全书存目丛书·子部一一四·杂家类》)记载,山西解州发现关羽祖先墓砖,考证关羽当生于汉桓帝延熹三年(160 年)六月二十四日。则刘、关、张三人当以关羽最长。(《小说丛考》,古典文学出版社 1957 年版,第 37 页)但关羽资料真伪莫考,不可确证。从《三国志·魏书·刘晔传》来看,侍中刘晔称"且关羽与备,义为君臣,恩犹父子",可见刘、关、张三人的关系并不是以年龄来确立的。

刘备、曹操、袁绍等人言语内容,皆称关羽为"关公":

> 玄德哭曰:"徐州失离,张飞不知生死,爱弟关公将我家小亦投曹操去了。"言尽,仰天大恸。
>
> 却说袁绍败军归营,说关公杀了颜良。袁绍大怒,骂皇叔:"你与关公通同作计,斩吾爱将颜良,损吾一臂。"令人推皇叔欲斩。文丑告曰:"主公息怒,小人愿往与关公交战,报颜良之冤。"
>
> 却说曹操心中大喜:"少有关公十万军中单马刺颜良,官渡追文丑,世之英勇。我若得佐,觑天下易可也。"曹操亦伸礼而待关公,三日一小宴,五日一大宴,上马金,下马银,又献美女十人与关公为近侍。关公正不视之,与甘、糜二嫂一宅分两院。关公每日于先主灵前,朝参暮礼。①

明成化年间发现的《花关索说唱词话》,亦称关羽为"关公":

> 关、张、刘备三人结为兄弟……刘备道:"我独自一身,你二人有老小挂心,恐有回心。"关公道:"我坏了老小,共哥哥同去。"张飞道:"你怎下得手,杀自家老小?"
>
> 军师道:"关公不去也不妨,我们且自去。求关公父子守了荆州,魏国不敢侵占。"
>
> 刘先主道:"城[成]都府驻扎,又是一年,取了二兄弟,寡人今日,可封关公荆州并肩王,张飞阆州一字王。"②

刘备、袁绍、曹操等,皆以"关公"称呼关羽。以"关公"称呼关羽的文学传统,至迟在元代已经形成了。

但是,如前所述,元明戏剧舞台上,仍多是以人物关系来称呼关羽③。说明作为叙述体的话本唱本与作为代言体的戏剧,不同的表演特征带来

---

① 《元刊全相平话五种校注》,巴蜀书社1990年版,第417、419、420页。
② 朱一玄校点:《明成化说唱词话丛刊》,中州古籍出版社1997年版,第2、39、51页。
③ 竹内真彦指出,嘉靖本《三国志演义》存在"关公"和"云长"两种称呼,他据以认为嘉靖本是由两个底本接合而成的。《关于〈三国志演义〉中关羽的称呼》,《日本中国学会报》第53集。

不同的文体影响。代言体的戏剧,是将人物关系真实地展现在观众面前,称谓是否合乎逻辑的问题,比较叙述体会更为突显。

清代戏剧舞台上,关羽已惯称"关公"。清代宫廷戏《鼎峙春秋》,据昭梿《啸亭杂录》记载乃"(乾隆)命庄恪亲王谱蜀汉《三国志》典故,谓之《鼎峙春秋》"①。在这部宫廷连台本大戏中,第八本为《单刀赴会》,鲁肃多以"君侯"这一对达官贵人的称谓来称呼关羽,但也有用"关公"的地方,如:"(鲁肃白)临江亭设宴,请关公与诸将军单刀而会……","(吕蒙、甘霸作见科,白)关公有话好好讲,休得伤俺都督……"②。说明"关公"这一称呼又重回舞台,其中自然有最高皇权的意旨。有意思的是,乾隆时期编纂的《四库全书》,也同样有对关羽称呼进行修改的情况。如南宋赵彦卫《云麓漫钞》,明代姚咨影宋抄本作:

> 诸葛亮说先主攻刘琮,荆州可有。先主曰:"吾不忍也。"《关羽传》:先主为汉中王,拜羽为前将军……③

而《四库全书》本则作:

> 诸葛亮说先主攻刘琮,荆州可有;先主曰:"吾不忍也。"《关公传》:先主为汉中王,拜公为前将军……④

此条赵彦卫抄录自《三国志》的记载,四库本将关羽的称呼改成"关公",连"关羽传"也改成"关公传"。

据《四库全书总目提要》载:"《云麓漫钞》十五卷,浙江巡抚采进本。"邵懿辰《增订四库简明目录标注》云"《四库》著录系小山堂赵氏本",由此可知此本来源于杭州赵氏小山堂抄本。小山堂抄本今不存,但据吴骞转抄本,可知当源于宋本⑤。显然四库本已进行了改窜,除了常见的避讳之

---

① 昭梿:《啸亭杂录·续录》卷一"大戏节戏"条,中华书局1980年版,第337页。
② 《鼎峙春秋》第八本上,《古本戏曲丛刊九集》之三,中华书局1964年版。
③ 《云麓漫钞》卷五,(明)姚咨影宋抄本,国家图书馆藏。
④ 《景印文渊阁四库全书》第864册,第309页。
⑤ 关于《云麓漫钞》的版本源流,可参考傅根清点校《云麓漫钞》附录三《云麓漫钞版本源流考证》,中华书局1996年版。

处,关羽的称谓也进行了修改。

清代宫廷戏中关羽称呼的改变在京剧及其他地方戏亦承袭下来。如民国京剧《战长沙》剧本:

> (忠)元帅传令,待末将出马,生擒关公进帐。
>
> (延)老将军且慢,想你年迈,岂是关公对手?待某出马生擒关公。
>
> ……
>
> (忠)老夫黄忠,马前来的敢是关公?
>
> (关)然也,既知某家到此,还不下马投降!
>
> (忠)咦!好生大胆的关公,你有何本领,敢取某的长沙?①

又如《鲁肃求计》:

> (鲁肃白)太尉,想刘备倒有还荆州之意,争奈关公不肯……关公反口出不逊之言……单请关公过江赴宴……将关公擒住。②

故齐如山在《京剧之变迁》中说:

> (清代以来)戏中每遇关羽的戏,皆不许直呼其名,本人则称关某,通名时则只称关字,别人或敌方则都称他为关公……戏界至今,尚相沿习。③

齐如山还提到,清代后期宫廷演戏,每当关羽出场,看戏的皇帝和后妃都要离座走动几下,再坐下,以示对关羽的尊敬④。

周作人 1937 年在《谈关公》中表达了他对舞台上关羽称"关公"的大不为然:"听说戏台上说白自称吾乃关公是也,这是戏子做的事,或者可以

---

① 《戏考》,上海中华图书馆 1915 年版。后改名为《戏考大全》,上海书店 1990 年版,第 820 页。
② 《戏考大全》,上海书店 1990 年版,第 724 页。
③ 《京剧之变迁》,1935 年北平国剧学会初版。此处依据辽宁教育出版社 2008 年版,第 44 页。
④ 参见齐如山《京剧之变迁》,辽宁教育出版社 2008 年版。

说是难怪。士大夫们也都避讳,连《书画舫》这种书里也出现了,这不能不算是大奇事。"①

以"关公"相称,是关羽信仰形成后的产物。关羽故事的文学作品中以"关公"相称,则是将后世的称呼放入三国历史,并不符合的历史逻辑。就目前资料来看,"关公"的称呼在元代进入文学作品,但元明两代的戏剧舞台上,仍主要以人物关系来称呼关羽,体现出代言体的戏剧对人物关系的历史逻辑的重视。清代以后,以"关公"称呼关羽,形成剧本创作与舞台表演的固定称谓,皇权意志与民间信仰结合,并形成新的约定俗成,固化于剧本创作与舞台表演中。

第二节　版本形态与表演形态
——以《拜月亭》为例

"版本"这一概念,系指书籍因编辑、传抄、印刷、装订等不同而产生的不同本子。但戏剧的特殊性,也使得戏剧"版本"的定义,有些不同于传统版本的新内涵。

通过不同文本版本的比较来发现问题,一直是古代文学研究中受到重视的方法,古代戏剧的研究也是如此,且取得了不少成果。如通过对元杂剧不同版本的研究,来论证《元曲选》的特点与价值,其中有关《窦娥冤》不同版本的研究,就指出了臧晋叔对《窦娥冤》的改写,削减了原剧的斗争精神②。但过往的版本研究多注意各版本之间内容上的不同,仍多是用传统校勘学的手法来比勘字句,未能凸显剧本作为戏剧表演的案头文字形态的本质特点,因此也还未能充分考虑剧本的不同版本之间的形态变化,以及这种形态变化后面所可能有的表演形式的变化。

明清传奇版本众多,有些剧目在舞台上一直延续到当今。这些版本之间,有着怎么样的戏剧内涵和文化内涵?学者们也曾作出不少的探讨。

---

① 周作人:《谈关公》,《周作人散文全集》(8),广西师范大学出版社2009年版,第18页。
② 奚如谷:《臧懋循改写〈窦娥冤〉研究》,《文学评论》1992年第2期。

如对明人改本戏文的研究,注意到文人的文化属性在改编戏文时的体现①。而个案研究,则以版本校勘的方法,对其发展源流进行分析,如《白兔记》,有白之《〈白兔记〉诸异本比较》②、陈多《白兔记和由它引起的一些思考》③、《畸形发展的时代传奇——三种明刊〈白兔记〉的比较研究》④、韩国学者吴秀卿《白兔记在近代地方戏中的流传与演变》⑤等,都注意到剧本的不同版本背后的角色行当、声腔曲调等演剧形态方面的变化。日本学者田仲一成对四大南戏的不同版本形态逐一进行梳理,将各种版本分别为乡村古本、半俗半雅的闽本、江南文人社会的本子、市场演剧的本子。田仲一成认为,元末明初以来在江南地区流行的四大南戏,其剧本的分化和流传有一种明显的特点。明代前半期的剧本,一般具有相当朴素的特色,相反,明代后半期的剧本分为两种,一种是风格高雅的高品位的剧本,一种是通俗性较强的低品位的剧本。也就是说,乡村戏剧分化为宗族戏剧和市场戏剧,此种现象反映出明代中期的社会变动⑥。从剧本适用性的角度对剧本所作的分类,显然优于传统的内容分类法。

但是各类版本之间,除了适用场合不同以及改编者不同所带来的雅俗之别,是否还有其他的表演形态的差别? 下面即以《拜月亭》为主,并结合其他剧本的资料,试对此问题再作些探讨。

---

① 如郑尚宪《南戏改本新论》,《中山大学学报》1990 年第 1 期;孙崇涛《明人改本戏文通论》,《文学遗产》1998 年第 5 期。
② 《文艺研究》1987 年第 9 期。
③ 《艺术百家》1997 年第 2 期。
④ 《戏剧艺术》2001 年第 4 期。
⑤ 《民俗曲艺》第 145 期。
⑥ 田仲一成相关论著如:《南戏〈杀狗记〉脚本の分化と流传》(《日本中国学会报》第 51 集)、《南戏〈荆钗记〉古剧本の分阶层分化》(《东方学》第 113 辑)、《南戏〈拜月亭记〉テキストの流传と分化》(《日本中国学会创立五十年记念论文集》汲古书院 1998 年,中文版见温州市文化局主编《南戏国际学术研讨会论文集》,中华书局 2001 年版)、《明清间〈白兔记〉の流传と分化》(《金泽大学文学部中国语学中国文学教室纪要》第 2 辑)、《中国戏剧史》(北京广播学院出版社 2002 年版)、《明清的戏曲——江南宗族社会的表象》(北京广播学院出版社 2004 年版)、《古典南戏研究:乡村、宗族、市场之中的剧本变异》(中国社会科学出版社 2012 年版)。

一

《拜月亭》的明代刊本,计有以下几种①:

(1)《新刊重订出相附释标注拜月亭记》二卷,明万历己丑(1589)刊本,星源游氏兴贤堂重订,绣谷唐氏世德堂校梓,海阳程氏敦伦堂参录,已为《古本戏曲丛刊初集》所收,以下简称"世本"。

(2)《幽闺怨佳人拜月亭记》四卷,明吴兴凌延喜朱墨本,有丁卯年(1927)武进陶氏涉园《喜咏轩丛书》影印本,以下简称"凌本"。

(3)《李卓吾先生批评幽闺记》二卷,容与堂刻本,已为《古本戏曲丛刊初集》所收,另台湾故宫博物院所编辑的《明代版画丛刊》第八册也收入此本②,以下简称"李本"。

(4)《全像注释拜月亭记》二卷,罗懋登注释,德寿堂刊本、暖红室翻刻《汇刻传奇》第三种本,以下简称"罗本"。

(5)《鼎镌陈眉公先生批评幽闺记》,萧腾鸿师俭堂刻本、清乾隆十二年(1747)修文堂《六同合春》印本,已收入《不登大雅文库珍本戏曲丛刊》第十三册,以下简称"陈本"。

(6)《幽闺记》一卷,虞山毛氏汲古阁刻本,已为《六十种曲》所收,以下简称"汲本"。

(7)《重校拜月亭记》,金陵唐氏文林阁刻本③。

至于明代的曲选,载录《拜月亭》曲词的也有《风月锦囊》等十余种之

---

① 有关各版本对剧本的分段,世德堂本和凌延喜朱墨本用"折"而不用"出",也显示出两本复古的观念。下文因行文之便,皆用"出",特此说明。
② 台湾故宫博物院 1988 年版。
③ 该剧收藏情况,以往皆语焉不详。据程有庆介绍,清初所编纂的《绣刻演剧》六十种本,也收入了该剧。《绣刻演剧》残本分别藏台北"中央图书馆"、北京图书馆、上海图书馆、南京图书馆。其中收有文林阁《重校拜月亭记》者,藏于台北"中央图书馆"。见程有庆《别本〈绣刻演剧〉六十种考辨》,《国家图书馆学刊》1993 年第 2 期,又见《北京图书馆同人文选》1997 年版。但《北京图书馆同人文选》所选该文,将《重校拜月亭》也计入同时被《古本戏曲丛刊》收录剧本,恐为刷印之误。该本尚未得见,所以本书暂未能讨论,特此说明。

多①,可以让我们看到舞台演出的真实状态。

在明代的各种刊本中,我们看到,文人受传统经学思想的影响,仍重视所谓"真本"。其中凌本根据凌延喜跋,乃是凌延喜的叔父凌濛初(别号即空观主人)所得沈璟抄本:

  岁月之湮,迄无善本,舛错较他曲滋甚。乃家仲父即空观主人,素与词隐生伯英沈先生善,雅称音中埙篪。每晤时,必相与寻宫摘调,订疑考误。因得渠所抄本,大约时本所纰缪者,十已正七八。而真本所不传者,十亦缺二三,或止存牌名,不悉其词。或姑仍沿习,不核其实。余窃有志,蔑由正焉。今兹刻悉尊是本,板眼悉依《九宫谱》,至臆见确有证据者,亦间出之,以补词隐先生之不及。②

这段跋文,出现了"善本""抄本""时本""真本"等概念,可以看出,凌延喜在校勘的过程中,仍是本着传统经学重"善本""真本"的思想来进行的。

清初张彝宣(张大复)《寒山堂九宫十三摄南曲谱》卷首之"谱选古今传奇散曲集总目"作《蒋世隆拜月亭记》,并注云:"武林刻本已数改矣,世人几见真本哉。五十八出按察司刻。"③可见《拜月亭记》戏文原本已失传,今存本均为明以后改本。从现存各本及选本看,最接近"真本"的当属《风月锦囊》本。《风月锦囊》选了《拜月亭》的九出,其标目有四字、五字、六字、七字,极不一致。插图两旁的对联也是骈偶不一,没有一定的标

---

① 这些选本基本上收入在王秋桂主编《善本戏曲丛刊》,学生书局 1984—1987 年版。具体情况,可参看徐宏图《南戏遗存考论》,光明日报出版社 2009 年版,第 172—174 页;徐宏图《南宋戏曲史》,上海古籍出版社 2008 年版,第 263—264 页。
② 《幽闺怨佳人拜月亭记》,陶湘涉园《喜咏轩丛书》1927 年影印本。正文前附有凌延喜跋。
③ 《寒山堂新定九宫十三摄南曲谱》,《续修四库全书》据中国艺术研究院音乐研究所影抄本,上海古籍出版社 2003 年版,第 1750 册,第 644 页。世传《寒山堂曲谱》存在两种差别较大的抄本:一为五卷残本,内题作《寒山堂新定九宫十三摄南曲谱》,即《续修四库全书》影抄中国艺术研究院音乐研究所本,另一种为十卷残本,题作《寒山曲谱》(北京大学藏孙楷第赠本),或作《张大复曲谱》(中国艺术研究院音乐研究所藏转抄本)。从编辑时间看,五卷残本在前,十五卷残本在后,后者为前者的修改本。参黄仕忠《寒山堂曲谱考》,《传统文化与现代化》1997 年第 6 期,又见《中国戏曲史研究》,中山大学出版社 1997 年版,第 259 页。

准,这正是早期通俗文学刻本的特点①。

在凌本《拜月亭记》中,首卷第二出【月上海棠】处有词隐(沈璟)按语曰:

> 此折【月上海棠】二曲,皆生独唱。至十一折【缑山月引子】,则生唱一阕,旦唱一阕,继以【玉芙蓉】【刷子序】各二曲,及闻迁都之报,然后以【薄媚衮】二曲终焉。今坊本【缑山月】半曲,【玉芙蓉】【刷子序】于此,而废【月上海棠】一曲,谬矣。

我们可以依据第二出及第十一出曲牌的配置情况,来初步判断各版本的来源。按沈璟的说法,较早的古本是第二出有二支【月上海棠】曲,第十一折为【缑山月引子】(生、旦各唱一阕)、【玉芙蓉】、【刷子序】、【薄媚衮】四曲。而当时的坊刻本,则第二折为【缑山月】半曲、【玉芙蓉】、【刷子序】,删除【月上海棠】二曲②。

我们依此检索现存各版本的曲牌配置情况,详见下表:

版　本	第二折	第十一折
风月锦囊	【月上海棠】二曲	【缑山月引子】(生、旦各唱一阕)、【玉芙蓉】、【刷子序】、【薄媚衮】
世德堂本	【月上海棠】二曲	【缑山月引子】(生、旦各唱一阕)、【玉芙蓉】、【刷子序】、【薄媚衮】
凌延喜本	【月上海棠】一曲	【缑山月引子】(生、旦各唱一阕)、【玉芙蓉】、【刷子序】、【薄媚衮】
汲古阁本	【月上海棠】一曲	【缑山月引子】(生、旦各唱一阕)、【玉芙蓉】、【刷子序】、【薄媚衮】

---

① 《风月锦囊》,《善本戏曲丛刊》第4辑,学生书局1984年版。又有孙崇涛、黄仕忠笺校《风月锦囊笺校》,中华书局2000年版。

② 今藏国家图书馆之德寿堂本《拜月亭》,王国维跋以为:"取毛刻与此本相校,则第一折中之【缑山月】以下五阕,毛本移入第十一折。而关目之名,亦自不同。可知此本较毛本为古。"王国维此论亦为臆测,与事实不符。

（续表）

版　本	第二折	第十一折
李卓吾评本	【猴山月】（半曲）、【玉芙蓉】、【刷子序】	【薄媚衮】
罗懋登注本	【猴山月】（半曲）、【玉芙蓉】、【刷子序】	【薄媚衮】
陈继儒评本	【猴山月】（半曲）、【玉芙蓉】、【刷子序】	【薄媚衮】

从上表来看，《风月锦囊》及世德堂本第二折都有二曲【月上海棠】，且语句基本相同。由此可见，《风月锦囊》与世德堂本是同一系统的本子，可称为古本。凌延喜本、汲古阁本也来源于较早的古本。而李卓吾评本、罗懋登注本、陈继儒评本则都是当时的坊刻本，分别署以三个当时著名文人李卓吾、罗懋登和陈继儒之名，未必实有其事，这是明中叶以后出版商的一种常见的营销方式。

世德堂本、凌延喜本、汲古阁本，虽可初步判断是有一个共同来源的本子，在校勘付梓时，业已经过增删修改，曲名衬字，多所厘正。这三种本子中，值得重视的是凌延喜本，此本留下了不少眉批，从中可以窥见当时各种版本中的修改的来源。

凌本《拜月亭记》的评语中，有十条署以"词隐生"之名，可明确为沈璟（号词隐生）的批语。其他的批语则并未署名，凌延喜跋中也未提及这些批语的作者。凌本《拜月亭》末尾，有王立承写于1923年的题记："是书虽延喜所编刻，然评语实多出于初成之手。原跋谓家仲父得之词隐抄本。而末折尾曲'中郎兔颖端豁砚，阙处完成断处连，从此人家尽可搬'，《琵琶记·凡例》谓非君美之旧。此本虽未删削，但仍存初成语其上，是其证也。"而凌濛初《南音三籁》所收《拜月亭》十六套曲评语，正与凌本相合，如《南音三籁》中【正宫·玉芙蓉】"胸中书富五车"套有批语："肥马八字，坊本颠倒之，作'夺朱污紫，肥马轻裘'，遂无调无韵也，可笑。"朱墨本此套中批语除"八字"作"句"外，其余皆合。可证凌濛初正是凌本未署名批语的作者,当然凌延喜也可能参与了其中的工作①。

凌本的眉批指出了许多"时本"的错误,经过比勘可发现这些错误,基本上都可以在李卓吾评本、罗懋登注本、陈继儒评本以及部分从汲古阁本中得以印证。

如凌本第七出【章台柳】"你休得要逞花唇,稍虚词"句,眉批有"坊本增'休得要耍精神'六字,本调多一句矣",查李、陈、罗诸本,确为"你休得要逞花唇,休得要耍精神,稍虚词"。此类例证众多,估不一一列举,但也的确可见李、陈、罗诸本就是凌本中所说的"时本"或"坊本"。在凌本的眉批中,有以下值得注意的批语:

> 据词隐生所云,【月上海棠】有二曲,此止存其一,乃优人省唱者,惜无从获睹也。　　　　　　　　　　（第二出眉批）
>
> 后世庸伶欲省唱者,去前半引,而生旦分唱后半引,坊本遂因之,若无古本查考,几失此前半曲矣。　　　（第十一出【缕山月】眉批）
>
> 坊本"事到如今"下增"事到头来"四字,又重"旷野间"三字,此俗优作态妄加,到混本调,可恨。　　　（第十七出【古轮台前腔】批）
>
> 重"有一个道理"句、"怕问时权"一句,乃伶人演戏时描写当时光景,故不得不即将上句重唱,实非本调所宜有也。"去之恐惊俗眼,姑存之。　　　　　　　　　　　（第十七出【扑灯蛾前腔】批）
>
> 重"我随着个秀"五字,亦优人演戏时关目,非腔中正字也。　　　　　　　　　　　　　　　　　　　　　（第二十五出【品令】批）
>
> 即"更不将恩义想"句也重半句,乃俗优之误,惟"无奈何事"句,

---

① 关于凌濛初是否是凌本《幽闺记》的评点者,学界有两种相反的看法。参赵红娟《凌濛初评点〈幽闺记〉及与沈璟的交游考》(《浙江社会科学》2004年第6期)及江兴祐《凌濛初不是〈幽闺记〉的评点者——兼与赵红娟先生商榷》(浙江社会科学)2005年第4期)。江文的反驳证据不足,且引录朱墨本原文有误,如第十三出《相泣路歧》中的曲文,如江文有:"朱墨本《幽闺记》第十三出《相泣路歧》中的曲文,全曲为:'迢迢路不知是那里? 前途去,安身何处? 一点点雨间一行行悽惶泪,一阵阵风对着一声声愁和气。云低,天色傍晚,子母命存亡兀自尚未知。'被凌濛初和沈璟指摘的错误,毫无遗漏地保存在曲文中。"而凌本此曲的原文实际是:"迢迢路不知是那里? 前途去,安身何地? 一点雨间着一行悽惶泪,一阵风对着一声声愁气。云低,天色傍晚,子母命存亡兀自未知。"

"我和你再"句,"我不道再"句,本宜重一句,乃亦重半句,不知何谓。至若汤先生演《还魂记》亦从之,况他人乎?相沿已久,正之恐骇世目,姑仍之。至有以重半句为关目之妙,更堪喷饭。

(第二十五出【川拨棹】批)

从上述批语多次提到"庸伶""俗优""伶人""优人"来看,"时本"(俗本)的修改乃是从当时实际表演而来。如果这个推断是正确的话,那么,我们就可以进一步探考各版本与实际表演之间的关系了。

二

下表是按凌本批语的顺序,排列《拜月亭》各本的异同:

凌刻本批语	凌刻本	世德堂本	汲古阁本	李卓吾评本、陈继儒评本、罗懋登评本
第七出【醉娘儿】:"贫"字,坊本增一"穷"字。	你不嫌秀士贫	同凌本	同凌本	你不嫌秀士贫穷
第七出【雁过南楼前腔】:"小人"乃古人自称之词,与后"老小人年已七十岁"正同。坊本改为"小兄弟",可厌。	小人敢问	同凌本	小兄弟敢问	小兄弟敢问
第十出【番鼓儿】:今人不叠唱"为塞北"三字,而叠唱"临边鄙"三字,误。	为塞北为塞北兴兵临边鄙	为塞北兴兵临边鄙临边鄙	同凌本	为塞北兴兵临边鄙临边鄙
第十出【番鼓儿前腔】:"老小人",金元时俗语,今改为"念老臣",非古本。	老小人年登七十岁	老拙年登七十岁	念老臣年登七十岁	念老臣年登七十岁

（续表）

凌刻本批语	凌刻本	世德堂本	汲古阁本	李卓吾评本、陈继儒评本、罗懋登评本
第十二出【刷子序前腔】："肥马"句坊本颠倒之，作"夺朱污紫，肥马轻裘"，遂无调无韵矣，可笑。	肥马轻裘，污紫夺朱	夺朱紫袍，肥马轻裘	同凌本	夺朱污紫，肥马轻裘
第十二出【薄媚衮】："辇"字，坊本误作"城"字，非韵。	不许一人落后在京辇	同凌本	同凌本	不许一人落后在京城
第十三出【渔家傲】：今人于"天翻下"增"天翻来"三字，可笑。	那曾经地覆天翻受苦时	那曾经地覆与天翻受苦时	同凌本	那曾经地覆天翻天翻来受苦时
第十三出【剔银灯】：此曲古本原自如此，今人于"点"字下增一"声"字，"阵"字下增一"阵"字，且于"雨"字、"风"字下各增一截板，"兀"字下增一"尚"字，可恶。甚至"愁"字下增一"和"字，文理不通矣。	一点雨间着一行凄惶泪，一阵风对着一声声愁气……兀自未知	同凌本	一点点雨间着一行凄惶泪，一阵阵风对着一声愁气……兀自未知	一点点雨间着一行凄惶泪，一阵阵风对着一声愁气……兀自尚未知

(续表)

凌刻本批语	凌刻本	世德堂本	汲古阁本	李卓吾评本、陈继儒评本、罗懋登评本
第十四出【人月圆前腔】:"途路里"三字原无板,今人将"军马来"句增一"又"字,且唱两句,故妄加二板,而并加"途路里"二板耳,可恨。	军马来	同凌本	军马又来	军马又来
第十四出【人月圆前腔】:"那每赶着",如今北人言"那们""这们",犹云"那般""这般"也,改作"他每",失之矣。	那每赶着	那们赶着	他每赶着	他每赶着
第十五出【竹马儿】:此曲坊本误作"竹马儿",非。"翅双插",坊本作"插双翅",非。	番竹马翅双插	竹马儿同凌本	竹马儿插双翅	竹马儿插双翅
第十六出【望梅花】:坊本作"此间无处安身,想只在前头后头"。	此间无多应,只在前头	此间无处安身,想只在前头后头	此间无处安身,想只在前头后头	此间无处安身,想只在前头后头

（续表）

凌刻本批语	凌刻本	世德堂本	汲古阁本	李卓吾评本、陈继儒评本、罗懋登评本
第十七出【金莲子】：坊本重"古今愁"、"军马骤"、"神天祐"三句，又"忧"字作"悲"，"躲避"作"逃难"，"觅"竟作"妹子"，加"教我"二字，脱"寻路"二字，俱非。	古今愁，谁似我目下这样忧？听军马骤，人乱语稠。向深林中躲避，只恐有人搜。百忙里散失，差了路头，寻觅竟不见，怎措手？神天祐，这答儿是有亲骨肉，见了寻路向前走。	古今愁，谁似我目下这样忧？听马骤人闹语急，向深林处避，只怕有人搜。百忙里失散了路头，寻觅不见，怎措手？望神天庇祐，听答应，端的是有若见亲骨肉，寻路向前走。	古今愁，谁似我目下这样忧愁？听军马骤，人乱语稠，向深林中逃难，恐有人搜。百忙里散失，差了路失，寻妹子不见，教我怎措手？神天祐，这答儿是有亲骨肉，见了向前走。	古今愁，谁似我目下这样忧愁？听军马骤，人乱语稠，向深林中逃难，恐有人搜。百忙里散失，差了路失，寻妹子不见，教我怎措手？神天祐，这答儿是有亲骨肉，见了向前走。
第十七出【古轮台前腔】：坊本"事到如今"下增"事到头来"四字，又重"旷野间"三字，此俗优作态妄加，到混本调，可恨。	事到如今，怎生惜得羞耻。……旷野间，见独自一个佳人。	事到如今，怎生惜得羞耻。……旷野间，独自一个佳人。	事到头来，怎生惜得羞耻。……旷野间，见独自一个佳人。	事到头来，怎生惜得羞耻。……旷野间，见独自一个佳人。
第十七出【扑灯蛾】："自亲"正对下"他人"说，音律甚叶，今人妄加一"妹"字，失调矣。	自亲不见影，自亲不见影	同凌本	自亲妹不见影，自亲妹不见影	自亲妹不见影，自亲妹不见影

（续表）

凌刻本批语	凌刻本	世德堂本	汲古阁本	李卓吾评本、陈继儒评本、罗懋登评本
第十七出【扑灯蛾前腔】：重"有一个道理"句、"怕问时权"一句，乃伶人演戏时描写当时光景，故不得不即将上句重唱，实非本调所宜有也，去之恐惊俗眼，姑存之。	有一个道理……怕问时权……权说是夫妻	有一个道理……怕问时权说做夫	有一个道理……怕问时权……权说是夫妻	有一个道理……怕问时权……权说是夫妻
第十七出【扑灯蛾前腔】："恁地时"犹云"这般"，改为"恁般说"者，非。	恁地时	恁的是	恁的说	恁的说
第二十五出【金梧桐】：时本每二句脱"这厮"二字。	这厮忒倚官，这厮忒挟势。	这厮忒倚官，忒挟势。	这厮忒倚官，忒挟势。	这厮忒倚官，忒挟势。
第二十六出【凉草虫】：或作"狼草生"，误。又："长空舞絮绵"，时本作"长空雪舞絮绵绵"，"今宵何处安眠"，作"何处安歇停眠"，俱非。	【凉草虫】……只愁长空舞絮绵绵。去心如箭，旅舍全无，今宵何处安眠。	【寄生草】……只愁长空雪，舞絮绵。去心中如箭，旅舍全无，何处安宿停眠。	【狼草生】……只愁那长空雪舞絮绵绵。去心如箭，旅舍全无，何处安歇停眠。	【狼草生】……只愁长空雪舞絮绵绵。去心如箭，旅舍全无，何处安歇停眠。

(续表)

凌刻本批语	凌刻本	世德堂本	汲古阁本	李卓吾评本、陈继儒评本、罗懋登评本
第二十六出【思园春】："若散云"一韵句，坊本作"苦分散"，便非。	子母夫妻若散云	同凌本	子母夫妻苦分散	子母夫妻苦分散
第二十六出【红衫儿】："肯分地"，亦词家本色语，犹云"恰好的也"。北词之"肯分地绣一朵并头花"，后人不解，改为"蓦忽地"。	肯分地撞着家尊	偶然地撞着家尊	蓦忽地撞着家尊	蓦忽地撞着家尊
第二十六出【尾声】：元曲云"把俺受过的凄凉正了本"，与此意正同，俗本改为"还再整"，索然矣。	从今暮乐朝欢还正本	（无此曲）	从今暮乐朝欢个还再整	从今暮乐朝欢个还再整
第二十九出【玉漏迟序】："天数"，时本作"天时"。	值此天数①	值此天时	同凌本	值此天时

---

① 明末清初徐子室辑，苏州钮少雅订《汇纂元谱南曲九宫正始》在【黄钟过曲·玉漏迟】条引录了元本《拜月亭》二十九出《太平家宴》"得宠念辱"曲，在"值此天时"上有眉批云："时，《沈谱》作数，韵虽协，但非原文。"（《善本戏曲丛刊》第3辑，第31册，学生书局1984—1987年版，第87页。）今存各本，世本第三十二折及明中叶李卓吾评点本，作"值此天时"，而凌本及汲古阁本则作"值此天数"，凌本此处应从沈璟而改，可见凌本也有将认为世本中的不妥之处，作变更而不作说明的情况。这是古代剧本版本的共同特征，须细加辨别。

(续表)

凌刻本批语	凌刻本	世德堂本	汲古阁本	李卓吾评本、陈继儒评本、罗懋登评本
第三十二出①【齐天乐】："叠叠青钱"一句下七字成句,今唱者脱一"叠"字,连"泛水"二字作句,谬甚。	叠叠青钱,泛水圆小嫩荷叶	叠青钱,泛水圆小嫩荷叶	叠青钱,泛水圆小嫩荷叶	叠青钱,泛水圆小嫩荷叶
第三十二出②【红衲袄】："弻",弓戾也。即"古敝"之意,元曲中皆同此字。《水浒传》亦有之,今人不解,改作"赌别",可笑。	我特地错赌弻	我特地当耍说	我特地当耍说	我特地错赌别

  从凌本的批语来看,凌本所说的"时本"的情况,正与李、罗、陈诸本相合,这个"时本"(俗本)就是"庸伶""俗优""伶人""优人"改动的本子,也即曾根据当时的表演实况进行过改动的本子。由此可见,剧本的刊刻与传统经史刊刻有很大不同,随意性很大。
  从上表来看,汲古阁本也是从时本而来,但并不与时本完全一致。而一向被认为较为古老的世德堂本,也是或与凌本同,或与时本同。世本与凌本的不同处,或可理解凌本将世本中的不妥之处,作了变更。而汲古阁与时本的不同处,则可理解为汲本对时本明显错误的修改。此外,李、陈、罗本也有两处文字不同:
  第二十六出【新水令】凌本批语曰:"'是愁'句妙绝,'是愁'犹言'但

---

① "第三十二出",凌本误作"第三十四出"。
② 同上。

是愁'也,坊本刻作'都在枕边泪',便索然矣。"该句凌本、罗本、世本、汲本作"是愁都做枕边泪",而陈本、李本则作"是愁都在枕边泪"。

第二十八出【眼蟆序】凌本批语曰:"'薄',坊本误作'浅',非韵。"该句凌本、罗本、世本、汲本都作"都只恨缘分薄",而陈本、李本则作"都只恨缘分浅"。

这些也都显示出曲本刊刻的随意性。从某种意义上讲,要像经史著述一样,对戏曲也进行严格的校勘并最终得出一个"定本"几乎是不可能的事。因此,古代剧本的校勘,是否应该根据剧本这一文体的特殊情况而采取有别于经史的方法? 这一点是值得考虑的。

三

以《拜月亭》为例,不同时间、地点、观众、表演场合,都可能形成不同演出"版本"。

1. 不同时代

使用观众熟悉的语言系统是缩短舞台与观众距离的最好方法。《拜月亭》的明代演出本,将属于早期的、已不易为当下观众理解的语汇都做了改动。时本对古本中某些早期用语的改动,如将"小人"改为"小兄弟","老小人"改为"老臣","那每"改为"他每","还正本"改为"还再整","肯分地"改为"蓦忽地"等。

这一点,我们在明传奇的其他版本中同样可以见到。如《琵琶记》陆贻典抄本第三出有"只见老姥姥和惜春养娘舞将来做甚么"句,"养娘"即"侍婢"之意[①],而明刊本中皆改作"姐",亦唯有凌刻朱墨本仍作"养娘",并注云:"养娘,称丫头之别名,元人小说中多如此。俗本作'姐',非。"从传统校勘学求真的角度讲,自当以"养娘"为是,以"姐"为非,但这并不能阻碍舞台上以流行语汇演出的现状。

2. 不同地域

在中国古代剧本史上,有不少剧本体现出鲜明的地域色彩。藏于剑

---

① 《张协状元》第四十二出亦有:"与我叫过野方养娘来,随侍夫人上任。"

桥大学图书馆的福建刻本《新刻增补队戏锦曲大全满天春》①，其戏曲选集中第一人称，有"我"的称呼，但也多处以闽南语"阮"来称呼。其所收《拜月亭》选曲即有"因何识叫阮名字""阮母子随伴走逃避"等语，也用"乜"来指代"为什么"，如"我乜话通应伊"等。其他剧本也存在这种情况，广东潮州出土嘉靖本《蔡伯皆》，本子中有如"相思割吊病无药"、"因乜去到南桥讨药"、"恁都不识宝玉"、"共伊去见我"、"你这般样谎说没巴臂"、"里正接老爹"等方言。

3. 不同场合

场合在这里的意思，不仅包含了地点的要素，更重要的是受众不同。明代传奇的表演场合，王安祈分为宫廷演剧、祠庙、勾栏广场、客店酒店、家宅和船舫演剧②。而田仲一成则根据受众的不同，分为乡村戏剧、宗族戏剧和市场戏剧，并且认为"同一出戏曲分别产生出乡村戏剧用、宗族戏剧用和市场戏剧用的三种版本"③，并分析了它们之间的雅俗之别。

以文人为表演对象与以民众为表演对象最大的区别在于对曲律的重视与否。戏剧中最重要的因素是唱，面对普通民众的表演中，常有"俗优"擅自改字、改调的情况。凌刻本批语中所反映的这类情况很多：

> 今人点板于第二"步"字及"百"字上，甚无谓。
>
> （第十三出【摊破地锦花】批）
>
> "途路里"三字原无板，今人将"军马来"句增一又字，且唱两句，故妄加二板，而并加"途路里"二板耳，可恨。
>
> （第十四出【人月圆前腔】批）
>
> 此曲本急调，观他本用此者可见。施君美用之于此，正可见逃奔倥偬之状，今优人皆以细腔唱之，恐失其旨，然至第二曲又不得不急

---

① 龙彼得辑：《明刊闽南戏曲弦管选本三种》，中国戏剧出版社1995年版。其中《满天春》卷末有牌记曰"岁甲辰瀚海书林李碧峰陈我含梓"，经龙彼得研究，该选集是由福建海澄两名刻印者于1604年发行的。参该书前言《被遗忘的文献》。
② 参见王安祈《明代传奇之剧场及其艺术》，学生书局1986年版。
③ 〔日〕田仲一成著，云贵林、于允译：《中国戏剧史》，北京广播学院出版社2002年版，第258页。

矣。　　　　　　　　　　　　（第十七出【古轮台】批）

坊本"事到如今"下"增事到头"来四字,又重旷野间三字,此俗优作态妄加,至混本调,可恨。　　（第十七出【古轮台前腔】批）

重有一个道理句,怕问时权一句,乃伶人演戏时描写当时光景,故不得不即将上句重唱,实非本调所宜有也,去之恐惊俗眼,姑存之。
　　　　　　　　　　　　　　　　（第十七出【扑灯蛾前腔】批）

此调与《荆钗记》"一片胸襟"云云,皆南曲引子,非北曲也,今人见【粉蝶儿】及【点绛唇】皆唱北曲,可笑。　（第二十出【粉蝶儿】批）

坊本作【月上海棠】,非。今人点板在"龙"字上,便非本调矣。
　　　　　　　　（第二十五出【月上海棠】,凌本作【三月海棠】并批）

"我不能勾"句止六字句,即"更不将恩义想"句也,重半句乃俗优之误。惟"无奈何事"句,"我和你再"句,"我不道再"句,本宜重一句,乃亦重半句,不知何谓。至若汤先生演《还魂记》亦从之,况他人乎?相沿已久,正之恐骇世目,姑仍之。至有以重半句为关目之妙,更堪喷饭。　　　　　　　　　（第二十五出【川拨棹】批）

"孩儿"二字,乃曲中正文,"儿"字有二板,今人皆作呼叫之声,谬甚。　　　　　　　　　　　　　（第二十七出【红芍药】批）

"叠叠青钱"一句下七字成句,今唱者脱一"叠"字,连"泛水"二字作句,谬甚。　　　　　　　　　（第三十二出【齐天乐】批）

此调本是引子,凡有慢字者,皆引子。如今人强唱作过曲,"何悄悄"句又不免作引子唱矣,况岂有【莺集御林春】四曲、【四犯黄莺儿】二曲在后,而以一【二郎神】居前者乎?　（第三十二出【二郎神】批）

在实际演唱时,改调、改字、点板错误,北曲唱为南曲,引子唱作过曲,正文唱作衬字的情况,时有发生,这对于强调曲学之道的文人来说,自然是不能容忍的。明末邹迪光在《调象庵稿》中曾记录在西湖船舫上的一次演出:

（八月）戊寅晨,饭罢,意且过西泠,而为柴君仲美所迹。挐舟相访,谈说往昔,刺刺不休。盖两年前曾与会晤湖头……余命童子衍新剧,至二鼓罢去。居人游客驾小艇聚观,以数十计。每奏一技,赞叹四起,欢声如沸。余家歌调实求工于雅。一切金银假面,诨语俚言,都所用。人知其妙,而未必真知所以妙也。①

可见文人更注重的是"每奏一技,赞叹四起",也就是曲唱的优美,而"金银假面,诨语俚言"一类以艳俗的装饰、谐谑的语言来吸引受众,则是他们所不齿的。

从《拜月亭》来看,的确存在科诨较多和科诨较少这两种版本。以第十七出蒋世隆与王瑞兰初次相见的场景为例,在世德堂本中,分别有旦和生的两段对话:

> (旦)君子曾记得毛诗否?
> (生)毛诗上如何道?
> (旦)窈窕淑女,君子好逑。
> (生)小娘子,非卑人不晓,奈干戈扰攘,实难从命。

还有一段是:

> (生)小娘子说话轻薄,小生是簧门中一秀才,怎叫我去做夫?
> (旦)天(夫)字下面还有一字。
> (生)夫字下面的,不知是夫子,是夫人?
> (旦)冤家,他明明知道,只要故意调戏我。

这两段科诨,均不见于明代的其他版本。然而,明代选录了《拜月亭》的曲选,全部载录了生旦初次相会的"旷野奇逢"的这两段,而且对白完全相同。

这几种曲选,或名"梨园摘锦"、"时尚滚调"、"天下时尚南北新调"、"时尚乐府"、"新调"。而《词林一枝》在封面书名中又夹写道:"坊刻颇多,选者俱用古套,悉未见其妙耳。予特去故增新,得京传时兴新曲数折,

---

① 邹光迪:《调象庵稿》卷三〇《西湖游记》,《四库全书存目丛书》集部第 159 册,齐鲁书社 1997 年版,第 763—764 页。

载于篇首,知音律幸鉴之。"①刻者明说采用"京传时兴新曲",可见这几出散出选萃是当时市场演剧舞台真实状况的反映。可以认为,市场演剧承继了早期剧本的俗趣,因为它迎合了市场的需要。

陈多曾以《白兔记》的三种明刊本为例,认为晚出的刊本被文人士大夫从人物气质、语言、欣赏能力要求等方面进行修改,这种畸形发展只能使它越来越不合适舞台演出②。但实际上,明传奇在舞台上是雅俗并存的,"下里巴人"的演出方式一直存在并延续着,明末的各种曲选就是明证。

在文章开始,我们论定凌本是较接近古本的,而李、陈、罗评本都经过"俗优"修改,那么为何都没有保存上述科诨呢?比较可能的解释是:凌本注重本子的原貌,但其所重视的只是曲词曲韵的保留原样,对原本中的这些部分也作删改,以提高其文人整理本的品格。至于李、陈、罗评本,虽留下了"俗优"修改的印记,但因为它毕竟是明后期打着名人旗号,最终为案头阅读而设的本子,或许是考虑到阅读终不比场上的稍纵即逝,是可反复多次观览的,为有益世风所计,所以场上的这些似有些鄙俗的插科打诨也被删削了。值得注意的是,凌本的批语无一条是针对剧本中的说白的,全部是由曲文不同而来。这说明曲词要求严格,而说白在实际演出中是随意更改而并无定格的。实际演出中临时发挥的说白,随着艺人戏班的口耳相传而一直活跃于舞台上,并不一定会以文字的形态留存下来。幸运的是,上述晚明的各本时尚曲选仍然给我们留下了这一方面的依据。

至于因演剧场合、观众的不同,而随时变动的情况,并未在现存剧本中反映出来,但在实在演出中则是极为常见的。《红楼梦》第五十三回曾写道:

  正唱《西楼·楼会》这出将终,于叔夜因赌气去了,那文豹便发科诨道:"你赌气去了,恰好今日正月十五,荣国府中老祖宗家宴,待

---

① 《词林一枝》封面,《善本戏曲丛刊》第 1 辑,学生书局 1984 年版。
② 陈多:《畸形发展的明传奇——三种明刊〈白兔记〉的比较研究》,《戏剧艺术》2001 年第 4 期,比勘的三种明刊本分别是成化本、富春堂本、汲古阁本。

我骑了这马,赶进去讨些果子吃是要紧的。"说毕,引的贾母等都笑了。①

临时变动以应景讨好台下观众,这恐怕是古今舞台上皆有的事情。文豹的加词自然不会被刊刻本所载录,但这何尝不可视为一个"新版本"呢?

戏剧版本的情况比之传统经史更为复杂。当我们用某一方面的特点来对某一版本进行定性时,也很容易又找到相反的例子而让我们迷惑无解。但这正是剧本版本的特征,也就是它可能层累、叠加了多种文化特性,既可能有文人趣味的影响,也可能有下层趣味的影子,而舞台上的一次一次出演,也会不断形成新的版本。我们应该注意其主导特征,并对其中的冲突现象予以合乎逻辑的解释,而不同版本之间所蕴涵的表演形态的差异,更是值得多加关注的。

第三节 一剧之本与表演中心

"剧本,剧本,一剧之本",是著名京剧琴师徐兰沅在演艺生涯中总结出来的一句警语,为现今的戏剧研究界和表演界所熟知。它强调"剧本"对于戏剧表演的意义。然而,由于戏剧的特殊性,在二次完成(即舞台表演)的过程中,对剧本的修改或多或少总是存在的。

由于案头与场上的不同性质,所有的剧作家期冀案头与场上"双美"的效果,但是这种理想的状态并不一定时时都能实现。汤显祖的剧本创作就曾遭到时人诟病,他却认为:"知曲意者,笔懒韵落,时时有之,正不妨拗折天下人嗓子。"②他从一个剧作家角度的创作独立宣言,并不一定能得到氍毹演者的认同。创作有创作的规律,而表演亦有表演的规律,这二者之间的关系,引发了古典戏剧史上表演既依赖于剧本,又时常背离剧本

---

① 《红楼梦》,人民文学出版社1982年版,第751页。
② 汤显祖:《答孙俟居》,《玉茗堂尺牍》之三,《汤显祖集》,中华书局1962年版,第1299页。

的现象。

由于表演的特殊性,常常没有文字资料的记载,也就造成了今人研究的困难,但我们仍可通过相关资料探查到剧本与表演之间关系的一些蛛丝马迹。

如何将案头的剧本化为舞台的表演,是一个非常专业的工作。我们在《青楼集》中,我们常看到诸如"色艺两绝""姿艺并佳""色艺无双""色艺无比""姿色歌舞悉妙""皆色艺两绝"的称赞。元人高安道在套曲【般涉调·嗓淡行院】中明确说自己去勾栏棚肆看戏的目的,就是"赏一会妙舞清歌,瞅一会皓齿明眸"。而且,戏剧表演中出现了艺有专精的演员。如据《青楼集》记载,李娇儿、张奔儿、顾山山、荆坚坚、王心奇,专工"花旦杂剧";国玉第、天锡秀、平阳奴,精于"绿林杂剧";南春宴,长于"驾头杂剧";又据载,米里哈,专工"贴旦杂剧";男演员度丰年、安太平、任国恩,工"末泥";玳瑁脸、象牙头,工"副净色"。有的则一专多能,如顺时秀,"杂剧为闺怨最高,驾头、诸旦本亦得体";天然秀,"闺怨杂剧为当时第一手,花旦、驾头亦臻其妙";珠帘秀,"驾头、花旦、软末泥等,悉造其妙";赵偏惜、朱绵绣、燕山秀等,都是"旦末双全"。即使是出演同一脚色,表演风格也可能不同,如张奔儿和李娇儿同以花旦见称,但"时人目奔儿为'温柔旦',李娇儿为'风流旦'"①。可见元杂剧已积累了一定的表演经验。明末侯方域记述马姓演员为提高演技而深入生活的故事:

> 去后且三年,而马伶归,遍告其故侣,请于新安贾曰:"今日幸为开宴,招前日宾客,愿与华林部更奏《鸣凤》,奉一日欢。"既奏,已而论河套,马伶复为严嵩相国以出,李伶忽失声匍匐,前称弟子。兴化部是日遂凌出华林部远甚。其夜,华林部过马伶曰:"子,天下之善技也,然无以易李伶。李伶之为严相国,至矣。子又安从授之而掩其上哉?"马伶曰:"固然。天下无以易李伶,李伶即又不肯授我。我闻今

---

① 夏庭芝:《青楼集》,《中国古典戏曲论著集成》(二),中国戏剧出版社 1959 年版,第 17—40 页。

相国某者,严相国侍也。我走京师,求为其门卒三年,日侍相国于朝房,察其举止,聆其语言,久乃得之。此吾之所为师也。"①

这是演员磨练演技的最好例子了,也说明同一个剧作由不同的演员演绎,或同一个演员在不同时间的演绎,都会有所不同。

现代文艺理论,通常把剧作家创作剧本的艺术活动称为"一度创作",把根据剧本,在舞台上运用艺术手段塑造形象的艺术过程叫做"二度创作"。既曰"创作",就说明在"二度"的过程中,由于演员对剧作内容的不同体会与理解、表演重点的不同、表演能力的差别,都会形成一个又一个新的"版本"。但"二度创作"无论如何进行,总是在剧本的基础上进行的,不可能完全脱离剧本而另作一套。对剧本与演出的这种关系的理解与把握,也形成了各种不同的戏剧处理方式。

一

演出对剧本的依赖,来源于作者与观众两个层面。

1. 剧本作者对演出依照剧本的要求

当代文艺理论认为,文艺作品问世后,便不再属于作者而具备自身的独立性②。清人谭献在《复堂词录序》中说:"作者之用心未必然,而读者之用心未必不然。"③对于戏剧这种需要二度创作的艺术形态而言,演员的再演绎,也同样未必能完全符合剧本的原意。

作者认为剧本的表演不符合自己的原意,这样的情况古代戏剧史上最典型的例子,莫过于《牡丹亭》的创作与表演。汤显祖的剧本问世后,就陆续有不少改本。汤显祖的同年进士吕玉绳为了使《牡丹亭》便于用

---

① 侯方域:《马伶传》,《侯方域集校笺》,中州古籍出版社1992年版,第268页。
② 法国当代著名的文学理论家法罗兰·巴特(1915—1980)于1968年写成《作者之死》一文,提出作品可独立于作者之外的观点。中文版见《罗兰·巴特随笔选》,百花文艺出版社1995年版;赵毅衡《符号学文学论文集》,百花文艺出版社2004年版,第505—512页。
③ 谭献:《复堂词录序》,《词话丛编》第063种《复堂词话》,中华书局1986年版,第3987页。

昆腔演唱,按昆腔音律作了改定①,汤显祖不止一次对吕改本表示异议。他嘱咐宜黄伶人罗章二说:"其吕家改的,切不可从。虽是增减一二字,以便俗唱,却与我原做的意趣大不同了。"②但后来改本益多,且皆系名人所为,如臧晋叔和冯梦龙都对《牡丹亭》作过更定、删削。

围绕着修改《牡丹亭》的争论,也反映出汤显祖在戏曲创作上首先讲究"意趣神色"的创作主张,因此他不满意当时如沈璟等过分强调按字模声的创作主张。他在致吕玉绳的信中说:"凡文以意趣神色为主,四者到时,或有丽词俊音可用,尔时能一一顾九宫四声否?如必按字模声,即有窒滞迸拽之苦,恐不能成句矣。"③"意趣神色"和"九宫四声"的矛盾,也可以说正是剧本文学和舞台表演的矛盾。汤显祖显然认为应该站在剧本文学一边,"凡文"二字显然体现的是文学性的立场而不是舞台表演的立场。

《牡丹亭》完成于万历二十六年(1598),虽然被当时如帅惟审、臧晋叔等评为"此案头之书,非筵上之曲"④,以为难以奏之管弦,演于场上。但万历二十七年汤显祖便自述在玉茗堂"往往催花临节鼓,自踏新词教歌舞"⑤。邹迪光说:"公又以其绪余为传奇,若'紫箫''二梦''还魂'诸剧,实驾元人而上。每谱一曲,令小使当歌,而自为之和,声振寥廓。"⑥沈德符在顾曲杂言中说:"汤义仍《牡丹亭梦》一出,家传户诵,几令《西厢》减价。"⑦可见其流传,在当时并非案头鉴赏,而是以"家传户诵"的方式在流播的。

---

① 也一直有学者认为吕改本当为沈璟改本,见程芸《汤显祖与晚明戏曲的嬗变》中篇第二章第二节"沈改本与吕改本的关系",中华书局2006年版。
② 汤显祖:《与宜伶罗章二》,《玉茗堂尺牍》之六,《汤显祖集》,第1427页。
③ 汤显祖:《答姜吕山》,《玉茗堂尺牍》之四,《汤显祖集》,第1337页。
④ 帅惟审《紫钗记题词》中说:"此案头之书,非筵上之曲。"臧晋叔《玉茗堂传奇引》:"临川汤义仍为《牡丹亭》四记,论者曰:'此案头之书,非筵上之曲。夫既谓之曲矣,而不可奉于筵上,则又安取彼哉?'"臧晋叔《负苞堂集》,古典文学出版社1958年版,第62页。
⑤ 汤显祖:《寄嘉兴马乐二丈兼怀陆五台太宰》,《汤显祖集》,第524页。
⑥ 邹迪光:《临川汤先生传》,《汤显祖集》附录,中华书局1962年版,第1513页。
⑦ 沈德符:《顾曲杂言》"填词名手"条,《中国古典戏曲论著集成》(四),中国戏剧出版社1959年版,第206页。

在剧本传播的过程中,不乏坚持依本演出者。除了汤显祖"自掐檀痕教小伶",不会任意增损变易外,与汤显祖同时的曲学家,也多有坚持遵从原本。万历三十六年(1608)前后,徽州名士吴琨的家班演出了《牡丹亭》,当时的名士潘之恒观看了这次演出,盛赞"先以名士训其义,继以词士合其调,复以通士标其式",并从内容、曲律、表演对演员进行全面评价:"同社吴越石,家有歌儿,令演是记,能飘飘忽忽,另番一局于缥缈之余,以凄怆于声调之外,一字无遗,无微不极。"①这自当是一依原本的演出。

约万历三十九年,邹迪光在无锡邹园中以自家戏班上演全本《牡丹亭》,特邀汤显祖来无锡鉴赏,其《与汤义仍》中云:"所为《紫箫》、《还魂》诸本,不佞率令童子习之,亦因是以见神情,想丰度。诸童搬演曲折,洗去格套,羌(腔)亦不俗。义仍有意乎?鄱阳一苇直抵梁溪。公为我浮白,我为公征歌命舞,何如何如?"②这也是紧依剧本的演出。

第二个典型的例子是《长生殿》。这个剧作很容易使人们将主要目光集中在杨贵妃与唐明皇的情感纠葛上,而忘了作者赋予的更深广的感慨。洪昇显然极不愿意在舞台上看到的仅是一个争风吃醋的故事。因此,他在《长生殿·例言》中说:"近唱演家改换有必不可从者,如增虢国承宠,杨妃忿争一段,作三家村妇丑态,既失蕴藉,尤不耐观。"③可见,这出戏在实际演出中,常有演员根据世俗的审美趣味,夸饰杨妃吃醋忿争的表演,但这显然背离了洪昇的原有意旨。"作三家村妇丑态"的表演也许并未改窜词曲,但这种破坏原剧本精神实质的表演,自是剧作者所无法容忍的。

孔尚任在《桃花扇·凡例》中则说:"旧本说白,止作三分,优人登场,自增七分;俗态恶谑,往往点金成铁,为文笔之累。今说白详备,不容再添

---

① 潘之恒:《情痴——观演〈牡丹亭还魂记〉,书赠二孺》,原载《亘史》杂编卷四"文部"及《鸾啸小品》卷三,收入汪效倚辑注《潘之恒曲话》,中国戏剧出版社1988年版,第72页。
② 邹迪光:《调象庵稿》卷三五《与汤义仍书》,《四库全书存目丛书》集部第160册,齐鲁书社1997年版,第56页。
③ 洪昇:《长生殿·例言》,《中国古典戏曲序跋汇编》,第1580页。

一字。篇幅稍长者,职是故耳。"①对于文人剧作家来说,剧作的每字每句,皆是呕心沥血而来,都有"骀荡淫夷"之意在笔墨之外②,自然不愿意被人擅改。

2. 观众对演出依照剧本的要求

明代张岱在《陶庵梦忆》卷四"严助庙"条记载:"五夜,夜在庙演剧,梨园必倩越中上三班,或雇自武林者,缠头日数万钱,唱《伯喈》、《荆钗》,一老者坐台下,对院本,一字脱落,群起噪之,又开场重做。越中有'全伯喈'、'全荆钗'之名起此。"③

"坐台上对院本",遇一字脱落便要开场重做的情况,在明代传奇的演出中,究竟具有普遍性的意义,还是仅仅是一个个案而已?

我们认为,这是在明代传奇无论是案头还是场上均已广泛传播的情况下,戏班常有妄改情形的反映。而严助庙的演出是为"上元节"的节戏,当地付出了数万的"缠头",自然也对戏班有提供优质演出的要求。这个要求,重要的一条便是不得敷衍塞责、任意串改。

我们虽无法得知严助庙的这位老者手里拿的是何种"院本",但从伯喈剧(即《琵琶记》)、荆钗剧(即《荆钗记》)在明代的刊刻情况来看,这两种剧本皆有浙江容与堂所刻李卓吾批评本。其实李卓吾评本即当时的坊刻本,标明李卓吾评点,只不过是商家的一种营销方式,这种坊刻本或曰时本的来源,是当时的"庸伶""俗优""伶人""优人"的演出本,已多有改串之处,而优人在实际演出时,仍不断在改字改调。如此看来,这不仅为知识阶层的文人所诟病,民间观众也有不满意的情况。

从《伯喈》和《荆钗》的演出环境来看,这两部剧也当是年年搬演不辍而已为民众所熟习。李渔在《闲情偶寄·演习部》"变旧成新"条,曾对比旧新与新剧的不同:

今之梨园,购得一新本,则因其新而愈新之,饰怪妆奇,不遗余

---

① 《中国古典戏曲序跋汇编》,第 1604 页。
② 汤显祖:《答凌初成》,《汤显祖集》,第 1426 页。
③ 张岱:《陶庵梦忆》卷三,中华书局 2007 年版,第 49—50 页。

力。演到旧剧,则千人一辙,万人一辙,不求稍异。观者如听蒙童背书,但赏其熟,求一换耳换目之字而不得。①

虽然李渔并不赞赏旧剧一成不变,但也可以看出人们的欣赏习惯一旦形成,也会成为欣赏惯性或曰惰性而不愿轻易接受变化。《伯喈》《荆钗》皆是为人熟知的经典戏目,一个地区的观众已经耳熟能详,习惯某一种演法,不接受更易了。

值得注意的是,严助庙的演出也是为元宵赛神而出演的:"陶堰司徒庙,汉会稽太守严助庙也。岁上元设供,任事者,聚族谋之终岁……十三日,以大船二十艘载盘斛,以童崽扮故事,无甚文理,以多为胜。城中及村落人,水逐陆奔,随路兜截,转折看之,谓之'看灯头'。"②接着,十五之夜在庙演剧。神戏的演出背景或许也是观众去严格要求一字一句不可有差错的原因。③

中国古代戏剧作为重要的娱乐方式,获得了上至达官贵族,下至贩夫走卒的喜爱,又是宫廷的重要娱乐方式。对剧本的遵从,也在皇家宫廷里得到了最鲜明的体现。

为了使演出有所依据,除了唱词,曲谱、排场、化妆、服饰都有本可依,清宫也因此而有了各种剧本形式。宫内演戏的剧本来源有二:一是宫廷御用文人所撰,二是外学携入的演出本,必须经昇平署专人审阅、修订,再精抄呈送。经过审定的剧本,包括供帝后阅览的"安殿本",留档存查的

---

① 《中国古典戏曲论著集成》(七),中国戏剧出版社 1959 年版,第 78—79 页。
② 《陶庵梦忆》卷三"严助庙"条,第 49—50 页。
③ 容世诚《戏曲人类学初探——仪式、剧场与社群》也提道:"另一方面,观众对不同剧种(可能是根植自不同的地方文化),在不同的表演场合,就会有不同的预计和期望。在《香港粤剧研究·上卷》,作者指出:'在现代香港的神功戏中,虽然演出的基本材料是来自剧本,但戏班中每一份子,尤其是演出者,只视剧本为参考性质。他们在演出中考虑客观环境因素,及通过即兴选择一个表现方式,把剧本提议的基本材料加以处理来呈现及再创造。'(18 页)而且,剧本只不过是编剧者、演员、乐师之间的沟通媒介。编剧者及撰曲者利用'剧本'及'曲',提供最起码的指示。其他可以意会及有发挥余地的,一律不记于'剧本'及'曲'上(64 页)。正因为粤剧本身是一种高度即兴性及非真实性的表演艺术,在神功戏的场合底下,观众都容许,有时甚至欢迎,台上演员即兴地加入剧本以外或此剧传统演出方式所无的说白或唱辞。"而容世诚也提到了《陶庵梦忆》中的例子,他的解释是:"这种'不按照本子办事'的演出方式,在其他剧种,或在另一表演环境底下,会被视为不能容忍。"广西师范大学出版社 2003 年版,第 196—197 页。

"库本",供串戏用的"串本",供排戏用的"排场本"等,其中剧本、妆扮、排场、武打套数都有详细记载,不可任改妄动。故宫光绪二十二年(1896)十二月初十日旨意档有:"凡所传外戏,俱著外学该角攒本,不要外班来的。以前所递戏本一概废弃。著外学重新另串。以后外学该角、筋斗、随手等永住昇平署,以备传要戏本,即刻攒递,如与外班传要戏本,当日传,次日呈递,凡承戏之日,着该班安本。"①也就是说不要从外拿来与舞台不合的本子,而要重新依据舞台串写变成准本。

中国第一历史档案馆馆所藏《昇平署档案》中,有一册《无朝年旨意档》,据王政尧研究,属嘉庆七年(1802)②。这份旨意档体现了宫中演剧对"按本发科"的重视,今摘录如下:

（五月初五日）长寿传旨:在本子上的许念,不在本子上的不许念。钦此钦遵。

（四月初八日）长寿传旨:《拿夫修城》魏得禄、雨儿发科不按本来,自己混说,是首领于得麟、邵国泰、教习百福、永泰、张长、图善叫他每混说,首领、教习不是,首领、教习并无叫他每乱道拦时候,奴才、首领、教习等已经责过二十板。晚膳后,遵旨将雨儿、魏得禄再责二十板。钦此。

（四月二十一日）寿喜传旨教道:《花魔寨》爱爱下场白:"如今世上的人",未念。是张文德忘了,重责二十大板。

（五月初五日）长寿传旨:内二学学生忒野,挨窗倚站唱戏,惟有张明德按本发科,其余雨儿、孙福喜不按本,口内混喷,重责二十大板。皆因首领不管之过,他才混喷,就是逃走,也是不管首领之过,以后紧紧的管。

（七月初四日）旨意教道:闻道泉怎么念了妖道泉,是张林得错

---

① 周明泰:《清昇平署存档事例漫抄》第三卷,《民国京昆史料丛书》第4辑,学林出版社2009年,第99页。
② 参见王政尧《清代戏剧文化史述》第二章第二节《昇平署无朝年〈旨意档〉及重要意义》,北京大学出版社2005年版。

了,责过二十板。

（十月初三日）禧喜传旨:《九州清宴》,魏得录唱"浪暖桃香清曲"忘了,重责二十板。

（十月初五日）长寿传旨:《黄竹赋诗》,"五马江儿水"当唱"万里来游为省方",未唱,唱了"均天广乐奏铿锵",唱了下句了,魏得录重责二十板。

（十二月初四日）长寿传旨:（因魏得录唱《针线算命》悞（误）场,重责二十大板。①

因演出而挨打受罚的太监,问题多出在"念白"上,在挨打的太监伶人中,雨儿(李雨儿)三次,魏得录四次,张文德二次,孙福喜等四人各一次。从这里,我们固然可知宫廷的严苛、南府演员的不易,但问题多出现于"念白",这也是非常有趣的现象。这说明,念白的记诵要比有韵的唱词困难得多。也正因为这一点,民间唱戏一向没有念白的正误观念,《元刊杂剧三十种》以及早期南戏本子皆科白不全,让演员可以临场发挥。而宫中演出,不仅唱词,念白也要求全部按本为之,其实是违反艺术规律的行为。

二

演出依赖剧本的同时,也存在着剧本与演出的背离现象,这又包含以下几种情况:

1. 剧本对演出不适应

每一部认真创作的剧本,在作者眼里都是自己心血的结晶。没有哪个作者愿意自己的作品被随意改动。但适合不适合上演,却是另一回事。尽管古代的剧作家如汤显祖等强调"据本演文",不可任意增损移易。演出场景的不同,演出时间的长短,不同声腔的配合,以及观众审美趣味、文化水准、接受程度的差别,还是有可能导致剧本在演出时,并不是一字不

---

① 原件见中国第一历史档案馆藏:《昇平署旨意档》,昇字 0008 号。此处转引自王政尧《清代戏剧文化史述》一书。

易地照本搬演。冯梦龙虽然也赞同王思任对《牡丹亭》"天下之宝,当为天下护之"的说法,但又以为:"若士既自护其前,而世之盲于音者又代为若士护之,遂谓才人之笔,一字不可移动。是慕西子之极,而并为讳其不洁,何如浣濯以全其国色之为愈乎?"①他认为如果要把《牡丹亭》原著付之"当场敷演","即欲不稍加改窜而不可得也","原本如老夫人祭奠,及柳生投店等折,词非不佳,然折数太烦,故削去,即所改窜诸曲。尽有绝妙好辞,譬如取饱有限,虽龙肝凤髓,不得不为罢箸。"②

关于《牡丹亭》不合昆唱,当时的曲家就已指出,以昆腔的尺度来衡量,唱起来会拗折嗓子。明万历崇祯年间昆山有不少精研音律的"串客",其中的一位串客王怡庵,曾批评《牡丹亭》"叠下数十余闲字,着一二正字,作(怎)么度?"③沈璟改本《同梦记》虽未留传,但在《南词新谱》中留下了几支残曲来看,其改动主要在于对格律与词句的调整。

演出对剧本的改动,其中一个最重要的原因就是剧本对演出的不适应性。从学者们对明传奇改本的研究来看,其改动部分主要体现在以下四个方面:一是改易词句,以合声律;二是改定曲调,以符腔格;三是删并场次,缩减篇幅;四是调整脚色,以减头绪。从《牡丹亭》的几个文人改本来看,吕本无见,沈本只见佚曲,臧晋叔、冯梦龙、徐日曦改本,今学者已作过细致的比勘研究。归纳起来,改动总的意图是使《牡丹亭》适应昆曲格律,以便昆唱,同时又减少枝蔓,突出主线,力求适应实际的舞台演出。

这几个改本都招致强烈批评,如明茅元仪在泰昌年间朱墨本《批点牡丹亭记·题词》中批评臧氏:"雉城臧晋叔,以其为案头之书,而非场中之剧。乃删其采,锉其锋,使其合于庸工俗耳。读其言,苦其事怪而词平,词怪而调平,调怪而音节平。于作者之意,漫灭殆尽。并求其如世之词人,俯仰抑扬之常局而不及。余尝与面质之,晋叔心未下也。夫晋叔岂好平乎哉?以为不如此,则不合于世也。"④明人茅暎在《凡列》中也说:"臧晋

---

① 《〈风流梦〉小引》,《中国古典戏曲序跋汇编》,第1234页。
② 《〈风流梦〉总评》,同上书,第1235页。
③ 张大复:《梅花草堂笔谈》卷七"王怡庵"条,上海古籍出版社1986年版,第448页。
④ 《中国古典戏曲论序跋汇编》,第1223页。

叔先生删削原本,以便登场,未免有截鹤续凫之叹。欲备案头完璧,用存玉茗全编。此亦临川本意,非仆臆见也。"但实际上这个朱墨本也有改动,所以茅氏《凡例》中又说:"仆不足为临川知己,亦庶几晋叔功臣。"①天启年间,王思任在《〈批点玉茗堂牡丹亭〉叙》中嘱咐主持刊刻的张弘云:"若士《见改窜牡丹词者失笑》一绝:'醉汉琼筵风味殊,通仙铁笛海云孤。总饶割就时人景,却愧王维归雪图。'持此作偈,乞韦驮尊者永镇此亭。天下之宝,当为天下护之也。"②张氏于《凡例》中声明"是刻悉遵玉茗堂原本",批评柳浪馆本疏于校雠,斥责臧、吕改本"谬为增减","皆临川之仇也"③。直至乾隆时《三妇评牡丹亭序》仍说:"吕、臧、沈、冯改本四册,则临川所讥割蕉加梅,冬则冬矣,非王摩诘冬景也。"④

但是,上述对原本的回护,"欲备案头完璧,用存玉茗全编"的宣言,流露的还是从案头流传的角度保存文本的观念,并不是从舞台的角度进行的。从舞台的角度来看,改本获得了一定的成功,改本的若干场次仍被现今的舞台本采纳,冯梦龙改本的部分内容,如《春香闹学》、《拾画叫画》以折子戏的形式长期流行于舞台,正说明改本的确适应了舞台的特点。这方面,前辈学人已多有论及,兹不赘述。

2. 演出对剧本的主动背离

作为剧本的"二度创作",伶人普遍存在在表演中随意窜改的现象。这种窜改,自有伶人受文化程度、理解能力及表演水平的原因,而或未能准确传达原作的韵味和内涵,甚至有歪曲之处,但也不乏伶人在多年的舞台实践中,通过临场的随机应变而妙"演"生花的情况。

(1) 艺人在演出时的省词、改调。

如《桃花扇凡例》有云:"各本填词,每一长折,例用十曲,短折例用八曲。优人删繁就简,只歌五六曲,往往去留弗当,辜作者之苦心。"作者孔

---

① 《中国古典戏曲序跋汇编》,第 1225 页。
② 王思任:《〈批点玉茗堂牡丹亭〉叙》,《中国古典戏曲序跋汇编》,第 1229 页。按,此本即天启四年(1624)《清晖阁批点玉茗堂还魂记》。
③ 张弘:《〈清晖阁批点玉茗堂还魂记〉凡例》,《中国古典戏曲序跋汇编》,第 1231 页。
④ 《中国古典戏曲序跋汇编》,第 1242 页。

尚任有鉴于此,于是"今于长折,止填八曲,短折或六或四,不令再删故也。"①孔尚任为了避免伶人的胡乱删改,宁愿减少曲唱的分量。

前节我们在谈到凌延喜朱墨本《拜月亭记》的眉批中,已提到了不少在实际演出中伶人擅自改字、改调的情况。凌氏显然非常反感这种擅自改动的情况,称伶人为"俗优",正反映了文人力将曲学雅化的观念。然而无论文人如何反对,也不能改变实际表演中的改动现象。

梅兰芳在《舞台生活四十年》中,曾记述谭鑫培与杨小楼之间的一段故事。一次杨小楼演完《铁笼山》,谭问杨:"我要问你'观星'这一场,有个牌子,你怎么不唱呢?"杨答曰:"我不会。"于是谭仔细地把"观星"这一场里"八声甘州歌"的身段和唱词教给杨小楼。而杨经过这次事件,对各种牌子都认真研究,以后不管什么牌子都会,也唱得很动听了②。但是,"杨小楼晚年在台上也常偷懒了,可能是他年纪大累不了的关系。我看过他两次铁笼山,唱到'扬威奋勇'一句,真是神完气足,非常有劲。下面'看愁云……'几句,就不是每句都唱了"③。可见这种情况在戏剧舞台上确是屡屡可见的。梅兰芳还指出:

> 演员在台上的"唱"和"念",本有"死口"和"活口"两种习惯。用惯死口的,是根据台词,背得滚瓜烂熟,临时不能变动一个字的。如果同场演员,要改动对白,那就得事先对好了才行。用惯了"活口"的,他在台上就可以随机应变,对白里临时加载也无所谓的了。两者比较起来,活口固然灵便一点,可是也容易犯疏忽大意的毛病。"死口"的演员,只要大家按着准词儿念,是不大会出错的。④

演员的禀赋、性格不同,牢依剧本还是自主发挥,也是各个不同的。但"活口"的能力,的确并不是任何人都可运化自如的。梅兰芳谈到有一次演出昆曲《惊梦》时的情形:

---

① 《中国古典戏曲序跋汇编》,第 1605 页。
② 梅兰芳:《舞台生活四十年》第二集,平明出版社 1954 年版,第 190 页。
③ 同上书,第 192 页。
④ 同上书,第 107 页。

有一次一位老旦陪我唱,他把"女儿家长成了自有许多情态"一句念白里边的"情态"二字,念做"骄傲"。又把"宛转随儿女,辛勤作老娘"的辛字,念作"性"字的声音。台下的观众不见得个个都熟读《牡丹亭》的。假使根据这位杜老太太嘴里念的骄傲的批评,再拿"辛勤"听作"性情",那真把杜丽娘形容成一个泼辣的虔婆了。中国字音,本来出入很大。稍不注意,就是"失之毫厘,谬以千里"。我当时在台上,听他念完,真有点啼笑皆非。汤显祖当日描绘杜丽娘的姿态丰韵,使出了他的全身家数也尽了文字技巧的能事。想不到让这位老旦无意中念错了三个字,就把这杜小姐的性格,整个变换过来。这不能不说是一个奇迹。①

从这个例子,我们也可以了解到汤显祖剧作的内涵并不是每个演员都能理解并准确表达的出来的。而在观看表演的情况下,表演的稍纵即逝的特点,观众也未必能够一字一句地领会并体悟。直至清末龚自珍还在《己亥杂诗》中曾表明剧作不能任由伶师窜改的看法:

> 梨园孳本募谁修,亦是风花一代愁。我替尊前深惋惜,文人珠玉女儿喉。(元人百种,临川四梦,悉遭伶师窜改,昆曲俚鄙极矣。酒座中有征歌者,予辄挠阻。)②

龚自珍的反感,固然有自身的文人趣味的原因,但也说明在实际演出中,几乎没有照原本演出的情况,某些改本甚至为迎合民众而脱离原作,胡编乱造。

对于这种舞台的妄改现象,梅兰芳也曾感慨:"我当时所编的新戏,每一出里的调笑和科诨,都是有限度的。可是让别人拿去演了,往往搞得面目全非。并且也不照我的原词来念,随意窜改,失去了我编剧的原意,这真是不胜遗憾之至。"③

---

① 《舞台生活四十年》第一集,平明出版社 1954 年版,第 189 页。
② 《己亥杂诗》之一〇三,《龚自珍全集》,上海人民出版社 1975 年版,第 519 页。
③ 《舞台生活四十年》第一集,第 101 页。

(2) 艺人在演出时的临场发挥。

临时改词加词以应景讨好台下观众,这恐怕是古今舞台上皆有的事情。凌延喜朱墨本《拜月亭记》虽然痛恨伶人妄改现象,但我们公正地看待伶人改动之处,也不是没有改的好的。如第十七出【扑灯蛾前腔】①,世德堂本作:

> (旦)有个道理。(生)有甚道理。(旦)怕问时权说做夫。

而凌延喜本则作:

> (旦)有一个道理。(生)有甚么道理。(旦)怕问时……(生)怕问时却怎么?(旦)怕问时权……(生)权甚么?(旦)权说是夫妻。

凌延喜本以为这种改动是"伶人演戏时描写当时光景""去之恐惊俗眼,姑存之"②。但不得不承认,这里旦脚吞吞吐吐、欲言又止的语句,正符合了一个大家闺秀情急之下,不得已与陌生男子假扮夫妻时羞怯的情态。

由于古代艺人资料的匮乏,我们对古代艺人的演剧情况了解得不多。但在清末及以后的舞台上,名角临场发挥的例子很多。张次溪《清代燕都梨园史料续编》"刘赶三"条记录了清末名丑刘赶三的一段掌故:"慈禧后命演《十八丑》,饰皇帝,临入座,忽吊场曰:'汝看吾为假皇帝,尚能坐;彼真皇帝,日日侍立,又何曾得坐耶!'"慈禧只好以后给德宗赐坐了。刘赶三才识过人,善于在舞台上即兴表现,具优谏之风。张次溪书中还有:"光绪乙未春,马江战败。时提督为张佩纶,佩纶为李文忠婿,又为文忠所荐者,清廷震怒,议处佩纶罪。文忠恐获罪,乃自请处罚。廷议:予以摘去翎顶之处分。赶三乃编数语,插于所演戏中,曰:摘去头品顶戴,拔去双眼花翎,剥去黄马褂子云云。"结果,刘赶三被杖责。③

---

① 因世德本的第十六折《兰母惊散》、第十七折《兄妹失散》、第十八折《夫人寻兰》,其余明刊本都将此三折戏压缩为一折,所以世德堂【扑灯蛾前腔】在第十九折,而其余明刊本在第十七折(出)。
② 《幽闺怨佳人拜月亭记》眉批,陶湘涉园《喜咏轩丛书》1927 年影印本。
③ 张次溪:《清代燕都梨园史料正续编·燕都名伶传·刘赶三》,中国戏剧出版社 1988 年版,第 1190 页。

著名老生余三胜,在一次在私人宅邸换演堂会戏上,提调戏事者安排他和程长庚合演《战成都》,程演刘璋,他扮马超。待演到刘璋诘问马超为何投降刘备的时候,余三胜自编新词,把刘璋如何暗弱、刘备如何仁义,洋洋数十语,顿挫有法,观众闻之无不惊叹①。

从近代京剧舞台来看,一出戏在演出之前,总是经过演员的多次琢磨。对剧本的修改,往往在演出前就完成了,在演出时又修改的,多见于丑角,"京师梨园丑角戏,有所谓抓哏者,无论何人何事,均可随时扯入,以助诙谐,殆即宋元明平话之遗意"②。梅兰芳在《舞台生活四十年》中曾说:

> 从前我们戏班的规矩,丑角可以随意科诨,但是只限于文丑。文丑里的方巾丑如蒋干、汤勤……又有一定的台词,也不能任意增减。其次,花旦在台上也能说几句笑话的。
>
> 那时丑角在台上抓哏,讲究的是脸上要冷隽,嘴里要轻松,语涉双关,可又不离开剧情。有些演员在台上随口乱说,喜欢抓低级庸俗的哏,台下的反映也只觉得讨厌而不会对他有好感的。我所看过的丑角老前辈,以罗百岁为第一。他在"绒花计"里面扮一个长工——槽头拴,人物性格有点像楚剧的"葛蔴"。他在门外看见大小姐回家以后,临时加了这几句台词:"大小姐不是逃跑了么?怎么又回来啦?噢,我明白了,现在已经讲和啦,所以她又能够回来啦。"这时慈禧太后刚从西安回京,她不是逃跑的吗?你看他这几句话讽刺得够么尖锐,同时句句话都在戏里,这才是抓哏的好手哪。③

从梅兰芳的叙述可以知道,排好的戏,演员在舞台上也不是可以随意更改

―――――――――

① 张次溪:《清代燕都梨园史料正续编·梨园旧话》,中国戏剧出版社1988年版,第814页。
② 同上书,第823页。同条还记载说:"京丑刘赶三往往以此博观者喔噱。甲戌会试,题为'君子坦荡荡'。三场毕后,某园演《连升三级》,刘饰店主人,诘问王名芳曰:'谅尔不知闱中命题之意,乃指十三旦也。坦字右乃且字,荡荡各一旦字;又坦字加土旁,为十一旦,加荡荡两旦字,则十三旦矣!'彼时唱秦腔之十三旦,艳名正噪,故刘以此题抓哏。"
③ 《舞台生活四十年》第二集,平明出版社1954年版,第20页。

的,因为演戏还涉及角色之间配合的问题。能现场抓哏的,主要是丑角,但丑角抓哏,也不是随意为之,好的抓哏可得个满堂彩,不好的抓哏反而让人生厌。

陈守仁在研究香港粤剧时指出,粤剧演出有"即兴"的传统①。所谓"即兴",也就是上述所说的"抓哏"。这是在戏班口头传授的演艺传统下,没有文字媒介使演出固定为某种唯一的式样,艺人便能视观众当场的反应,作即兴式的临场发挥。就算是提纲戏的演出,需要依赖传统程式与常规,然而,"演员在实际演出时仍可有限度自由选用说白或唱腔形式来交代,或把曲词稍加增删或替换"②。理解了中国演剧的这一传统,也便可理解为何当代舞台上,即兴的抓哏越来越式微的原因——有了文字写定的剧本后,艺人的临场反应与自我发挥能力反而有可能被弱化了。

三

就剧作家而言,自然是希望自己的剧作能够原封不动,最大限度地反映出自己的创作原旨。"自掐檀痕教小伶"自然是一种保持自己剧作不走样的一种方法,但如果不是自家的戏班,不属于自己的管辖范围,那也就鞭长莫及了。演出对剧本的改与不改,也体现了中国古典戏剧的一些本质特性。陈多曾在《戏史何以需要辨》一文中,以《牡丹亭·闺塾》为例,说明在舞台改本的必要性③。

《闺塾》杜丽娘和春香,原来有一段对白:

(旦)俺且问你,那花园在那里?(贴做不说介)(旦做笑问介)(贴指介)兀那不是!(旦)可有什么景致?(贴)景致么,有亭台六七座,秋千一两架。绕的流觞曲水,面著太湖山石。名花异草,委实华丽。(旦)原来有这等一个所在。且回衙去。

---

① 参陈守仁《香港粤剧研究·上卷》,广角镜出版社1988年版。
② 同上书,第37页。
③ 陈多:《戏史何以需要辨》,《戏史辨》第1辑,中国戏剧出版社1999年版。

臧晋叔改本《还魂记》则将末尾改为：

> 原来有这等一个所在,得空我和你看去。

冯梦龙改本《风流梦》则作：

> 原来有这等一个所在。得空我和你瞧去。

乾隆年间《缀白裘》所录演出本改动更大：

> （旦）你实对我说，花园在那里？我也要去闲耍吓。（贴）小姐，你果然是也要去么？（旦）正是。（贴）小姐来。那、那、那、那边不是！这边不是？（旦）可有景致么？（贴）可有景致吓。有亭台六七座，秋千一两架。绕的流觞曲水，面著太湖山石。名花异草，委实华丽得紧。（旦）吓，原来有这等一个好所在。（贴）小姐，几时去游玩呢？（旦）吓、吓，我想明日不好，后日欠佳。吓，除非是大后日老爷下乡劝农。你可吩咐花郎，教他打扫亭台洁净，和你去游玩便了。（贴）晓得，待我就去吩咐……（旦）你快去吩咐收拾，后日准要去的。

这几种版本比较起来,自然是汤显祖原来的"且回衙去"最能表达杜丽娘作为贵族小姐曲折细腻的心声,但在舞台表演的环境中,可能也是绝大多数观众无法能够细心体味到的。故李渔《闲情偶寄》中明确提出"贵显浅"的主张：

> 《惊梦》首句云："袅晴丝吹来闲庭院，摇漾春如线。"以游丝一缕，逗起情丝，发端一语，即费如许深心，可谓惨澹经营矣。然听歌《牡丹亭》者，百人之中有一二人解出此意否？若谓制曲初心，并不在此，不过因所见以起兴，则瞥见游丝，不妨直说，何须曲而又曲，由晴丝而说及春，由春与晴丝而悟其如线也？若云作此原有深心，则恐索解人不易得矣。索解人既不易得，又何必奏之歌筵，俾雅人俗子同闻而共见乎？其余"停半晌，整花钿"……字字俱费经营，字字皆欠

明爽。此等妙语,止可作文字观,不得作传奇观。[1]

钱穆曾在《中国京剧之文学意味》中说:"我认为文学应可分两种,一是唱的说的文学,一是写的文学","若我们如上述,把文学分为说的唱的和写的,便不会在文字上太苛求。显然唱则重在声,不在辞。试问人之欢呼痛哭,脱口而出,哪在润饰辞句呀!"[2]钱穆指出了一个事实:至少在近代京剧的发展中,一直是唱重于词,观众并没有太在乎唱词与细节的合理与否。古代戏剧,虽然因为曲牌体的原因,对曲词的讲求固重于后来的板腔诗赞体,但也大部分是文人喜好字斟句酌。

表演与文学的矛盾是一个不可否认的事实。正视舞台与案头的区别,掌握舞台的艺术规律与要求,恐怕才是最终解决之途。

---

[1] 《闲情偶寄·词采第二·贵显浅》,《中国古典戏曲论著集成》(七),中国戏剧出版社1959年版,第23页。
[2] 钱穆:《中国文学论丛》,三联书店2002年版,第173、178页。

结　语

戴不凡曾在《论崔莺莺》一书中,提到《联吟》一折:

（旦云）有人墙角吟诗。
（红云）这声音便是那二十三岁不曾娶妻的那傻角。
（旦云）好清新之诗,我依韵做一首。
（红云）您两个是好做一首儿。（从弘治本）

戴不凡说:"如果用读小说甚至是读话剧的眼光来看,这明明是莺红在对谈张生,是红娘在对莺莺说俏皮话。可是,在并不存在第四面墙的戏曲舞台上,一个剧本这样写着,是否就意味着只能够这样解释呢? 不一定。如说,第一番话是两人的对谈（这是无伤大雅、不失分寸的话）;莺莺说要和诗是她的内心独白;红娘的俏皮话是她一面暗中以手指莺莺,并咬着嘴儿,转着眼儿,向观众示意……这又何尝不可呢? ——从上述人物关系来看,我以为这里不但是可以,而且应当是这样解释才恰当的。"[①]

戴不凡的解释有一个小漏洞,如果说莺莺和诗是她的内心独白,那么,何来红娘的顺口承应"您两个是好做一首儿"呢?

实际上,这段话放到舞台上,可以有四种完全不同的表演方法:

（1）全部是两人对谈。
（2）莺莺对红娘说了心里话,而红娘偷偷地在旁取笑她。
（3）这只是莺莺的内心独白,但她情不自禁,冲口而出。于是,被红娘打趣了。

---

① 戴不凡:《论崔莺莺》,上海文艺出版社 1963 年版,第 6 页。

(4) 莺莺把心里话冲口而出后,也很懊恼。但聪明的红娘却假装没听见,只是对着观众取笑她。

戴不凡应该是取的第四种解读。但这四种解读,其实都不能说孰对孰错,因为我们毕竟不能再还原当时的演出实况。

这四种解读,人物性格与人物关系,都会产生微妙地差异。可见即使面对完全相同的脚本,对人物性格与人物关系的理解不同,也会形成完全不同的表演方式,因此,戴不凡在该书的自序用了"分析戏曲不能离开戏曲的特点"这一标题。

的确,如果仅将剧本的研究,作为文学研究的一部分来进行,将剧本作为平面的、静态的、案头的文本来考察,它的作为表演形态的物质留存的完整性受到消解,剧本也失却了区别于其他文学形式比如诗文、小说等的特殊性质。因此,只有将剧本与其生存"原境"联系起来,才能重新发现古代剧本创作的内在逻辑,重构古代剧本的历史发展,重新理解剧本的功能与意义,最终对戏剧史研究提出方法论的反思。

从古代剧本创作的历史来看,有从早期的"借本"到独立创作剧本的阶段,而剧本的创作进入成熟阶段以后,既有关注舞台实践,也有仅仅把它作为一种兼具抒情性和叙事性的文体来抒发自我情怀的情况,这在明清以至近代最为明显。在剧作家的创作过程中,哪些文学体验与艺术体验,促使了他(她)作出这样一种选择?又有哪些知识背景和创作环境,形成了这样一种剧作形式?这些问题,笔者虽然随着阅读的深入已形成了一些初步的看法,但仍觉尚不成熟,唯待日后再加以深化补充。

相对于其他文体,剧本的写作及其艺术评价受到的限约因素更为复杂。案头清赏的佳作,置于氍毹之上,却未必受到欢迎。清代学者钱大昕曾说:"六经、三史之文,世人不能尽好,间有读之者,仅以供场屋馆钉之用,求通其大义者。至于传奇之演绎,优伶之宾白,情词动人心目,虽里巷小夫妇人,无不为之歌泣者。所谓曲弥高则和弥寡,读者之熟与不熟,非文之优劣也。以此论文,其与孙鑛、林云铭、金人瑞之徒何异!"①钱大昕要表达他明确反对古文以情动人的文体观念,但也可见戏剧情词动人心目,而使里巷夫妇亦可为之动容,是当时知识界的一个普通认识。不过,在实际的舞台实践中,情词是否动人心目,也不一定就是表演是否成功的原因。有时,糟糕的水词可因唱腔的动人而得到听客的认可,平庸的结构也可因演员个人的魅力而获得演出的成功。演出环境、演出目的、观众的审美趣味等,都会影响到一部剧作是否成功。剧作与表演之间的差异,为我们探究戏剧创作的通例造成了许多困难,但也提供了进一步研讨的空间。董每戡在1949年所著的《中国戏剧简史》"前言"中说"戏剧的演剧性较文学性更为重要,到了不能两面兼顾时,宁可抛弃了文学性而取演剧性","一个剧本的优劣,止能在舞台上演出后方可决定"②,这对于我们今天认识中国戏剧的特质,仍有意义。

---

① 钱大昕撰,吕友仁校:《潜研堂集》卷三三《与友人书》,上海古籍出版社1989年版,第607页。
② 董每戡:《中国戏剧简史》,商务印书馆1949年版,第5—6页。

参考文献

北婴(杜颖陶):《曲海总目提要补编》,人民文学出版社1959年版。
《不登大雅文库藏珍本戏曲丛刊》,学苑出版社2003年版。
蔡毅编著:《中国古典戏曲序跋汇编》,齐鲁书社1989年版。
陈云法等口述,徐渊、桑毓喜记录整理:《宁波昆剧老艺人回忆录》,苏州戏曲研究室1963年编印。
程芸:《汤显祖与晚明戏曲的嬗变》,中华书局2006年版。
赤松纪彦等:《元刊雜劇の研究》,汲古书院2006年版。
赤松纪彦等:《元刊雜劇の研究》(二),汲古书院2011年版。
《传统剧目汇编》,上海文艺出版社1959—1963年。
戴不凡:《论崔莺莺》,上海文艺出版社1963年版。
丁汝芹:《清代内廷演戏史话》,紫禁城出版社1999年版。
董每戡:《中国戏剧简史》,商务印书馆1949年版。
冯沅君:《古剧说汇》,作家出版社1956年版。
傅惜华:《元代杂剧全目》,作家出版社1957年版。
傅惜华:《明代杂剧全目》,人民文学出版社1958年版。
傅惜华:《明代传奇全目》,人民文学出版社1959年版。
傅惜华:《清代杂剧全目》,人民文学出版社1981年版。
《古本戏曲丛刊》初、二、三、四、五、九集,商务印书馆1954—1964年版。
顾笃璜:《昆剧史补论》,江苏古籍出版社1987年版。
《故宫珍本丛刊》,海南出版社2000年版。
郭英德:《明清传奇综录》,河北教育出版社1997年版。
《哈佛燕京图书馆藏齐如山小说戏曲文献汇刊》,国家图书馆出版社2011年版。
侯传文:《佛经的文学解读》,中华书局2004年版。
黄仕忠、乔秀岩、金文京编:《日本所藏稀见中国戏曲文献丛刊》(18辑),广西师范大学出版社2006年版。

黄天骥:《黄天骥自选集》,广东高等教育出版社2003年版。

黄天骥:《情解西厢:西厢记创作论》,南方日报出版社2011年版。

黄征、张涌泉:《敦煌变文校注》,中华书局1997年版。

胡忌主编:《戏史辨》(一至四辑),中国戏剧出版社1999—2004年版。

康保成:《佛教与中国代戏剧形态》,东方出版中心2004年版。

《京剧丛刊》,新文艺出版社1953年—1959年版。

《京剧汇编》,北京出版社1957年—1964年版。

《京剧谈往录》,北京出版社1985年版。

《京剧谈往录续编》,北京出版社1988年版。

《京剧谈往录三编》,北京出版社1990年版。

李福清、李平:《海外孤本晚明戏剧选集三种》,上海古籍出版社1993年版。

李静:《明清堂会演剧史》,上海古籍出版社2011年。

李修生:《古本戏曲剧目提要》,文化艺术出版社1997年版。

龙彼得辑:《明刊闽南戏曲弦管选本三种》,中国戏剧出版社1995年版。

陆萼庭:《昆剧演出史稿》,上海文艺出版社1980年版。

洛地:《洛地文集》(戏剧卷),艺术与人文科学出版社2001年版。

梅兰芳、许姬传记:《舞台生活四十年》(第一集),平明出版社1952年版。

梅兰芳述、许姬传记:《舞台生活四十年》(第二集),平明出版社1954年版。

梅维恒:《唐代变文》,中国佛教文化出版社有限公司1999年版。

梅维恒:《绘画与表演》,燕山出版社2000年版。

孟繁树、周传家编校:《明清戏曲珍本选辑》,中国戏剧出版社1985年版。

孟元老等:《东京梦华录(外四种)》,古典文学出版社1956年版。

苗怀明:《二十世纪戏曲文献学述略》,中华书局2005年版。

《明代潮州戏文五种》,广东人民出版社1983年版。

《明清抄本孤本戏曲丛刊》,线装书局1996年版。

南卓等:《羯鼓录 乐府杂录 碧鸡漫志》,古典文学出版社1957年版。

宁希元:《元刊杂剧三十种新校》,兰州大学出版社1988年版。

齐如山:《齐如山全集》,联经出版事业公司1979年版。

戚世隽:《明代杂剧研究》,广东高等教育出版社2011年版。

钱南扬:《永乐大典戏文三种校注》,中华书局1979年版。

钱南扬:《元本琵琶记校注》,上海古籍出版社1980年版。
钱南扬:《宋元戏文辑佚》,古典文学出版社1956年版。
徐沁君:《新校元刊杂剧三十种》,中华书局1980年版。
徐朔方校点:《汤显祖集》,中华书局1962年版。
任半塘:《敦煌曲初探》,上海文艺联合出版社1954年版。
任半塘:《教坊记笺订》,中华书局1962年版。
任半塘:《唐戏弄》,上海古籍出版社1984年版。
任半塘:《敦煌歌辞总编》,上海古籍出版社1987年版。
邵曾祺:《元明北杂剧总目考略》,中州古籍出版社1985年版。
沈德符:《万历野获篇》,中华书局1959年版。
《昇平署月令承应戏十六种》,故宫博物院文献馆1936年版。
孙崇涛、黄仕忠:《风月锦囊笺校》,中华书局2000年版。
孙崇涛:《风月锦囊考释》,中华书局2000年版。
孙楷第:《也是园古今杂剧考》,上杂出版社1953年版。
孙楷第:《俗讲、说话与白话小说》,作家出版社1956年版。
孙楷第:《沧州集》,中华书局1965年版。
孙楷第:《沧州后集》,中华书局1985年版。
唐文标:《中国古代戏剧史》,中国戏剧出版社1985年版。
陶君起:《京剧剧目初探》,中国戏剧出版社1963年。
田仲一成:《中国戏剧史》,北京广播学院出版社2002年版。
田仲一成:《明清的戏曲:江南宗族社会的表象》,北京广播学院出版社2004年版。
田仲一成:《古典南戏研究:乡村、宗族、市场之中的剧本变异》,中国社会科学出版社2012年版。
土屋育子:《中國戲曲テキストの研究》,汲古书院2013年版。
王安祈:《明代传奇之剧场及其艺术》,学生书局1986年版。
王安祈:《明代戏曲五论》,大安出版社1990年版。
王重民等编:《敦煌变文集》,人民文学出版社1957年版。
王古鲁:《明代徽调戏曲散出辑佚》,古典文学出版社1956年版。
王国维:《王国维戏曲论文集》,中国戏剧出版社1957年版。
王季烈校订:《孤本元明杂剧》,商务印书馆1941年版。

王季思:《西厢五剧注》,中华书局1958年版。

王季思主编:《全元戏曲》,人民文学出版社1989年至1998年版。

王昆吾:《中国早期艺术与宗教》,东方出版中心1988年版。

王昆吾:《隋唐五代燕乐杂言歌辞研究》,中华书局1996年版。

王秋桂主编:《善本戏曲丛刊》(1—6辑),学生书局1984、1987年版。

王秋桂主编:《民俗曲艺丛书》(1—86种),施合郑民俗文化基金会1993—2007年版。

汪协如校订:《缀白裘》,中华书局1955年版。

王文章主编、刘文峰副主编:《傅惜华藏古本戏曲珍本丛刊》(全145册),学苑出版社2010年版。

王运熙:《乐府诗述论》,上海古籍出版社1996年版。

王政尧:《清代戏剧文化史述》,北京大学出版社2005年版。

吴书荫等编:《绥中吴氏藏抄本稿本戏曲丛刊》,学苑出版社2004年版。

小松谦:《中国古典演剧研究》,汲古书院2001年版。

徐扶明:《元代杂剧艺术》,上海人民出版社1981年版。

叶德均:《宋元明讲唱文学》,古典文学出版社1957年版。

殷梦霞选编:《郑振铎藏古吴莲勺庐抄本戏曲百种》,国家图书馆出版社2009年版。

俞为民《宋元南戏考论》,台湾商务印书馆1994年。

俞为民《宋元南戏考论续编》,中华书局2004年版。

张次溪:《清代燕都梨园史料正续编》,中国戏剧出版社1988年版。

张岱:《陶庵梦忆 西湖梦寻》,中华书局2007年版。

赵景深:《元人杂剧钩沉》,古典文学出版社1956年版。

郑骞:《校订元刊杂剧三十种》,世界书局1962年版。

郑骞:《景午丛编从词到曲》,台湾中华书局1972年版。

郑振铎:《中国俗文学史》,作家出版社1954年版。

《中国古典戏曲论著集成》(一至十集),中国戏剧出版社1959年版。

周传瑛口述、洛地整理:《昆剧生涯六十年》,上海文艺出版社1988年版。

周绍良、白化文编:《敦煌变文论文录》,上海古籍出版社1982年版。

周贻白:《中国戏剧史》,中华书局1953年版。

周贻白:《中国戏剧史长编》,人民文学出版社1960年版。

朱家溍、丁汝芹:《清代内廷演剧始末考》,中国书店 2007 年版。
朱一弦校点:《明成化说唱词话丛刊》,中州古籍出版社 1997 年版。
庄一拂:《古典戏曲存目汇考》,上海古籍出版社 1982 年版。
郑振铎:《文学大纲》,商务印书馆 1927 年版。
郑振铎:《插图本中国文学史》,人民文学出版社 1957 年版。
《中国地方戏曲集成》,中国戏剧出版社 1958—1963 年版。

后　记

剧本文体的生成、发展与剧本形态的历史与变化，是我近年来比较关注的一个问题。本书则是近年来思考的一个初步结果。

虽然在古代剧本的发展过程中，不乏有仅仅把它作为一种案头文体，逞才显学、游戏自娱式的写作方式，但剧本的创作最终是为了舞台演出。演出因素的考量，就使得剧本具备了不同于其他文体的特殊性。

本书并不是完整呈现中国古代剧本形态的系统研究，只是撷取了部分进行了专题式的研究。有些问题，如剧作家在创作过程中会受到哪些因素的影响，他又会调动那些知识储备及生活体验来进行自己的创作活动，都是比较重要的问题，而本书尚未涉及，一些新出的剧本资料（如哈佛燕京图书馆藏齐如山戏曲文献）也未及采用，这些都留待进一步研究。

在本书的研究过程中，我得到师友的许多帮助。去年，我的导师黄天骥教授撰写了《西厢记创作论》一书，黄老师从剧本与场上演出的结合这一新的戏剧观念，来重新解读《西厢记》。我的研究，也是循此观念进行的。黄老师审读了全稿，并就书稿内容、结构提出了许多建议。

由康保成教授领衔的国家社会科学基金重点项目"观念、视野、方法与中国戏剧史研究"，我也承担了其中部分研究工作。康老师强调戏剧文学史研究的新视野与新方法，特别是剧本与演出的关系、剧本版本与表演的关系的研究，给了我很大启发。

感谢"中国古代文体学研究丛书"主持人吴承学教授、彭玉平教授，接纳拙著为丛书之一。

戚世隽

2012 年清明之际